Virginia Boecker

Witch Hunter

Herz aus Dunkelheit

Virginia Boecker hat ihren Abschluss in Englischer Literatur an der University of Texas gemacht. Sie lebte vier Jahre in London, wo sie sich auf jedes kleinste Detail zur mittelalterlichen Geschichte Englands gestürzt hat, die die Grundlage für die ›Witch Hunter‹-Bände bildet.

Alexandra Ernst, 1965 geboren, studierte Literaturwissenschaft. Seit 2000 arbeitet sie als Übersetzerin von historischen Romanen, Fantasy und Jugendliteratur. Für ihre Arbeit wurde sie mehrfach ausgezeichnet, unter anderem mit dem Deutschen Jugendliteraturpreis.

Virginia Boecker

WITCH HUNTER

Herz aus Dunkelheit

Roman

Aus dem amerikanischen Englisch
von Alexandra Ernst

dtv

Ausführliche Informationen über unsere Autoren und Bücher
www.dtv.de

Von Virginia Boecker ist außerdem lieferbar bei dtv:
Witch Hunter

Als eBook:
Witch Hunter – Johns Geschichte
Witch Hunter – Skylers Geschichte

MIX
Papier aus verantwortungsvollen Quellen
FSC® C019821

Ungekürzte Ausgabe
2018 dtv Verlagsgesellschaft mbH & Co. KG, München

Published by Arrangement with Virginia Boecker
Titel der amerikanischen Originalausgabe: ›The King Slayer‹,
2016 erschienen bei Little, Brown and Company,
a division of Hachette Book Group, Inc, New York
Dieses Werk wurde vermittelt durch die Literarische Agentur
Thomas Schlück GmbH, 30827 Garbsen

Umschlaggestaltung: Carolin Liepins
Stigma design based on art by Tricia Buchanan-Benson
Stigma design © Virginia Boecker
Gesetzt aus der Dante
Gesamtherstellung: Druckerei C.H.Beck, Nördlingen
Gedruckt auf säurefreiem, chlorfrei gebleichtem Papier
Printed in Germany · ISBN 978-3-423-71800-4

Für Holland
und
für August

I

Ich sitze auf der Bettkante und warte. Heute ist der Tag, vor dem ich mich seit Monaten fürchte. Ich schaue mich um, aber hier gibt es nichts, womit ich mich ablenken könnte. Alles im Zimmer ist weiß, weiße Wände, weiße Vorhänge, ein Kamin aus weißem Stein, selbst die Möbel – Bett, Schrank, Tisch – alles weiß. An trüben Tagen ist dieser Mangel an Farbe beruhigend. Aber an den seltenen sonnigen Wintertagen ist die Helligkeit kaum auszuhalten. So wie heute.

Es klopft leise.

»Herein«, rufe ich.

Die Tür quietscht in den Angeln, und da steht John. Er betrachtet mich einen Moment lang stirnrunzelnd.

»Bist du bereit?«, fragt er.

»Was, wenn nicht?«

John kommt zu mir und setzt sich neben mich. Seine Bewegungen sind irgendwie unbeholfen. Er hat sich heute herausgeputzt – eine Hose aus steifem, blauem Stoff und einen passenden Gehrock sowie ein weißes Hemd, das ausnahmsweise einmal nicht zerknittert ist. Die Haare sind lockig, aber ordentlich gekämmt. Er sieht aus, als ginge er zu einem Kostümfest oder einem Tanzabend, irgendwohin, wo gefeiert wird.

Jedenfalls nicht dorthin, wo wir tatsächlich hingehen.

»Du schaffst das schon. *Wir* schaffen das schon. Und wenn sie dich fortschicken …« Er lächelt, aber das Lächeln reicht nicht bis zu seinen Augen. »Nun, Iberia ist wunderschön, selbst zu dieser Jahreszeit. Stell dir nur vor, wie viel Spaß wir dort hätten.«

Ich schüttele den Kopf. Ich fühle mich schuldig, weil John versucht, die Sache auf die leichte Schulter zu nehmen. Die Sache – die Anhörung des Rats. Dort muss ich für meine Verbrechen geradestehen, muss mich der Anklage stellen, die mich des Hochverrats gegen Harrow beschuldigt.

Eine Woche nach dem Kostümball bei Blackwell, nachdem John und Peter mich in ihr Haus gebracht hatten, wurde ich vorgeladen. Als die Nachricht kam, war ich nicht bei Bewusstsein, und auch noch nicht, als der zweite und dritte Brief eintraf. Insgesamt erhielt ich sechs Vorladungen, bevor ich überhaupt die Augen aufschlug, und noch einmal sechs, bis ich wieder stehen konnte. Sie kamen regelmäßig, eine oder zwei pro Woche. Nicholas machte dem Ganzen schließlich ein Ende und versicherte dem Rat, dass ich zur Verfügung stehen würde, sobald ich dafür bereit wäre.

Es dauerte zwei Monate.

Zwei Monate lang lag der Schatten dieser Anhörung auf mir. Während all dieser Zeit fragte ich mich, was wohl aus mir werden würde. Es ist unwahrscheinlich, dass der Rat mir gestatten wird, weiterhin hierzubleiben, jedenfalls nicht ohne einen Preis dafür zu verlangen. Peter glaubt, dass sie mich zu ihrem Attentäter machen wollen, John denkt, ich soll ein Spion werden. Aber meine Vermutung ist das Exil. Man wird mir eine Stunde geben, um meine Sachen zu packen – was nicht nötig wäre, da ich nichts habe außer dem Kleid, das ich am Leib trage – und mich dann zur Grenze von Harrow eskortieren, mit der Auflage, nie mehr zurückzukehren.

»Wenn sie mich fortschicken, kommst du nicht mit«, sage ich. »Fifer, dein Vater, deine Patienten … du kannst sie nicht im Stich lassen.«

John steht auf. »Darüber haben wir doch schon gesprochen.«

Eigentlich hat John darüber gesprochen – und ich habe *wider*sprochen.

»Ich will sie nicht verlassen, aber ich weigere mich, *dich* zu verlassen«, fährt er fort. »Außerdem wird es nicht so weit kommen. Nicholas wird es nicht zulassen.« Er nimmt meine Hand. »Komm schon. Bringen wir's hinter uns.«

Widerstrebend stehe ich auf. Ich trage ein Kleid, das mir Fifer geschenkt hat. Es ist aus schimmernder blassblauer Seide, mit einem Mieder aus Brokat in einem etwas dunkleren Blauton, bestickt mit Silberfäden und weißen Saatperlen. Es ist das schönste Kleid, das ich je besessen habe. Es ist das einzige Kleid, das ich je besessen habe. Fifer hat mir sogar die Haare zu einem verschlungenen Zopf geflochten, der jetzt über meine Schulter fällt. Ich wollte es offen tragen, aber Fifer hat darauf bestanden.

»So könntest du für vierzehn durchgehen«, sagte sie. »Je jünger du aussiehst, desto unschuldiger wirkst du. Der Rat wird gründlich darüber nachdenken, ob er ein Kind verbannt.«

John streckt die Hand aus und nimmt sanft meinen Zopf. Er fährt mit den Fingern bis zu den Haarspitzen. Ich schließe die Augen und genieße das Gefühl, genieße seine Nähe. Als ich die Augen wieder aufschlage, betrachtet er mich aufmerksam, und ich weiß, dass er in meinen Augen das Spiegelbild seines eigenen Blicks sieht.

Jemand räuspert sich vor der Tür und der Bann ist gebrochen. John tritt einen Schritt zurück und Peter erscheint im Türrahmen. Sorgenfalten haben sich tief in sein wettergegerbtes Gesicht gegraben. Auch er sieht heute anders aus. Sein dunkles, lockiges Haar ist sorgfältig frisiert, der dunkle Bart ordentlich gestutzt. Seine Kleidung ist makellos, geplättet und gestärkt, und wenn das Schwert an seiner Seite nicht wäre – das breite Krummschwert eines Piraten – hätte ich ihn kaum wiedererkannt.

»Schön, schön. Ihr beide seht gut aus. Anständig, aber nicht aufgetakelt. Gepflegt, aber nicht geschniegelt.« Peter späht in unsere Gesichter. »Aber passt auf, dass ihr etwas ernster dreinschaut. Die Jubelstimmung hebt euch für später auf, klar?«

John verdreht die Augen.

»Wir sollten aufbrechen«, sagt Peter. »Besser zu früh als zu spät. Wir wissen schließlich nicht, wer und was uns dort alles begegnen wird.«

Das ist noch etwas, was mir Angst einjagt. Bei dieser Anhörung werde ich den Menschen von Harrow gegenüberstehen, werde mit ihren Geschichten konfrontiert werden. Werde mir anhören müssen, wie ich – oder jemand, den ich kenne – jemanden getötet habe, der ihnen nahestand; wie ich – oder jemand, den ich kenne – ihr Leben zerstört habe.

Unten in der Diele hilft mir John in meinen Mantel. Er ist lang und aus blauer Wolle, gesäumt mit Kaninchenpelz – noch ein Geschenk von Fifer – und zu dritt treten wir aus dem Cottage in die bitterkalte Februarluft. Der Wind beißt uns ins Gesicht und betäubt unsere Wangen.

Johns und Peters Haus, das wegen des riesigen Mühlrads in der Scheune Mill Cottage genannt wird, befindet sich etwas außerhalb von Whetstone im Norden Harrows, am Ende einer schmalen, ungepflasterten Straße, die an einem trägen Flüsschen entlangläuft. Es ist friedlich und ruhig hier. Nichts ist zu hören, außer dem Geräusch der Mühle und zwei Wildenten auf dem Fluss, die uns quakend um Futter anbetteln.

Nicht zum ersten Mal frage ich mich, ob ich im Frühling noch hier sein werde. Ob Mill Cottage dann noch steht. Oder ob es Harrow dann noch gibt.

Es ist ein Fußmarsch von einer knappen Stunde von Whetstone nach Hatch End, wo die Anhörung stattfinden wird. Peter sagt, es sei Tradition, dass sich der Rat im Haus des Ratsvorsitzenden trifft.

Das ist nicht länger Nicholas, den seine Krankheit daran gehindert hat, die Pflichten eines Ratsvorsitzenden zu erfüllen, sondern ein Mann namens Gareth Fish. Ich bin ihm einmal bei Nicholas begegnet: ein großer, hagerer Mann, ganz in Schwarz gekleidet, der alles aufschrieb, was Nicholas sagte. Peter hält ihn für gerecht, wenn auch ein bisschen verbissen. John und Fifer behalten ihre Meinung für sich, und ihr Schweigen sagt mir mehr als tausend Worte.

Der Winter hat das Land fest im Griff. Das Gras auf den Weiden und die fernen Hügel sind mit Schneeflecken gesprenkelt, die Bäume kahl und leblos. Hier und da stehen Bauernhäuser, aus deren Schornsteinen Rauch steigt und wo Schafe, Kühe und Pferde sich unter der kalten Sonne ducken. Alles wirkt friedlich. Und gleichzeitig angespannt. Das Land liegt in Lauerstellung.

»Nicholas und Fifer werden schon da sein.« Peters Stimme bricht das Schweigen. »Wir haben überlegt, ob auch Skyler kommen soll, uns aber dagegen entschieden. Wir wollen das Risiko nicht eingehen, dass Parallelen gezogen werden zwischen seiner … fragwürdigen Vergangenheit und deiner.«

Skyler. Er hat unser aller Leben gerettet. Aber trotzdem ist er ein Dieb und ein notorischer Lügner. Und was Peter so taktvoll umschreiben wollte, ist die Tatsache, dass Skyler früher gewalttätig, unberechenbar und hinterhältig war. Genau wie ich.

»George dagegen«, fährt Peter fort, »hat einen wunderbaren Brief geschrieben, der vor dem Rat zu deinen Gunsten sprechen wird.«

Nach Blackwells gewaltsamer Thronbesteigung und Malcolms Einkerkerung und bevor Blackwell Anglias Grenzen dichtmachte, bestieg George ein Schiff nach Francia, wo er den König um Truppen und Ausrüstung bitten will, weil es außer Zweifel steht, dass Blackwell früher oder später Harrow angreifen wird. Hier gibt es viel zu viele Menschen, die ihm gefährlich werden können. Und solange Harrow noch besteht, wird es eine Bedrohung für ihn sein, wird er nichts weiter sein als ein Usurpator auf einem wackeligen Thron.

»Dann ist da ja immer noch Nicholas«, sagt Peter. »Natürlich hat er ein bisschen an Einfluss eingebüßt, politisch gesehen, nach allem, was passiert ist« – er wedelt unbestimmt mit der Hand, aber wir alle wissen, dass er mit »allem« mich meint – »aber er hat trotzdem noch das Gehör der älteren Reformisten. Natürlich gibt es auch solche, die behaupten, dass wir Blackwell hätten aufhalten können – wenn Nicholas nicht so darauf aus gewesen wäre, dich in Sicherheit zu bringen …«

Die Vorstellung ist so absurd, dass ich beinahe laut gelacht hätte.

»Blackwell hat diese Sache seit Jahren geplant«, sage ich. »Vielleicht seit Jahrzehnten.«

Peter hebt besänftigend die Hand. Aber ich rede weiter.

»Selbst wenn ihr Bescheid gewusst hättet, wärt ihr nicht in der Lage gewesen, ihn aufzuhalten. Ihr kennt Blackwell nicht so, wie ich ihn kenne. Ihr wisst nicht, wozu er fähig ist.«

Ich bin stehen geblieben, und statt vor Kälte zu zittern, schwitze ich unter dem dicken Mantel. John drückt leicht meine Hand. Erst da wird mir klar, dass ich geschrien habe.

»Ich weiß es«, sagt Peter. »Und der Rat muss es erfahren. Alles, was Blackwell getan hat. Mit ein bisschen Glück werden wir herausbekommen, was er als Nächstes plant.«

Diese Strategie haben wir schon oft durchgesprochen. Nicholas will mich in den Zeugenstand rufen und mich alles erzählen lassen, was ich ihm erzählt habe – Dinge, die ich noch nie zuvor jemandem erzählt habe. Über meine Ausbildung zur Hexenjägerin. Über Caleb.

Caleb.

Mein Magen verkrampft sich zu einem schmerzhaften Knoten, wie jedes Mal, wenn ich an ihn denke. Und ich denke oft an ihn. Zu oft.

»… und das war's«, endet Peter. »Mehr musst du nicht sagen. Ich weiß, wir sind das schon hundertmal durchgegangen. Aber es ist wichtig, gut vorbereitet zu sein.« Ich nicke, obwohl ich nichts von dem gehört habe, was er geredet hat. Das passiert mir jedes Mal. Jedes Mal, wenn er von der Anhörung und unserer Strategie anfängt, wandern meine Gedanken zu Caleb, und ich nehme nichts mehr um mich herum wahr.

Den Rest des Weges legen wir schweigend zurück. Ich bin zu nervös zum Reden, Peter zu angespannt und John zu besorgt. Mit gerunzelter Stirn geht er neben mir und fährt sich so lange mit der Hand durch die Haare, bis seine ordentlich gekämmten Locken wieder in alle Richtungen abstehen. Plötzlich sieht er viel jünger aus als neunzehn.

Der Pfad wird schmaler und schlängelt sich zwischen ein paar dicht stehenden Bäumen hindurch. Die Baumstämme sind hochgewachsen und verdreht, die blattlosen Äste und Zweige krümmen und verschränken sich ineinander wie Finger, sodass sie ein dichtes Dach bilden, das die Sicht erschwert.

»Pass auf, wo du hintrittst«, warnt Peter und deutet auf einen Baumstamm, der mitten über den Weg gefallen ist. »Diese Bäume sind im Sommer recht schön, aber nach dem ersten Wintersturm kippt die Hälfte von ihnen um, was in der Tat ein Ärger … *um Himmels willen.*«

Ich höre, wie John scharf den Atem einsaugt, und schaue auf. Da sehe ich sie. Hunderte, vielleicht sogar tausend Menschen säumen die Straße zu Gareths Haus. Einen Moment lang stehen wir wie angewurzelt da und starren in die Gesichter der Männer und Frauen, von denen uns einige mit Neugier betrachten, andere mit Abscheu und wieder andere mit offenem Hass.

Die Angst, die ich seit Monaten im Zaum gehalten habe – dass ich mich diesen Menschen stellen und sie um Gnade bitten muss, eine Gnade, die ich selbst ihnen nie erwiesen habe – reißt sich los.

Mir wird schlecht, und wenn John mich nicht gestützt hätte, wäre ich auf die Knie gesunken.

Wir schieben uns an der Menge vorbei, an Männern, Frauen und Kindern, die dastehen und trotz ihrer Wollmäntel, Mützen, Schals und Handschuhe zittern. Ich kenne keinen von ihnen, aber ich erkenne ihren Blick, kenne die Art, wie ihre Augen über das schöne Kleid und den eleganten Mantel gleiten, und mit einem Mal kommt mir die Mühe, die sich Fifer gegeben hat, damit ich respektabel und unschuldig aussehe, bestenfalls wie eine Farce vor. Und schlimmstenfalls wie ein Schlag ins Gesicht dieser Menschen. Ich gehöre hier nicht hin, und sie wissen es.

»Kopf hoch«, flüstert Peter. »Du wirkst sehr niedergeschlagen. Schlimmer noch, du wirkst schuldig.«

»Ich fühle mich schuldig«, sagte ich.

»Wenn man sich schuldig fühlt, muss man nicht unbedingt auch schuldig aussehen«, erwidert Peter. »Ah, da ist Gareth. Er wird uns ins Haus geleiten.«

Das Meer aus Menschen brandet gegen die niedrige Steinmauer, die Gareths Haus einfasst. Es ist aus sandfarbenen Steinen gebaut, zwei Stockwerke hoch, umgeben von einem gepflegten Garten. Zu einer Seite erhebt sich ein Hügel, der mit dunklen Tannen bewachsen ist, und auf der anderen eine Kirche. Sie steht etwas abseits des Hauses, ist aber aus den gleichen cremefarbenen Steinen errichtet. Ein schmiedeeiserner Zaun umringt das Gotteshaus sowie einen Friedhof mit verwitterten und moosbewachsenen Grabsteinen und Kreuzen.

Gareth, der in das Schwarz des Rates gekleidet ist, mit dem rot und orangefarbenen Wappen der Reformisten auf der Brust, kommt auf uns zu. Er ist noch genauso, wie ich ihn in Erinnerung habe: grau und spindeldürr, mit blassblauen Augen, die hinter einer Nickelbrille aufblitzen. Er bietet Peter und John seine Hand, die sie ohne rechte Begeisterung schütteln.

»Ich hoffe, es gab auf dem Weg hierher keine Zwischenfälle«, sagt Gareth.

»Wir sind hier, oder etwa nicht?«, gibt John zurück.

Peter wirft ihm einen scharfen Blick zu, den John ignoriert.

»Keine Zwischenfälle«, sagt Peter. »Allerdings war das wohl reine Glückssache, wie es scheint. Ich glaube mich zu erinnern, dass du diese Angelegenheit vertraulich behandeln wolltest. Jetzt sieht es so aus, als ob sich halb Harrow hier versammelt hätte.«

Gareth verzieht sein Gesicht zu einem schmalen Lächeln, das wohl eine Entschuldigung darstellen soll. »Neuigkeiten verbreiten sich schnell in Harrow, wie du ja weißt. Besonders Neuigkeiten dieser Art.« Gareth blickt über die Menge, die uns fast eingekesselt hat. Die Leute schweigen und lauschen, und diejenigen, die weit hinten stehen, verrenken die Hälse, um zu sehen, was vor sich geht. »Viele von ihnen haben erst jetzt von Nicholas' Krankheit erfahren. Es ist ganz natürlich, dass sie um sein Wohlergehen besorgt sind. Er ist sehr beliebt.« Gareths Lächeln verblasst, aber nur kurz. »Ich bin sicher, dass viele der Anwesenden dankbar sind, dass Elizabeth sein Leben verschont hat.«

»Sie hat es nicht verschont, sie hat es gerettet.« Johns Stimme klingt scharf und gereizt. Peter legt ihm die Hand auf die Schulter, aber auch das ignoriert er. »Und wenn die Leute so dankbar sind, warum dann überhaupt diese Anhörung?«

»Weil das nun einmal der offizielle Weg ist.« Gareth breitet die Hände aus, als ob auch er nur ein Rädchen im Getriebe des Rats sei und nicht sein Vorsitzender. »Der Rat beruft eine Anhörung ein, nicht das Volk. Obwohl ich mir ganz sicher bin, dass der Rat bei seiner Urteilsfindung die Dankbarkeit der Bevölkerung mit in Betracht ziehen wird.«

Keiner der Blicke, die auf mir ruhen, zeugt von Dankbarkeit.

»Der Rat hat sich versammelt und erwartet euch. Wenn ich bitten darf?« Gareth deutet – nicht auf sein Haus, sondern auf die

Kirche. »Bei dem Andrang mussten wir die Anhörung verlegen. Ich hoffe, ihr habt keine Einwände.«

»Würde es eine Rolle spielen, wenn es so wäre?«, murmelt John.

»Nein, gar nicht!«, übertönt Peter ihn munter. »Wollen wir?«

Gareth geht voraus. Die Menge folgt uns. Gareth öffnet das schmiedeeiserne Tor. Dann marschiert er mit schnellen Schritten auf das Portal zu. Sein schwarzer Mantel wölbt sich hinter ihm wie eine Sturmwolke. Peter tritt durch das Tor, aber ich zögere. Ich habe mit einem Mal eine böse Vorahnung. Das Tor: genauso wie das in Ravenscourt – groß und bedrohlich. Die Menge: wie damals vor dem Palast – wütend und aufgebracht. Der Turm der Kirche: wie ein mahnender, anklagender Zeigefinger. Die Grabsteine: wie Geschworene, die das Urteil fällen.

»Es ist bald vorbei«, flüstert mir John ins Ohr und legt beruhigend die Hand auf meinen Rücken.

Ich drehe mich zu ihm um, und da sehe ich es: eine blitzschnelle, kaum wahrnehmbare Bewegung, ein Mann in Schwarz, und dann dieses vertraute Geräusch, das Knarzen von Eibenholz, durch ein Hanfseil gespannt: ein Bogen mit angelegtem Pfeil im Moment des Schusses.

Der Schrei fährt aus meinem Mund, als der Pfeil in den Hals des Mannes neben John fährt.

2

Der Mund des Mannes öffnet sich weit, mehr aus Schock als aus Schmerz. Blut sprudelt aus der Halswunde und hat sein Hemd durchnässt, noch ehe er zu Boden fällt wie ein Sack voll Rüben.

Ringsum brechen Schreie los. Ein zweiter Pfeil zischt durch die Luft, dann ein dritter. Ein Mann sinkt zu Boden, gleich darauf eine Frau.

Peter reißt sein Schwert aus der Scheide und deutet mit der anderen Hand auf das offene Portal der Kirche. »Rein da! Rein mit euch! Sofort!« Er drängt sich an uns vorbei, zurück durch das Tor und verschwindet in der Menge.

John packt meinen Arm und zerrt mich vorwärts, während wir von hinten von der schreienden Menge zur Kirche gedrängt werden. Er stößt die Türflügel weit auf, und da steht Fifer auf der Schwelle, bleich und wunderschön in einem langen, smaragdgrünen Gewand, das Haar streng im Nacken zusammengefasst.

»Was geht da vor?« Ihre normalerweise rauchige Stimme ist dünn vor Angst. »Ich habe Schreie gehört …«

»Wir werden angegriffen.« John stößt mich durch die Tür. Hinter ihm drängen sich die Menschen, schieben ihn zur Seite, trennen uns voneinander. Er hat mich losgelassen, kämpft sich zur Tür zurück, und dann sehe ich ihn nicht mehr. »Bleib drin«, höre ich ihn rufen. »Komm nicht raus, egal, was passiert!«

»John!«, schreie ich.

»Komm nicht raus!«, ruft er noch einmal. Ich höre seine Stimme, aber ich sehe ihn nicht. Wieder schreie ich seinen Namen, aber er ist fort.

Ich hetze dicht an der Rückseite der Kirche entlang, dann durch das Seitenschiff in Richtung Querschiff. Fifer bleibt dicht hinter mir. Im Mittelgang und in den Bänken drängen sich schreiend verängstigte und entsetzte Menschen.

»Wo ist Nicholas?«, rufe ich über den Lärm hinweg.

»Bei den anderen Ratsmitgliedern!«, schreit sie zurück. »Sie treffen sich vor den Versammlungen immer in der Krypta.«

Ich bleibe vor einem großen Bogenfenster stehen, das den Blick auf den Friedhof freigibt. Etwa ein Dutzend Männer stehen dicht gedrängt am Tor, zwischen ihnen John und Peter. Peter drückt John ein Schwert in die Hand, und noch ehe ich begreifen kann, was vor sich geht, ehe ich den Anblick von John mit einer Waffe verarbeiten kann, schwärmen sie aus.

Ich streife meinen Mantel ab und lasse ihn zu Boden fallen. Dann hebe ich meinen Rock hoch, packe den Unterrock und reiße einen breiten Streifen vom Saum ab.

Fifers Mund bleibt vor Entgeisterung offen stehen. »Was machst du da?«

»Wie sieht es denn aus?« Mit der Fußspitze schiebe ich den Stofffetzen beiseite. »Ich gehe raus und helfe.«

»Das ist mir schon klar«, fährt Fifer mich an. »Aber was machst du mit deinem Kleid?«

Ich werfe ihr einen scharfen Blick zu.

»Außerdem kannst du da nicht rausgehen«, sagt sie abwehrend. »Du könntest verletzt werden.« Sie schaut sich verstohlen um, aber die Menschen, die sich um uns drängen, achten nicht auf uns. »Du könntest sterben.«

»Genau deshalb brauche ich Waffen«, sage ich. »Irgendwer hier drin muss doch bewaffnet sein. Am liebsten wäre mir ein Schwert oder ein Messer, aber ich nehme alles, was ich kriegen kann.«

Fifer runzelt die Stirn und zögert. Schließlich rafft sie ihren schweren Samtrock hoch und schiebt sich durch die Menge. Ich schaue wieder aus dem Fenster. Pfeile fliegen durch die Luft, Männer ducken sich hinter Bäumen, Hecken, Grabsteinen. Überall Geschrei, drinnen wie draußen. Überall Chaos. Kurz darauf kehrt Fifer zurück, in den Armen ein paar Messer mit Silbergriffen. Sie reicht sie mir, eins nach dem anderen, mit den Griffen zuerst.

»Ich weiß, es ist nicht das, was du erwartet hast«, sagt sie, »aber ich musste sie stehlen, also will ich keine Klagen hören.«

Ein Grinsen legt sich auf mein Gesicht, als ich das kühle, tröstliche Gewicht der Messer spüre. Ich nehme das Stück Stoff, das ich von meinem Gewand abgerissen habe, und binde es mir als Gürtel um die Taille, in den ich alle Messer bis auf eins stecke. Dann trete ich zu der kleinen Tür neben dem Fenster und schiebe den Riegel zurück.

»Verriegele die Tür hinter mir«, sage ich zu Fifer. »Und mach sie nicht auf, egal, wer davorsteht.«

»Mach keine Dummheiten«, ermahnt sie mich, ehe sie die Tür zudrückt und ich höre, wie sie den schweren Riegel vorschiebt.

Der Friedhof und das Tor liegen vor mir. Dahinter Bäume und eine Landschaft aus winterbraunen, sanften Hügeln. Rechts von mir kämpfende und schreiende Männer, Peter mittendrin. John sehe ich nicht, aber zwei Männer, Dörfler dem Anschein nach, die rücklings im Gras liegen. In ihrer Brust stecken Pfeile. Sie sind tot.

Dicht an der Mauer schiebe ich mich zur Vorderseite der Kirche. Schon nach wenigen Schritten sirrt ein Pfeil an mir vorbei, dicht gefolgt von zwei weiteren. Alle drei bohren sich in einer ordentlichen Reihe in einen Spalt zwischen zwei Mauersteinen, nur knapp neben meinem Kopf. Diese Pfeile haben ihr Ziel nicht verfehlt, sie sind eine Warnung. Ich lasse mich flach zu Boden fallen, krieche bäuchlings durch Gras und Dreck und suche Schutz hinter einem wettergegerbten Grabstein, der mit Flechten und Moos überwuchert ist. Und dann nehme ich mir ein Beispiel an den schnurgerade aufgereihten Pfeilen und sortiere meine Gedanken.

Erstens: den Schützen ausfindig machen. Die Pfeile kamen von oben. Vermutlich irgendwo aus einer Baumkrone. Zweitens: den Schützen ausschalten. Ich ziehe ein Messer aus dem Gürtel und husche von einem Grabstein zum nächsten, suche die Schatten hinter dem Laub und den Ästen über mir ab.

Wo steckst du? Los, zeig dich!

Als Antwort kommt ein vierter Pfeil, der diesmal die weiche Hautfalte zwischen meinem dritten und vierten Finger streift. Mit einem Ruck ziehe ich die Hand zurück, mit der ich den Grabstein gepackt hatte. Ich kann einen leisen Schrei nicht unterdrücken; helles Blut läuft mir über die Finger. Aus lauter Gewohnheit warte ich ruhig ab – aber nichts geschieht. Kein heißes Aufblitzen in meinem Bauch, kein scharfes Kribbeln an der Wunde. Ich habe völlig vergessen, dass ich kein Stigma mehr trage.

Ich ducke mich wieder hinter den Grabstein und mache eine Bestandsaufnahme meiner Situation: Ich blute. Ich sitze in der Falle. Ich bin bewaffnet, aber nur unzureichend, und ich habe keine Ahnung, wo sich mein Angreifer versteckt. Ich habe nicht den geringsten Vorteil auf meiner Seite. Aber in meiner zweijährigen Ausbildung zur Hexenjägerin habe ich auch deshalb überlebt, weil ich gelernt habe, das Beste aus meinen Nachteilen zu machen. Unwillkürlich klingt mir Blackwells Stimme in den Ohren. *Statt verlorenen Boden wiedergutzumachen, musst du immer das Unerwartete tun.*

Also tue ich genau das, was man nicht tun sollte, wenn man von unsichtbaren Feinden umringt ist: Ich stehe auf. Da höre ich es –

ein leises Blätterrascheln, ein überraschtes Grunzen. Aber es ist laut genug, und ich entdecke den Bogenschützen auf einem niedrig hängenden Ast einer Eiche, zusätzlich verdeckt durch die Blätter eines davor wachsenden Immergrün-Strauchs. Ich ziehe eins der schweren Silbermesser aus meinem Gürtel, hole aus, ziele, schleudere das Messer.

Und verfehle mein Ziel.

Verdammt.

Ein hämisches Lachen, der dumpfe Aufprall von Stiefelsohlen auf dem Gras. Der Angreifer ist vom Baum gesprungen und nähert sich. Schritte. Das Knistern von Bogenfedern. Das Schaben eines Pfeilschafts im Köcher. Und so tue ich das Einzige, was einem noch bleibt, wenn man einem unsichtbaren Feind gegenübersteht.

Ich laufe weg.

Der Pfeil verpasst mich um Haaresbreite, und auch nur deshalb, weil sich mein Fuß im Rocksaum verfängt und ich der Länge nach zu Boden falle. Ich rolle mich auf den Rücken und greife nach meinen Messern, aber es ist zu spät. Der Bogenschütze steht über mir. Dunkle Haare, gedrungene Statur, Anfang zwanzig. Ich kenne ihn nicht, aber er scheint mich zu kennen. Er betrachtet mich mit einem verächtlichen Grinsen und schüttelt den Kopf.

»Nach dem, was ich von dir gehört habe, habe ich mir einen besseren Kampf erhofft.«

»Wer bist du?«, frage ich.

Der Mann antwortet nicht. Er zieht einen Pfeil aus dem Köcher und legt ihn in aller Ruhe an die Sehne, wobei er mich unverwandt anstarrt.

»Ich mag es, wenn sich meine Beute wehrt«, sagt er. »Blackwell hat mir versichert, dass du nicht leicht zu erwischen sein würdest. Er wird enttäuscht sein, wenn ich ihm erzähle, dass er sich geirrt hat.« Er legt den Kopf schräg und scheint nachzudenken. »Na ja, nicht allzu enttäuscht, würde ich meinen.«

Ich rutsche rückwärts weg von ihm. Aber ich komme nicht weit. Mit dem Rücken pralle ich gegen einen Grabstein.

»Du hast hübsche Augen«, sagt er, während er geradewegs auf mein Gesicht zielt. »Ich hatte so auf eine nette kleine Jagd gehofft und nun kauerst du da vor mir wie ein Mäuschen mit huschenden Augen.«

Da erst bemerke ich das Wappen, das auf die Vorderseite seines schwarzen Wollmantels genäht ist. Es wirkt grotesk: eine rote Rose, die förmlich von ihren eigenen Dornen erstickt und von oben mit einem Schwert durchbohrt wird. Ich habe es noch nie gesehen, aber ich weiß sofort, was es ist: Blackwells neues Wappen.

»Er wird nicht gewinnen«, flüstere ich. Es sind meine letzten Worte, sie sollen wenigstens eine Bedeutung haben. »Blackwell. Er glaubt, er könne gewinnen. Aber das wird er nicht.«

Der Mann zuckt mit der Schulter. »Doch. Er hat schon gewonnen.«

Ich sage nichts. Ich warte bloß. Darauf, dass der Pfeil meinen Schädel durchbohrt, mein Gehirn. Ich warte auf den Tod und schließe die Augen, als ob es auf diese Weise weniger wehtun würde.

Und dann geschieht es, in dem kurzen Moment zwischen jetzt und gleich. Ein Schritt im Gras, das Knacken eines Zweiges. Ich reiße die Augen auf und sehe, wie der Bogenschütze herumwirbelt, aber er ist zu langsam. Schwer fällt die Klinge auf seinen Nacken und fährt ihm in den Rücken, schneidet ihn beinahe völlig in zwei Hälften.

Seine dunklen Augen leeren sich. Eine Fontäne aus Blut sprudelt aus seinem Mund über mein Gesicht, meine Arme, mein Kleid. Der Bogenschütze schwankt einmal, zweimal, und dann sinkt er zu Boden wie ein gefällter Baum. Hinter ihm steht John, Jacke und Hose sind zerrissen, das ehemals weiße Hemd rot vor Blut.

Neben mir lässt er sich auf die Knie fallen. »Ist alles in Ordnung?« Er umfasst mein Gesicht mit seinen Händen und dreht meinen Kopf sanft von einer Seite zur anderen. »Er hat dich nicht verletzt, oder?«

Mein Blick löst sich von dem niedergestreckten Bogenschützen, dessen Blut die Grabsteine besudelt und sich rings um seinen Körper zu einer Pfütze ausbreitet. Ich starre auf das Schwert in Johns Hand, von dem ebenfalls Blut tropft.

»Elizabeth.« John dreht mein Gesicht zu sich hin.

»Er hat mich an der Hand erwischt«, presse ich schließlich hervor. »Aber nicht schlimm.«

John fährt mit dem Daumen über den Schnitt, der noch immer blutet. »Das ist nicht tief, trotzdem schaue ich es mir später genauer an.« Er zieht mich auf die Füße. »Der Kerl hat dich beobachtet. Er saß da im Baum und hat auf uns geschossen, aber damit aufgehört, als du die Kirche verlassen hast. Warum hast du das überhaupt gemacht? Ich habe dir doch gesagt, du sollst drinnen bleiben. Du hättest getötet werden können.«

Ich antworte nicht, und in der Stille zwischen uns liegt die unausgesprochene Erkenntnis, dass nun alles anders ist. Ich bin nicht mehr der Mensch, der ich war, als wir uns kennenlernten, nicht mehr der Mensch, der ich noch vor drei Monaten war. Damals war ich eine Hexenjägerin, unbesiegbar, Trägerin des Stigmas und Mittelpunkt einer Prophezeiung – die meistgesuchte Person in ganz Anglia.

Wer ich jetzt bin, weiß ich nicht.

»Du solltest nicht hier draußen sein«, fährt er fort. »Es ist zu gefährlich. Du bist noch nicht vollständig genesen, und du bist nicht …« Er verstummt, aber ich ahne, was er sagen will.

»Was bin ich nicht?« Ich entziehe mich seinem Griff. »Nicht stark genug? Nicht nützlich? Ich kann nicht mehr kämpfen, also sollte ich hinter verschlossenen Türen bleiben, weil mich ja sowieso keiner haben will?« Die Worte sprudeln aus mir heraus, ehe ich mich eines Besseren besinnen kann.

»Das meinte ich nicht, und du weißt es.«

»Tut mir leid«, sage ich schnell. Er hat ja recht. »Ich hätte das nicht sagen sollen und …«

Mir verschlägt es die Sprache, als ich mit einem Mal begreife, was John getan hat. Er hat eine Waffe erhoben und jemanden getötet. Ausgerechnet er, der noch nie etwas anderes getan hat, als Leben zu retten, hat heute ein Leben ausgelöscht. »Du hast ihn getötet.« Ich werfe einen Blick auf den Bogenschützen zu unseren Füßen.

»Ja«, nickt John, »und ich bereue es nicht. Ich würde es wieder tun, wenn ich dich damit beschützen könnte. Dich, oder jemand anderen.«

Die plötzliche Heftigkeit in seiner Stimme lässt mich blinzeln. »Ich will nicht, dass du das tust«, sage ich. »Das bist nicht du.«

»Ich glaube, wir alle werden in diesem Krieg Dinge tun, die wir nicht tun wollen«, sagt er. »Lass uns jetzt gehen. Wir haben sie alle erwischt, glaube ich wenigstens. Aber wir sollten uns trotzdem erst einmal drinnen sammeln und besprechen, was zu tun ist.«

Wir gehen über den Friedhof zum Hauptportal der Kirche, wo sich einige Männer zusammengefunden haben – Peter, Gareth und ein paar, die ich nicht kenne. Sie stehen neben einer Reihe von Leichen, die in einer langsam versickernden Blutlache liegen.

»Wie viele?«, frage ich.

»Fünf.« John wirft mir einen grimmigen Blick zu. »Fünf von uns, vier Männer, eine Frau. Von denen haben wir nur den einen erwischt, den Bogenschützen. Die anderen sind verschwunden, als wir sie angriffen. Sie waren insgesamt zu fünft.«

Harrow ist ein Landstrich von etwa zehn Meilen Länge, umgeben von einer magischen Schutzbarriere, die nur jene durchlässt, die hier leben oder die – wie ich – von Bewohnern von Harrow begleitet werden. Aber nachdem Blackwell den Thron an sich gerissen hat, war auch Harrow plötzlich nicht mehr sicher. Seit die Inquisition vor vier Jahren begann, sind Hunderte von Hexen und Hexenmeistern verschwunden. Keiner weiß, wie viele von ihnen tot sind und wie viele uns verraten haben, entweder freiwillig oder unter Folter. Aber Verräter gibt es, und sie sind es, die Blackwells Männer in Harrow einschleusen.

Der erste Vorfall geschah vor einem Monat. Ein einzelner Mann – wahrscheinlich ein Späher – wurde in More-on-the-Marsh gesehen, etwa auf halbem Weg zwischen Johns Haus in Whetstone und Hatch End, wo Gareth lebt. Es war Zufall: Er fiel aus dem Baum, in dem er eingeschlafen war, und hat zwei Zauberer, die bei Tagesanbruch im nahen Teich angelten, fast zu Tode erschreckt. Er rannte weg, ehe man ihn gefangen nehmen konnte.

Das zweite Mal war bedrohlicher: Drei Männer wurden dabei erwischt, wie sie durch das Marschland schlichen, ein trostloses Gebiet mit kleinen Äckern, das sich von den Siedlungen im Norden von Harrow bis zur Südgrenze erstreckt. Sie waren nicht bewaffnet, und sie rannten nicht weg, als sie umzingelt waren. Sie lösten sich einfach in Luft auf.

Trotz der Angst, die in Harrow kursiert, dass Blackwells Männer Harrow infiltrieren, dominiert die Hoffnung. Denn der Gedanke, dass jemand, den man liebt und für tot gehalten hat, vielleicht noch am Leben ist – wenn auch als Verräter – ist für viele ein großer Trost. John allerdings, der mitangesehen hat, wie seine Mutter und seine Schwester auf dem Scheiterhaufen verbrannt wurden, kann diese Hoffnung nicht teilen.

Obwohl ich nicht für ihre Festnahme verantwortlich war, bin ich eine Komplizin derer, die es getan haben. Und ich weiß, dass auch diese Tatsache nicht leicht für ihn ist.

»Wo hast du gelernt, so mit einem Schwert umzugehen?«, frage ich ihn.

»Ich kann mit einem Schwert umgehen, seit ich laufen kann«, erwidert John und ein schwaches Lächeln überzieht sein Gesicht. »Das ist der Vorteil, wenn man einen Piraten als Vater hat.«

»Und du gehst ziemlich gut damit um«, muss ich zugeben.

Er nickt zerstreut. »Es ist eine Fähigkeit, die ich nicht oft einsetzen muss, aber jetzt bin ich froh, dass ich es kann. Besonders heute.«

Ich möchte ihn bitten, vorsichtig zu sein. Ich möchte ihm sagen, dass ich weiß, wie es abläuft. Erst braucht man noch einen Grund zum Töten. Dann ist einem jeder Grund recht. Dann tötet man ohne jeden Grund, und nach und nach raubt dir das Töten dein eigenes Leben. Ich habe es bei Caleb erlebt, und auch bei mir. Ich will nicht, dass John das Gleiche passiert.

Aber noch ehe ich etwas sagen kann, noch bevor ich ein Wort herausbringe, fällt mein Blick auf Nicholas. Ich bin unsagbar erleichtert, dass er unversehrt ist, aber die Erleichterung verwandelt sich schnell in Angst, als er zu den anderen Männern tritt, die zu mir hinblicken und auf mich deuten, auf mich und auf die Kirche. Gareth nickt entschlossen.

Peter löst sich von der Gruppe, als wir näher kommen. Nicholas folgt ihm. Peter schließt erst John in seine Arme und dann mich. Nicholas betrachtet mich aufmerksam. Seine dunklen Augen gleiten von dem Blut auf meiner Kleidung zu dem Blut auf meinen Händen. Keiner sagt etwas, als die anderen Männer, immer noch in eine lebhafte Diskussion vertieft, sich uns nähern.

»Was ist los?«, fragt John.

»Ich wollte die Frauen und Kinder in kleine Gruppen aufteilen und sie mit Eskorten nach Hause schicken«, antwortet Peter. »Dann habe ich vorgeschlagen, dass wir Wachen einteilen, bewaffnete Männer, die Tag und Nacht entlang der Schutzbarriere auf Patrouille gehen, damit es zu keiner weiteren Grenzübertretung kommt.«

»Dem habe ich zugestimmt«, ergänzt Nicholas. »Und ich bin auch der Meinung, dass die Anhörung warten kann. Nach dem, was heute geschehen ist, haben wir wahrlich Wichtigeres zu tun.«

Ich atme erleichtert auf. Es ist nur ein Aufschub, aber wenigstens habe ich ein paar Tage mehr – vielleicht eine Woche –, um mich vorzubereiten. Doch dann höre ich Gareth sagen: »Im Gegenteil. Ich denke, jetzt ist genau der richtige Zeitpunkt für die Anhörung.«

3

John tritt vor mich hin, als wollte er mich beschützen. »Nein. Es muss nicht heute sein. Wir können es verschieben.«

»Unglücklicherweise geht das nicht«, sagte Gareth. »Der Rat wurde einberufen, die Vorbereitungen für die Abstimmung sind getroffen. Die Regeln besagen, dass nach alledem auch eine Entscheidung fallen muss.« Er schaut zu Nicholas. »Diese Regeln habt Ihr selbst erlassen, als Ihr den Rat gegründet habt.«

»Die Regeln wurden eingesetzt, um Verrat in den eigenen Reihen zu verhindern, wie Ihr sehr wohl wisst«, gibt Nicholas zurück. »Sie dienen dem Schutz des Rats vor Angriffen von innen, nicht von außen.«

»Richtig«, sagt Gareth. »Aber die Menschen von Harrow sind heute hergekommen, weil sie Antworten wollen. Und sie werden Antworten bekommen.«

»Sie wollten Antworten, aber sie wurden angegriffen«, sagt Peter. »Sie haben Angst. Lasst sie heimgehen.«

»Wenn Ihr vorschlagt, dass ich den Rat neu einberufe und damit unseren Feinden eine weitere Gelegenheit gebe, uns zu attackieren, dann muss ich das ablehnen«, sagt Gareth. »Es ist kein Zufall, dass dieser Angriff heute stattfand und dass es hier passierte. Blackwells Männer wussten, wo wir sein würden. Wo *sie* sein würde.« Er wirft mir einen Blick zu, aus dem alle Jovialität verschwunden ist. »Sie suchen nach ihr, daran gibt es keinen Zweifel. Und wir müssen entscheiden, wie wir damit umgehen. Und zwar heute.

Allerdings werde ich Euch nicht aufhalten, wenn Ihr Euch zurückziehen wollt«, setzt Gareth mit einem Blick auf Nicholas hinzu. »Die Regeln lassen zu, dass der Ratsvorsitzende für ein verhindertes Mitglied abstimmen kann. Ich werde sehr gerne diese Aufgabe für Euch übernehmen.«

Nicholas sagt nichts, aber die Wut in seinen dunklen Augen spricht Bände.

Als ich Gareth das erste Mal sah, hielt ich ihn für einen Schreiber. Von Peter erfuhr ich damals, dass er ein Mitglied des Rats ist, und jetzt ist er sogar sein Vorsitzender. Offensichtlich ist er sehr gut darin, die Nöte anderer zu seinen Gunsten auszunutzen – ähnlich wie Blackwell. In diesem Augenblick treffe ich eine Entscheidung. Es mag zwar zu meinem Vorteil sein, wenn die Anhörung verschoben würde, aber ich will nicht, dass die Menschen in Harrow meinetwegen leiden.

»Gareth hat recht«, sage ich zu Nicholas. »Wir sollten die Anhörung heute abhalten. Es hat keinen Sinn, die Sache noch länger aufzuschieben.«

Vielleicht hat Nicholas erwartet, dass ich das sagen würde, vielleicht hat er es gehofft. Wie auch immer, er nickt nur knapp.

»Ausgezeichnet.« Gareth klatscht in die Hände und deutet dann zur Kirche. »Können wir?«

»Darf sie sich wenigstens umziehen?«, fährt John auf und deutet auf meine blutbesudelte Kleidung. »So müssen die anderen sie doch nicht sehen.« Er spricht es nicht aus, aber das ist auch nicht nötig. Fifers Bemühungen, mich jung und unschuldig aussehen zu lassen, wurden samt und sonders zunichtegemacht, und wenn ich jetzt vor den Rat trete, gibt es keinen Zweifel mehr an dem, was ich bin.

Eine Mörderin.

»Ich fürchte, das geht nicht.« Diesmal ist es Nicholas, der die Forderung ablehnt. »Wenn der Rat einmal einberufen wurde und die Person, um die es geht, anwesend ist, muss die Anhörung unverzüglich beginnen.«

Gareth nickt. »In der Tat, das sind die Regeln.«

John wirft mir einen Blick zu, zieht seine Jacke aus und legt sie mir über die Schultern. Mein wunderschönes Kleid aus blauer Seide und Brokat ist ruiniert: zerrissen und mit Schmutz-, Gras- und Blutflecken übersät. Mein sorgfältig geflochtenes Haar hängt in wilden Strähnen über meine Schultern. Johns Jacke verhüllt nur wenig davon. Aber seine Geste enthüllt umso mehr: dass ich mich auf ihn verlassen kann, dass er treu zu mir steht, dass wir zusammengehören, obwohl es nur für mich Hilfe, aber für ihn Schmerz und Entbehrung bedeutet.

Die Scharniere des schweren Portals knarren, als Gareth die Flügel aufdrückt. Innen ist es ruhig geworden, und ich sehe nun Dinge, die ich vorher nicht bemerkt hatte: In einem verzierten Steingefäß in der Vorhalle wirbelt Wasser träge wie Öl. An kleinen Haken in den Rückenlehnen der Kirchenbänke aus glänzend poliertem Eichenholz hängen blutrote Kniekissen. Von den schweren Deckenbalken hängt die rot-blau-weiße Flagge von Anglia neben der Reformistenflagge in Schwarz, Rot und Orange. In der Kirche riecht es scharf nach Räucherwerk: Weihrauch, Amber und Myrrhe. Besänftigende Düfte – an jedem anderen Tag, nur nicht heute.

Immer noch drängen sich die Menschen in den Kirchenbänken, stehen im Mittelgang und in den Seitenschiffen. Und alle schauen mich an.

Vielleicht liegt es an dem schwachen, in bunten Facetten gebrochenen Licht, vielleicht ist es die kühle Luft hier drin, vielleicht auch meine Angst, jedenfalls verdunkeln sich die Ränder meines

Blickfelds und ich werde von dem unbändigen Verlangen gepackt wegzurennen. Hinaus aus dem Portal, durch den Tunnel aus Bäumen, über die hügeligen Wiesen, hinaus aus Harrow. Und wohin dann? Seit jenem Tag, an dem mir das Bündel Kräuter aus der Schürzentasche gefallen ist, ich als Hexe gebrandmarkt und als Verräterin in den Kerker geworfen wurde, seit jenem Tag, an dem sich mein Leben für immer geändert hatte, verfolgt mich diese eine Frage.

Eine Hand packt meine Schulter und dreht mich um. Nicholas tritt ganz nah an mich heran. »Du wirst versucht sein zu lügen, aber tu es nicht.« Er spricht leise. »Sie werden dir Fragen stellen, die du nicht beantworten willst, aber wenn du nicht die Wahrheit sagst, werden sie es merken. Sag ihnen, was du weißt und woher du es weißt. Genau so, wie du es mir gesagt hast. Der Rest«, setzt er hinzu, »kommt von selbst.«

Der Rest kommt von selbst. Alles andere fügt sich zusammen. Diese Worte, dieser Katechismus, verfolgen mich auf Schritt und Tritt. Erst verlangte Nicholas von mir, dass ich mich von der Prophezeiung einer Seherin leiten ließ, jetzt erwartet er, dass ich fremde Männer über mein Schicksal entscheiden lasse. Sein Glaube soll mich ermutigen. Aber dieser Glaube legt mein Leben in die Hände anderer Menschen, und meiner Erfahrung nach ist dies der denkbar ungeeignetste Ort dafür.

Gareth tritt vor und nimmt meinen Arm. Widerstrebend lässt John mich los, und ebenso widerstrebend gehe ich mit Gareth durch das Mittelschiff. Die Menschen starren mich an, flüstern miteinander. Ich fühle mich wie eine Braut, die vom falschen Bräutigam zum Altar geleitet wird.

Wir erreichen die Kanzel, die mit vielfältigen Schnörkeleien verziert und golden bemalt ist. Der Buchständer hat die Form eines Raben: ein Bote für die Wahrheit, aber ebenso ein Symbol für Unglück und Täuschung. Davor ist eine Reihe mit Stühlen aufgestellt. Sie sind schlicht, bis auf den einen in der Mitte, der mächtig und unbequem aussieht, kantig und klobig, mit einer spitz zulaufenden Rückenlehne. Die vier dicken Stuhlbeine sind wie Löwen geformt.

Hinter dem Altar öffnet sich eine Tür. Heraus kommen Männer, die genauso gekleidet sind wie Gareth und Nicholas, in schlichte, bodenlange Gewänder aus schwarzem Samt, mit Kapuzen und dem Emblem der Reformisten versehen: eine kleine Sonne in einem Quadrat, das wiederum in einem Dreieck steht und dann in einem Kreis, besser gesagt, einer Schlange, die ihren eigenen Schwanz verschlingt. Ein Ouroboros. Die Mitglieder des Rats. Die Männer, die über mich urteilen werden.

Gareth führt mich zu dem Stuhl in der Mitte und bedeutet mir, Platz zu nehmen. Sogleich schießen Eisenketten aus den Armlehnen und Stuhlbeinen und schlingen sich um meine Hand- und Fußgelenke. Die geschnitzten Löwen erwachen zum Leben, reißen knurrend ihre Mäuler auf und zeigen die scharfen Holzkrallen. Ich will zurückweichen, kann aber nirgends hin. John, der in der ersten Reihe neben Fifer und Peter sitzt, springt auf und will protestieren, aber Peter packt ihn an der Schulter und zieht ihn wieder auf die Kirchenbank.

Gareth tritt hinter die Kanzel. Er ist nur einer von siebzehn Ratsherren, aber der einzige, der von Bedeutung ist. Er räuspert sich.

»Bevor wir anfangen, wollen wir einen Moment lang in stiller Trauer jenen gedenken, die heute ihr Leben gelassen haben.«

Er liest die Namen der vier Männer und der Frau vor, die getötet wurden, dann dreht er sich um und richtet das Wort an die Zuschauer. »Wie ihr alle wisst, sind wir heute hier zusammengekommen, um zu entscheiden, ob Elizabeth Grey das Privileg zuteilwerden soll, innerhalb der schützenden Grenzen von Harrow zu bleiben, oder ob sie auf Lebenszeit verbannt werden soll.«

Aus den Kirchenbänken erhebt sich Murmeln.

Gareth fährt fort: »Der heutige Angriff ist bereits das dritte Vorkommnis dieser Art. Dreimal bereits ist es Blackwell, dem neuen König von Anglia, gelungen, nach Harrow vorzudringen. Aber es ist das erste Mal, dass er Männer geschickt hat, um zu holen, was er für sein Eigentum hält. Während eine der grundlegenden Regeln unserer Gesellschaft als Reformisten lautet, jenen Schutz zu gewähren, die darum bitten, müssen wir entscheiden, ob dieser Schutz zu Lasten unserer eigenen Sicherheit gehen darf.«

»Die Angriffe auf Harrow sind nicht Elizabeths Schuld«, sagt Nicholas. »Blackwells Männer würden auch dann kommen, wenn sie nicht hier wäre.«

»Wir haben viele Jahre lang in der Sicherheit von Harrow gelebt, ohne jeden Zwischenfall«, entgegnet Gareth. »Es fällt mir schwer zu glauben, dass zwischen ihrer Anwesenheit und diesen Attacken kein Zusammenhang besteht.«

»Ich denke, uns allen fällt es schwer zu glauben, dass der frühere Inquisitor ein Zauberer sein soll«, kontert Nicholas. »Und doch ist es so.«

»Das Mädchen ist gefährlich«, sagt ein Ratsmitglied. Er ist der älteste der Männer, sogar noch älter als Nicholas. Seine bleiche Haut und sein schütteres weißes Haar heben sich grell von dem schwarzen Gewand ab. »Das kann man nicht leugnen. Aber sie hat Nicholas das Leben gerettet, und auch das ist nicht von der Hand zu weisen. Wenn sie nicht gewesen wäre, wäre er jetzt tot.«

Zwei Männer, die nebeneinandersitzen, nicken einträchtig. »In der Tat, sie hat sein Leben gerettet«, sagt einer von ihnen. »Natürlich könnte man argumentieren, dass ein gerettetes Leben nicht all die Leben aufwiegt, die sie genommen hat.« Er fixiert mich mit zwei verschiedenfarbigen Augen, eins ist dunkelbraun, das andere kanariengelb. »Von wie vielen Leben sprechen wir, Miss Grey?«

Ich schweige kurz und überlege, was ich sagen soll. Wie aufs Stichwort bemerke ich, wie Nicholas ganz leicht den Kopf schüttelt. Keine Lügen. Ich fühle die Last von tausend Augenpaaren auf mir und fange in Johns dicker Jacke an zu schwitzen. Und ich wende den Blick ab, als ich die Frage beantworte, die er mir nicht zu stellen wagte.

»Einundvierzig«, murmele ich.

»Wie bitte?« Das gelbe Auge des Mannes glitzert vor Bosheit. »Ich glaube nicht, dass die Leute in den hinteren Reihen Euch hören können.«

»Einundvierzig«, sage ich noch einmal etwas lauter.

Der Mann nickt grimmig. »Wie ich schon sagte: einundvierzig Leben genommen, eins verschont ...«

»Gerettet«, verbessert ihn Nicholas, genauso wie John Gareth verbessert hat. »Sie hat mein Leben nicht verschont, sie hat es *gerettet*. Mein Leben und noch andere.« Nicholas schaut Fifer an, aber nicht John. Niemand der anwesenden Ratsmitglieder weiß, was ich getan habe, um sein Leben zu bewahren. »Und wenn sie die Gelegenheit bekommt, könnte sie noch viel mehr retten ...«

»Ihr wollt doch nicht andeuten, dass wir einer Hexenjägerin gestatten sollen ...«

»Einer ehemaligen Hexenjägerin«, korrigiert Nicholas ruhig.

»Mit uns zu kämpfen? Für uns zu kämpfen?« Die beiden Ratsmitglieder wechseln einen Blick und plustern sich auf wie zwei Krähen. »Woher sollen wir wissen, dass das alles nicht eine ausgeklügelte Falle ist? Ein Plan, den sie mit Blackwell ausgeheckt hat, um nach Harrow zu gelangen und uns allen den Garaus zu machen?«

Schweigen senkt sich über das Kirchenschiff. Die Menschen lassen die Worte wirken. Sie stellen sich vor, dass ich sie täusche, dass ich sie in eine Falle locke, die Blackwell sich hat einfallen lassen und die damit endet, dass ich alle in Harrow umbringe. Unmöglich.

Oder auch nicht.

»Es gibt keinen Plan.« Ich packe die harten, kantigen Armlehnen mit beiden Händen. Meine Stimme zittert, aber ich kann nicht lauter sprechen. »Ich würde Blackwell niemals helfen. Jetzt nicht mehr.«

Die Ratsherren schauen sich an. Aus ihren Blicken spricht im besten Fall Überraschung, im schlimmsten Unglauben. Letzteres überwiegt bei Weitem.

»Ich will niemandem schaden. Das wollte ich nie«, sage ich. »Ich war noch ein Kind, als ich zur Hexenjägerin ausgebildet wurde. Mir war nicht klar, was das alles bedeutete, was vor mir lag. Und ich hatte keine Ahnung, was ich sonst tun sollte.« Das ist eine schlimme, eine jämmerliche Entschuldigung. Aber es ist die Wahrheit.

»Aber egal, ob ich hierbleibe oder nicht, Blackwell wird kommen«, fahre ich fort. »Er will Harrow entweder erobern oder vernichten. Und er wird nicht aufgeben, bis er seinen Willen bekommen hat. Das ist etwas, das ihr wissen solltet: Er kriegt immer das, was er will.«

Wieder schauen sich die Mitglieder des Rats an.

»Wenn ihr mir erlaubt zu bleiben, kann ich euch helfen«, sage ich. »Ich kann euch helfen, ihn abzuwehren. Oder ihn unschädlich zu machen.« Ich vermeide das Wort »töten«. »Ich habe drei Jahre für ihn gearbeitet, habe unter seinem Dach gelebt. Ich kenne ihn.«

»Nicht gut genug, möchte ich behaupten«, lässt sich der gelbäugige Mann vernehmen. »Ansonsten hättet Ihr bemerkt, dass er ein Zauberer ist. Trotz allem, was Ihr jetzt sagt, ist Euch anscheinend das wichtigste Detail entgangen. Dabei war es direkt vor Euren Augen.«

»Ich dachte, er benutzt Zauberer und Hexen, um Magie zu bewirken!« Meine Stimme erhebt sich, und die Löwen zu meinen Füßen fletschen warnend die Zähne. »Er hat mir gesagt, dass er Magie hasst. Woher hätte ich denn wissen sollen, dass er lügt?«

»Wie kann es sein, dass Ihr es nicht bemerkt habt?« Es ist der alte, weißhaarige Mann, der jetzt spricht. Er klingt nicht abfällig, nur verwirrt. »Nicholas erzählte uns, dass Ihr ein gebildetes, intelligentes Mädchen seid.«

»Ja, aber mehr nicht«, antworte ich. Meine Stimme ist jetzt wieder ruhig. »Ich bin nur ein Mädchen. Oder das war ich, als ich bei ihm war. Ich war dreizehn. Ich schaute zu ihm auf. Er war mein Lehrer, mein Mentor.« Beinahe hätte ich es dabei belassen, aber ich spreche weiter. »Ein Vater, nachdem ich meinen eigenen verloren hatte. Ich bin nie auf die Idee gekommen, er könnte ein Zauberer sein.«

Und dann erzähle ich ihnen alles, was ich weiß, alles, was ich Nicholas erzählt habe. Dass ich die Geliebte des Königs war. Dass man mich verhaftete, weil ich Kräuter bei mir hatte, die eine Schwangerschaft verhindern sollten. Dass man mich zum Tode verurteilte. Dass Nicholas mich gerettet hat. Wie ich herausfand, dass Blackwell ein Zauberer ist, und ich mich auf die Suche nach der Fluchtafel machte, mit der Blackwell Nicholas umbringen wollte. Und dass es mir nur deshalb gelang, diese Fluchtafel aus ihrem dunklen, feuchten, modrigen und mit tödlicher Magie gespickten Grab zu holen, weil Blackwell mich haben – und töten – wollte.

»Er hat auch mich betrogen«, sage ich schließlich. »Ich habe geglaubt, was er mir sagte. Ich hatte keinen Grund, an seinen Worten zu zweifeln, keinen Grund, nach Lügen zu suchen. Aber jetzt kenne ich die Wahrheit, und ich kann euch helfen, ihn aufzuhalten.« Ich schaue zu John hin, und seine haselnussbraunen Augen weiten sich, als ihm klar wird, was ich gleich sagen werde: »Ich werde für euch k…«

John ist aufgesprungen, ehe ich den Satz beenden kann.

»Sie kann nicht kämpfen«, sagt er. »Sie ist noch immer nicht gesund. Noch nicht stark genug. Und sie hat kein …« John verstummt, weil niemand wissen soll, dass ich kein Stigma mehr habe.

Es war Nicholas, der darauf bestand, diese Tatsache vor dem Rat geheim zu halten. Er fürchtet, dass der Rat ansonsten schlimmstenfalls auf die Idee kommen könnte, mich nicht bloß zu verbannen, sondern hinzurichten.

»Sie wäre beinahe gestorben«, endete John schließlich.

»Ich bin geneigt, mich dieser Meinung anzuschließen.« Ein Ratsmitglied zu meiner Rechten, das bislang geschwiegen hat, ergreift das Wort. »Sie ist ein Kind. Und wie Mr Raleigh zu Recht erklärt hat, ein krankes Kind.« Seine Augen, von einem dunklen Kornblumenblau, betrachten mich aufmerksam, aber nicht unfreundlich. »Ich weiß wirklich nicht, was sie für uns tun könnte, wozu wir selbst nicht in der Lage wären.«

Ich erstarre, als er mich dermaßen unterschätzt.

»Sie war eine Hexenjägerin, und nicht nur das: Sie war eine der besten«, erklärt Gareth. Ich empfinde eine Art Dankbarkeit, weil er für mich in die Bresche springt – bis mir klar wird, dass es eher als Anklage gemeint ist. »Und es ist nicht zu bestreiten, dass es ihr gelungen ist, in Blackwells Festung einzudringen, sich durchzukämpfen und die Fluchtafel zu zerstören.«

Unter den Räten erhebt sich eine lebhafte Diskussion.

»Sie hat enormen Mut bewiesen …«

»… ging zurück in dieses Grab, obwohl sie beim ersten Mal fast lebendig begraben worden wäre …«

»Sie ist einmal dort hineingelangt, vielleicht kann es ihr wieder gelingen …«

»Abgesehen vom Kämpfen«, mischt sich Nicholas ein, »gibt es noch viel mehr, worin Elizabeth uns unterstützen kann. Sie kann uns helfen, eine Armee auszubilden. Sie kann uns mit Informationen versorgen. Über Blackwells Strategie, sein Zuhause, seine Verteidigungsmaßnahmen. Seine Hexenjäger. Natürlich ist genau das der Grund, warum er sie unbedingt haben will. Er weiß, dass diese Informationen gegen ihn verwendet werden können.«

»Ihr sprecht von einer Armee«, wendet sich einer der Räte an Nicholas. »Was für eine Armee? Wir verfügen lediglich über ein paar Wachen, eine Handvoll Piraten und einige Adelige.« Er blickt zu den Kirchenbänken. »Wir haben weder die Stärke noch sind wir zahlreich genug. Es sei denn, wir fangen an, Männer für den Kampf zu rekrutieren. Männer, die keine Erfahrung als Soldaten haben.«

»Wir werden eine Armee aufstellen«, sagt Nicholas. »Aber die Verhandlungen darüber werden nicht einfach sein. Francia hat uns Soldaten zugesagt, aber verständlicherweise müssen sie heimlich vorgehen. Sie müssen ihre eigenen Grenzen schützen, und obwohl sie sich garantiert nicht auf Blackwells Seite stellen, werden sie auch nicht riskieren, sich ihn zum Feind zu machen. Eine Wiederholung dessen, was mit König Malcolm geschehen ist, möchte der König von Francia vermutlich vermeiden.«

In der Nacht nach dem Kostümfest, nachdem Peter uns aus Blackwells Festung in Greenwich gerettet hatte, wurden Malcolm und Königin Margaret verhaftet und im Fleet-Gefängnis eingekerkert. Ihre Verhaftung hat ganz Harrow in Angst und Schrecken versetzt. Einen König ins tiefste Verließ zu werfen, ihn vielleicht sogar zu töten, mag sich nicht einmal der glühendste Reformist vorstellen.

»Und in der Zwischenzeit?«, wendet sich der Mann mit den blauen Augen an Nicholas. »Glaubt Ihr, Blackwell wird abwarten, bis wir Truppen aufgetrieben haben? Bis sie hier eintreffen, werden Wochen vergehen, und er wird vorher angreifen. Was sollen wir tun?«

»Uns vorbereiten«, sagt Nicholas. »Unsere Wachen versammeln, mehr Männer rekrutieren. Männer, die sich freiwillig melden und die sich als Soldaten eignen. Männer, die sich freiwillig melden, auch wenn sie noch keine Erfahrung haben. Wir müssen unsere

Grenzen für alle von außen öffnen, die bereit sind, für uns zu kämpfen.«

Er wendet sich den Kirchenbänken zu und blickt denjenigen, die in der ersten Reihe sitzen, direkt in die Augen.

»Es reicht nicht, einfach abzuwarten und die Gefahr schönzureden. Aber es ist auch nicht angebracht, jemandem die Schuld zuschieben zu wollen, auf andere mit dem Finger zu zeigen und zu bestrafen.« Nicholas betrachtet die Ratsherren einen nach dem anderen. »Wir haben uns lange genug versteckt. Krieg steht nicht nur vor unserer Tür, er hat schon die Schwelle überschritten und Schwerter und Pfeile in unser Heim gebracht. Wenn ihr Elizabeth ins Exil schickt oder sie unserem Feind ausliefert, werdet ihr diese Tür nicht verschließen. Wir müssen Blackwell zeigen, dass er sich nicht einfach nehmen kann, was er will, dass Harrow nicht fallen wird, solange wir hier sind und es verteidigen. Und dabei kann uns Elizabeth helfen.«

Die Männer und Frauen in den Kirchenbänken murmeln miteinander und nicken zustimmend. Gareth schaut von Nicholas zu mir und dann zu den Räten.

»Stimmen wir ab.«

4

Die Ratsmitglieder erheben sich von ihren Stühlen und gehen durch das Mittelschiff in Richtung Kirchenportal. Neben dem mit Wasser gefüllten Becken bleiben sie stehen. Der vorderste Mann hebt die Hand und deutet mit dem Zeigefinger zum Himmel. Dann schiebt er mit der anderen Hand den weiten Ärmel seiner Samtrobe zum Schutz vor dem Wasser hoch, senkt den Arm und taucht den Zeigefinger in das Becken.

Ich sehe, wie das Wasser, das eben noch träge seine Kreise zog, sich schneller bewegt, wie ein Strudel. Ein paar Tropfen spritzen in die Höhe. Nach einer kurzen Weile bricht eine kleine Dampfwolke empor, und der Mann zieht die Hand wieder aus dem Wasser. Einer nach dem anderen tun es die anderen Räte ihm nach.

Als der letzte Mann zurücktritt, steht das Wasser mit einem Mal still, wird glatt und glasig wie ein Spiegel, der silbrig und einladend schimmert. Es ist kein Becken mit Weihwasser, wie ich zuerst dachte, sondern eine Seher-Schale.

Ich habe bei meinen Verhaftungen solche Schalen schon verschiedentlich in Häusern von Zauberern gefunden, aber noch nie eine im Einsatz gesehen. Sie werden benutzt, um die Gedanken von vielen Menschen zu lesen, statt bloß die eines einzigen, wie es ein Seher-Spiegel erlaubt. Wasser ist ein starker Leiter und ein Element der Wahrheit. Man kann es nicht belügen, was bedeutet, dass Ratsherren nicht käuflich sind und auch nicht unter Druck gesetzt werden können. Das muss ein Teil der Regeln sein, die Nicholas eingeführt hat. Diese Magie trägt seine Handschrift: einfach, ehrlich und wirkungsvoll.

Jedes Ratsmitglied tritt vor und wirft einen Blick in das Wasser. Einige brauchen dafür nur einen Moment, andere lassen sich Zeit. Aber jeder nickt, nachdem er hineingesehen hat, und kehrt dann zu seinem Stuhl zurück. Seufzend schaben ihre Wollgewänder gegen das Holz, als sich die Männer setzen.

Gareth tritt zur Kanzel. Ich habe kaum Zeit, meine feuchten Handflächen auf den Armlehnen des Stuhls abzuwischen, da spricht er schon.

»Unentschieden.«

Fifer schaut erst mich an, dann John. Auf ihren Lippen liegt ein grimmiges Lächeln voller Entschlossenheit. Peters Gesicht wirkt beunruhigt, ihm ist klar, dass man mich wahrscheinlich wegschicken wird, was bedeutet, dass er seinen einzigen Sohn verliert. Bei einem Stand von 8:8 kann nur Gareth als Vorsitzender des Rats eine Entscheidung treffen.

»Gehen oder bleiben.« Gareths Stimme verrät, wie sehr er es genießt, im Mittelpunkt der Aufmerksamkeit zu stehen und über das Schicksal eines Menschen entscheiden zu dürfen. »Es ist deutlich geworden, dass einige von euch Elizabeth Grey als Gefahr betrachten, als jemanden, dem man nicht vertrauen kann, der brutal ist und verräterisch.«

Fifer macht den Mund auf, will widersprechen, schweigt dann aber. Sie kann nichts dagegen sagen, denn Gareth spricht die Wahrheit. Ich habe Blackwell verraten, ansonsten wäre ich noch bei ihm. Wie Caleb, der ihm bis zum eigenen Ende die Treue hielt.

»Allerdings betrachten wohl einige von euch genau diesen Umstand als Vorteil, da wir es mit einem Feind zu tun haben, der ebenfalls brutal und verräterisch ist und dem man ebenso wenig vertrauen kann.«

Nicholas lässt Gareth nicht aus den Augen. Sein Blick wird dunkel und hart, wie ich es schon einmal erlebt habe: Genau dieser Blick lag in seinen Augen, als Veda, seine Seherin, ihm verkündete, dass ich eine Hexenjägerin war. Dass ich nicht das unschuldig angeklagte Mädchen war, für das er mich hielt. Damals hatte ich Angst vor ihm, und trotz allem, was er für mich getan hat, fürchte ich ihn noch immer.

»Obwohl ich anfangs anderer Meinung war, kann auch ich diesen Vorteil erkennen«, fährt er fort. »Aber wenn es Euch, Miss Grey, gestattet werden soll, weiterhin hier in Harrow zu bleiben, dann nicht nur unter der Bedingung, dass Ihr für uns kämpfen und unsere Armee ausbilden werdet, dass Ihr uns mit Informationen versorgt. Ich will, dass Ihr Euer Wissen dazu verwendet, um den Mann zu vernichten, der Euch ausgebildet hat.« Er verstummt kurz, dann hallen seine kalten, harten Worte wie hämmernder Stahl durch das stille Kirchenschiff. »Ich will, dass Ihr ihn tötet.«

Hier sitze ich, angekettet an einen Stuhl, in einem blutgetränkten Kleid mit einer blutgetränkten Vergangenheit, und wieder einmal verlangt man von mir, dass ich Blut vergieße, um Frieden zu finden. Ich schaue John an. Er hält meinem Blick stand und seine Augen sagen mir genug. Er will, dass ich ablehne, dass ich mich weigere, dass ich ins Exil geschickt werde und wir gemeinsam Anglia verlassen und irgendwo hingehen können, wo wir in Sicherheit sind.

Aber ich habe noch nie auf das gehört, was andere wollten.

»Also schön«, sage ich. »Ich werde für Euch kämpfen. Ich werde …« Ich halte inne und sammle meine Kraft für das, was ich sagen will: »Ich werde ihn töten.«

Gareth nickt zufrieden. Er hat die Antwort bekommen, die er

wollte. John dagegen gibt eine Antwort, mit der ich nicht gerechnet habe und die ich mir auch nicht wünschte. Er steht auf und sagt: »Dann werde auch ich kämpfen.«

In den Kirchenbänken erheben sich laute Stimmen, aber eine, melodischer als die anderen, übertönt sie alle. »Das darfst du nicht. Das darf er nicht.«

Wie alle anderen drehe auch ich mich zu der Stimme um. Da steht Chime, die hübsche Dunkelhaarige, die ich auf dem Winternachtsfest getroffen habe und die ein Auge auf John geworfen hatte, ehe ich auftauchte. Sie blickt zu dem Ratsherrn links von mir, der die gleichen kornblumenblauen Augen hat wie sie. Jetzt weiß ich, wer das ist. Fifer hat mir von ihm erzählt. Es ist Chimes Vater, Lord Fitzroy Cranbourne Calthorpe-Gough.

»Ich muss wirklich protestieren.« Er blickt zu seiner Tochter und dann wieder zu Gareth. Auf seinen ebenmäßigen Zügen liegt ein zorniger Ausdruck. »Ich verstehe nicht, wie es hilfreich sein kann, wenn ein Heiler in den Kampf zieht.«

»Ich verstehe nicht, wieso es *nicht* hilfreich ist«, gibt Gareth zurück. »Ihr selbst sagtet, dass wir keine Armee haben, nicht genügend Männer für den Kampf. Jetzt haben wir einen mehr.« Er schenkt John ein sprödes, nachsichtiges Lächeln. Der aber verzieht keine Miene.

»Das hier bedeutet Krieg«, fährt Lord Cranbourne Calthorpe-Gough fort. »Es wird Verletzte geben. John Raleigh ist ein Heiler. Er rettet Leben. Er tötet nicht.«

»Und doch hat er es heute getan, und zwar ohne zu zögern«, kontert Gareth. »Und soweit ich das beurteilen kann, hat er seine Sache gut gemacht. Er hat den Kampf schon aufgenommen.«

Darauf gibt es nichts mehr zu sagen. Gareth hat recht. Wie auch immer es ausgehen mag, in dem Moment, in dem wir uns begegneten, war John der Kampf vorherbestimmt. Aber auch Chimes Vater spricht die Wahrheit: Töten ist nichts für John.

»Das ergibt doch keinen Sinn«, sagt Lord Cranbourne Calthorpe-Gough. »Wir brauchen einen Heiler, um die …«

Gareth winkt ab. »Wir haben noch mehr Heiler.«

»Aber es gibt doch bestimmt …«

»Genug.« Johns tiefe und entschlossene Stimme klingt durch die Kirche. »Ich bin dankbar für Eure Fürsorge, aber sie ist unnötig. Ich sagte bereits, dass ich kämpfen werde, und meine Entscheidung ist endgültig.« Er richtet den Blick auf Gareth. »Sind wir hier fertig?«

Ich erwarte, dass Gareth John für seine Schroffheit tadeln wird, aber er lächelt bloß.

»Die Anhörung ist beendet.«

Die Ketten um meine Hand- und Fußgelenke öffnen sich und fallen klirrend zu Boden. Die Löwen ziehen sich zurück, legen sich um die hölzernen Stuhlbeine und erstarren. Schweigend gehen die Menschen durch das Mittelschiff und die Seitengänge und dann zum Portal hinaus.

Gareth nimmt seine Bücher von der Kanzel und verlässt die Kirche gemeinsam mit den anderen Räten durch die Seitentür. John bahnt sich seinen Weg zu mir, wird aber ständig von Männern und Frauen abgefangen, die ihm die Hand schütteln und ihm danken.

Seit vor zwei Jahren die Rebellion in Upminster – Anglias Hauptstadt und Blackwells Machtzentrum – begann, ist das Leben in Harrow schwierig geworden. Von überallher kommen Hexen und Zauberer, um hier Zuflucht zu suchen, um sich vor der Inquisition und den Hexenjägern in Sicherheit zu bringen, um dem Gefängnis und der Folter und dem Tod auf dem Scheiterhaufen zu entgehen. Aber je mehr Leute kommen, desto weniger bleibt für den Einzelnen. Essen, Land, Vorräte und Waffen – alles wurde rationiert.

John ist sehr beliebt. Wie könnte es auch anders sein? Er steht den Menschen bei, wenn sie krank sind, oft für wenig Geld und noch öfter ganz umsonst. Jetzt zieht er meinetwegen in die Schlacht, und viele bezweifeln vermutlich, dass er zurückkehren wird.

Fifer ist als Erste bei mir. Wie aus dem Nichts taucht sie vor meinem Stuhl auf. Sie zieht mich auf die Füße und gemeinsam gehen wir hinaus auf den Friedhof, wo wir die Blicke der Männer und Frauen nicht mehr auf uns spüren. Wir treten in den Schatten unter einem Baum, nicht weit von der Stelle entfernt, wo Blackwells Bogenschütze mich in die Enge getrieben hat, wo sein dunkles, geronnenes Blut in der hellen Sonne die Erde verkrustet. Dort bleibt sie stehen und stemmt die Hände in die Hüften.

»Hast du den Verstand verloren?«, fährt sie mich an. »Kämpfen? Blackwell töten? Warum hast du zugestimmt?«

»Ich hatte keine andere Wahl.«

»Oh doch, die hattest du«, sagt sie. »Du hättest … hm, was nur … *nicht* zustimmen können.«

»Das hätte ich auch getan, wenn ich noch mein Stigma hätte«, sage ich. »Den Kampf abzulehnen hätte mehr Probleme bereitet, als ihn anzunehmen. Der Rat hätte Fragen gestellt und die Wahrheit wäre garantiert ans Licht gekommen.«

Fifer blickt sich um. Als sie sich vergewissert hat, dass niemand uns belauscht, senkt sie die Stimme und sagt: »Du könntest sterben.«

»Werde ich aber nicht«, sage ich. Leere Worte. Ein solches Versprechen kann ich nicht geben und das weiß sie auch. »Ich werde jedenfalls nicht herumsitzen und nichts tun.« Ich schaue mich um. Immer noch strömen Menschen aus der Kirche, aber der eine, den ich suche, ist nicht dabei. »Ich habe keine Ahnung, was John sich dabei gedacht hat, als er sagte, er würde ebenfalls kämpfen.«

»Ich schon«, sagt Fifer. »Er hat an dich gedacht.«

»Wie auch immer. Es ist unmöglich.«

»Ich weiß, dass du das denkst«, sagt sie. »Aber wenn ich ganz ehrlich bin, hätte es schlimmer kommen können. Er hat dein Stigma, also kann er nicht verletzt werden. Und er ist ein ziemlich guter Kämpfer. Peter hat ihn selbst ausgebildet.«

»Ich hab's gesehen.«

»Wenigstens hast du dich nicht vollständig zum Narren gemacht wie Chime, dieses Milchgesicht«, fährt Fifer fort. »Was fällt ihr ein, in Johns Namen zu sprechen? Hast du gesehen, wie sie aufgesprungen ist und herumgekläfft hat wie ein Fischweib, dem man den Fang stehlen will?«

»Sie hat wohl kaum gekläfft«, sage ich. »Sie hat ihn nur verteidigt. Sie hat getan, was ich hätte tun sollen.«

»Es steht ihr nicht zu, ihn zu verteidigen«, sagt Fifer entschieden. »Aber wo wir gerade von ihm sprechen ...« Sie ruckt mit dem Kopf zu John, der endlich aus der Kirche kommt.

Das Blut auf seinem weißen Hemd ist zu dunklen, harten Flecken getrocknet. Er hat die Ärmel hochgekrempelt. Auch seine Hände und Unterarme sind rot verschmiert. Das Haar ist zerzaust und verschwitzt, das Gesicht gequält und voller Sorge. Als er zu uns tritt, schlingt er einen Arm um mich und zieht mich an sich.

»Ich brauche dringend ein Bad«, flüstert er und küsst mich dann.

Ich lächle ihn an. Fifer rollt mit den Augen. John tritt einen Schritt zurück. »Du hättest nicht zustimmen sollen zu kämpfen«, sagt er.

»Genau meine Worte«, nickt Fifer.

»Ich hatte keine Wahl«, beharre ich noch einmal. »Es war das, was der Rat wollte.«

»Ich weiß. Aber ich will nicht, dass du ...«

»Ich will auch nicht, dass *du* kämpfst«, falle ich ihm ins Wort.

»Ich weiß, dass du es kannst, aber das heißt noch lange nicht, dass du es auch tun sollst. Du bist ein Heiler. Ich hab's schon einmal gesagt: Töten ist nicht deine Sache.«

»Und ich habe dir gesagt, dass die Dinge jetzt anders liegen«, hält er dagegen. Seine Stimme nimmt einen scharfen Unterton an. »Ich werde tun, was ich tun muss.«

»Aber das ist doch verrückt.«

»Vieles mag heute verrückt erscheinen, vieles, woran wir früher nicht einmal im Traum gedacht hätten. Aber das ändert nichts an den Tatsachen.«

»John …«, setze ich an, da unterbricht uns eine Stimme. Eine weiche, melodische Stimme.

»John, könnte ich dich kurz sprechen?« Chime steht unter einem Baum in der Nähe des schmiedeeisernen Tors. Sie trägt ein himmelblaues Kleid aus Samt und Seide, das den dunkleren Blauton ihrer Augen wunderbar zur Geltung bringt. Echte, lebende Schmetterlinge schmücken ihre Schultern. Ihre blauen, schwarz geränderten Flügel flattern leicht. Chimes nachtschwarzes Haar ist lose am Hinterkopf zusammengefasst und mit Nadeln festgesteckt, die mit blauen Juwelen in Form von Schmetterlingen verziert sind.

Sie ist wunderschön, ätherisch, nicht von dieser Welt. Ich kann verstehen, dass John sich von ihr angezogen gefühlt hat, obwohl er behauptet, als sie zusammen waren, sei er so betrunken gewesen, dass er sich an kaum etwas erinnern könne. Fifer sagt immer, Chime mache nichts als Ärger. Das mag wohl stimmen, aber ich kann mir nicht vorstellen, dass sie mehr Ärger macht als ich.

»Natürlich.« John atmet tief ein und der gereizte Ausdruck auf seinem Gesicht weicht dem äußeren Anschein von Ruhe.

»Unter vier Augen?« Chime blickt erst zu Fifer, dann zu mir. »Wenn es dir nichts ausmacht, Elizabeth.« Ihre Stimme ist weich und warm, wie ein Sommertag.

»Nicht im Geringsten«, sage ich. John lächelt mir leicht zu, ehe sich die beiden abwenden und gemeinsam ein Stück gehen.

»Wir warten auf dich, John!«, ruft Fifer ihnen mit süßer Stimme nach. Ich werfe ihr einen tadelnden Blick zu, den sie mit einem Stoß ihres spitzen Ellbogens in meine Seite quittiert. »Warum hast du die beiden allein gelassen?«, zischt sie, als sie außer Hörweite sind.

»Sie will doch bloß mit ihm reden«, sage ich. »Da ist nichts dabei.«

Fifer schürzt die Lippen, sagt aber nichts.

John und Chime bleiben am Ende des Weges unter einem Baum stehen. Sie scheint hauptsächlich das Reden zu übernehmen, während John ihr aufmerksam lauscht und hin und wieder nickt. Sie zusammen zu sehen verursacht mir einen schmerzhaften Stich. Aber es war mir schon längst klar, dass es zu diesem Moment kommen würde: Chime lebt in Harrow, genauso wie John. Und ich, wenigstens im Moment noch.

Chime legt ihre Hand leicht auf Johns Arm und sagt etwas, ehe sie sich zum Gehen wendet. Sie blickt kurz zu mir hin, lässt ihre blauen Augen über meine Gestalt gleiten, während ihr Gesicht nichts verrät. Fifer würdigt sie keines Blickes. Dann dreht sie sich endgültig um und geht zu ihrem Vater. Lord Cranbourne Calthorpe-Gough nickt mir und John kurz zu, dann nimmt er Chimes Arm und verlässt mit seiner Tochter das Kirchengelände.

John kommt zu uns zurück. Seine Züge sind unverbindlich.

»Was wollte sie?«, fragt Fifer.

»Nichts«, sagt er. »Na ja, nicht nichts. Sie wollte mit mir über ihre Großmutter reden. Sie ist sehr krank.« John richtet das Wort an mich. »Sie ist seit vielen Jahren meine Patientin. So haben wir uns kennengelernt. Chime und ich, meine ich.«

Wieder kräuselt Fifer die Lippen.

»Sie hat mich gebeten, vorbeizukommen und nach ihrer Großmutter zu sehen, bevor ich mich zu den Waffen melde.«

Fifer schnaubt höhnisch. »Hat das nicht Zeit, bis alles vorbei ist?«

»Fifer«, weise ich sie tadelnd zurecht.

»Ganz gewiss nicht«, sagt John bestimmt. »Und es ist in jedem Fall besser, wenn ich bald hingehe.«

»Wieso?«

»Falls mir etwas zustößt.«

»Dir wird nichts zustoßen«, sagt Fifer.

John lächelt leicht, aber das Lächeln reicht nicht bis zu seinen Augen. »Ich glaube, das kann niemand garantieren.«

5

Beim Abendessen beachtet mich Peter überhaupt nicht. Er hat nur Augen für John, als ob sein Sohn plötzlich all seine väterlichen Träume erfüllen würde und er es kaum glauben könnte. John dagegen weicht seinem Blick aus, während er gleichzeitig meinen einzufangen versucht. Zwischen uns hängt immer noch der Nachhall unseres Disputs: Ich will kämpfen. John will nicht, dass ich es tue. Peter will, dass John kämpft. Ich will nicht, dass John kämpft. John ist wütend auf mich, aus Gründen, die ich nachvollziehen kann, und ich bin wütend auf ihn, ohne zu wissen warum.

Ich meinerseits will keinen von beiden anschauen, und so blicke ich die meiste Zeit auf meinen Teller mit Fleischeintopf und Brot, obwohl ich kaum etwas davon esse.

»Du musst auf deine Einberufung warten, aber ich vermute, es wird keine Woche dauern.« Peter schwenkt sein Brandyglas – sein drittes, zur Feier des Tages – und fährt fort: »Dann musst du dich melden. In Rochester Hall.«

Rochester Hall. Das Haus von Lord Cranbourne Calthorpe-Gough. Chimes Zuhause. Wo das Heerlager aufgebaut und die Ausbildung stattfinden wird, wo sich auch die Truppen von Francia einfinden werden, wenn sie gelandet sind. Wo John und ich als neue Rekruten bei der Verteidigung von Harrow für eine unbestimmte Zeit leben werden.

»Ist Rochester Hall geeignet für ein Militärlager?« Ich nehme mein Brot und reiße ein Stück ab. »Ist das Umland weitläufig genug, damit die Soldaten ihre Zelte aufschlagen und trainieren können?«

Ich denke an Blackwells Haus in Greenwich Tower. Es liegt hinter vierzig Fuß hohen Mauern, die Tag und Nacht bewacht werden, von einer Seite geschützt durch den Severn, auf allen anderen durch einen tiefen Graben. Und ich denke an die Magie, die sich im Inneren dieser Mauern befindet – genauso wie in Harrow, das wird mir jetzt klar. Magie, um uns zu trainieren, um uns zu ängstigen, um uns zu Soldaten zu formen, hart wie Stahl, und das alles befohlen von dem härtesten und Furcht einflößendsten Mann, den ich kenne.

John und Peter wechseln einen belustigten Blick, und ich merke, wie mein Ärger wächst.

»Gewiss doch«, sagte Peter. »Fitzroys Großvater, der vierte Graf von Abbey, war ein weitsichtiger Mann. Kein Seher, nein, nur klug und scharfsinnig. Er hat vorausgesehen, dass es Schwierigkeiten mit der Magie geben würde, dass sie nicht auf ewig toleriert werden würde. Er hat Harrow gegründet, musst du wissen. Das Land, auf dem wir leben, gehört den Cranbourne Calthorpe-Goughs, jedenfalls das meiste davon.«

Also ist Chime die Erbin von Harrow. Warum überrascht mich das eigentlich?

»Ein Teil davon hat Nicholas gekauft, Gareth einen weiteren, und natürlich gehört auch mir etwas davon«, erklärt Peter. »Aber die Mehrzahl der Männer, die in Harrow leben, sind Pächter. Fitzroy ist ein strenger Mann, aber gut und gerecht. Er wird seine Leute nicht zwingen, wenn sie nicht freiwillig kämpfen wollen.«

»Anders als Gareth«, murmelt John.

Peter nickt. »Du hast recht. Aber Zwang wird nicht nötig sein. Es werden genug Freiwillige kommen. Seit der Anhörung reißt der

Strom der Botschaften nicht ab.« Er deutet auf seinen Schreibtisch, auf dem sich die Briefe stapeln. »Genug Männer, um die Grenze zu schützen, um die Angriffe abzuwehren, bis Verstärkung da ist.« Peter berührt mit seinem Glas leicht Johns Becher. »Und natürlich ein Mädchen«, sagte er zu mir, als ob er sich erst jetzt daran erinnern würde, dass ich da bin.

Langsam dämmert es mir, dass ich Gefahr laufe, in meinem eigenen Kampf in Vergessenheit zu geraten.

»Natürlich«, presse ich hervor.

Einem Außenseiter mag dieses Gespräch harmlos erscheinen, vielleicht sogar freundlich. Aber John mit seiner Intuition als Heiler spürt sofort die Spannung, die unter der Oberfläche gärt. Ich will aufstehen, aber er kommt mir einen Herzschlag zuvor.

»Es ist schon spät«, sagt John zu Peter, aber er schaut mich dabei an. »Es war ein langer Tag und ich bin müde. Elizabeth wird es nicht anders gehen.«

»Ich räume noch auf.« Seit es mir wieder besser geht, helfe ich Peter und John beim Kochen und Saubermachen. Diese Arbeiten liegen ihnen nicht, und obwohl sie mich nicht darum bitten, meistens sogar versuchen, mich daran zu hindern, tue ich es trotzdem.

»Nicht jetzt«, sagt John. Ich werfe ihm einen scharfen Blick zu und er ergänzt: »Warte wenigstens bis morgen. In Ordnung? Du musst dich jetzt ausruhen.«

Mit wütenden Bewegungen räume ich den Tisch ab und stapfe mit dem Geschirrstapel in die Küche. Johns Ratschlag kann mir gestohlen bleiben. Ich muss mich nicht ausruhen. Ich muss wieder zu Kräften kommen, muss wieder anfangen zu trainieren. Ich muss das Kämpfen neu lernen, jetzt, wo ich ohne Stigma bin. All das wird mir nicht gelingen, wenn ich mich »ausruhe«.

Peter und John machen einen großen Bogen um mich und sprechen mich nicht an, während ich mir die Tischdecke schnappe und mit dem Besteck klappere. Irgendwann bin ich fertig. Das Esszimmer ist aufgeräumt und die Stille fühlt sich seltsam an. Nur das Knistern des Kaminfeuers, das Ticken der Uhr auf dem Sims und das Rascheln der Zweige vor den Fenstern. Ich fühle förmlich die zwei dunklen Augenpaare auf mir ruhen. Mein Ausbruch ist mir peinlich, aber nicht peinlich genug, um mich zu entschuldigen. Ich bin einfach zu wütend. Schließlich belasse ich es bei einem kurzen »Gute Nacht«, kehre ihnen beiden den Rücken zu und gehe die Treppe hinauf in mein Zimmer. Es dauert nicht lange, dann höre ich das Knarren der Holzstufen und das leise Klicken von Johns Zimmertür gegenüber von meiner. Es klingt einsam.

Ich bin nicht müde, streife mir aber trotzdem das Nachthemd über. Auch das hat mir Fifer geschenkt: Es ist blassgrün, mit einem viereckigen Halsausschnitt und weiten Ärmeln, beides besetzt mit einem dunkelgrünen Band. Es ist fast zu schade, um darin zu schlafen. Ich setze mich vor die Frisierkommode in der Ecke des Zimmers, ziehe eine Bürste aus der Schublade und kämme mir die Haare.

Wieder einmal erkenne ich mein Spiegelbild kaum wieder. Vor sechs Wochen war ich eine todbringende Waffe. Heute bin ich nur noch ein Schatten meiner selbst. Blass. Zerbrechlich. Schwach. Der Verlust meines Stigmas hat mir mehr genommen als nur meine Kraft und die Möglichkeit, tödliche Wunden unbeschadet zu überstehen. Ich wurde meiner Identität beraubt. Ich weiß nicht, wie ich sie wiederfinden soll, wo ich überhaupt anfangen kann zu suchen.

Ich lege die Bürste wieder in die Schublade, die ich mit einem Ruck zustoße. Dabei löst sich ein Stück Pergament von unterhalb der Lade und flattert zu Boden.

Während der ersten Tage, nachdem ich aus meiner Bewusstlosigkeit erwacht war, vergnügten sich John und ich damit, uns nachts Zettel zu schreiben, die wir uns gegenseitig unter der Tür durchschoben. Die Tage verbrachten wir meistens im Freien, aber

Peter verbot uns, einander nach Einbruch der Dunkelheit zu sehen, und das Verbot steht noch immer. Aber John war der Meinung, dies würde nicht bedeuten, dass wir nicht miteinander sprechen dürften.

Es war ganz einfach. Er verknotete eine Schnur zu einem Kreis, dessen eines Ende unter meiner Tür hindurchlief, das andere unter seiner. Er schrieb mir einen Zettel, wickelte ihn um die Schnur und zupfte kurz daran. Dann zog ich den Zettel zu mir hin, las ihn und antwortete, woraufhin ich meinerseits an der Schnur ruckte, die er dann zu sich hinzog. Manchmal hingen gleich mehrere Zettel an der Schnur, während sie rotierte, sodass keiner von uns lange warten musste.

Ich hebe den Zettel auf und falte ihn auseinander. Auf dem Pergament sind die Zeichnungen von Pflanzen zu sehen, mit ihren lateinischen Namen beschriftet. *Angelica sylvestris*, eine zarte Pflanze mit weißen Blütenballen, *Salvia officinalis*, ein Kraut mit graugrünen Blättern und dunkellila Blütendolden. *Berberis vulgaris*, ein Busch mit spitzen Blättern und prallen roten Beeren. Die zarte Schönheit der Zeichnungen bietet einen krassen Gegensatz zu Johns krakeliger, fast unleserlicher Handschrift.

Er hat die Zeichnungen für mich angefertigt, zum einen weil ich ihn wegen ebendieser Schrift geneckt hatte. Zum anderen, so meinte er, weil dies einige der Pflanzen waren, mit denen er mich geheilt hat. Die schönsten Pflanzen der Welt, sagte er, weil sie mich zu ihm zurückgebracht hatten.

Ich vergrabe den Kopf in meinen Händen und der Zettel gleitet erneut zu Boden. Ich habe kaum Erfahrung, wie es ist, mit jemandem zusammen zu sein, so wie ich mit John zusammen bin. Überhaupt keine, um genau zu sein. Aber selbst ich weiß, dass man jemanden, der einen liebt, besser behandelt, als ihn mit Soßenflecken zu bespritzen und stillschweigend das Esszimmer zu verlassen.

Eine kühle Brise weht durch das offene Fenster hinein und wirft es klappernd gegen den Rahmen. Ich stehe auf und will es schließen, schaue hoch zu dem hell strahlenden Vollmond, der den Garten bescheint. Die meisten von Johns liebevoll gehegten Pflanzen befinden sich im Winterschlaf. Aber das Spalier, das an der Steinwand bis zu meinem Fenster hinaufragt, erstickt fast unter dem Wintergeißblatt, das seine Blüten geöffnet hat und einen süßen Duft verströmt.

Das Spalier.

In null Komma nichts sitze ich auf dem Fenstersims und klettere nach unten. Mit einem verstohlenen Blick durch das bläuliche Fenster an der Hausvorderseite vergewissere ich mich, dass Peter an seinem Schreibtisch sitzt und einen Brief schreibt. Ich ducke mich und husche zur anderen Seite des Hauses. Der Kies knirscht leicht unter meinen nackten Füßen, und dann stehe ich unter Johns Fenster. Auch hier gibt es ein mit Geißblatt bewachsenes Spalier.

Ich klettere nach oben.

Oben angekommen, spähe ich durch sein Fenster. John sitzt – genau wie sein Vater – am Schreibtisch, den Kopf in die Hand gestützt. Er liest. Es ist ihm anzusehen, wie müde er ist. Noch während ich ihn betrachte, nickt sein Kopf leicht nach vorn.

Ich klopfe ans Fenster.

Sein Kopf ruckt hoch und er reißt die Augen auf, blickt zur Tür.

Ich klopfe noch einmal.

John dreht rasch den Kopf, sieht mich vor dem Fenster, und ich muss unwillkürlich lächeln, als er mich mit offenem Mund anstarrt. Er springt auf, zieht das Fenster auf und hilft mir ins Zimmer. Ich klettere über den Fenstersims, während ich den Rock meines Nachthemds raffe, damit er sich nicht um meine Beine wickelt.

Seine Augen wandern von meinen Haaren, die mir lose auf die Schultern fallen, bis hinunter zu meinen schlammverschmierten Füßen und dann wieder zurück zu meinem Gesicht, wobei sie kurz an dem tiefen Ausschnitt verharren, der mehr zeigt, als er verbirgt.

Ich hätte mich umziehen sollen.

»Elizabeth«, sagt er.

»Bevor du weiterredest, lass mich etwas sagen.« Ich mache einen Schritt rückwärts, außerhalb der Reichweite seiner Arme, weg von seiner Brust, die unter dem geöffneten Hemd zu sehen ist, von seinen Haaren, die so aussehen, als hätte ich sie mit den Händen durchwühlt. Wie er mich anschaut, mit diesem leicht schiefen Lächeln, wie er riecht, nach Lavendel und Gewürzen und seinem ganz eigenen Duft … Tief in mir regt sich etwas.

Er tritt näher.

Ich hebe die Hand. »Bleib, wo du bist. Ansonsten kann ich mich nicht konzentrieren.«

John seufzt und fährt sich durch das zerzauste Haar. Dann deutet er auf den Schreibtischstuhl.

»Bitte setz dich.«

Ich komme seiner Bitte nach.

»Es tut mir leid«, sage ich, »wie ich mich vorhin benommen habe. Unten im Esszimmer. Du weißt schon …« Meine Entschuldigung klingt lahm, gestammelt.

»Schon gut.«

»Nein, das ist es nicht«, sage ich. »Mein Verhalten dir gegenüber war schrecklich. Du hast nichts falsch gemacht. Und ich habe dir noch nicht einmal für heute gedankt. Dass du bei der Anhörung für mich gesprochen hast, dass du bereit bist, an meiner Seite zu kämpfen. Das war bestimmt nicht einfach für dich.«

»Du irrst dich.« John setzt sich auf die Bettkante und schaut mich an. »Es war ganz leicht.«

»Ich weiß, was du denkst«, sage ich. »Aber nichts von dem, was von jetzt an geschieht, wird leicht sein.«

»Ich wollte damit doch nur sagen, dass die Entscheidung leicht war.«

»Das sagst du nur, weil du das Stigma hast«, sage ich.

»Das Stigma hat nichts damit zu tun.« John verstummt und denkt nach. »Nein, du hast recht. Es *hat* damit zu tun.«

»Ich bedaure nicht, dass ich es dir gegeben habe«, sage ich schnell, bevor er auf die Idee kommt, es könnte anders sein. »Das werde ich niemals bereuen.«

»Aber du bereust, dass du es nicht mehr hast.«

»Ja«, sage ich. Und das ist die Wahrheit. »Mit dem Stigma wäre meine Aufgabe … machbar. Ohne Stigma kommt sie mir schlichtweg unmöglich vor.«

John schweigt. Ich ahne, dass er über etwas nachdenkt, worüber er nicht reden will. Also warte ich geduldig ab. Ich warte darauf, dass er mir sagt, dass ich Blackwell nicht töten kann. Dass er mir sagt – wie schon so oft –, dass es zu gefährlich ist und ich nicht stark genug dafür bin.

»Ich weiß, du denkst, dass ich versuchen werde, dich daran zu hindern«, sagt er schließlich. »Aber das werde ich nicht.«

»Nicht?« Eine Sekunde lang bin ich erleichtert, dann packt mich die Sorge. »Oh. Ist es, weil … du nicht willst, dass … du weißt schon, du und ich …«

»Nein!« Er steht auf, nimmt meine Hand und zieht mich vom Stuhl zu sich auf das Bett. »Natürlich nicht. Daran liegt es nicht. Wenn ich könnte, würde ich dich einsperren, bis das alles vorbei ist. Aber dann würdest du mich hassen. Und außerdem ist es nun einmal nicht das, was du bist. Und ich will dich nicht anders haben.«

Ich muss blinzeln. »Nein?«

»Nein.«

»Und … das war's?«, sage ich verdattert. »Keine Diskussionen, kein Streit?«

John unterdrückt ein Lachen. »Wäre es dir lieber, ich würde mein Schwert zücken und dich zu einem Duell fordern?« Ich muss grinsen und er fährt ernster fort. »Ich habe dein Stigma, und ich will verdammt sein, wenn ich es nicht dazu nutze, dich zu beschützen. Soweit ich kann, jedenfalls. Ich werde dich nicht hindern zu tun, was du dir vorgenommen hast. Aber ich will auch nicht, dass du mich daran hinderst, meinen Plan in die Tat umzusetzen.«

Ich zögere, aber nur ganz kurz. Die Bedingungen dieses Handels sind nicht so, wie ich sie mir gewünscht habe, aber etwas Besseres werde ich wohl nicht bekommen.

»Dann stecken wir also gemeinsam in der Sache drin.«

Er grinst. »Genau das habe ich versucht, dir zu sagen.«

Ich muss lachen.

John rückt ein bisschen näher an mich heran. Es ist dämmrig im Zimmer. Die müde flackernde Kerze auf dem Schreibtisch ist schon beinahe ganz heruntergebrannt. Eine zweite steht auf dem Nachttisch. Die Flamme bewegt sich ganz leicht im Nachtwind. Er fährt mit der Hand in mein Haar, den Hals hinab, und streicht mit seinem Daumen über meine Wange. Ich neige mich zu ihm. Näher. Und dann treffen sich unsere Lippen.

Wir umschlingen uns, küssen, zerren und ziehen an unseren Kleidern. Ich hatte bestimmt nicht vor, ihm das Hemd auszuziehen, aber ganz plötzlich ist es weg. Seine Hand streicht über mein nacktes Bein bis hinauf zu meiner Hüfte, schiebt mein Nachthemd hoch. Ich keuche leicht auf und er küsst mich wieder. Stürmischer diesmal, wilder.

Das Gefühl seiner Hände auf meiner Haut. Meine Fingerspitzen auf seinem Körper. Seine Lippen an meinem Hals, seine Haare zwischen meinen Fingern, sein Atem in meinem Ohr. Ich kann nicht mehr klar denken. Vielleicht liegt es daran, dass wir uns so lange beherrschen mussten, obwohl wir unter einem Dach wohnen, vielleicht auch daran, was uns der heutige Tag an Selbstbeherrschung abverlangt hat, jedenfalls zerfällt all das in Stücke. Mein Herz rast, mein Atem geht schnell. So hat es sich noch nie angefühlt. Dieses Drängen, die Begierde, das Verlangen – und ich will mich treiben lassen, wohin es mich auch führen mag.

Ein Windstoß fegt durch das Fenster und die Kerze auf dem Nachttisch erlischt mit einem Zischen. Das Zimmer ist plötzlich dunkel. Der scharfe Geruch nach Schwefel von dem erloschenen Kerzendocht, die knarrende Matratze, die unter unserem Gewicht nachgibt, das Gefühl nackter Haut auf meiner. Ganz plötzlich bin ich nicht mehr in Johns Zimmer, küsse nicht ihn, fühle nicht seinen Körper auf mir. Ich bin wieder im Ravenscourt Palast, in Malcolms Schlafgemach. Ich will nicht, will es einfach nicht, aber man zwingt mich … Ich fürchte mich …

Die Hitze, die ich eben noch spürte, weicht einem eiskalten Gefühl. Ich stoße ihn weg, kauere mich am Kopfende des Bettes zusammen und ziehe mir das Nachthemd über die Beine. Mein Atem kommt immer noch in hektischen Stößen.

Ich kann nichts sehen, so dunkel ist es geworden, aber ich erkenne Johns Silhouette, als er sich aufsetzt. Er atmet ebenfalls schnell.

»Warte einen Moment.« John steht auf, tastet nach seinem Hemd und zieht es an. Dann geht er langsam zum Schreibtisch. Ich höre das Kratzen eines Streichholzes, als er die Kerze vor sich wieder anzündet. Er schaut zu mir, geht hin und her und zündet noch drei Kerzen an, die er in Nischen entlang der Wand stellt. Licht flutet den Raum.

»Es tut mir leid«, platze ich heraus, ehe er etwas sagen kann. »Ich weiß auch nicht, was passiert ist. Ich weiß nicht, warum ich das gemacht habe.«

»Das ist auch nicht wichtig«, sagt er. »Und du musst dich nicht entschuldigen.«

»Ich glaube, es war die Dunkelheit«, sage ich. »Es hat mich an etwas erinnert, an einen anderen Ort, an eine andere Person …«

»Elizabeth.« John tritt wieder zum Bett und setzt sich mir gegenüber an das Fußende, so weit weg von mir wie möglich. »Du musst mir gar nichts erklären.«

Er schiebt seine Hand ganz vorsichtig über die Matratze, bis seine Fingerspitzen meine berühren.

Ich erinnere mich daran, wie er das schon einmal getan hat, an dem Morgen nach unserem Besuch bei Veda, als ich in dem Tunnel unter ihrem Haus eine Panikattacke hatte. Ich konnte nicht stehen, konnte nicht gehen, konnte nichts weiter tun, als mich wie ein Igel zusammenrollen. Ich weiß noch, wie er mich in seinen Armen zurück zu Nicholas' Haus trug und die ganze Nacht lang bei mir blieb. Wie er sich damals schon auf eine Art und Weise um mich kümmerte, die ich noch nie erlebte hatte.

Ich vergesse auch keine Sekunde lang, dass das alles nicht leicht ist für ihn. Alles, was mich betrifft – oder uns beide – ist kompliziert. Es wäre so viel einfacher, wenn ich nie in sein Leben getreten wäre. Wenn er bei Chime geblieben wäre, wenn er sie mehr lieben würde als mich. Die Schuld nagt an mir, aber das kann ich ihm nicht sagen. Denn dann würde ich ihm nur eine weitere Last aufbürden zu all denen, die er bereits tragen muss.

»Ich sollte jetzt gehen.« Ich schwinge meine Beine über die Bettkante.

»Warte.« Er nimmt meinen Arm. »Bitte bleib. Ich schlafe auf dem Boden«, setzt er schnell hinzu. »Du musst nicht, wenn du nicht willst. Aber ich fände es schön, wenn du hierbleibst.«

Ich will ablehnen, will ihm sagen, dass es besser für mich ist, wenn ich gehe. Aber so war es schon immer: Wenn ich gehen sollte, bleibe ich.

»Also schön«, sage ich. »Aber du schläfst ganz bestimmt nicht auf dem Boden.« Ich schlüpfe unter die saubere, nach Lavendel duftende Bettdecke.

John zögert kurz, dann legt er sich neben mich und zieht die Decke über uns beide. Er ist peinlich darauf bedacht, mich nicht zu berühren. Aber nach einer kurzen Weile drehe ich mich zu ihm und schlinge den Arm um seine Hüfte. Er zieht mich näher an sich heran und ich lege den Kopf auf seine Brust, während er das Gesicht in meinen Haaren vergräbt.

Und so schlafen wir ein.

6

Hüstel.

Das laute Räuspern bohrt sich in meinen Schlaf und reißt an mir. Ich öffne erst ein Auge, dann das zweite, betrachte die dunkel getäfelten Wände, die blaue Bettwäsche, Johns Arm um meine Taille. Wir liegen immer noch in derselben Position da, in der wir eingeschlafen sind, eng umschlungen.

Hüstel. Hüstel. Hust.

Peter.

»Herr im Himmel«, murmelt John in meine Haare hinein.

»Wie lange, glaubst du, steht er schon da draußen?«, flüstere ich.

Hust. Eine Pause, dann wieder ein nicht sehr sanftes, fast explodierendes Räuspern. *Hust.*

»Dem Lärm nach zu urteilen, den er veranstaltet, schon eine Weile, würde ich sagen.«

Ich lege die Hand vor den Mund, um nicht laut zu lachen.

»Pst! Du machst es nur noch schlimmer«, sagt John, aber er lacht ebenfalls. »Ich rede mit ihm.« Er windet sich aus meiner Umarmung und steigt aus dem Bett. Seine Wärme verschwindet mit ihm und mir wird kalt.

»Warte.« Ich setze mich auf. »So kannst du nicht rausgehen.«

»Warum nicht?« John blickt an sich herab. Sein zerknittertes Hemd und seine verkrumpelte Hose sprechen Bände: Er hat in seinen Kleidern geschlafen. Was er allerdings nicht sehen kann ist sein verwuscheltes Haar und das Lachen in seinen Augen, als hätte er irgendetwas angestellt hat.

»Weil du aussiehst, als hättest du genau das getan, was dein Vater glaubt.«

»Ach so.« Johns Grinsen wird breiter. »Aber wenn ich jetzt mit gekämmten Haaren und ordentlichen Kleidern rausgehe, denkt er, ich hätte etwas zu verbergen. Wenn ich aber rausgehe, wie ich bin, schöpft er keinen Verdacht, weil er dann nie auf die Idee käme, ich wäre so blöd und würde mich ihm in diesem Aufzug zeigen, wenn ich *wirklich* etwas zu verbergen hätte.«

»Oh.« Ich denke kurz nach und runzele dann die Stirn. »Das ist dir wohl schon öfter passiert, mit anderen Frauen, stimmt's?«

»Das ist mir noch nie mit einer Frau passiert. Nur mit dir.« Er beugt sich vor und streift mit seinen Lippen zart über meine. »Du wirst immer die einzige Frau für mich sein.«

Meine Lippen kräuseln sich zu einem Lächeln und ich erwidere seinen Kuss.

Hust.

»Auf in den Kampf.« John geht zur Tür und zieht sie schwungvoll auf. »Klingt so, als hättest du Krupp«, verkündet er und tritt hinaus auf den Flur. »Das ist eine echte Leistung, weißt du? Krupp ist nämlich fast ausschließlich eine Kinderkrankheit und sehr selten bei alten Männern.«

John schließt die Tür, aber ich höre noch Peters Antwort.

»Ich werd dir gleich was husten! Krupp …«

Ich muss mir die Faust vor den Mund pressen, um nicht lauthals zu lachen.

John und Peter unterhalten sich, aber ihre Stimmen werden durch die geschlossene Tür gedämpft, sodass ich nicht verstehen kann, was sie sagen. Ich kann nicht aufstehen und in mein Zimmer gehen, solange sie noch auf dem Gang stehen. Also werde ich einfach hier warten, bis John wiederkommt und mir das Urteil seines Vaters überbringt.

Ich stehe auf, betrachte die zerknüllten Laken und ziehe die Bettdecke ordentlich über die Matratze. Doch dann erinnere ich mich daran, was John gesagt hat – dass ein ordentlicher Eindruck verdächtig ist – und schlage sie wieder zurück.

Das Fenster ist immer noch leicht geöffnet und die kalte Morgenluft dringt ins Zimmer. Ich gehe auf und ab, und jetzt, im hellen Tageslicht, fällt mir auf, wie durchsichtig mein Nachthemd ist. Ich setze mich an Johns Arbeitstisch und mache mich so klein wie möglich.

Auf dem Tisch herrscht das reinste Chaos: Bücher, Pergamentrollen, Tinte und Schreibfedern liegen verstreut zwischen Waagen, Mörsern und Stößeln, Sieben und Rührstäbchen aus Holz, Glas und Metall. Viele der kleinen Fächer sind geöffnet und quellen über vor Kräutern und Pulvern, Wurzeln und Blättern. Ich bin versucht aufzuräumen, aber ich lasse die Finger davon. Ich weiß, dass hinter Johns Chaos eine Methode steckt.

Ein vertrauter Geruch zieht mir in die Nase, trügerisch weich und süß, wie parfümierter Puder, aber mit einem scharfen Aroma, das einem in der Nase sticht – wie eine Warnung. Ich schaue in den Fächern nach, und da steht es: *Aconitum.* Eisenhut, auch Wolfswurz genannt. Extrem giftig. Es kann Lähmungserscheinungen hervorrufen, kann die Atmung verlangsamen, kann das Herz zum Stillstand bringen.

Wolfswurz kann in seiner reinen Form am Geruch erkannt werden, aber mit anderen Kräutern vermischt, verliert es seinen Geruch – und seinen Geschmack – und ist nicht zu entdecken. Das perfekte Gift. Dieses Kraut hat keine andere Wirkung als den Tod.

Ich schaue mir die Schubfächer genauer an. Krame durch Säckchen, Krüge, Gläser. Finde noch mehr Gifte. Belladonna. Alraune.

Fingerhut. Warum hat John diese Kräuter? Mehr noch – woher hat er sie? Selbst in Harrow, wo Magie erlaubt ist, sind diese Kräuter verboten. Fifer erzählte mir einmal, dass Hexham, das Gefängnis von Harrow, früher mit Zauberern überfüllt war, die eine Fehde mit einer Prise Gift beenden wollten: ein mit Eisenhut gewürztes Gericht oder ein mit einem Pulver aus getrockneter Hundspetersilie bestäubter Brief.

Ich lege die giftigen Kräuter auf den Tisch und nehme mir vor, John danach zu fragen. Dann jedoch besinne ich mich. Es muss einen Grund dafür geben, dass er mir nichts davon erzählt hat. Und so verstaue ich sie wieder in ihren Fächern, mit der Sorgfalt, die aus langen Jahren der Übung entstanden ist, in denen ich die Häuser von Zauberern durchwühlt habe. Dabei habe ich Dinge gefunden, die ich nicht hätte finden sollen, habe nach der Durchsuchung alles so zurückgelassen, wie es vorher war, und bin, nachdem ich einen offiziellen Bericht erstattet habe, wiedergekommen, um die Festnahme durchzuführen.

Als John kurz darauf zurückkehrt, sitze ich auf dem Bett, auf der blauen Bettdecke, die ich doch wieder glatt gestrichen habe. Meine Haare sind geflochten und mit einem Stück Schnur zusammengebunden, das ich auf Johns Tisch gefunden habe. Meine Hände liegen gefaltet in meinem Schoß. John bleibt auf der Schwelle stehen, betrachtet mich und fängt an zu lachen.

»Ich habe noch nie jemanden gesehen, der schuldbewusster aussieht als du im Augenblick.«

Ich antworte nicht gleich.

»Was hat dein Vater gesagt?«, frage ich nach einer Weile.

John schließt die Tür und lehnt sich gegen das Türblatt. Er grinst. »Er meinte, ich solle mich meiner guten Manieren besinnen und an deine Unschuld denken, darüber hinaus an die Zukunft, statt an die Gegenwart, soll meine Absichten gegen meine Wünsche abwägen, soll Launen und Gelüste meiden, meine Begierde zügeln, gegen die Verlockungen des Fleisches ankämpfen und den Pfad der Tugendhaftigkeit einschlagen.«

»Das sind aber viele Wörter.«

»Und es gab noch viel mehr.«

»Er redet eine ganze Menge, was?«

»Das kannst du laut sagen.« John legt den Kopf schräg und sein Grinsen weicht einem mitfühlenden Ausdruck. »Du wirkst niedergeschlagen. Das musst du nicht. Wenn mein Vater wütend wäre, würde ich es dir sagen. Aber das ist nur seine Art zu zeigen, was wir ihm bedeuten. Es ist seltsam, ich weiß. Aber glaub mir: Wenn er *nicht* so reagieren würde, dann hätten wir ein Problem.«

»Und warum stehst du dann noch da drüben und kommst nicht zu mir?«

John grinst wieder. »Weil er draußen vor der Tür wartet, bis ich dich zurück in dein Zimmer begleite.«

»Oh.«

Ich stehe auf und gehe zur Tür. Bleibe vor ihm stehen. Er schaut zu mir hinunter. In seinen Augen liegt Wärme und eine leichte Belustigung. Und noch etwas: Liebe. Als er sich zu mir beugt und mich küsst, schiebe ich mein Schuldgefühl so weit weg wie irgend möglich, schlinge meine Arme um seinen Nacken und erwidere seinen Kuss.

»Gelüste«, flüstert er.

»Verlockungen«, flüstere ich.

Am folgenden Tag wird Harrow Opfer eines weiteren Angriffs. Fünf Bogenschützen, ähnlich gekleidet wie beim letzten Mal, dringen ein. Aber diesmal kommen sie bis nach Gallion's Reach im Herzen von Harrow. In der High Street mit all den Läden und Gasthäusern, wo sich Hunderte von Menschen drängen, ließen sie einen Pfeilregen auf die Ahnungslosen nieder. Sie töteten mehrere unbewaffnete Männer, darunter einen Piraten, einen Freund von Peter. Einige Pfeile verfehlten ihr Ziel und streckten ein Pferd nieder.

Die Bogenschützen verschwanden so schnell wie sie gekommen waren, ehe die Wachen überhaupt begriffen, was los war. Unsere Männer haben den ganzen Morgen lang die umliegenden Ortschaften durchkämmt, kamen aber mit leeren Händen zurück. Die Angreifer sind zweifelsohne sofort nach Upminster zurückgekehrt, wo sie Blackwell mit neuen Berichten versorgen: über Harrows Straßen und Dörfer, die Sicherheitsvorkehrungen bzw. den Mangel daran, wo sich Menschen versammeln und wo nicht.

Nicholas und die anderen Ratsmitglieder verbrachten daraufhin eine ganze Woche damit, die Schutzzauber in und um Harrow zu verstärken und zu ergänzen. Zuvor durfte man nur als Bürger von Harrow oder mit einer Einladung passieren. Jetzt schützen drei Barrieren unser Gebiet: Geprüft werden der Status als Bürger, man braucht eine Genehmigung und muss seine Absicht für einen Aufenthalt in Harrow bekannt geben. Nur wer alle drei Prüfungen besteht, wird durchgelassen.

Aber Blackwells Männer sind mit Magie bewehrt, und deshalb reicht Magie allein nicht aus, um sie aufzuhalten. In derselben Woche noch wurde die Wacht gegründet, eine Truppe von zweihundert bewaffneten Männern, die Tag und Nacht an der Grenze von Harrow patrouillieren und ein neuerliches Eindringen verhindern sollen.

Peter und John waren unter den Ersten, die sich freiwillig meldeten. Ich ermutigte sie dazu, weil ich den zerbrechlichen Frieden zwischen uns dreien nicht gefährden wollte. Und als sie ihre Taschen packten und ihre Schwerter umgürteten, verbarg ich meine Sorgen hinter einem Lächeln und guten Wünschen für Peter und einem Kuss und einem geflüsterten Liebeswort für John.

Während John und Peter und jede andere Person, die dazu in der Lage ist, entweder die Grenzen bewachen oder dabei helfen, das Lager in Rochester zu errichten, wollen Skyler und Fifer mich kampfbereit machen.

Eines frühen Morgens kommen die beiden unangekündigt in mein Zimmer. Die Tür knallt mit einem Schlag gegen die Wand, und dann tritt jemand mit einem schweren Stiefel gegen mein Bett.

»Raus aus den Federn, Chérie.«

Ich setze mich auf und blinzle zu Skyler hoch, der am Fußende meines Bettes steht. Neben ihm steht Fifer. Ihre feurigen Haare und die geröteten Wangen stehen im schönsten Kontrast zu Skylers bleicher Gestalt.

»Wie spät ist es?« Hinter den Vorhängen scheint es mir noch stockdunkel zu sein.

»Höchste Zeit für ein kleines Scharmützel.« Fifer wirft mir ein Bündel Kleider zu. Eine Hose, eine Tunika, ein Paar Stiefel und einen eisenbeschlagenen Gürtel, der mich beinahe am Kopf trifft.

»Pass doch auf«, brumme ich.

»Blackwell hat dich während deiner Ausbildung nicht mit Samthandschuhen angefasst und das werden wir auch nicht tun.« Mit einem Ruck zieht sie mir die Bettdecke weg und die kalte Luft verursacht mir eine Gänsehaut.

»Lasst mich doch erst mal richtig aufwachen«, sage ich. »Und etwas essen. Ihr könnt nicht von mir erwarten, dass ich mit leerem Magen arbeite.«

Skyler wirft mir etwas zu, und ich kann es gerade noch auffangen, bevor es mich mitten im Gesicht trifft. Es ist Brot. »Wenn ich meine Quellen richtig interpretiere« – er tippt sich gegen die Stirn, um mich daran zu erinnern, dass er meine Gedanken lesen kann – »hast du das morgens vor dem Training gegessen, und zwar nur das. Isst du mehr, erbrichst du es, isst du weniger, hast du nicht genügend Kraft. Also runter damit, und dann los.«

»Wir warten vor der Tür auf dich«, setzt Fifer beim Rausgehen hinzu.

Ich quäle mich aus dem Bett und verspüre einen kalten Klumpen im Magen. Genauso habe ich mich jeden Morgen gefühlt, als ich noch bei den Hexenjägern war. Ich habe mich gefragt, was mir der Tag wohl bringen würde, wie viele Verletzungen ich davontragen und ob ich sterben würde. Selbst das Stück Brot in meiner Hand sieht genauso aus wie damals. Es ist nicht das süße weiße Brot, das ich in den letzten Wochen vorgesetzt bekommen habe, sondern grobes Graubrot. Ich beiße einen Happen ab. Es schmeckt wie Sand.

Ich betrachte die Kleider, die Fifer mir zugeworfen hat, und zucke zusammen: Schwarze Hosen, weißes Hemd, brauner Mantel, schwarze Stiefel. Der Gürtel ein Waffengurt. Die Kleidung der Hexenjäger.

Dieser verdammte Skyler.

Ich ziehe mich an, kämme meine Haare und drehe sie im Nacken zu einem Knoten zusammen. Wie früher. Dann gehe ich zur Frisierkommode und betrachte mich im Spiegel. Auf meiner blassen Haut blitzen Sommersprossen, meine hellblauen Augen sind unsicher. Ich bin nervös und ängstlich, aber ich lasse es mir nicht anmerken. Irgendwie ist der vertraute Anblick tröstlich.

Wie versprochen warten Fifer und Skyler auf dem Gang. Wortlos gehen sie mir voraus nach unten, vorbei am Esszimmer, durch die Küche und zur Hintertür hinaus. Die Sonne lugt gerade über den Horizont, der Himmel ist grau und kalt, die Luft feucht vor Tau. Ich haste ihnen nach, vorbei an Johns Apothekergarten und der niedrigen Steinmauer, hinaus auf die Wiese, wo das gefrorene Gras unter unseren Füßen knirscht.

»Wohin gehen wir?«

Fifer deutet voraus, wo die Wiesen sich einen Hang hinaufziehen. »Wir brauchen ein bisschen Privatsphäre«, sagt sie. »Erst dachten wir, wir gehen zu Nicholas, aber dort taucht Gareth ständig auf und schnüffelt herum. Hierher kommt er nie, und auch sonst niemand.«

»Privatsphäre?«, frage ich stirnrunzelnd. »Wozu denn das?«

Fifer wendet sich zu mir um und geht dabei rückwärts weiter. »Hast du Angst?« Sie grinst spöttisch.

»Das hättest du wohl gerne.« Aber ich habe tatsächlich Angst und das weiß sie genau.

Wir erreichen die Hügelkuppe, und jetzt sehe ich, was sie vorhaben. Vor mir erstreckt sich ein flaches, lang gestrecktes Areal: ein Turnierplatz. Kein Sand auf dem Boden, keine Tribünen, keine Zuschauer. Aber trotzdem ein Turnierplatz. Lang und schmal, genau abgemessen und an den Rändern mit kleinen Wimpeln abgesteckt. Entlang des Platzes liegen Waffen – Armbrüste, Schwerter, Lanzen und Hellebarden – und Ziele aus Stroh und Holz. Und eine große Kiste, in der ich noch mehr Waffen vermute. Trotz meiner Nervosität verspüre ich einen Stich der Erregung.

Die beiden gehen zum Rand des Platzes und ich folge ihnen. Skyler öffnet die Kiste mit einem Fußtritt und holt einen Morgenstern, eine Streitaxt und eine Handvoll Dolche hervor. Eine nach der anderen wirft er die Waffen zu Boden, wo sie klirrend landen. Schließlich holt er ein Kettenhemd heraus, das mit rötlichem Rost überzogen ist.

Ich verziehe das Gesicht. »Ein Kettenhemd? So was ziehen nur Pagen an. Ich habe es nie getragen, nicht einmal als Rekrut. Nicht mal, als ich noch überhaupt nichts vom Kämpfen wusste. Nicht mal, als ich krank war und kaum …«

Wie der Blitz hebt Skyler ein Messer auf und schleudert es in meine Richtung. Es fliegt geradewegs auf mein Herz zu. Ich kann mich gerade noch auf den Boden werfen, während das Messer über mich hinwegsaust, und hebe erst dann den Kopf, als sich die Klinge zehn Fuß hinter mir in den Stamm eines Birkenschösslings bohrt.

»Hast du den Verstand verloren?« Wütend wische ich mir den Schlamm aus dem Gesicht. »Du hättest mich beinahe umgebracht.«

»Dann ziehst du wohl besser das Kettenhemd an.«

Ich hieve mich hoch. Meine Hosen sind nass und dreckig, genauso wie meine Hände und mein Gesicht, dabei haben wir noch nicht einmal angefangen. Fifer hält das blöde Kettenhemd hoch. Ich ziehe den Mantel aus und werfe es mir über.

»Kapuze hoch«, sagte Skyler und unterstreicht seine Forderung mit einer entsprechenden Handbewegung.

Ich tue wie geheißen und fluche innerlich über das kalte, raue Metall, das an meinen Ohren reibt und an meinen Haaren reißt. Ich hasse Skyler abgrundtief, eine Tatsache, mit der ich nicht hinterm Berg halte.

»Hör auf zu meckern.« Fifer holt eine Halskette aus der Tasche, eine Kette, die ich erkenne. Sie ist aus Messing, mit kleinen Fläschchen voller Salz, Quecksilber und Asche. Mit einem Grinsen streift sie mir die Kette über. »Damit er dich während des Kampfs nicht hören kann.« Sie zieht die Augenbrauen hoch. »Nett von mir, oder?«

Skyler betrachtet mich völlig ausdruckslos. Dann hebt er ein Schwert auf und wirft es mir lässig zu, geht zu dem Waffengestell am Rand des Platzes und greift sich eine Schwalbe, ein langes, zweischneidiges Schwert, lässt es lässig kreisen, bis die Klinge nur noch ein blitzender Schemen ist.

Wir begeben uns in die Mitte des Platzes. Langsam beschreibt Skyler einen Halbkreis und ich folge seinen Schritten wie ein Spiegelbild. Er greift an, einmal, zweimal. Ich pariere seine Hiebe, doch dann schlägt er mir das Schwert aus der Hand. Es fällt zu Boden und schlittert durch das feuchte Gras.

»Eins zu null.« Fifer hebt die Hand.

»Du zählst die Punkte?« Ich hebe das Schwert wieder auf.

Sie nickt. »Wenn du gewinnst, darfst du die nächste Übung aussuchen.«

»Und wenn Skyler gewinnt?«

»Dann darf er.«

»Noch einmal, Chérie.« Skyler tritt auf mich zu.

Ich stürme vor und greife an, aber darauf ist er vorbereitet. Er blockt mich ab, wieder und wieder. Entnervt lasse ich mich zu Boden fallen und trete mit aller Kraft gegen sein Schienbein. Damit hat er nicht gerechnet. Er stolpert und blitzschnell setze ich nach, ziele diesmal etwas höher, in seinen Unterleib.

Skyler sinkt auf die Knie und stößt eine Reihe saftiger Flüche aus. Ich werfe das Schwert weg und springe auf ihn. Auch damit rechnet er nicht. Gemeinsam stürzen wir zu Boden. Er hakt seinen Arm um meinen Hals und wirft mich auf den Rücken. Ich bohre ihm meinen Daumen ins Auge, ein alter Trick. Er kreischt auf wie ein kleines Kind und brüllt dann wütend, greift nach meinen Handgelenken, aber noch ehe er sie erreicht, reiße ich einen Dolch aus meinem Gürtel und steche nach seiner Kehle. Die Klinge ritzt seine Haut und ein Tropfen seltsam schwarzen Bluts quillt aus der Wunde.

»Eins zu eins«, ruft Fifer. Ich schaue zu ihr hin und sie grinst.

Skyler kommt auf die Füße, auf seinem Gesicht liegt ein Schatten aus Schmerz. Er wischt sich das Blut vom Hals, betrachtet es und schaut dann zu mir hin. In seinen blauen Augen glitzert es feindselig.

»Noch mal.«

7

Das Training erschöpft mich, und an den meisten Tagen schlafe ich vor Sonnenuntergang ein, nur um am nächsten Morgen in der Dämmerung von einem Fußtritt geweckt zu werden. Jeden Tag stehen Fifer und Skyler frühmorgens in meinem Zimmer, verlangen, dass ich mich anziehe und ihnen folge, wohin auch immer sie mich bringen. Jeden Tag wird das Training härter, schmerzvoller, blutiger. Aber jeden Tag werde ich stärker und gewinne Selbstvertrauen. Die Angst verfliegt.

Seit ich mit dem Training begonnen habe und John der Wacht beigetreten ist, ist eine Woche vergangen, eine Woche, in der mir Horace, sein zahmer Falke, zwei Briefe von ihm überbracht hat. Er erzählt von seinem Dienst an der Grenze, wo alles ruhig ist, erzählt mir, wie müde er ist. Horace hockt auf dem Fenstersims und putzt sich geduldig das Gefieder, während ich eine Antwort schreibe und meinerseits von dem Training mit Fifer und Skyler berichte. Ich verrate allerdings nicht, wie hart sie mich rannehmen, wie sehr mir jeder Knochen im Leib wehtut. Und so kommt es, dass er mich nicht bittet, damit aufzuhören, sondern mir nur sagt, dass er mich vermisst.

An dem Abend, an dem wir ihn zurückerwarten, habe ich fest vor, so lange aufzubleiben, bis er da ist. Ich habe das heutige Scharmützel gegen Skyler verloren, woraufhin er mich, im Kettenhemd und voll bewaffnet, zehn Meilen weit durch die Hügel von Whetstone gescheucht hat. Meine Muskeln verlangen nach Schlaf, aber ich schaffe es, wach zu bleiben.

Ich liege in meinem weißen Bett und die Mondsichel wirft ihr schwaches Licht durch das Fenster auf Boden und Wände. Heute Nacht ist alles ruhig. Kein prasselnder Regen auf dem Dach, keine Eulen, kein Klappern von Zweigen gegen mein Fenster. Ich lausche mit einem Ohr auf die Haustür, warte auf die vertrauten Schritte auf der knarrenden Treppe. Doch das Einzige, was die Stille durchbricht, ist die Uhr auf dem Kamin im Erdgeschoss, die leise die Stunden anschlägt.

Zwölf. Eins. Zwei.

An das Schlagen der dritten Stunde kann ich mich nicht erinnern, ich muss wohl eingeschlafen sein. Doch dann höre ich ein leises Flüstern direkt über mir. Ein Lächeln stiehlt sich auf meine Lippen.

»Du bist wieder da.« Meine Stimme ist schläfrig, träumerisch. »Ich wollte wach bleiben, aber …« Ich warte auf seine Hand in meinem Haar, auf das Gewicht seines Körpers auf der Matratze.

»Spielst du jetzt das Liebchen für einen neuen Buhlen? Wie süß.« Die Stimme ist ölig und voller Sarkasmus, und es ist nicht Johns Stimme.

Ich reiße die Augen auf.

Über mich beugt sich eine Gestalt in Schwarz. Schwarzer Kapuzenmantel, schwarze Handschuhe und ein schwarzes, dümmliches Grinsen. Ich kenne dieses Grinsen. Es gehört Fulke Aughton, einem Hexenjäger.

Ich will mich aufsetzen, aber Fulke umfasst meine Kehle und drückt mich aufs Bett.

Fulke war der niedrigste von Blackwells Rekruten. Der langsamste, ungeschickteste und der ängstlichste. Caleb und die anderen nannten ihn immer Feigling Aughton und behaupteten, er hätte die Ausbildung nur durch puren Zufall und reines Glück geschafft. Ihn hier zu sehen, in meinem Zimmer, an meinem Bett, löst weder Angst noch Schrecken in mir aus. Nur nackte Wut.

Ich drücke ihm meinen Daumen ins Auge. Fulke grunzt vor Schmerz, packt meine Hand und bricht mir den Daumen. Ich keuche auf, aber ich schreie nicht. Nicht vor ihm.

Ich greife mir seinen Hinterkopf mit beiden Händen und schlage meine Stirn gegen seine. Fulke, dieser Idiot, beißt sich mit voller Wucht auf die Zunge und stößt einen erstickten Schrei aus. Er weicht vom Bett zurück und ich springe auf und stürze mich auf ihn. Mein Angriff trifft ihn unvorbereitet und gemeinsam taumeln wir gegen den Kamin. Ich lasse von ihm ab, packe erneut seinen Kopf und schlage ihn fest gegen den weiß getünchten Stein. Fulke stößt einen weiteren Schrei aus und fällt auf die Knie. Blitzschnell greife ich nach einem Schürhaken und drücke das spitze Ende gegen seinen Hals. Er steckt zwischen mir und der Wand fest, und keins von beiden wird weichen.

Es gibt nicht viele Möglichkeiten, einen Hexenjäger zu töten. Aber ein gebrochenes Genick, ein Messer in der Drosselvene oder ein Schwert in Auge oder Ohr, bis ins Gehirn hineingestoßen, kann nicht einmal ein Stigma heilen.

»Was machst du hier?« Ich lasse ihn keine Sekunde aus den Augen. Solange er mich anschaut, wird er keine Tricks versuchen. Das ist noch ein Grund, warum Fulke kein guter Hexenjäger ist. Er ist viel zu dumm, um etwas zu planen, ohne sich vorher mit einem Blick oder einer Geste zu verraten.

»Ich muss dir gar nichts erzählen.«

»Ich habe die Waffe, also bestimme ich auch die Regeln«, sage ich. »Wenn du den neuen Tag noch erleben willst, dann sag mir, warum du hier bist.«

»Nein.«

Ich bohre den Schürhaken in seinen Hals bis die Haut aufplatzt. Das Blut läuft, schwarz wie Tinte, über seinen Hals.

»Aufhören!« Seine Stimme ist ein schrilles Kreischen.

»Warum bist du hier?«, wiederhole ich.

»Was denkst du denn?« Fulkes braune Augen blicken in meine. »Wir sind hier, um dich zu Blackwell zurückzubringen.«

Es dauert eine kleine Weile, bis ich begreife. »Wir?«

Fulkes Augen zucken zum Fenster. Ich wirbele herum, gerade noch rechtzeitig. Das Fenster fliegt auf, und auf dem Sims hockt, ebenfalls schwarz gekleidet, ein zweiter Hexenjäger: Griffin Talbot. Kurze blonde Haare, dunkelblaue Augen, hübsch und charmant. Anders als Fulke ist Griffin weder langsam noch dumm, ungeschickt oder ängstlich. Er ist, wie ein Hexenjäger sein soll: klug, stark und flink.

Tödlich.

»Fulke, du Trottel.« Griffin lässt sich vom Sims gleiten. Er schlendert auf uns zu, und sein Blick wandert von Fulke, der immer noch auf den Knien kauert, und dem Schürhaken an seinem Hals zu mir, die ich in meinem dünnen weißen Nachthemd, tief ausgeschnitten und mit rosa Bändchen verziert, neben ihm stehe. Das Haar fällt mir ungebunden über die Schultern.

Griffin grinst genüsslich.

»Du siehst gut aus, Elizabeth«, sagt er. »Ich habe nie viel für dich übriggehabt, aber wie es aussieht, war das ein Fehler.« Seine Augen wandern hungrig über meinen Körper und am liebsten hätte ich sie ihm ausgestochen. »Der Verrat steht dir gut.«

Ich feure eine Salve an Schimpfworten ab.

»Bezaubernd wie immer.« Griffin wendet seine Aufmerksamkeit Fulke zu. »Du hattest eine Aufgabe«, sagt er. »Du solltest ein schlafendes Mädchen bewachen, während ich das Haus überprüfe. Herrgott noch mal, Fulke. Sie hat keine Minute gebraucht, um dich in die Enge zu treiben, und sie ist nicht mal angezogen. Oder bewaffnet. Es sei denn, sie schläft mit einem Schürhaken unter dem Kopfkissen.«

Fulke schmollt. »Du weißt, wer sie ist.«

Griffin zuckt mit den Schultern und schaut wieder zu mir. »Das hätte ich dir gar nicht zugetraut, Grey. Dein Heiler wird getötet und du steigst kurzerhand mit seinem Vater ins Bett.«

Fulke stößt ein schmieriges Lachen aus. »Ganz recht. Für wen hältst du dich? Für Myrrha?«

»Nein, nicht Myrrha«, sagt Griffin. »Myrrha war in ihren eigenen Vater verliebt, nicht in den Vater ihres Liebhabers.«

»Dann Iocaste?«

»Nein, das ist die, die ihren Sohn geheiratet hat.«

Ich achte nicht auf ihren Disput. Mir dreht sich der Magen um. John – tot? Aber das kann nicht sein. Er hat mein Stigma, sie können ihn nicht töten. Er kann nicht tot sein, unmöglich …

Dann dämmert es mir und ich atme erleichtert auf. In der Nacht des Kostümfests hat Blackwell John erstochen – und verschwand, bevor Fifer mein Stigma auf ihn übertragen hat. Sie glauben, John sei tot, und sie denken, ich sei immer noch das, was ich einmal war.

Meine Gedanken überschlagen sich. Zwei Hexenjäger in meinem Zimmer, einer, den ich mit Leichtigkeit töten könnte, ein zweiter, der wiederum mich mühelos auslöschen könnte. John und Peter sind immer noch nicht zurückgekehrt, aber das kann sich jeden Moment ändern. Beide sind gute Kämpfer – aber Griffin ist besser. Er ist ein ausgezeichneter Stratege, und sein einziger Schwachpunkt ist, dass er in der Hitze der Schlacht außer Rand und Band gerät und dazu neigt, Fehler zu machen. Aber das hier wird keine Schlacht, allerhöchstens ein Massaker. Es sei denn …

Skyler. Ich denke seinen Namen, schreie ihn förmlich stumm heraus. *Sie sind hier. Hexenjäger. Zwei von ihnen. In meinem Zimmer. Sie sind hier …*

» … nein, nein, Nyx und Erebus waren Geschwister. Herrje,

Fulke, ich muss Blackwell wirklich sagen, dass er dich noch mal auf die Schulbank schicken soll.«

»Halt's Maul, Griffin.«

»Blackwell muss ja wirklich verzweifelt sein, wenn er Fulke schickt, um Männerarbeit zu erledigen«, unterbreche ich ihren blödsinnigen Schlagabtausch. Vielleicht kriege ich Griffin dazu, mir Informationen zu liefern, zumindest kann ich Zeit gewinnen, bis Skyler kommt.

»Von wegen«, behauptet Griffin. »Es ist eine Ehre, dem König zu dienen. Dem rechtmäßigen König.«

»Blackwell ist nicht der rechtmäßige König.«

»Er ist derjenige, der auf dem Thron sitzt«, sagt Griffin. »Das reicht mir völlig.«

»Was treibt ihr so, jetzt, wo Blackwell plötzlich ein Zauberer und die Magie in Anglia erlaubt ist?«, frage ich. »Nennt ihr euch immer noch Hexenjäger?«

»Wir sind jetzt Ritter«, erwidert Griffin. »Ritter des Königreichs Anglia.«

»Fulke ist ein Ritter?« Ich betrachte mir den Leitspruch, der unter das Wappen auf ihren Mänteln gestickt ist. Er ist in der Sprache Francias und lautet *Honte à celui qui ne peut pas atteindre. Schande über ihn, der weniger erreicht.*

Ich grinse höhnisch. »Na, das mit der Schande ist ja äußerst passend.«

Griffin antwortet nicht.

»Wie viele seid ihr?«, frage ich weiter. »Nur die Hexenjäger? Oder hat Blackwell neue Leute angeworben?«

»Netter Versuch, Grey«, sagt Griffin. »Aber von mir erfährst du gar nichts.«

»Und was jetzt?«, frage ich. »Willst du mich umbringen? Dann darf ich dir verraten, dass das gar nicht gut ausgehen wird für dich.«

»Immer für ein Geplänkel gut, wie in den alten Zeiten.« Griffin schüttelt mitleidig den Kopf. »Nein, wir sind nicht hier, um dich zu töten. Wir sind nicht die Killer. Waren wir nie. Nur du. Du bist diejenige, die tötet.«

Ich bin diejenige, die tötet.

»Ich habe Calebs Leiche gesehen«, fährt Griffin fort. »Als Blackwell zurückkam. Weißt du, ich dachte immer, du wärst scharf auf Caleb. Wie du ihm immer nachgelaufen bist und ihm schöne Augen gemacht hast. Aber dann habe ich gesehen, was du mit ihm angestellt hast, wie du ihn aufgeschlitzt und förmlich ausgeweidet hast. Wie musst du ihn gehasst haben. Tief in deinem Inneren. Vielleicht, weil er deine Gefühle nicht erwidert hat, was?«

Griffin versucht, mich aus der Fassung zu bringen, und es funktionicrt. Ich merke, wie Fulke neben mir leicht das Gewicht verlagert, um mich zu überrumpeln. Ich merke, wie ich mich aus der Gegenwart löse und in die Vergangenheit zurückkehre, in eine Vergangenheit, die es nicht gibt, in der ich Caleb kommen sehe, das Schwert wegziehe, ihn nicht töte …

»Greif sie dir, Fulke.«

Aber noch ehe Fulke mit der Wimper zucken kann, stoße ich ihm den Schürhaken in den Hals, bis die Spitze auf der anderen Seite wieder heraustritt.

Blut klatscht mir ins Gesicht. Fulke sinkt zu Boden, zuckend und zappelnd, und greift mit beiden Händen nach dem Schürhaken, will den Blutstrom aufhalten.

Ich springe auf, aber Griffin ist schon über mir. Er hat den Dolch gezückt und der Stahl blitzt im Mondlicht. Ich weiche ihm einmal aus, ducke mich, als er zum zweiten Mal zusticht, aber ein drittes Mal wird er mich nicht verfehlen. Ich weiche zurück und stolpere gegen den Kleiderschrank. Griffin greift nach mir; ich reiße die Schranktür auf und höre es knirschen, als das Holz gegen sein Gesicht schlägt. Er flucht. Ich kletterte über das Bett und reiße das Laken von der Matratze, balle das weiße Leinen in meiner Faust zusammen, renne zum Fenster und schlage die Faust durch das Glas. Die Scherben sind lang und scharf, so wie ich gehofft hatte, und ich greife mir zwei, halte sie vor meinen Körper wie Dolche.

Griffin wischt sich ein wenig Blut von der Oberlippe. Vermutlich hat er sich die Nase an der Schranktür gebrochen, aber der Schaden ist schon wieder behoben, die Nase geheilt. Er fixiert mich, während er um das Bett herumkommt. Seine Augen glitzern vor Wut und Jagdlust. Ich kenne das Gefühl, von früher – eine Mischung aus Nervosität, Angst und Erregung.

Jetzt fühle ich nichts dergleichen.

Wieder greift er nach mir und ich weiche ihm aus, wobei ich beinahe in eine große Glasscherbe getreten wäre. Ich stolpere nur kurz, aber das reicht aus. Griffin lässt den Dolch fallen, greift nach meinen Handgelenken und wirft mich auf das Bett. Ich steche nach ihm, er verdreht mir den Arm, damit ich die Scherbe loslasse, was ich nicht tue. Wir ringen auf der Matratze, er über mir, ich wild strampelnd unter ihm. Ich reiße das Knie hoch und treffe ihn in den Unterleib. Er grunzt vor Schmerz auf, rollt von mir weg und prallt schwer auf dem Boden auf, wobei er mich mit sich zieht. In dem Getümmel rutscht mir das Glas aus der Hand und schneidet mir in den Unterarm. Der Schnitt ist tief und lang.

Ich schlage die Hand über die Wunde, aber es ist zu spät. Blut sprudelt aus der Vene und sickert zwischen meinen Fingern durch, läuft mir über den Arm und vereinigt sich mit den Blutflecken auf meinem Nachthemd.

Griffin stößt mich von sich und rappelt sich auf. Er steht einen Moment lang stumm da, dann deutet er auf mich. »Dein … dein Arm. Er heilt nicht«, sagt er schließlich. Seine Augen werden groß. »Warum heilt er nicht?«

Ehe ich noch nachdenken kann, was oder wie ich antworten soll, hat er mich an der Kehle gepackt, hebt mich hoch und schlägt mich gegen die Wand.

»Wo ist es?« Ein zweiter Schlag, dann ein dritter. »Was hast du damit gemacht?«

Ich sehe Sternchen, und nicht nur, weil Griffin mich hin und her schleudert wie eine Lumpenpuppe. Er weiß, dass ich mein Stigma nicht mehr habe, was mich in große Schwierigkeiten bringt. Aber warum benimmt er sich dann so, als hätte ich ihm etwas weggenommen? Wenn er mich zu Blackwell bringen soll, hat er mich doch genau da, wo er mich haben will.

Der Fensterrahmen knarrt. Stiefel knallen auf den Boden. Ein unwilliges Zungenschnalzen, ob aus Ungeduld, Belustigung oder Ärger vermag ich nicht zu sagen. Doch da steht Skyler in meinem Zimmer, direkt vor dem Fenster, die Arme vor der Brust verschränkt, die Augenbrauen hochgezogen. Er überblickt die blutige Szene und schüttelt den Kopf.

»Na, wenn das kein Glücksfall für mich ist. Ein Hexenjäger in Harrow.« Skylers Augen strahlen vor Vorfreude. Er grinst Griffin an. »Hast es tatsächlich geschafft, die Wacht zu umgehen, was?«

Griffin lässt mich los und ich sinke nach Luft ringend zu Boden. »Eure sogenannte Wacht lässt einiges zu wünschen übrig.«

Skyler blickt zu Fulke, der ausgeblutet und bleich wie der Mond vor dem Kamin liegt. Der Schürhaken steckt immer noch in seinem Hals.

»Ach, das würde ich nicht sagen.« Skyler zuckt mit den Schultern. »Es ist das Ende, das zählt, nicht der Anfang, wie es so schön heißt. Und was das anbelangt, stehen die Chancen für euch Hexenjäger heute Nacht denkbar schlecht.«

Mit einem widerlich reißenden Geräusch zerrt Griffin den Schürhaken aus Fulkes Hals. Er schwingt ihn langsam vor sich hin und her.

»Ein Pyrrhus-Sieg«, sagt Griffin. »Welche erbärmlichen Erfolge ihr auch erzielen mögt, sie werden niemals eure Verluste aufwiegen.« Er betrachtet Skyler von oben bis unten mit einem kalten Blick. »Wenn ich dich jetzt umbringe, wird man deinen Tod vermutlich nicht mal als Verlust ansehen.«

Und da ist sie wieder, Griffins Schwäche: seine Aggression, seine Selbstüberschätzung, die Unfähigkeit zu erkennen, was wirklich vor sich geht. Er sieht nicht, was ich sehe: die Tücke unter der Oberfläche von Skylers ruhiger Haltung, den Hauch von Brutalität, den ein Wiedergänger niemals ganz verbergen kann.

Griffin schleudert den Schürhaken nach Skyler, als ob er ein Wurfspeer wäre. Skyler wehrt ihn ab, während Griffin das Schwert aus der Scheide zieht. Seine Bewegungen sind so schnell, dass nur ein silbriges Aufblitzen zu sehen ist. Die Klinge geht auf Skylers Hals nieder, während Griffin gleichzeitig in den Beutel an seinem Gürtel greift und eine Ladung Salz in Skylers Gesicht wirft. Eine Taktik, die Blackwell uns beigebracht hat: Das Salz soll einen Wiedergänger blenden und verwirren, damit die Klinge ihr Ziel finden kann. Das Salz soll nicht töten, sondern den Gegner nur lange genug außer Gefecht setzen, dass man selbst entkommen kann. Genau das Gleiche habe ich im Grab des grünen Ritters getan, um zu verhindern, dass Skyler mir folgt.

Aber Griffin hat nicht vor zu fliehen.

Skyler duckt sich und entgeht dem Großteil des Salzes. Mittlerweile hat Griffin einen Dolch gezogen und ist nun doppelt bewaffnet. Er sticht nach Skylers Schulter, aber Skyler schlägt den Dolch mit Leichtigkeit zur Seite. Er fliegt aus Griffins Hand und klappert zu Boden. Dann packt er mit der anderen Hand das Schwert, umgreift mit den Fingern die Klinge. Ich zucke zusammen, als die Waffe in seine Hand schneidet und das merkwürdige schwarze Blut aus den Wunden quillt – und reiße die Augen auf, als er das Schwert verbiegt. *Verbiegt.* Griffin lässt die Waffe los und auch sie fällt scheppernd zu Boden.

Skyler streckt seine Hand aus und ballt sie dann zur Faust, als ob er sein eigenes Blut auswringen wollte. Dann tritt er auf Griffin zu. Er hat keine Waffe. Aber die braucht er auch nicht.

Griffin zieht einen weiteren Dolch.

Den beiden zuzuschauen ist, als würde man ein Katz-und-Maus-Spiel beobachten. Eine Katze, die immer wieder spielerisch auf eine Maus einschlägt und ihr die Illusion lässt, sie wäre ihr ebenbürtig, nur aus Spaß, während man doch genau weiß, dass die Maus keine Chance hat. Selbst die Maus weiß es.

Es geht ganz schnell.

Der Dolch wird aus Griffins Hand geschlagen. Er greift vergeblich nach der Kehrichtschaufel neben dem Kamin, schlägt mit der Faust in Skylers Richtung, ebenfalls vergeblich, wirft einen Stuhl nach ihm … und dann dämmert es Griffin, dass er verloren hat. Es ist seinem Gesicht anzusehen.

Hände rechts und links an seinem Kopf, ein gewaltsamer Ruck zur Seite, und Griffin ist Geschichte. Sein Leichnam sackt zu Boden, Augen und Mund sind aufgerissen, überrascht und entgeistert, selbst im Tod. Einen Augenblick lang legt sich Stille über das Zimmer, wie zuvor. Kein prasselnder Regen, keine Eulenschreie, keine raschelnden Zweige. Nicht einmal das Schlagen der Uhr im Erdgeschoss übertönt mein rasselndes Atmen.

Skyler durchquert den Raum. Seine Stiefelsohlen knirschen über die Glasscherben und er mustert mich aufmerksam. Seine Nasenflügel beben leicht, als er den metallischen, süßlichen Geruch von Blut riecht.

»Alles klar bei dir?«

»Ich glaube schon.« Ich halte meinen Arm hoch. »Ich bin nur leicht verwundet.«

Skyler hebt das blutgetränkte Laken vom Boden auf, reißt einen sauberen Streifen ab und reicht ihn mir. »Bleib, wo du bist. Hier kann man nirgendwo hintreten, ohne sich zu schneiden.« Er geht zur Tür. »Ich bin gleich wieder da.«

Skyler kehrt kurz darauf mit einer Handvoll Kerzen und ein paar Streichhölzern zurück. In wenigen Sekunden ist der Raum hell erleuchtet und die Verwüstung wird in ihrem ganzen Ausmaß sichtbar. Er schaut sich um und schüttelt den Kopf. »Da hast du aber eine ganz schöne Unordnung angerichtet.«

Beinahe hätte ich gelacht.

»Hexenjäger, soso.« Skyler stupst Griffins Leiche mit der Fußspitze an und wirft dann einen Blick auf Fulke. »Weißt du, bisher dachte ich, dass Blackwell es auf Harrow im Allgemeinen abgesehen hat, aber diesmal sieht es so aus, als wäre er tatsächlich hinter dir her.« Er mustert mich. »Hast du eine Ahnung, warum?«

»Nein«, sage ich gereizt. Der Schnitt in meinem Arm sticht wie verrückt. »Wenn ich es wüsste, würde ich etwas dagegen unternehmen. Und sei es nur, damit nicht noch einmal irgendwelche Trottel in mein Schlafzimmer einbrechen und ich dann hinterher aufräumen muss.«

Skyler blickt sich erneut um. »Dann mal ran. Wenn du sie loswerden willst, bevor die Wacht auftaucht, musst du dich beeilen, denn … oh. Nun ja.«

Nur Sekunden später wird die Schlafzimmertür aufgerissen und in der Tür stehen Peter und John mit ihren Breitschwertern in den Händen. Das Zeichen der Wacht, ein schlichtes orangefarbenes Dreieck, prangt auf der Vorderseite ihrer kurzen grauen Mäntel. Es ist das Symbol für Stabilität.

Ihre Augen werden groß, als sie die Szenerie in sich aufnehmen: Griffin, mit gebrochenem Genick auf dem Boden. Fulke, der bis auf den letzten Tropfen ausgeblutet ist.

»Was ist hier passiert?« Peter eilt zum Fenster, als erwarte er, dass jeden Moment eine Horde Einbrecher hindurchsteigt. »Die Haustür stand offen, Fußspuren führten nach oben. Was zum Teufel ist passiert?«

Skyler erzählt knapp, was vorgefallen ist.

John tritt zu mir. Es ist gerade einmal eine Woche her, seit wir uns das letzte Mal gesehen haben, aber er hat sich verändert. Das Haar scheint gezähmt, die Locken nach hinten gekämmt. Er hat sich tagelang nicht rasiert und seine Wangen sind grau vor Müdigkeit. Falten haben sich in seine Stirn gegraben, als wären sie dort eingemeißelt. Er lässt das Schwert fallen und nimmt meinen Arm, wickelt vorsichtig den Leinenstreifen ab. Er stößt einen Fluch aus, als er die Wunde sieht.

»Es ist nicht so schlimm, wie es aussieht«, wiegele ich ab. »Nur ein Kratzer.«

»Nicht nur ein Kratzer.« Er legt das blutige Leinentuch weg. »Ich glaube nicht, dass die Wunde genäht werden muss, aber ich werde sie mir trotzdem näher anschauen. Kannst du aufstehen?«

John hilft mir auf die Füße. Skyler kramt im Kleiderschrank herum, holt meine Lederstiefel heraus und reicht sie John. Der schaut ihn verwirrt an, bis Skyler auf die Glasscherben auf dem Boden deutet.

»Was haben sie gesagt?« Peter dreht sich vom Fenster weg und schaut mich an. »Haben sie gesagt, was sie von dir wollten?«

»Nein.« Ich nehme John die Stiefel aus der Hand und ziehe sie an. »Sie sind eingebrochen, wollten mich zu Blackwell bringen, wir haben gekämpft, ich wurde verwundet. Aber dann hat er noch etwas gesagt. Ich weiß auch nicht …«

»Wer hat was gesagt?« Peter steht jetzt neben mir. Er zieht ein sauberes Taschentuch aus den Falten seines Mantels und drückt es mir auf den Arm, der wieder angefangen hat zu bluten. Ich schaue zu John, aber der starrt zu den Leichen auf dem Boden.

»Griffin.« Ich deute auf die Füße am Boden vor dem Bett, mehr kann ich von hier aus nicht sehen. »Als er sah, dass meine Wunde nicht heilte, war ihm klar, dass ich das Stigma nicht mehr habe.«

»Keine Sorge, meine Liebe.« Peter tätschelt meine Hand. »Er wird es niemandem mehr verraten können, nicht wahr?«

»Das ist es nicht«, sage ich. »Er hat nur anders reagiert als erwartet. Ich dachte, er würde froh sein, würde mich verspotten. Oder mich zu Tode prügeln. Ich hätte alles erwartet, aber nicht *das*.«

»Was?«

»Angst«, sage ich. »Griffin hatte niemals Angst. Außer vor Blackwell. Aber als er gemerkt hat, dass mein Stigma weg ist, hatte er Angst.«

»Was willst du damit sagen, Elizabeth?«

Skyler und ich wechseln einen kurzen Blick. Er zuckt überrascht zusammen, als er meine Gedanken liest, bevor ich sie ausspreche.

»Ich glaube, sie waren hinter meinem Stigma her.«

8

Peter steckt das Schwert in die Scheide. »Zieh dich an«, sagt er zu mir, »und dann bringe ich dich zu Nicholas.«

»Jetzt?« John blickt seinen Vater ungläubig an. »Warum?«

Peter schnaubt. »Weil Elizabeth in ihrem Bett von zwei Hexenjägern angegriffen und beinahe getötet worden wäre«, erwidert er. »Weil sie denkt, dass Blackwell hinter ihrem Stigma her ist, das sie nicht mehr hat, sondern du. Ist das nicht Grund genug?«

»Wir haben im Augenblick Wichtigeres zu tun«, sagt John. »Zum Beispiel diese beiden hier.« Er deutet auf die Toten auf dem Boden. »Wir können sie nicht einfach hier liegen lassen. Und was ist, wenn noch mehr unterwegs sind? Sollten wir nicht nach ihnen suchen?«

»Die Luft war rein, als ich ankam«, informiert Skyler uns.

»*So* rein wohl nicht«, fährt John ihn an.

Skyler hebt die Augenbrauen, sagt aber nichts.

»Ich werde mich ums Aufräumen kümmern«, sagt Peter. »John, du bringst Elizabeth zu Nicholas, wenn du sie verbunden hast. Skyler, bitte sei so nett, geh voraus und prüfe, ob noch weitere Gefahr droht. Sag Nicholas, was geschehen ist.«

Skyler nickt, geht zum Fenster und ist in Windeseile draußen. Aber John rührt sich nicht, er gibt auch keine Antwort.

»John.« Peter dreht sich zu ihm um. Da erst löst John den Blick von den niedergestreckten Leichen. »Sohn, hast du gehört, was ich gesagt habe?«

»Brauchst du hier … keine Hilfe?«

Peter runzelt kurz die Stirn, dann tritt er vor, greift John bei den Schultern und schüttelt ihn leicht. »Ich möchte, dass du dich um Elizabeth kümmerst«, sagt er mit sanfter Stimme. »Hol heißes Wasser. Versorge die Wunde. Verbinde sie. Sie kommt gleich rüber in dein Zimmer.«

John schaut mich an. Sein Blick fällt auf Peters Taschentuch, das ich – nass und dunkelrot vor Blut – immer noch gegen meinen Arm presse.

»Natürlich. Ja. Sofort.« Er läuft zur Tür dreht sich dann noch einmal zu mir zurück, wie ein unbeholfener Tänzer. Endlich geht er. Seine Schritte knarren auf der Treppe.

Peter lächelt schwach. »Er ist durcheinander. Das hier hätte auch schiefgehen können. Statt der beiden dort könntest du da liegen. Das ist ein bisschen viel für ihn. Ich glaube, er hat einen Schock.«

Ich bin nicht sicher, ob das alles ist, aber ich nicke stumm.

»Und du? Geht's dir gut?« Peter zieht mich in eine väterliche Umarmung.

»Alles klar«, erwidere ich. Meine Stimme klingt gedämpft, weil er mein Gesicht gegen seine Schulter drückt. »Ein bisschen zittrig, sonst nichts. Es tut mir alles schrecklich leid.«

Er lässt mich los. »Du musst dich nicht entschuldigen. Im Gegenteil, ich bin derjenige, der dich um Verzeihung bitten muss. Ich habe dich allein gelassen. Aber jetzt geh und lass dich von John verbinden. Ich kümmere mich um den Rest.«

Während Peter sich den Toten zuwendet, hole ich ein paar Kleidungsstücke aus dem Schrank und trete hinaus auf den Gang. Seit ich die Nacht bei John verbracht habe, kurz bevor er sich der Wacht anschloss, war ich nicht mehr in seinem Zimmer. Es sieht anders aus. Beim letzten Mal war hier alles in Unordnung – zerknüllte Hemden auf dem Boden, der Tisch beim Fenster mit Kräutern, Pulvern und Beuteln überladen, der Schreibtisch überfüllt mit Büchern, Pergamentrollen, Schreibfedern und Tinte.

Jetzt ist alles aufgeräumt. Die Bücher sind ordentlich gestapelt, der Arbeitstisch ist leer, alles ist in Schubfächern und Regalen verstaut. Das Zimmer riecht sogar anders. Verschwunden ist der schwere Geruch nach allerlei Gewürzen, Kräutern – und ihm. Was bleibt, ist nichts als klare, reine, geruchlose Luft.

Ich ziehe mir einen Stuhl an den Schreibtisch und warte auf John. Es dauert nicht lang, da öffnet er die Tür mit einem Tritt, mit einem Eimer Wasser in den Händen. Wortlos trägt er den Krug zu der Waschschüssel neben dem Bett und gießt das heiße Wasser ein. Er ist unachtsam und etwas davon spritzt über den Rand.

Er scheint nicht zu bemerken, dass seine Stiefel nass werden, und auch nicht, dass ich ihn beobachte. Und als der Eimer leer ist, bemerkt er auch das nicht. Er hält ihn immer noch über die Schüssel, als bereits der letzte Tropfen herausgelaufen ist.

»John.« Meine Stimme ist nur ein Flüstern.

Sein Kopf ruckt herum, er sieht mich an, und sein Gesicht leuchtet auf und fällt dann in sich zusammen, als würde er mich eben zum ersten Mal sehen.

»Geht es dir gut?«, frage ich.

»Das müsste ich dich eigentlich fragen.« Er lässt den Eimer scheppernd fallen. »Das hätte nicht passieren dürfen. Wenn ich hier gewesen wäre, wäre es auch nicht passiert. Ich hätte sie abwehren können, hätte verhindern können, dass sie dir wehtun.«

John macht kehrt und stapft zu seinem Arbeitstisch, kramt durch die Fächer und zieht eine kleine, bernsteinfarbene Flasche hervor. Ich erkenne seine krakelige Handschrift auf dem Etikett und kann tatsächlich lesen, was da steht: Jasminöl. Er geht wieder zu der Waschschüssel und lässt ein paar Tropfen Öl in das Wasser fallen.

»Jasmin ist sehr hilfreich, zum Beispiel bei Husten oder bei übermäßigem Schnarchen«, sagt er, »woran du nicht leidest. Es erleichtert auch die Wehen, was dir auch nichts nutzt. Eigentlich brauchst du es überhaupt nicht, aber ich mag den Duft. Er erinnert mich immer an dich.«

Ich blinzele verwundert angesichts seiner nervösen, fahrigen Art, seines sinnlosen Geplappers. Beides sieht ihm überhaupt nicht ähnlich.

»Danke.« Ich verziehe das Gesicht zu einem Lächeln, runzle aber gleichzeitig die Stirn. »Ich mag den Geruch auch.« Ich stehe auf und gehe zur Waschschüssel.

Es gibt keine Tücher, mit denen ich mich waschen oder abtrocknen könnte, trotzdem tauche ich meinen Arm in das Wasser und zucke zusammen, als das Jasminöl in der Wunde brennt. Ich erinnere mich an das erste Mal, als John sich um einen Schnitt in meiner Hand kümmerte. Ich hatte gerade erfahren, dass Caleb zum Inquisitor aufgestiegen war, und im Schock das Weinglas in meiner Hand zerdrückt. Ich erinnere mich an den Duft nach Minze, an das angenehme Kribbeln, als er meine Hand ins Wasser legte. Wie er sie hielt, mit seinen langen, behutsamen Fingern.

Heute ist alles anders.

John starrt mit leerem Blick in die Schüssel, in der sich das Wasser rosa färbt. Vielleicht hat Peter recht. Vielleicht hat John einen Schock. Er war eine Woche lang Tag und Nacht an der Grenze im Einsatz, er ist müde und hat sich auf Ruhe und Schlaf gefreut. Stattdessen findet er ein Blutbad vor – und muss mit der Möglichkeit fertigwerden, dass Blackwells Männer hinter meinem Stigma her sind. Das nun er hat.

»Wenn sie wirklich hinter dem Stigma her sind, werde ich alles tun, dass sie es nicht kriegen«, sage ich. »Ich werde dich beschützen.«

Meine Worte reißen ihn aus seiner Lethargie. »Ich brauche dei nen Schutz nicht. Ich muss nur wissen, was ich tun soll, wenn sie mich finden. Wie ich es benutzen kann.« Sein Blick ist scharf. »Du hast geschlafen. Du hattest keine Waffen. Du warst nicht mal angezogen, und trotzdem konntest du sie abwehren, konntest einen von ihnen sogar töten. Wie hast du das geschafft?«

Es passt überhaupt nicht zu John, so etwas zu sagen – oder überhaupt zu denken. Ich bin sprachlos.

»Ich habe getan, wozu ich ausgebildet wurde«, stoße ich schließlich hervor. »Dieses Wissen, diese Fähigkeiten, das hat nichts mit dem Stigma zu tun. Das hat damit zu tun, was mir drei Jahre lang eingebläut wurde: dass ich jeden Tag dem Tod ins Auge blicke.«

»Und ich blicke nicht jeden Tag dem Tod ins Auge?«

»Doch, das tust du«, sage ich. »Aber das ist etwas anderes. Und das weißt du auch.«

John schnaubt abfällig.

»Mein Stigma wurde mir nicht geschenkt«, sage ich. »Ich musste es mir verdienen. Es mag mir nicht mehr gehören, aber es ist immer noch ein Teil von mir, und daran wird sich nie etwas ändern. Ich habe es mir verdient.« Ich wiederhole mich, aber es muss sein.

»Ich habe nie etwas anderes behauptet.«

»Nein«, sage ich. »Und trotzdem habt ihr beide, du und dein Vater, mir deutlich zu verstehen gegeben, dass sich eurer Meinung nach mein Wert genau daran bemisst. Ihr glaubt nicht, dass ich das, was der Rat von mir verlangt, ausführen kann.« Der Zorn, der seit der Anhörung in mir schwelt, bricht hervor. »Ich schlage vor, du gehst noch einmal in mein Zimmer und schaust dir an, wozu ich fähig bin.«

Sobald ich die Worte ausgesprochen habe, bereue ich sie auch schon. John zuckt zurück.

»Ich weiß nur zu gut, wozu du fähig bist.« Er weicht noch weiter von mir. »Es vergeht kein Tag, an dem ich nicht daran denke.«

»John …«

»Ich warte draußen auf dich.« Er knallt die Tür so fest hinter sich zu, dass der Türrahmen erbebt.

Meine Hände fangen an zu zittern und die Oberfläche des Wassers kräuselt sich. Erst da merke ich, dass das Wasser kalt ist. Nicht weil es kalt geworden ist, sondern weil es von Anfang an kalt war.

Ich nehme die Hände aus der Schüssel und schüttele das Wasser ab. Dann durchsuche ich Johns Schubladen, bis ich ein Messer finde. Ich ziehe mein Nachthemd aus und schneide es in Streifen, die ich dann um meinen Arm wickele. Die Wunde blutet nicht mehr stark, aber sie ist noch feucht und knallrot.

Sie heilt nicht ohne mein Stigma.

Ich ziehe mich schnell an – eine braune Hose, hellblaues Hemd und einen langen dunkelblauen Mantel. Mit feuchten Fingern streiche ich mir die Haare nach hinten und binde sie zu einem Knoten.

Ich rechne nicht damit, dass John noch da ist, als ich die Tür öffne, doch er lehnt an der Wand, die Arme vor der Brust verschränkt, die Augen zu Boden gerichtet. Er schaut nicht hoch, als ich die Zimmertür hinter mir zuziehe und auf ihn zugehe.

»John.«

Immer noch mit gesenktem Blick stößt er sich von der Wand ab und geht die Treppe hinunter. Ich will ihm nachrufen, will mich bei ihm entschuldigen und ihm sagen, dass ich es nicht so gemeint habe.

Aber ich habe es so gemeint.

Ich trotte hinter ihm die Stufen hinunter. Auf der Türschwelle prangen die Abdrücke von schlammigen Stiefeln – Fulkes Spuren, die er beim Eintreten hinterlassen hat – und daneben Blutstropfen: seine Spuren beim Verlassen des Hauses. Als Leiche.

Ich gehe hinaus in die kalte, mondbeschienene Nacht. John hat den grauen Überrock der Wacht abgelegt und einen alten schwarzen Mantel angezogen. Den Kragen hat er aufgestellt. Ich kann sein Gesicht nicht sehen, aber schon seine Haltung ist starr und abweisend.

Jenseits des Bachs auf der Wiese steht Peter mit einem Spaten in der Hand. Ich betrachte die dunkel befleckten Tücher, die er über die Leichen gelegt hat, die reglosen Körper darunter, lausche auf das Geräusch, mit dem der Spaten in die Erde fährt. Wie eine Lawine stürzt die Erkenntnis über mich herein, dass ich John nur Probleme bereitet habe, seit ich in sein Leben getreten bin. Und nicht nur ihm, sondern auch allen, die er kennt und liebt. Sie haben mich aufgenommen und mir beigestanden. Es wäre so einfach gewesen, mich abzuweisen – so einfach, wie es für Blackwell und Caleb war.

Ich drehe mich zu ihm und will es ihm sagen, will mich dafür entschuldigen, dass ich nie wirklich begriffen habe, was er für mich getan hat. Aber ohne ein Wort und ohne auf mich zu warten, dreht er sich um und geht den Weg entlang, der von Mill Cottage wegführt, hin zu Nicholas' Haus.

Nach einer Weile folge ich ihm.

9

Es sind drei Meilen nach Theydon Bois, wo Nicholas wohnt, und wir legen den Weg in vollkommenem Schweigen zurück. John geht voraus. Er fragt nicht, wie es mir geht, noch versucht er, mich zu trösten. Ich weiß nicht, was ich zu diesem John sagen soll, der nicht mit mir redet, der mit versteinerter Miene geradeaus läuft, mit dem Schwert in der Hand, als ob wir jeden Moment angegriffen werden würden.

Also sage ich gar nichts.

Schließlich gelangen wir an eine bogenförmige Brücke aus Holz. Das Wasser darunter ist dunkel und still. Auf der anderen Seite steht ein Haus, von dem ich vermute, dass es Nicholas' Heim ist.

Es sieht anders aus als Crouch Hill, das Haus, zu dem er mich nach unserer Flucht aus dem Fleet-Gefängnis brachte. Jenes Haus war groß und prächtig. Gebaut, um zu beeindrucken. Dieses Häuschen ist viel kleiner und gemütlicher, ein echtes Landhaus. Grob behauene Steine bilden die Außenmauern, das Dach ist mit Schindeln gedeckt und die vielen Fenster sind mit Holzläden geschlossen.

John geht mir voraus zur Haustür. Dutzende Rosenbüsche in allen Farben, die dank der Magie des Hausherrn sogar im Winter blühen, säumen den Weg. Roter Efeu und rosiges Geißblatt ziehen sich die Hauswand hinauf und darunter leuchtet das Lila von Lavendelblüten. Ich bin sicher, dass John diese zarte Wildheit gefällt, will sie ihm zeigen, aber er geht ins Haus, ohne die Blumen – oder mich – auch nur eines Blickes zu würdigen. Ohne Umstände schiebt er sich an Skyler vorbei, der im Türrahmen erscheint.

Skyler tritt zu mir. Er trägt dieselbe schwarze Kleidung von vorhin, aber seine Hände, sein Gesicht und seine Haare, die eben noch blutbespritzt waren, sind sauber. Ich frage mich, ob Fifer ihm geholfen hat, ob sie ihm warmes Wasser und weiche Handtücher gebracht hat, oder ob sie danebengestanden und zugesehen hat, wie er sich mit kaltem, stechendem Wasser gewaschen und mit besudelten Stofffetzen abgetrocknet hat.

»Ich habe schon schönere Nächte erlebt, du auch?«, bemerkt er.

»Ich habe schon schönere Monate erlebt«, murmele ich.

Fifer kommt herbeigestürzt und wirft sich mir in die Arme, sodass ich beinahe hintenüberfalle. »Skyler hat uns alles erzählt. Du bist doch nicht schlimm verletzt, oder?« Sie hält mich auf Armeslänge und betrachtet mich. »Ich kann's immer noch nicht glauben: Hexenjäger in Harrow! Oder wie nennen sie sich jetzt?«

»Ritter des Königreiches Anglia«, antworten Skyler und ich wie aus einem Mund.

Fifer verzieht das Gesicht. »Nicholas will dich gleich sehen. Dich und John.« Sie stutzt. »Warum hat er nicht auf dich gewartet?« Ihre grünen Augen werden schmal. »Es ist doch alles in Ordnung mit ihm, oder? Und mit dir?«

»Uns geht es gut«, lüge ich. »Er hat eine anstrengende Woche hinter sich. Ich glaube, er ist bloß müde und ein bisschen durcheinander.«

Fifer zieht mich ins Haus und durch einen kurzen Flur ins Wohnzimmer. Der Raum ist heimelig und einladend. Gepolsterte Sessel und Sofas stehen auf dicken Teppichen und überall leuchten Blumen in fröhlichen Farben. Die weiß verputzten Wände sind mit Gobelins behängt und die Decke ist bis hinauf zu den Dachbalken offen. In einem mächtigen Kamin lodert ein helles Feuer und die knisternden Flammen werfen Licht und Wärme in den Raum.

Nicholas kommt mir entgegen und umfasst mit einem sorgenvollen Blick meine Schultern.

»Skyler hat uns erzählt, was geschehen ist. Ich bin froh, dass du in Sicherheit bist und dass es dir gut geht.« Der letzte Teil des Satzes klingt wie eine Frage.

Er führt mich zu einem weichen Sessel und schaut dann zu John, der sich neben den Kamin gesetzt hat und in die Flammen starrt, als ob er dort die Antwort auf alle Fragen finden könnte.

»John?«

Er dreht den Kopf.

»Wärst du so nett und bereitest Elizabeth einen Trank zu?« Nicholas lächelt, aber das Lächeln erreicht nicht seine Augen. »Sie ist ein bisschen blass und scheint zu frieren.«

Im Raum wird es still, und ich habe den Eindruck, dass alle mich anschauen – uns – und versuchen herauszufinden, was zwischen uns vorgeht.

»Du kannst dich bei meinen Vorräten bedienen«, setzt Nicholas hinzu. »Du weißt ja, wo sie sind.«

John steht auf und schaut mich – endlich – an. »Natürlich. Ich bin gleich wieder da.«

Er geht hinaus, die Hände in den Taschen seines Mantels vergraben, den er immer noch nicht abgelegt hat, obwohl es im Wohnzimmer angenehm warm ist. Beinahe so, als ob er nicht die Absicht hätte, lange zu bleiben.

Nicholas wendet sich mir zu.

»Die Ritter des Königreichs Anglia.« Das sind seine ersten Worte. Keine Fragen an mich. »Sie waren hinter dir her. Sie wussten, wo du bist. Sie wussten, dass du allein sein würdest.«

»Sie wussten nicht, dass ich allein war«, sage ich. »Jedenfalls nicht sicher. Fulke – derjenige, den ich getötet habe, der zuerst in mein Zimmer kam – sollte mich beobachten, während Griffin, der andere, das Haus nach Peter durchsucht. John hielten sie für tot.«

Fifer will etwas sagen, aber Nicholas bringt sie mit erhobener Hand zum Schweigen. »Rede weiter«, sagt er zu mir.

»Fulke erzählte, sie hätten Befehl, mich zu Blackwell zu bringen«, fahre ich fort. »Ich habe nicht nach dem Grund gefragt, weil ich dachte, ich wüsste, warum. Ich weiß zu viel, sowohl über ihn als auch über Euch. Ich dachte, deshalb wollte Blackwell mich zurückhaben, genau wie Ihr es bei der Anhörung gesagt habt. Aber jetzt bin ich mir nicht mehr so sicher.«

Ich denke noch einmal an Griffin, wie er mich angesehen hatte, als er merkte, dass meine Wunde nicht heilte.

»Zuerst benahm Griffin sich so, wie ich ihn kannte«, sage ich. »Er schien nicht im Mindesten beunruhigt, dass er sich hier in Harrow befand, umgeben von Feinden. Er hatte keine Angst, erwischt zu werden. Er war guter Dinge – bis er mich verwundete. Bis er merkte, dass ich mein Stigma nicht mehr habe.« Wie er mich gegen die Wand schleuderte, wieder und wieder, und wissen wollte, wo es ist. »Warum? Es hätte ihm herzlich egal sein sollen, ob ich mein Stigma habe oder nicht.«

Nicholas geht zu einem der Fenster. Mondlicht fällt durch die Scheibe und erhellt seine Züge. Er ist kaum wiederzuerkennen: Damals, als ich ihm zum ersten Mal begegnete, in meiner Zelle im Fleet-Gefängnis, war er dünn, ausgezehrt und grau. Jetzt strahlt er förmlich vor Leben. Aber was sich nicht geändert hat, ist die Ernsthaftigkeit seiner Miene.

»Elizabeth«, sagt er schließlich, »ich möchte, dass du mir von Blackwell erzählst.«

Ich mache den Mund auf, obwohl ich nicht weiß, was ich sagen soll – und schließe ihn dann wieder, als John mit einem Kupferbecher hereinkommt. Seine Wangen sind gerötet, er wirkt zerzaust – den Mantel hat er schließlich doch ausgezogen – und hat die Ärmel seines Hemdes hochgerollt. Seine Augen sind hell und klar und er grinst. Er benimmt sich wieder ganz so wie der John, den ich kenne, sodass ich ihm ein kurzes Lächeln zuwerfe.

»Tut mir leid, dass es so lange gedauert hat.« Er reicht mir den dampfenden Becher. Der aufsteigende Geruch dreht mir den Magen um. »Das sind Wermut, Dill und Andorn, in Wein gekocht«, erklärt er mir. »Es schmeckt nicht schlecht. Zumindest sollte dir davon warm werden.«

Wermut. Ich kenne mich mittlerweile so gut mit Arzneimitteln aus, dass ich weiß, dass Wermut beruhigend wirkt – und dass es die wichtigste Zutat für Absinth ist. Absinth wiederum war die wichtigste Zutat in dem Ale, an dem ich mich einmal betrunken habe. Die Folge davon wiederum war, dass ich sturzbesoffen mit Hexenkräutern erwischt wurde, wodurch ich beinahe mein Leben verlor.

Zögernd nicke ich John zum Dank zu, aber er achtet gar nicht auf mich, sondern setzt sich wieder auf seinen Platz neben dem Feuer. Nach einer Weile wende ich mich Nicholas zu.

»Was ist mit Blackwell?« Ich stelle den Becher auf den Tisch neben mir. »Was wollt Ihr über ihn wissen?«

Nicholas blickt mich ernst an. »Ich möchte wissen, welche Beziehung ihr zueinander habt.«

»Beziehung?« Das Wort in Verbindung mit Blackwell verwirrt mich zutiefst. »Ich verstehe nicht, was Ihr meint.«

»Als du von ihm ausgebildet wurdest, hat er dich da in irgendeiner Weise bevorzugt? Hat er dich anders trainiert oder dich anders behandelt? Hat er dir etwas gegeben – Waffen, Ratschläge, Warnungen, irgendetwas – was die anderen Hexenjäger nicht bekommen haben?«

»Nein.« Dann fällt mir etwas ein. »Also, einmal hat er mir gegenüber eine Bemerkung gemacht. Es war gegen Ende der Ausbildung, ich kannte ihn also schon ein bisschen. Und was er gesagt hat, war für ihn so ungewöhnlich, dass ich es nicht vergessen konnte.«

Nicholas betrachtet mich aufmerksam. »Was hat er gesagt?«

Ich zögere. Ich spreche nicht gern über diese Zeit. Damals wie heute nicht. Nicht nur, weil ich an Dinge erinnert werde, die ich lieber vergessen möchte, sondern weil sich auch alle anderen erinnern, wer und was ich bin.

Ich will nicht daran denken, dass sie mich eigentlich hassen sollten.

Ich hoffe auf ein Lächeln von John, einen tröstenden Blick, etwas, das mir sagt, dass er mir nicht mehr böse ist. Aber er ist wieder geistesabwesend, hat den Kopf gesenkt und die Hände gefaltet. Hat sich verschlossen.

Also muss ich ohne ihn da durch.

Blackwell hatte uns ins Labyrinth geschickt. Es war der letzte Test vor der eigentlichen Prüfung. Achtzehn von uns waren noch übrig, und wir hatten vier Tage Zeit, um aus dem Labyrinth zu entkommen. Wir hatten nichts zu essen, kein Wasser, keine Waffen, nichts außer unserem Verstand, unserem Wissen, unserem Mut und unserem Erfindungsreichtum.

Um Mitternacht ging es los, wie immer. In der Nacht lag dichter Nebel über dem Land, es war, als würde man durch Wolken gehen. Dann sahen wir es: massive Hecken, die sich so weit und so hoch erstreckten, dass man ihr Ende nicht sehen konnte. Der Nebel klebte an den Zweigen wie Streifen aus Schnee, kräuselte und wellte sich, sodass die Hecke beinahe lebendig aussah, als würde sie atmen. Als ob sie uns verschlingen wollte.

Drei Tage. So lange brauchte ich, um hinauszugelangen. Zweimal wurde ich angegriffen, von Kreaturen, für die ich keinen Namen hatte: Kreaturen, die aussahen wie Wölfe, aber krochen wie Schlangen. Kreaturen, die flogen wie Falken und aussahen wie Bären, riesengroß und mit Zähnen und Klauen. Meine Kleider hingen in Fetzen, genauso wie die Haut meines rechten Arms. Einen Stiefel und ein dickes Büschel Haare hatte ich verloren, als irgendetwas mich packte – ich weiß heute noch nicht, was es war – und beinahe nicht mehr losgelassen hätte.

Als ich schließlich ins Freie trat, dämmerte der neue Tag. Im Gras glitzerten Tautropfen und der Himmel färbte sich rosa. Vögel sangen, die Sonne ging auf und ich war frei. Ich kroch auf allen vieren, blutig und verschwitzt, hungrig und durstig und unsagbar müde. Ich kroch ein paar Meter, dann sank ich zu Boden. Am liebsten hätte ich geweint. Ich wollte nur noch schlafen. Stattdessen fing ich an zu lachen.

Vielleicht war es Freude, vielleicht war ich verrückt geworden. Aber zu wissen, dass er mich mit der Erwartung dort hineingeschickt hatte, ich würde nicht mehr herauskommen, und dass ich es dennoch geschafft hatte, war ein unglaubliches Gefühl.

Plötzlich hörte ich leise Schritte im Gras. Ein Zweig, der unter einer Sohle knackte. Ich rollte mich auf den Rücken, und da stand er. Blackwell. Er stand über mir, zwischen mir und der Sonne, warf einen Schatten auf mich. Verwandelte Licht in Dunkelheit, wie nur er es vermochte.

»Mylord.« Ich rappelte mich auf und knickste ungeschickt.

»Elizabeth.«

Ich wartete. Seine Augen, so kalt wie nasse Kohle, musterten mich von oben bis unten. Meine zerrissene Kleidung, der fehlende Stiefel, die verklebten Haare, die kahle Stelle auf meinem Kopf. Ich schob mir eine Locke hinters Ohr, und als ich die Hand wieder senkte, war sie rot vor Blut.

»Gut gemacht«, sagte er schließlich.

»Danke, Mylord.« Meine Stimme war nur ein raues Flüstern. Nichts mehr erinnerte noch an das wilde, hysterische Gelächter von eben.

Er trat auf mich zu, und ich bot meine ganze Willenskraft auf, um nicht zurückzuweichen. Er kam so nah, dass meine Nase fast an sein Wams stieß. Der Stoff war aus goldbesticktem Brokat, eingefasst mit smaragdgrünem Samt, die Ärmel geschlitzt, sodass das weiße Hemd aus feinem Leinen darunter hervorblitzte.

»Schau mich an«, sagte er.

Ich tat, wie geheißen.

Er war groß, die dunklen Haare so kurz geschoren, dass er fast kahl wirkte. Der Bart war sorgfältig gestutzt. Er hätte attraktiv sein können, wären da nicht diese harten, grausamen Augen gewesen.

»Du warst ein Fehler«, sagte er.

Ich wusste nicht, was ich dazu sagen sollte, ob ich überhaupt etwas sagen sollte. »Ja, Mylord«, stieß ich schließlich hervor.

»Und doch bist du hier. Immer noch. Bist immer noch hier.« Er umkreiste mich langsam, wie ein Wolf seine Beute umkreist. Alles in mir schrie nach Flucht. »Warum ist das so? Was glaubst du, Elizabeth: Warum bist du hier?«

Mir fielen Tausende von Antworten ein, die ich allesamt nicht aussprechen konnte: *Wegen Euch? Oder trotz Euch? Jedenfalls nicht dank Euch.* Stattdessen sagte ich: »Um zu lernen, Mylord.«

»Um zu lernen«, wiederholte er. »Und sag mir: Was lernst du?«

Er stand jetzt hinter mir. Ich konnte ihn nicht sehen, aber ich konnte ihn fühlen. Jeder einzelne meiner Muskeln krampfte vor Angst. Seine Worte klangen freundlich, doch ich hörte den Stachel darin. Ich wusste nicht, womit ich ihn verärgert hatte, aber das wusste man bei ihm nie.

»Euch zu dienen.«

Er trat vor mich, aber ich schaute ihn nicht an. Ich hielt meine Augen auf seine Brust gerichtet, auf die goldenen Fäden, die in der aufgehenden Sonne glitzerten.

»Was für ein Glück ich habe, dass ich eine so treue Dienerin mein Eigen nennen kann.«

Er verspottete mich, und wieder wusste ich nicht, wie ich antworten sollte, also wiederholte ich: »Ja, Mylord.« Das war zu meinem Mantra geworden.

Blackwell schaute zum Labyrinth. Wer war noch darin, wer hatte es bereits geschafft? Ich begann mich zu fragen, ob er auf mich gewartet hatte. Ob ich der Grund war, warum er hier war. Oder ob er auf jemand anderen wartete.

»Glaubst du, dass du die Ausbildung überleben wirst, Elizabeth?«

Auf diese Frage hatte ich eine Antwort. Eine, über die ich nicht lange nachdenken musste.

»Ja, Mylord.«

Blackwell nickte. »Ja, ich merke, du glaubst wirklich daran. Und ich merke auch, dass du hoffst, ich würde ebenfalls daran glauben.« Er lächelte oder zumindest verzog sich sein Gesicht zu einem solchen Ausdruck, der einem Lächeln am nächsten kam. Dieser Ausdruck verwandelte ihn. Plötzlich war er beinahe jemand, dem ich vertrauen konnte.

Beinahe.

»Und weißt du was? Nach dem, was ich heute gesehen habe, könnte ich tatsächlich daran glauben.«

Mir schwoll das Herz und eine Woge der Freude raste durch meine Glieder, denn ein größeres Lob konnte man von ihm nicht erwarten.

»Irgendwann wird sich herausstellen, ob du mein größter Fehler warst – oder mein größter Triumph sein wirst.«

»Und dann?«

Nicholas' Stimme holt mich wieder in die Gegenwart. Einen Moment lang war ich tatsächlich dort, bei Blackwell, am Eingang zum Labyrinth. Ich konnte beinahe den Tau auf meinen Händen fühlen, das Brennen der Wunde auf meiner Kopfhaut, das gleißende Sonnenlicht in meinen Augen.

Ich schaue hoch. Alle Augen sind auf mich gerichtet.

»Nichts weiter«, sage ich. »Er ging weg und das war's. Danach habe ich ihn nicht mehr gesehen, jedenfalls nicht bis zur letzten Prüfung.«

»Die Prüfung in dem unterirdischen Grab«, sagt Nicholas. »Und danach bekamst du dein Stigma.«

»Ja.« Ich reibe mir die Augen. Die Ereignisse der Nacht fordern ihren Tribut. Ich will nichts weiter als schlafen.

Aber Nicholas ist noch nicht fertig. »Elizabeth, weißt du, wie die Stigmata erschaffen werden?«

Ich fühle, wie sich Fifer neben mir verkrampft, sehe Skyler neben sie treten. Johns Kopf ruckt hoch und er wendet seine Aufmerksamkeit von den Flammen ab und Nicholas zu. Sein Blick gleitet an mir vorbei.

Die Haustür geht auf und dann tritt Peter ins Wohnzimmer. »Bitte entschuldigt, dass ich so spät komme.« Er nimmt seinen Umhang ab und hält ihn vor sich, bis er ihm von unsichtbaren Händen abgenommen wird. Hastings, Nicholas' Geisterbutler, schwebt damit aus dem Zimmer. »Der Boden ist gefroren und nur schwer aufzugraben. Hätte beinahe den Spaten abgebrochen.« Er verstummt. »Wie stehen die Dinge hier?«

»Rätselhaft«, sagt Nicholas leichthin. »Aber wir arbeiten daran.« Peter zieht sich einen Stuhl neben John, der keinerlei Notiz von seinem Vater nimmt.

»Ich weiß nicht, wie Stigmata erschaffen werden«, antworte ich auf Nicholas' letzte Frage. »Niemand vor uns hatte je ein Stigma, also konnte uns auch niemand Auskunft darüber geben. Wir haben darüber spekuliert, und die meisten unserer Vermutungen waren hanebüchener Unsinn, aber wir alle wussten, dass es sich um Magie handelte.«

Nicholas wiegt den Kopf. »Magie, und zwar alle Formen von Magie, funktionieren auf die gleiche Weise. Die Hexe oder der Zauberer richtet seine Kraft auf einen Gegenstand oder eine Person. Ein Liebeszauber wird in ein Stück Pergament übertragen. Ein Heilzauber in einen Trank. Ein Schutzzauber in einen Ring. Ein Fluch in eine Tafel. Ein Stigma in einen Hexenjäger.«

Mein Magen verkrampft sich.

»Die Magie basiert auf der Ausgeglichenheit aller Dinge«, fährt Nicholas fort. »Die Macht deines Stigmas ist die Macht der Stärke, der Heilung, ist Schutz gegen deinen Tod oder – in manchen Fällen – gegen den Tod eines anderen.« Er wirft John einen Blick zu. »Diese Macht bringt Ungleichgewicht. Sie verleiht einem Menschen die Kraft zu tun, was kein Mensch – Magier oder nicht – können dürfte. Zum Ausgleich mindert ein Zauber mit dieser Wirkung die Magie der Person, die ihn ausgesprochen hat.«

»Magie kann gemindert werden?«

Nicholas nickt. »Wenn jemand seine Magie in einen Gegenstand legt, etwa einen Brief, der verführen soll, einen heilenden Trank, dann wird seine Magie geschwächt. Wie schnell sie sich wieder erholt und bis zu welchem Grad, hängt sowohl von dem Zauber als auch von der Hexe oder dem Zauberer selbst ab. Bei einem alten Zauberer oder einem, der schon vorher geschwächt war, erholt sich die Magie möglicherweise gar nicht mehr vollständig. Meine eigene Magie wurde von dem Fluch gemindert, mit dem Blackwell mich belegt hatte. Ich bin zwar noch nicht vollständig genesen, aber beinahe.« Er schaut zu Fifer, die ein kleines Lächeln hervorpresst.

»Wenn der Zauber, mit dem ein Stigma erschaffen wird, so viel

Kraft erfordert, dass einer Person dadurch ihre gesamte Magie entzogen wird, wie soll das funktionieren?«, frage ich. »Wir waren insgesamt sechzehn Hexenjäger. Das bedeutet sechzehn Stigmata, was wiederum bedeutet, dass sechzehn Hexen oder Zauberer sechzehn Zauber aussprechen mussten, die ihnen die Kraft raubten und uns …« Ich verstumme, weil mir die Wahrheit allmählich dämmert. »Sie haben sie nicht freiwillig hergegeben, nicht wahr? Die Magie wurde ihnen weggenommen. Gestohlen.«

In der Stille, die nun folgt, wird mir Blackwells Vorhaben in seinem ganzen Ausmaß klar. Den ersten Teil seines Plans kannte ich bereits: Mit der Armee aus Hexen und Zauberern, die wir gefangen genommen haben, sollte das Königreich erobert werden. Und jetzt weiß ich auch, wie es weitergehen soll: All jenen, die sich Blackwell verweigern, soll die Macht geraubt werden, die dann auf seine Männer übergeht, sodass sie niemals überwunden werden können.

»Aber das erklärt trotzdem nicht, warum Blackwell es ausgerechnet auf mein Stigma abgesehen hat«, sage ich. »Nichts daran ist besonders. Es ist nicht stärker als die Stigmata von Griffin, Fulke, Caleb oder …«

»Wirklich nicht?«, unterbricht mich Nicholas. »Bist du dir da sicher?«

Ich zögere. Denke an die Dinge, die ich tun kann – die ich tun konnte. An meine Kraft, meine Geschwindigkeit, dass ich besser jagen und kämpfen konnte als alle anderen. Dass ich befördert wurde, dass ich – übertroffen einzig von Caleb – die Beste von uns allen war. Aber doch nur, weil ich so hart dafür gearbeitet hatte. Weil ich es mir verdient hatte.

Oder nicht?

»Du sagst selbst, dass es das erste Mal war, dass ihr die ersten Menschen mit Stigmata wart«, fährt Nicholas fort. »Niemand konnte euch sagen, wie sie erschaffen wurden. Hast du je daran gedacht, dass irgendjemand der Allererste sein musste? Jemand musste für Blackwell das Versuchskaninchen spielen.«

Irgendwann wird sich herausstellen, ob du mein größter Fehler warst – oder mein größter Triumph sein wirst.

»Hm. Ich glaube nicht, dass Blackwell mit deinem Stigma seine eigene Macht vergrößern will«, sagt Nicholas. »Magie lässt sich nicht addieren. Die Gesetze des Gleichgewichts verbieten das. Wenn man die Magie eines anderen übernimmt, gibt man dafür seine eigene Magie her. Blackwell würde nicht riskieren, seine bestehende Magie durch die Übernahme der Kraft eines weniger mächtigen Zauberers zu verringern. Das ist es also nicht.« Er denkt kurz nach. »Ich glaube, er versucht, seine Magie wiederherzustellen.«

Plötzlich steht sie im Raum – die Wahrheit. All die Indizien, die Nicholas Stück für Stück dargelegt hat, auf einmal ergeben sie einen Sinn.

Ich springe auf. Peter hält es ebenfalls nicht auf seinem Stuhl. Er dreht sich zu John, während Fifer nach meiner Hand greift und irgendetwas Besänftigendes murmelt. Ich verstehe ihre Worte nicht, weil mir das Blut in den Ohren rauscht. Nur das, was Nicholas sagt, dringt zu mir durch.

»Ich glaube, dein Stigma kam von Blackwell. Und jetzt will er seine Macht wiederhaben.«

10

Die folgende Woche ist die reinste Qual. Wir versuchen, das Puzzle zusammenzusetzen, versuchen zu begreifen, warum Blackwell dieses Stigma unter allen Umständen haben will.

Peter und John streiten sich fast stündlich. John ist entschlossen, das Stigma für unsere Zwecke einzusetzen. Anstatt sich zu fürchten, durch das Stigma zur lebenden Zielscheibe zu werden, will er tun, was Gareth eigentlich von mir verlangt: Er will Blackwell töten. Peter, der noch vor Kurzem so hocherfreut war, dass sein Sohn sich begeistert ins Kampfgetümmel stürzt, fleht John an, aus Anglia zu fliehen, mit mir ein Schiff zu besteigen und so weit wie möglich fortzusegeln.

Aber John gibt nicht nach. Das kann er nicht. Das Stigma lässt es nicht zu. Das Gleichgewicht der Magie kippt, und zwar nicht zu Johns Gunsten. Ich weiß jetzt, warum er so verändert ist – warum er sich von mir abwendet, woher die plötzliche Gewalt kommt. Jeden Tag heilt er weniger Menschen, jeden Tag bekämpft er mehr von ihnen. Blackwells Magie hat ihn im Würgegriff, und mit jedem Tag, der vergeht, wird diese Magie in ihm stärker.

Im Augenblick ist sein Geheimnis – unser Geheimnis – noch sicher. Aber für wie lange noch? Ich trainiere täglich mit Skyler und Fifer und werde immer stärker, wendiger, kampfbereiter. Aber jetzt trainiert John an meiner Seite, und was ich erreiche, übertrifft er um ein Zehnfaches. Das Ungleichgewicht zwischen uns ist nicht zu übersehen und kann nicht mehr lange verborgen bleiben.

Es gibt keine Lösung für dieses Problem, zumindest keine, die mir einfällt. Und mir läuft die Zeit davon. Heute Morgen trafen zwei dicke, cremefarbene Umschläge in Mill Cottage ein, versehen mit dem Siegel von Lord Cranbourne Calthorpe-Gough: unsere Einberufung. Johns Pflicht bei der Wacht ist damit offiziell beendet. Wir sollen uns binnen vierundzwanzig Stunden im Lager in Rochester melden.

Rochester Hall liegt im nördlichsten Teil von Harrow, in einer Stadt mit gleichem Namen. Es ist ein zweistündiger Fußmarsch von Johns und Peters Haus, über eine hübsche Landstraße, gesäumt mit Hecken und brombeerüberrankten Holzzäunen. Bauernhäuser mit roten Dächern kauern sich in sanften Tälern, und die Felder sind gesprenkelt mit Schafen in ihren verfilzten Winterfellen.

Wir sind seit einer Stunde unterwegs. Peter geht voraus. John und ich folgen ihm, jeder beladen mit einer hastig gepackten Tasche mit Kleidern und Waffen. Ich habe noch nicht viel von Harrow zu Gesicht bekommen, außer auf einer Karte, die John einmal für mich gezeichnet hat. Aber ich kenne die Landschaft gut genug, um mich daran zu erinnern, dass Rochester im Norden von einer Hügelkette geschützt wird. Im Osten liegt Anglia und im Westen Cambria. Es ist ein seltsamer Ort für ein Heerlager. Wenn es Blackwell und seinen Männern gelänge, mit einer größeren Gruppe die Grenze zu durchbrechen, säßen wir in der Falle.

»Ich habe über den Verräter nachgedacht«, sage ich. Es ist das Erste, was mir heute über die Lippen kommt. »Derjenige, der Blackwells Männer nach Harrow schmuggelt. Wir sind uns wohl darüber einig, dass er immer noch hier lebt. Es kann nicht anders sein. Er weiß zu gut Bescheid. Er weiß, wo er sie hinschicken muss, wie sie dorthin gelangen und manchmal auch zu welcher Zeit sie da sein müssen.«

Ich denke an den ersten Eindringling, an den Bogenschützen, der auf halbem Weg zwischen Nicholas' und Gareths Haus entdeckt wurde, dann an den Vorfall im Marschland und an den Angriff während der Anhörung. Dann die Männer in der High Street, einen Tag danach. Die Hexenjäger in meinem Schlafzimmer. Und jetzt der Standort dieses Lagers …

»Was, wenn er es ist. Lord … mit den drei Nachnamen.« Ich bekomme den Namen Cranbourne Calthorpe-Gough nicht über die Lippen, er ist einfach zu lächerlich. »Was, wenn er das Heer absichtlich dort versammelt? Rochester ist dermaßen abgelegen. Was, wenn er uns dorthin lockt, dann den Zugang abriegelt und Blackwell alle seine Feinde gesammelt auf dem Silbertablett serviert.« Der Gedanke verursacht mir Übelkeit. Wie leicht es doch wäre. Ein Verräter, eine Schlacht, keine Überlebenden.

Peter macht den Mund auf, aber John kommt ihm zuvor.

»Er ist kein Spion.« John wendet sich mir zu. »Ich weiß, wie er auf dich wirkt. Er ist adelig und arrogant und … na ja, manchmal ein echter Esel.« Er lächelt leicht. »Aber ich habe viel Zeit in Rochester verbracht. Mit Fitzroy … tut mir leid, sein Nachname ist einfach zu lang … und seiner Familie. Ich kenne ihn seit Langem und er würde uns niemals verraten. Er würde niemals seine Familie in Gefahr bringen, egal, was er dadurch gewinnen würde.«

Ich möchte ihm sagen, dass die Leute manchmal bestimmte Dinge nicht wegen des Gewinns tun, sondern weil sie einen Verlust vermeiden wollen.

»John hat recht«, pflichtete Peter seinem Sohn bei. »Fitzroy würde alles für seine Familie tun, besonders für seine Tochter. Er ist Harrow genauso treu ergeben wie Nicholas. Ich würde ihm mein Leben anvertrauen.« Peters Ton ist besänftigend. Er will den zerbrechlichen Frieden zwischen mir und John bewahren. »Und was das Lager betrifft, das ist ganz einfach: Es gibt keinen anderen Ort, der groß – oder sicher – genug wäre, um eine Armee zu versammeln. Der Süden von Harrow ist dünn besiedelt, dort gibt es hauptsächlich Felder und Wälder, kleine Dörfer und Höfe. Rochester Hall ist das größte und sicherste Anwesen in ganz Harrow, eine richtige Festung.«

»Und dass es so abgelegen ist, hat durchaus Vorteile«, ergänzt John. »Wenn irgendetwas geschieht, gibt es etliche Fluchtmöglichkeiten, zum Beispiel unterirdische Tunnel nach Cambria und eine schmale Bucht, etwa eine Meile von dem Landsitz entfernt, die ins Meer hinausführt. Aber das Wichtigste ist, dass Rochester durch mindestens ebenso viele Schutzzauber abgeschirmt ist wie Nicholas' Haus in Crouch Hill. Obwohl einige davon … Halt!«

John hebt den Arm und Peter und ich bleiben wie angewurzelt stehen. John geht ein Stück weiter und sucht den Boden ab, bis er einen etwa faustgroßen Stein findet. Er wirft ihn mitten auf die Straße, wie beim Kegeln.

Aus dem Nichts ertönt ein Brausen und Brüllen, dann sinkt der Luftdruck, wie bei einem aufziehenden Sturm. Ein donnernder Windstoß treibt auf uns zu, nimmt Sand, Äste und kleine Steine auf, während er sich in einen grauen, staubigen Tornado verwandelt.

Unwillkürlich weiche ich einen Schritt zurück, aber John tritt vor. »Der Bullentreiber. Zum grünen Tal. Kronen-Schenke.«

Wie durch Zauberhand vergeht der Wind, Sand, Laub und Zweige prasseln zu Boden. John geht ungerührt weiter.

»Was war das? Was hast du da gesagt?« Ich muss husten und wische mir den Dreck aus den Augen. »Hörte sich an wie Kneipennamen.«

»Waren es auch.« John fährt sich mit der Hand durch die Haare und fegt Sand aus seinen Locken. »Um an dem Tornado vorbeizukommen, muss man drei Kneipen in Harrow benennen. Kneipen, in denen man schon mal war.« Er zuckt mit den Schultern. »Fitzroy meint, wenn jemand nicht einmal drei Kneipen nennen kann, in denen er sich mal betrunken hat, ist er es nicht wert, empfangen zu werden.«

Peter bricht in schallendes Gelächter aus, und zum ersten Mal seit Tagen muss auch ich lächeln.

Wir gehen weiter, und die ganze Zeit sehe ich nichts außer Hügeln, Tälern, Bäumen und Schafen. Ich bezweifle langsam, dass Rochester Hall wirklich so groß ist, wie Peter behauptet. Dann hätten wir es doch längst sehen müssen.

John hebt wieder die Hand. Er schnippt zweimal schnell mit den Fingern und stößt einen kurzen Pfiff aus. Mir geht das ganze Theater langsam auf die Nerven … Doch dann passiert es: Die Luft vor mir kräuselt sich, alles verschwimmt, und dann verschwinden die Hügel und Täler, die Bäume und Schafe. Und an ihrer Stelle steht Rochester Hall.

Ich reiße die Augen auf.

Peter hat zwar gesagt, es sei eine Festung, aber ich habe mir eher etwas wie Gareths oder Humberts Anwesen vorgestellt, mit Gärten und Teichen, Burggraben und Fallgatter. Ein derartiges Bollwerk habe ich nicht erwartet.

Es ist aus dunkelrotem Backstein erbaut und scheint uneinnehmbar zu sein, umringt von einer hundert Fuß hohen Mauer. Überall in den unzähligen Türmen und Zinnen, die durch Wälle mit Brustwehren verbunden sind, befinden sich Schießscharten. Die Festung steht inmitten eines großen, von Algen bedeckten Sees, und der einzige Zugang verläuft über eine Fußbrücke, die etwa eine halbe Meile lang ist und zu einem befestigten Torhaus führt. Hinter dem See erstreckt sich das weite Land bis zu einer dicht bewaldeten Hügelkette.

Peter grinst angesichts meiner Sprachlosigkeit.

John geht uns voraus über die Brücke. Der Klang unserer

Schritte ist das einzige Geräusch unter dem blauen, stillen Himmel. »Wo sind denn alle?«, frage ich. »Es ist so ruhig hier. Und wie sollen wir hineinkommen? Das sieht nicht gerade einladend aus.« Ich deute auf das eiserne Tor vor uns, das fest verschlossen und abweisend wirkt.

»In Rochester darfst du nicht alles glauben, was du siehst«, sagt John. »Und auch nicht alles, was du hörst.«

Wieder verspüre ich diese Gereiztheit.

John tritt ans Tor und legt die Handfläche gegen das Eisen. Ich erwarte, dass es nach oben fährt oder verschwindet oder eine Geistererscheinung auftaucht und uns hineinführt. Aber zu meiner Überraschung sehe ich, dass die Schießscharte, die eben noch weit über unseren Köpfen in der Mauer gähnte, plötzlich vor uns auftaucht. Und dann weitet sie sich, wird größer, bis ich mich einer türgroßen Öffnung gegenübersehe.

Peter pfeift anerkennend, während John durch die Öffnung tritt und uns bedeutet, ihm zu folgen. Ich gelange in einen Tunnel, der sich in der Dunkelheit verliert. Mir bleibt die Luft weg, aber John navigiert mit unbeirrter Sicherheit durch den Gang, führt uns nach links, nach rechts, hoch und hinunter, als wäre er schon unzählige Male hier gewesen – was vermutlich stimmt – bis wir ins Freie gelangen. Es dauert einen Moment, bis sich meine Augen an das strahlende Sonnenlicht gewöhnen, und dann sehe ich ein Lager vor mir, das so groß wie ein ganzes Dorf ist.

Die Anlage dehnt sich meilenweit aus, und jeder Flecken ist mit Menschen gefüllt, mit Vorräten, Wagen, Hunden, Pferden und mit Zelten in allen Größen und Formen, einige gestreift und mit mehreren Spitzen, andere einfach, weiß und mit nur einer Zeltstange. Von Tausenden kleiner Lagerfeuer steigt Rauch empor. Überall stehen Kisten mit Kochtöpfen, Tellern, Laternen und Tüchern aus Leinen.

Hinter dem Lager, am Fuß eines lang gestreckten Hangs, liegt das Übungsfeld. Zwei Turnierplätze liegen nebeneinander, mit Sand aufgeschüttet. An einer Seite werden sie von einer hölzernen, überdachten Tribüne gesäumt. Seitlich davon stehen die Zielscheiben für die Bogenschützen, bunt bemalte Leinwände, die man um Heuballen gebunden hat, sowie – ordentlich aufgereiht – Bögen und Köcher mit Pfeilen. Daneben befindet sich eine abgemähte Wiese, auf der ein paar Dutzend große Holzkisten mit allerlei Waffen stehen: Messer und Ketten, Sicheln und Morgensterne, Dolche und Streitäxte.

Am Rand des Waldes sehe ich die hoch aufragenden Gerüste einiger Katapulte, die im Fall einer Belagerung an strategischen Punkten des Lagers aufgestellt werden und unsere Feinde mit Wurfgeschossen abwehren sollen.

Wieder stößt Peter einen anerkennenden Pfiff aus. »Fitzroy hat sich selbst übertroffen.«

»Das müssen gut und gern tausend Leute sein«, sage ich.

»Beinahe«, nickt Peter. »Wir haben Francia um zweitausend Soldaten gebeten, auch die passen noch her.«

»Was ist mit dem Rest von Harrow?« Wir kommen an drei Wagen vorbei, aus denen Vorräte abgeladen werden. »Wie viele sind das? Haben wir für die auch noch Platz?«

»Etwa dreitausend«, antwortet John. »Nicht alle von ihnen werden kommen, auch nicht, wenn Krieg droht. Aber auch sie würden noch aufgenommen werden können.«

Sechstausend. Es kommt mir unmöglich vor, dass sie alle in Rochester untergebracht werden können. Wieder kehren meine Gedanken zu dem Verräter zurück. Was würde geschehen, wenn Blackwell Zugang zu Rochester bekäme? Peter und John behaupten, Chimes Vater könne unmöglich der Spion sein, und vielleicht haben sie recht. Aber ich weiß noch gut, was Blackwell immer sagte: *Krieg beruht auf Täuschung. Um zu gewinnen, muss man sich dem Feind auf eine Weise präsentieren, dass dieser glaubt, was man ihn glauben lassen will.* Ich hätte damals besser hinhören sollen, dann wäre ich vielleicht früher hinter sein Geheimnis gekommen.

Was höre ich jetzt?

Wie auf Kommando taucht er auf: Lord »Drei Nachnamen«. Aus der Nähe betrachtet, ist er größer und attraktiver als bei der Anhörung, gediegen gekleidet in braune Lederhosen, eine stahlgrau und grün karierte Jacke über einem dunkelgrauen Wams. An seiner Taille ist eine Schwertscheide aus Leder befestigt, doch keine Waffe steckt darin. Er ist der Oberbefehlshaber dieser Armee und als solcher verantwortlich für Schlachten und Strategien, aber er sieht eher aus wie ein Mann, der bloß Krieg spielt.

Er gibt John einen Klaps auf den Rücken und schüttelt ihm herzlich die Hand. Dasselbe bei Peter. Dann wendet er sich mir zu. Seine blauen Augen strahlen auf, während er mich betrachtet. Ich beobachte ihn genau, ob ich irgendeine Täuschung erkennen kann.

»Miss Grey.« Er streckt mir die Hand entgegen und ich nehme sie.

»Lord Cranbourne Calthorpe-Gough.«

»Bitte nennt mich Fitzroy«, sagt er. »Es ist schön, Euch wiederzusehen, und diesmal nicht als Beschuldigte vor dem Rat. Und es ist ein Vergnügen, Euch in unserer Mitte zu haben. Euer Ruf als Kämpferin eilt euch voraus.«

Ich mache den Mund auf und will etwas sagen, aber Peter kommt mir zuvor: »Sie ist sehr geschickt mit dem Messer«, beeilt er sich zu sagen. Er grinst breit, aber ich kann die Anspannung erkennen, die dahinterliegt. »Ihre Fertigkeit im Schwertkampf ist unübertroffen, und ich kann es gar nicht erwarten, ihr Pfeil und Bogen in die Hand zu drücken. Sie ist viel zu bescheiden, aber ich möchte behaupten, dass sie besser damit umzugehen weiß als Ihr, Fitzroy.«

Peters Lobeshymne ist mir sehr unangenehm. Er preist Fähigkeiten, mit denen ich einstmals Menschen aus Harrow gefangen genommen und dem Tod überantwortet habe, selbst wenn ich sie jetzt dafür einsetzen will, um diese Menschen zu schützen. Vor allem aber sind es Fähigkeiten, die ich gar nicht mehr habe.

In diesem Moment höre ich brüllendes Gelächter und Gejohle aus Richtung des Turnierplatzes. Ich sehe etwa ein Dutzend Männer, die zwei anderen dabei zuschauen, wie sie sich umkreisen. Schwerter blitzen in der Mittagssonne.

»Ein Übungskampf«, sagt Peter mit zufriedener Stimme.

»Jeden Tag«, sagt Fitzroy, »werden Männer ausgelost, die gegeneinander kämpfen müssen.« Er schlägt mir klatschend auf die Schulter. »Sie verwetten manchmal ihr ganzes Vermögen. Aber ich bin bereit, mein Geld auf Miss Grey zu setzen.«

Er lächelt. John runzelt die Stirn. Peter schluckt.

Ich erwidere das Lächeln.

Fitzroy hebt die Hand und wie aus dem Nichts hastet ein Junge in einer weißen Livree herbei. »Bring das Gepäck bitte zu ihren Zelten. Elizabeth Grey und John Raleigh. Innerer Ring Nr. 5, wenn ich mich recht erinnere.« Der Junge nickt, hebt unsere Taschen vom Boden auf und saust davon.

»Die Soldaten sind in den weißen Zelten untergebracht«, sagt Fitzroy, während wir in Richtung des Turnierplatzes gehen. »Die Ringe sind nach Rängen geordnet. In der Mitte bin ich, zusammen mit dem Feldmarschall, dem Hauptmann und dem Leutnant. Ihr werdet sie später noch kennenlernen. Die äußeren Ringe sind für die Truppen.« Er schaut zu mir hin. »Hat Blackwell ein ähnliches Rangsystem?«

Ich grinse spöttisch. »Er favorisiert eher eine Hierarchie, in der er sozusagen der Oberste in einer Reihe von Gleichgestellten ist.«

Fitzroy lächelt mir zu und sein Gesicht leuchtet auf. Er sieht wirklich unglaublich gut aus. »So etwas hatte ich mir schon gedacht.«

»Elizabeth!« Eine vertraute Stimme übertönt den Lärm. »John!«

Ich drehe mich um und sehe Fifer, die uns aus der Menge zuwinkt. Hinter ihr ist Skyler.

»Was machst du denn hier?«, will John wissen, als sie zu uns tritt.

Fifer deutet mit dem Daumen auf Skyler. Er hat vier Taschen über die Schulter geworfen und seine Miene zeigt zu gleichen Teilen Belustigung und Ärger.

»Das ist alles seine Schuld«, sagt Fifer. »Er hat Nicholas gesagt, dass es zu Hause nicht sicher genug für mich sei. Wegen der Angriffe und wegen dem, was dir passiert ist, Elizabeth. Also hat Nicholas mich hierher geschickt.« Sie schaut sich um und verzieht das Gesicht. »Es ist alles andere als mein Traum, in einem Zelt zu kampieren. Inmitten all dieser Männer. Es ist barbarisch und außerdem ziemt es sich nicht.«

»Ich werde auch in einem Zelt wohnen«, sage ich.

»Eben«, grinst Fifer. »Barbarisch.«

Gemeinsam gehen wir zum Turnierplatz und schauen den Kämfenden zu: ein vorwärts gerichteter Stoß gegen die Brust, der in einem echten Scharmützel tödlich gewesen wäre, hier aber nur die Haut ritzt, sodass lediglich einige Blutstropfen hervorquellen und das weiße Leinenhemd rot färben.

Der Verlierer flucht, der Gewinner lacht. Die Zuschauer werfen einander Münzen und Beleidigungen zu. Der Sieger, ein großer, breitschultriger Mann mit einem pockennarbigen Gesicht, schaut sich um. Schließlich landet sein Blick auf John und seine Augen leuchten.

»Komm schon, Söhnchen. Zeig mal, ob deine Schwertkunst genauso hübsch ist wie dein Gesicht«, ruft er, reißt dem Verlierer den Säbel aus der Hand und wirft ihn John zu.

John fängt ihn mühelos auf und grinst spöttisch. Es ist das gleiche Grinsen, das mir in letzter Zeit zunehmend Angst einjagt. »Es ist ganz gewiss nicht so hässlich wie deines«, erwidert er.

Die Umstehenden lachen und johlen und auch Peter fällt mit ein. Ein Dutzend weiterer Männer werden durch das Gelächter angelockt und schlendern herbei, um zuzuschauen. Fifer und ich wechseln einen schnellen Blick.

»John«, flüstert Fifer. »Ich weiß nicht, ob das eine gute Idee ist. Du darfst nicht gewinnen, du solltest nicht kämpfen. Es schauen zu viele Leute zu …«

Er wirft ihr einen Blick zu, in dem die nackte Verachtung steht. »Nicht du auch noch!«

Fifers Augen weiten sich. Ich weiß nicht, ob er sie schon jemals so angesehen oder so mit ihr gesprochen hat.

John wirft seinen Mantel ins Gras. Dann lässt er den Säbel einmal, zweimal in der Hand kreisen und betritt den Sandplatz. Der Mann, der ihn herausgefordert hat – der Kleidung und Haltung nach ein Pirat – marschiert auf ihn zu und provoziert ihn mit einer anzüglichen Geste. Als Antwort tritt John ihm eine Ladung Sand ins Gesicht. Die Menge lacht.

»Jetzt geht's los«, flüstert Fifer.

John und der Pirat umkreisen einander mit erhobenen Schwertern.

Der Himmel strahlt hell am heutigen Tag, zu hell. Ich drehe den Kopf aus der Sonne, und dabei sehe ich ein Gewimmel von Farben, Himmelblau, Smaragdgrün und Purpurrot. Lauter hübsche Mädchen stehen da in hübschen Kleidern, und Chime ist mitten unter ihnen. Ihr Kleid ist kanariengelb und strahlt am hellsten von allen. Sie merkt, dass ich sie beobachte, aber ihr Blick gleitet an mir vorbei hin zu John. Und dort bleibt er auch.

Ich wende mich wieder dem Zweikampf zu. Es werden Wetten abgeschlossen, Münzen gehen von Hand zu Hand, Schmähungen von Mund zu Mund, ebenso wie Pfiffe und Beleidigungen. John ignoriert das alles und konzentriert sich ganz auf seinen Gegner. Einen Hieb nach dem anderen wehrt John ab. Ich weiß, was er tut. Das Gleiche hat man mir beigebracht: Spare deine eigene Kraft und warte ab, bis der Gegner seine vergeudet hat.

Es kommen immer mehr Zuschauer. Soldaten in rot-blau gestreiften Waffenröcken, Pagen in weißer Livree, Dienstboten in braunen Gewändern und ein Mann in Schwarz: Gareth. Er steht ein Stück von mir entfernt und betrachtet aufmerksam den Kampf.

John pariert zwei Angriffe seines Gegners und greift dann seinerseits an. Er tut so, als würde er vorwärtsstürzen, stampft aber lediglich mit dem Fuß auf – eine Finte. Der Pirat schlägt zu und John springt zur Seite. Bebend schlägt Metall auf Metall, und dann stößt John wieder zu.

Gareth schaut von John zu mir und wieder zu John, als ob ihm etwas dämmern würde. Und er ist nicht der Einzige. Chime hat sich aus der Runde ihrer Freundinnen gelöst und ist zu ihrem Vater getreten. Sie zupft ihn am Ärmel. Sie wechseln ein paar Worte und wenden sich dann – beide mit misstrauischem Blick – wieder dem Zweikampf zu.

»Er ist zu gut«, raunt Fifer. »Er muss aufhören. Sonst werden es alle merken.«

Wortlos schiebe ich mich von dem Turnierplatz weg. Einige Schritte weiter ist niemand außer zwei kleinen Jungen, die im Sand miteinander ringen. Sie werfen einen Blick auf mich, rappeln sich auf die Füße und rennen weg.

Ich schaue noch einmal zu John, der seinen Gegner umkreist und jeden Moment wieder angreifen wird.

Neuigkeiten verbreiten sich schnell in Harrow, mit diesen Worten hat Gareth die unzähligen Menschen erklärt, die zu meiner Anhörung kamen. Wenn er herausfindet, dass Johns Kampfkunst nicht nur die Folge harten Trainings ist, wie lange wird es dann dauern, bis er den Rat davon in Kenntnis setzt? Und wie lange, bis der Rat die Nachricht verbreitet? Wie lange, bis diese Nachricht Blackwell zu Ohren kommt und er seine Hunde auf John hetzt? Ich ziehe meinen Mantel aus und werfe ihn ins Gras.

Skyler, denke ich. *Komm und schlag mich.*

II

Skylers Kopf ruckt in meine Richtung. Auch er hat John beim Kämpfen zugeschaut und steht am anderen Ende des Übungsfeldes. Selbst aus der Entfernung sehe ich den verdatterten Ausdruck auf seinem Gesicht, aber dann dämmert die Erkenntnis. Wir brauchen eine Ablenkung, damit niemand mehr auf John achtet.

Worauf wartest du?, denke ich. Und dann, um ihn anzustacheln: *Hast du Angst?*

Ich habe den Gedanken kaum zu Ende gebracht, als er mich über den Haufen rennt wie ein wild gewordener Eber.

Die Wucht des Aufpralls presst mir die Luft aus den Lungen. Einen Moment lang bin ich blind vor Schmerz, doch ich rapple mich auf. Aus der Gruppe, die uns am nächsten steht, ist leises Gemurmel zu vernehmen. Jemand hat uns gesehen, jemand achtet auf uns. Aber das reicht nicht. *Alle* müssen uns sehen.

Noch mal.

Skyler grollt wie ein gereizter Löwe und hebt grinsend eine Augenbraue. Ich stürze mich auf ihn, packe ihn um die Taille, werfe mich nach hinten und ramme mein Knie dorthin, wo es allen Jungen wehtut, selbst hundertjährigen Wiedergängern. Skyler stöhnt auf und torkelt rückwärts. Er ballt die Faust und schlägt einen halbherzigen Schwinger in meine Richtung, dem ich mühelos ausweichen kann. Er will es mir leicht machen, aber das darf er nicht. Wir haben bereits die Aufmerksamkeit unserer wenigen Zuschauer verloren. Sie haben sich wieder John zugewendet und feuern ihn an.

Ich greife nach meinem Waffengürtel und ziehe ein Messer hervor. Skyler hat sich von meinem Tritt erholt und greift wieder an. Ehe ich noch nachdenken kann, ziele ich kurz und stoße ihm das Messer in die Brust.

Sein nicht existenter Atem stockt, und eine Dunkelheit überzieht sein Gesicht. Das Grinsen von vorhin verwandelt sich – in einen wilden Ausdruck, der nur eins bedeutet: Blut. Es ist der Instinkt aller Wiedergänger, der ihnen befiehlt, ihren eigenen Tod durch Töten zu vergelten.

Skyler reißt sich das Messer aus der Brust und wirft es zur Seite. Dann ist er über mir, schlägt mir mit voller Wucht ins Gesicht, sodass sich mein Blick eintrübt. Ich ziehe mein Bein zurück und trete ihm fest gegen die Kniescheibe. Es knackt, Skyler stöhnt auf und sinkt zu Boden. Sein hübsches Gesicht ist schmerzverzerrt und noch im Fallen greift er nach mir. Ich springe weg, bin aber nicht schnell genug. Er bekommt meinen Fuß zu fassen, reißt daran, und mit einem dumpfen Aufprall lande ich im Sand.

Er steht auf und tritt mir in die Rippen. Ich weiche ihm aus, als er noch einmal zutreten will. Beim dritten Mal habe ich nicht so viel Glück. Sein Stiefel landet direkt in meinem Magen, und die schiere Kraft des Tritts raubt mir den Atem und schleudert mich zur Seite. Ich bleibe auf dem Rücken liegen, die Augen geschlossen. Ich kann sie beim besten Willen nicht öffnen. Der Boden bebt, Schritte nähern sich. Skyler greift wieder an. Ich muss mich bewegen. Ich muss aufstehen.

Ich zwinge mich, die Augen zu öffnen. Es ist nicht Skyler. Es ist John.

Er wirft sich auf Skyler und schleudert ihn zu Boden. Sie wälzen sich auf dem Boden. Johns Faust trifft Skyler mitten ins Gesicht, einmal, zweimal, und dann drückt er seinen Daumen in die Stichwunde auf Skylers Brust.

Skyler packt John am Hemd und will ihn wegstoßen, aber John reißt sich los und tritt ihm in den Magen.

Verdammt noch mal, John. Alles, was ich erreichen wollte, macht er gerade zunichte. Mehr noch, er macht alles nur noch schlimmer.

»John! Skyler!« Ich werfe mich auf die beiden. »Aufhören!« In einem Gewirr aus Armen und Beinen und gebrüllten Flüchen rollen wir durcheinander.

»Elizabeth, verschwinde!« John packt mich am Arm und stößt mich beiseite. Ich schlinge meine Arme um seinen Hals und ziehe ihn auf mich, zwinge ihn, mich anzusehen. Er atmet schwer und seine dunklen Locken kleben verschwitzt an seinem Gesicht. Er starrt mich so durchdringend an, dass ich einen Augenblick lang nicht mehr weiß, was ich sagen wollte.

In dem Moment wird er unsanft von mir weggerissen. Ehe ich noch weiß, was geschehen ist, werde auch ich auf die Füße gezerrt.

»Los jetzt.« Es sind Peter und Nicholas. »Und zwar sofort.«

Peter, der noch immer meinen Arm hält, versetzt mir einen leichten Schubs. Nicholas hat John gepackt, und gemeinsam ziehen sie uns über die Wiese, wie zwei unartige Kinder. Skyler und Fifer folgen uns. Ich schaue hinter mich, und zu meinem Entsetzen sehe ich eine große Menschenmenge, die uns nachstarrt. Es sind nicht nur ein paar Dutzend Zuschauer, sondern Hunderte. Ich wollte eine Ablenkung, aber stattdessen habe ich ihnen eine Attraktion geboten.

Wir trotten über das Feld, weg von den Zelten, weg von dem Lärm, dem Rauch, dem geschäftigen Treiben und weg von den Leuten, durch einen kleinen Hain über eine weite Wiese, die in eine lange Allee aus Eiben mündet. Die Allee führt in den Burghof von Rochester Hall.

Wenn ich weniger wütend und weniger besorgt wäre, würde ich die Schönheit der Anlage bewundern – die liebevoll bepflanzten Beete, die Brunnen, die Marmorstatuen, die mit Efeu bewachsenen Mauern, deren Buntglasfenster im Sonnenlicht in allen Farben des Regenbogens funkeln. Aber im Moment habe ich nur Augen für John. Er hat Nicholas' Hand abgeschüttelt und stürmt mit bitterböser Miene vor uns her.

»John, das Wohnzimmer ist doch im Westflügel, nicht wahr?«, sagt Nicholas. »Dort können wir ungestört sprechen.«

John gibt keine Antwort, sondern geht uns voraus durch einen Bogengang, der an einer geschlossenen und bewachten Holztür endet. Der Wachmann sieht John kommen und tritt sofort beiseite, um ihn hineinzulassen. Ein Korridor führt uns nach ein paar Biegungen zu einem gemütlichen Raum, der den Innenhof überblickt, durch den wir gerade gekommen sind.

Nicholas ruft eine Dienstmagd zu sich und schaut dann John erwartungsvoll an.

»Was?«, bricht es aus John heraus. Unbeherrscht wirft er die Arme hoch. »Was, um Himmels willen, willst du von mir?«

»Kräuter«, sagt Nicholas freundlich und mit sanfter Stimme. Dabei sieht er John unentwegt in die Augen. »Für Elizabeth. Für ihre Verletzungen. Was brauchst du?«

John wirft mir einen flüchtigen Blick zu und wendet sich dann zu der Magd um. »Arnika als Blutstiller. Calendula oder Kamille gegen die Schwellung. Wasser. Eine Schale heiß, die andere kalt. Saubere Tücher.« Nach einer kurzen Pause setzt er hinzu: »Bringt auch etwas Passiflora, wenn es sich auftreiben lässt. Das könnte helfen, sie zu beruhigen.«

»Ich brauche kein Beruhigungsmittel!«, schreie ich.

Die anderen schauen mich an.

»Warum in Gottes Namen hast du dich dann mit Skyler angelegt? Bist du verrückt geworden?« Unwirsch deutet John mit der

Hand auf mich. »Schau dich nur an! Dein Gesicht, du lieber Himmel! Wie um aller Welt willst du das verbergen? Ach, egal. Er hätte dich töten können!«

»Ich hätte sie nicht getötet«, sagt Skyler, während ich gleichzeitig sage: »Er hätte mich nicht getötet.«

»Es war alles unter Kontrolle«, fahre ich fort. »Wir haben bloß … trainiert.« Ich widerstehe dem Drang, die Hand auf mein zuschwellendes Auge zu drücken.

»Warum, Elizabeth?« Peters ruhige Stimme steht in starkem Gegensatz zu Johns Zorn. »Du bist noch nicht bereit. Nicht für einen solchen Gegner. Einen Schwertkampf könntest du bestehen, und ich hatte Fitzroy so weit, dass er sich mit einer Demonstration deiner Bogenkünste zufriedengegeben hätte. Etwas ohne Körperkontakt. Das hier wäre nicht nötig gewesen.«

»Es war wegen Gareth.« Ich schaue zur Tür, um mich zu vergewissern, dass sie geschlossen ist. »Er hat dir beim Kämpfen zugeschaut, John. Chime war ebenfalls dort, und auch Fitzroy. Sie alle haben bemerkt, wie gut du gekämpft hast.«

»Na und?«, fährt John mich an. »Ich war also gut. Was für eine Rolle spielt das. Das hat doch überhaupt nichts mit dir zu tun.«

Fifer neben mir fährt protestierend auf. »Natürlich hat es mit ihr zu tun.«

»Ach, verdammt noch mal!« John marschiert im Zimmer auf und ab. Sein Hemd ist aus dem Hosenbund gerutscht und an der Vorderseite eingerissen. Seine Hosen sind mit Sand und Blut verklebt – meinem Blut. »Wenn ihr beide nicht sofort aufhört mit diesem Stigma …«

»John.« Peter Stimme ist bestimmt. »Das reicht jetzt.«

»Dann will ich aber auch kein Wort mehr darüber hören«, gibt John zurück. »Das Stigma gehört mir. Du hast es mir gegeben.« In dem Blick, den er mir zuwirft, liegt weder Dankbarkeit noch Freundlichkeit, sondern Wut und Besitzanspruch. »Es jetzt zurückhaben zu wollen bedeutet zu wünschen, ich wäre tot. Ist es das, was du willst?«

Die Art, wie er mich zu provozieren versucht, mich manipulieren will, kommt mir vertraut vor. Genauso hat Caleb immer mit mir gesprochen.

»Nein«, antworte ich. Ich wünschte, wir würden dieses Gespräch unter vier Augen führen. »Das will ich nicht. Natürlich will ich das nicht.«

»Dann hör auf, mich zu bemuttern!«, schreit er. »Du tust so, als ob du mich ständig retten müsstest. Aber das musst du nicht. Ich brauche dich nicht.«

Ich fühle mich, als hätte ich einen Schlag in die Magengrube erhalten. Mein Mund wird trocken und mein Gesicht heiß vor Verlegenheit. Ich versuche es noch einmal, ein letztes Mal.

»Du weißt nicht, was es bedeutet, das Stigma zu tragen«, sage ich. »Ich kenne die Stärke, die du empfindest. Du fühlst dich unbesiegbar. Aber das bist du nicht.« Ich halte inne, wäge jedes Wort ab. »Ich bedaure nicht, dir das Stigma gegeben zu haben, das habe ich dir schon mehrfach gesagt. Ich habe dir auch gesagt, dass man sich das Stigma verdienen muss. Was ich dir nicht gesagt habe, ist, was genau das bedeutet.« Meine Stimme hallt durch den Raum, alle Augen ruhen auf mir. »Es raubt dir dein Mitgefühl. Deine Menschlichkeit. Es raubt dir alles, was dich als Heiler ausmacht. Alles, was dich zu dem Menschen macht, der du bist.«

John zuckt mit den Schultern. »Und ich habe dir gesagt, dass die Dinge jetzt anders liegen. Mitgefühl habe ich tatsächlich nicht. Nicht für Blackwell. Ihn zu töten hat nichts mit mangelnder Menschlichkeit zu tun, sondern mit Vergeltung. Und ich will verdammt sein, wenn ich mich daran hindern lasse, von dir oder von sonst jemandem.« Er dreht sich um und stürmt durch die Tür, Peter dicht auf seinen Fersen.

»Er meint das nicht so.« Fifer schaut mich an. Ihr Gesicht ist wachsbleich vor Schreck. »Er ist nur wütend. Er braucht Zeit, um sich zu beruhigen. Ich rede mit ihm, vielleicht hört er auf mich.« Es schwingt Unsicherheit in ihrer Stimme. Sie schenkt mir ein schwaches Lächeln und folgt dann John und Peter hinaus auf den Gang. Skyler geht ebenfalls und ich bleibe mit Nicholas allein.

»Was geht mit ihm vor?« Ich lasse mich auf einen goldenen Polsterstuhl sinken und vergrabe den Kopf in den Händen. »Ich verstehe nicht, was mit ihm passiert.«

»Blackwells Magie ergreift Besitz von ihm«, antwortet Nicholas. »Johns Magie, die Magie, die ihm in die Wiege gelegt wurde, die seine Gabe ist, kann nicht Seite an Seite mit Blackwells Magie existieren. Das Stigma ist zu mächtig.« Er setzt sich neben mich. »Es zerstört Johns Magie.«

»Dann übertragt es wieder auf mich.« Ich schaue auf. Ich weiß nicht, warum ich nicht früher daran gedacht habe. »Eure Magie hat es einmal geschafft, sie wird es auch ein zweites Mal schaffen. Gebt es mir zurück.«

»Das kann ich nicht«, sagt Nicholas. »Zum einen würde John es nicht erlauben. Wenn ich es ihm mit Gewalt abnähme, wäre ich nicht besser als Blackwell, der all diesen Zauberern und Hexen ihre Magie geraubt hat. Und selbst wenn ich es könnte«, kommt er meinen Einwänden zuvor, »würde es nicht gelingen, zumindest nicht so, wie wir es uns wünschen. Blackwells Magie ist schon zu eng mit John verbunden. Es gibt keine Möglichkeit, die beiden voneinander zu trennen.«

»Was, wenn ich Blackwell umbringe? Wenn er tot ist, wenn der Ursprung des Stigmas nicht mehr existiert, wird es dann verschwinden?«

Nicholas schüttelt den Kopf. »Die Magie des Stigmas ist nicht mit ihrem Ursprung verbunden, so wie der Fluch, der auf mir lag, mit der Dreizehnten Tafel verbunden war. Würde das Stigma auf diese Weise funktionieren, wäre es immer von seiner Quelle abhängig. Was bedeuten würde, dass ein Hexenjäger seine Macht verlieren würde, wenn der Zauberer, der das Stigma schuf, stirbt. Du weißt genauso gut wie ich, dass Blackwell sich niemals vom Schicksal anderer abhängig machen würde.«

Ich lasse den Kopf wieder in meine Hände sinken. Das einzige Geräusch im Zimmer ist das Pendel einer Uhr, die tickenden Sekunden.

»Ich muss ihn trotzdem töten«, sage ich so ruhig ich kann. »Und ich muss es tun, bevor John seine Drohung wahr macht und es selbst probiert. Und dabei den Tod findet.«

»Du bist noch nicht bereit dafür.«

»Zum Teufel, natürlich bin ich das!«, fahre ich ihn an. Gleich darauf habe ich mich wieder unter Kontrolle. »Ich glaube vielmehr, dass *Blackwell* nicht bereit ist, *uns* gegenüberzutreten. Wozu die sogenannten Ritter, wozu die Bogenschützen, wozu dieser Verräter in unseren Reihen? Wenn Blackwell das Stigma so nötig braucht, warum kommt er dann nicht selbst und holt es sich?«

»Hast du schon jemals erlebt, dass Blackwell etwas selbst tut, wenn er damit genauso gut andere beauftragen kann?«

»Nein«, muss ich zugeben.

»Dass Blackwell sich bislang nicht blicken lässt, ist nicht gleichbedeutend mit einem Eingeständnis von Schwäche«, sagt Nicholas. »Unsere Quellen besagen, dass er Truppen aushebt, in Eastleigh und Spellthorne, in Portsmouth und Somerset und – natürlich – im County Blackwell.«

»Das sind alle südlichen Countys«, flüstere ich.

»Ja«, sagt Nicholas. »Er kommt unglaublich schnell voran, besonders wenn man bedenkt, dass Winter ist. Er muss eine Auseinandersetzung mit uns wahrlich nicht fürchten.«

»Ein Grund mehr für mich, ihn aufzuhalten, bevor er hierherkommt«, sage ich. »Ihr müsst mir dabei helfen. Wie, ist mir egal. Belegt mich mit einem Zauber, verflucht mich, gebt mir eine Armee oder gebt mir Euren Segen. Aber gebt mir irgendetwas. Gebt mir …« Ich breche ab, als mir ein Gedanke durch den Kopf schießt. Ich kann kaum glauben, dass ich nicht schon früher darauf gekommen bin. »Gebt mir Azoth. Ich habe Blackwell einmal damit verwundet, diesmal kann ich beenden, was ich angefangen habe. Ich kann mich in Ravenscourt einschleichen und ihn im Schlaf töten.«

»Das wirst du nicht tun«, sagt Nicholas. Er klingt so streng wie ein Vater, auch wenn ich mich an meinen eigenen kaum erinnern kann. »Dieses Schwert besitzt eine Magie, die stärker ist als du, stärker als ich. Stärker sogar als das Stigma. Würdest du es benutzen, würde es dich verfluchen. Es würde dich überwältigen, würde dir deine Kraft rauben, bis nichts mehr von dir übrig wäre.«

»Ihr meintet doch, ich hätte keine Kraft«, murmele ich.

Nicholas wirft mir einen scharfen Blick zu. »Was ich vor dem Rat von Harrow gesagt habe, habe ich ernst gemeint: Es gibt vieles, womit du uns helfen kannst. Aber das bedeutet nicht, dass du dich dabei umbringen sollst. Ich weiß, du bist es gewohnt, dass man derlei von dir erwartet, doch ich tue es nicht.«

»Aber John …«

»Du kannst ihm nicht helfen, wenn er sich nicht helfen lassen will«, sagt Nicholas, wendet sich ab und schreitet aus dem Wohnzimmer. Sein roter Umhang weht wie eine Fahne hinter ihm.

»Und ob ich das kann«, flüstere ich. Wie so oft in letzter Zeit fangen meine Augen an zu brennen, als sich meine Brust zusammenzieht.

Die Magd kommt mit einem silbernen Tablett zurück, auf dem sich die Gegenstände befinden, die John verlangt hat, und stellt es neben mir ab. Drei kleine Beutel mit Kräutern, zwei Schalen Wasser, eine heiß, die andere kalt. Ich weiß nichts damit anzufangen, und ich will der Magd gerade sagen, sie soll die Sachen wieder wegbringen, als ich eine weiche Stimme vernehme.

»Er ist weggegangen, ohne dich zu behandeln.«

Ich schaue hoch und sehe Chime im Türrahmen stehen. Sie beobachtet mich. Aus der Nähe betrachtet, ist ihr Kleid noch atemberaubender. Der Rock schimmert in allen Regenbogenfarben und das Mieder ist mit kleinen, schimmernden Perlen bestickt. Aber ihr Gesicht ist von Sorge beschattet, und in diesem Schatten lauert noch etwas anders: Angst.

Ich fahre mir mit der Hand über die Augen. »Ja.«

»Das würde er normalerweise niemals tun.«

»Nein.«

»Und deine Wunden heilen auch nicht von selbst.«

»Nein«, sage ich erneut, und diesmal bricht meine Stimme.

Mit einem Rascheln von Seide und dem leisen Schaben ihrer Pantoffeln auf den Steinfliesen tritt Chime über die Schwelle, schließt die Tür und setzt sich neben mich auf einen Stuhl. Mit einer Handbewegung entlässt sie die Magd und deutet dann auf das Tablett zwischen uns.

»Fang mit Calendula an, gegen die Schwellung. Das sind die orangefarbenen Blüten. Du musst sie erst einweichen, aber nicht in dem heißen Wasser. Das zerstört die Blüten. Nimm das kalte.«

»Was weißt du vom Heilen?« Ich bin misstrauisch, weil Fifer mir erzählt hat, Chimes Spezialität wären Liebeszauber.

»Nicht viel«, gesteht sie ein. »Aber ich habe John oft genug bei der Arbeit zugeschaut und kenne mich ein bisschen aus. Außerdem glaube ich nicht, dass ich deine Verletzungen noch schlimmer machen könnte, als sie sind.« Das war als Scherz gemeint, aber keine von uns lächelt.

Mir wird klar, dass Chime der einzige Mensch ist, der John auf dieselbe Weise liebt wie ich. Sie erkennt die Veränderung, die mit ihm vorgeht. Obwohl sie nichts von dem Stigma weiß, merkt sie, dass er nicht er selbst ist.

Fitzroy würde alles für seine Familie tun, besonders für seine Tochter.

Chime ist nicht meine Freundin und sie wird es wohl auch nie werden, aber vielleicht kann sie mehr sein als das. Meine Verbündete.

Wir sitzen zusammen im Wohnzimmer. Chimes Hände plätschern leise im Wasser und die Kräuter rascheln leicht, während sie sie einweicht. Ich wringe Tücher aus und lege sie auf meine Augen, meine Wange, meine Nase.

Ich erzähle ihr alles.

12

Wie jeden Abend erklingt auch heute die eiserne Glocke im Speisezelt und ruft uns zum Essen.

Leben und Training in Rochester sind ganz anders als in Greenwich Tower. Dort hatten wir Hexenjäger unsere eigene Unterkunft. Warme Betten, ein knisterndes Feuer im Kamin, frische Binsen auf dem Boden, nach Lavendel duftende Bettwäsche und Handtücher, die jeden Tag gewechselt wurden. Wir speisten fürstlich, meistens fünf oder sechs Gänge auf Silbertellern, und tranken Wein aus Kristallpokalen. Wir übten uns in Tischmanieren, was ein Teil unserer Ausbildung war, und wehe, einer von uns gab sich nicht genug Mühe: Dann erwartete ihn die Demütigung, in der Küche bei den Dienstboten essen zu müssen.

Hier in Rochester sitzen wir an überfüllten Tischen, essen von Holzbrettern, ohne Teller oder Besteck und ohne Pokale. Stattdessen lassen wir Weinschläuche von Hand zu Hand gehen. Zu essen gibt es weder Wachteln noch gebratenes Lammfleisch, noch nicht einmal Hühnchen, sondern Haferbrei und Bohnen, Kohl und Rüben, Brot und Käse. Einmal in der Woche, am Sonntag, kommt Fleisch auf den Tisch, wenn den Jägern in den umliegenden Wäldern das Glück hold war. Ich bin etwas anderes gewohnt, aber ich beklage mich nicht. Tausend Leute durchzufüttern ist kein Kinderspiel, selbst mit der Menge an Freiwilligen und Dienern, die

Fitzroy zur Verfügung stehen. Nicht nur das – die Vorräte müssen wer weiß wie lang reichen, und es werden noch viel mehr Soldaten erwartet.

Ich schiebe den Brei aus Gerste und Zwiebeln mit einem Stück hartem Hirsebrot auf meinem Holzteller hin und her, als John mit einer Gruppe junger Männer in Uniform auftaucht. Sie drängen sich auf die Bänke, schmutzig und verschwitzt von den Übungskämpfen. Ich kenne sie vom Sehen, aber nicht mit Namen. Es sind große, breitschultrige, gut aussehende Kerle in Johns Alter, fröhlich und vor Selbstvertrauen strotzend. Einige der Mädchen weiter unten am Tisch werfen ihnen Blicke zu, während sie es sich bequem machen und sich Eintopf und Brot mit einem Genuss einverleiben, als wären es auserlesene Köstlichkeiten.

John nimmt neben mir Platz und deutet auf seine Kameraden. »Elizabeth, das sind Seb, Tobey und Ellis.« Die drei mustern mich anerkennend. Einer von ihnen zwinkert mir zu. »Und das ist Bram.« Er deutet auf den Jungen mir gegenüber. Dunkle Haare, dunkle Augen, eine schiefe Nase, die so aussieht, als sei sie schon mehrmals gebrochen worden. »Sein Vater ist einer von Fitzroys Leutnants.«

»Ich erinnere mich an dich.« Bram schaut mir in die Augen. »Von der Winternacht. Weißt du noch? Ich habe dir zu deiner Verlobung mit John gratuliert.«

Ich halte den Mund, aber die anderen Jungen lachen und necken John, behaupten, er sei bis über beide Ohren verliebt und stünde bereits jetzt unter meinem Pantoffel.

»Ich werde nicht heiraten«, sagt John. »Das war alles nur ein Scherz.« Der gleichgültige Ton in seiner Stimme, die wegwerfende Handbewegung, mit der er das sagt, schnüren mir die Kehle zu. Meine Wangen werden heiß. Ich schaue auf meinen Teller und merke, dass mir der wenige Appetit, den ich hatte, gründlich vergangen ist.

Die Art, wie John mich seit jenem unglücklichen Kampf mit Skyler behandelt, reißt an meinen Nerven. Ständig ist er mit seinen Freunden zusammen, kämpft und trainiert ununterbrochen. Anders als früher sucht er mich nicht mehr auf. Im Gegenteil, ich habe das Gefühl, dass er mir aus dem Weg geht. Gestern Abend habe ich ihn mit seinen neuen Freunden gesehen. Chime war auch dabei. Er hat mich ebenfalls gesehen, das weiß ich genau. Aber er hat mich nicht zu sich gewunken, und ich bin auch nicht von mir aus zu ihm gegangen. Ich bin einfach an ihm vorbeigelaufen.

»Ach so«, sagt Bram. »Aber wie auch immer, ich hab mich gerne mit dir unterhalten an diesem Abend. Ich kann mich noch an dein Kleid erinnern, das weiße mit den Blumen. Es war sehr hübsch.«

Ich schaue ihn an, und sein Lächeln ist schlimmer als eine Faust in meiner Magengrube. Er bemitleidet mich. Und bemitleidet zu werden ist die schlimmste Demütigung, die ich mir vorstellen kann. Trotzdem schweige ich. Ein Trick, den ich bei Blackwell gelernt habe. Wenn ich mich so unauffällig wie möglich benehme, geht die Gefahr vielleicht an mir vorüber.

John und seine Freunde langen kräftig zu. Sie essen jeden Krümel auf ihren Tellern. Seb, ein großer Kerl mit rotbraunen Haaren und einem unsympathischen, höhnischen Grinsen, zieht eine Flasche aus der Jacke und entkorkt sie. Der scharfe Geruch von Whisky zieht über den Tisch. Er reicht die Flasche weiter, und als John an der Reihe ist, nimmt er einen großen Schluck. Ich mache den Mund auf, will ihn daran erinnern, dass er keinen Alkohol trinkt, wenigstens nicht, wenn er vielleicht noch seine Heilkräfte einsetzen muss. Doch dann erinnere ich mich daran, dass er nichts und niemanden mehr heilt, und bleibe stumm.

»Du isst ja gar nicht«, sagt John schließlich und stößt mich mit der Schulter an. Die Sonne wandert in Richtung Horizont und übergießt die Erde mit einem roten Schimmer. Die kurzen und bitterkalten Tage des Winters sitzen uns allen in den Knochen, trotz der Wärme von tausend Herdfeuern hier im Lager – einige echt und mit Holz und Kohle entzündet, andere magisch und frei schwebend.

»Ich habe wohl keinen Hunger.« Ich warte, mit leiser Hoffnung im Herzen, ob er mich ermahnt, etwas zu essen, damit ich bei Kräften bleibe und nicht krank werde.

Stattdessen sagt er: »Hast du was dagegen, wenn ich mir den Rest nehme?« Er zieht meinen Teller zu sich hin, noch ehe ich etwas sagen kann. »Das Kämpfen macht mich so hungrig. Es scheint nie genug Essen zu geben.« Nach einer kurzen Pause sagt er: »Vielleicht solltest du mehr trainieren. Dann hättest du auch mehr Hunger, weißt du?«

Die anderen stehen auf, ziehen ihre Mäntel an, gürten ihre Waffen um und schnappen sich noch ein Stück Brot. John leert meinen Teller und wendet sich dann zu mir.

»Wir gehen noch mal rüber, vielleicht können wir noch bei den letzten Wettkämpfen mitmachen. Die Piraten haben mehr Geld als Verstand, man kann ihnen ein Vermögen aus der Tasche ziehen, ohne dass sie es merken.« Er schüttelt den Kopf. »Diese Trottel.«

Die anderen lachen, und ich frage mich, was Peter sagen würde, wenn er John so über seine Freunde reden hörte.

»Ich schätze, du willst nicht mitkommen, oder?«

Genau die Worte hat Caleb immer benutzt, wenn er mich gefragt hat, ob ich irgendetwas unternehmen will, obwohl er mich eigentlich gar nicht dabeihaben wollte. Die Erkenntnis trifft mich wie ein Schlag.

Ich schüttele den Kopf.

»Wie du willst.« John steht auf. In diesem Moment fällt mein Blick auf eine Gruppe Männer, die durch die schmalen Gänge zwischen den Tischen gehen. Es sind keine Männer der Wacht, aber es sind trotzdem Wächter. Schwarze Mäntel, silberne Lanzen, das orange-rote Abzeichen der Reformisten an ihren Kragen. Es gibt zwar offiziell keine Ermittler mehr, dem hat Blackwell ein Ende gemacht. Aber trotzdem gibt es noch Gesetzesbrecher, die ermittelt werden müssen.

Die Menschen weichen zurück, um sie durchzulassen, und schicken ihnen fragende Blicke hinterher. Die Männer bleiben vor mir stehen, aber ich weiß, dass sie es nicht auf mich abgesehen haben.

»John Raleigh«, sagt einer von ihnen.

»Ja?« John blickt auf den Ermittler hinunter, der mindestens einen halben Kopf kleiner ist als er. »Was wollt Ihr?«

»Ich verhafte Euch im Namen des Rates von Harrow. Euch wird der Besitz von Mitteln zur Last gelegt, die in dem Bezirk von Harrow-On-The-Hill verboten sind.«

John macht den Mund auf, klappt ihn dann aber wortlos wieder zu. Ein Muskel in seiner Wange zuckt.

»Was für Mittel?«, will Tobey wissen und stellt sich neben John. Er legt die Hand demonstrativ auf seinen Schwertgriff.

»Lass es bleiben, mein Sohn«, sagt der Ermittler zu ihm. »Du machst es bloß noch schlimmer.«

Ein zweiter Soldat zieht ein Stück Pergament aus dem Mantel, faltet es auf und beginnt zu lesen. Das alles kommt mir so vertraut vor, auch ich habe den Hexen und Zauberern damals genauso die Anklage vorgelesen. Ich fange an zu zittern.

»Aconitum, ein Lähmungsgift«, liest der Mann. »Belladonna, womit Krämpfe hervorgerufen werden können. Alraune, was zu Atemlähmung führt. Fingerhut, der Zittern verursachen kann, Anfälle, Delirium und im schlimmsten Fall den Tod.«

Tobey wendet sich Seb, dem Rotschopf, zu. »Geh und hol Johns Vater. Peter Raleigh. Er ist mit den anderen Piraten auf dem Übungsfeld. Beeil dich!«

Seb drängt sich hastig durch die Zuschauer. Neben mir erbleicht

John. Ich kann förmlich sehen, wie das Blut aus seinem Kopf verschwindet. Und dann dreht er sich zu mir um. Ganz langsam.

»Das warst du«, sagt er, und in seiner kaum hörbaren Stimme liegt Fassungslosigkeit. »Du hast die Sachen gefunden, stimmt's? In meinem Zimmer. Und du hast es ihnen verraten.« Er fährt mit der Hand über den Tisch und fegt klappernd Teller und Weinhäute zu Boden. Die Menge ringsum verstummt, und ich meine, das wilde Klopfen meines Herzens zu hören.

Ich wünschte, ich könnte es leugnen, aber ich kann nicht. Denn jedes Wort ist wahr. Ich habe es Chime verraten und einen Handel mit ihrem Vater abgeschlossen. Und jetzt wird John verhaftet, angeklagt und ins Gefängnis gebracht. Und dort wird er bleiben. Er wird nicht in den Krieg ziehen, er wird nicht kämpfen, er wird nicht versuchen, Blackwell zu töten, er wird nicht gezwungen werden, sein Stigma aufzugeben, und er wird nicht getötet werden. Er wird in Sicherheit sein. Und er wird mich hassen.

Das war der Teil der Abmachung, über den wir nicht gesprochen haben.

John und ich starren einander an, er verletzt und voller Zorn, ich bekümmert und voller Qual. Der Ermittler fährt fort: »Nach den Gesetzen von Harrow wird der Besitz allein eines dieser Mittel mit einer Strafe von nicht unter einem Jahr Gefängnis belegt.«

Die Menge rührt sich. Gemurmel erhebt sich, als Peter auftaucht und sich zwischen den Tischen hindurchschiebt. »Einen Moment mal!« Er tritt zwischen John und die Wachen. »Ihr könnt meinen Sohn nicht verhaften. Er ist ein Heiler. Die Mittel benutzt er zum Lindern von Leid, nicht um jemandem zu schaden. Ihn deswegen ein Jahr lang einzusperren ...«

»Vier Jahre«, verbessert ihn der Soldat. »Er ist im Besitz von vier verschiedenen Giften, und nach dem Gesetz wird jedes Gift mit einem Jahr Gefängnis bestraft.«

Er nimmt Johns Arm, doch John reißt sich los. Dann dreht er

sich zu mir um. Der Zorn hat seine haselnussbraunen Augen beinahe schwarz verfärbt. Der Blick, mit dem er mich betrachtet, ist nicht der gleiche wie damals, als ich blutend und verletzt vor ihm lag und er begriff, dass ich eine Hexenjägerin war. Als er die Entscheidung treffen musste, ob er mich retten oder mich sterben lassen würde. Nein, dieser Blick ist anders.

Dieser Blick ist viel schlimmer.

»Das könnt ihr nicht machen.« Peter stürzt sich auf den Ermittler und entwaffnet ihn mit einem einzigen Hieb auf das Handgelenk. Dann richtet er das Schwert, das er dem Soldaten abgenommen hat, auf die Brust des Mannes. »Ihr werdet meinen Sohn nicht mitnehmen.«

»Wenn Ihr Euch nicht selbst in einer Zelle in Hexham wiederfinden wollt, dann legt Ihr sofort Euer Schwert weg«, warnt ihn der Soldat.

»Es ist Euer Schwert, Ihr Idiot«, murmelt Peter.

»Wir werden Mr Raleigh nach Hexham begleiten, wo ihm von offizieller Seite seine Strafe verkündet wird und er Gelegenheit hat, sich zu verteidigen, wenn er das wünscht.«

»Und ob er das wünscht«, schnaubt Peter. »Und ich möchte behaupten, dass Ihr selbst ebenfalls bald Gelegenheit haben werdet, Euch zu verteidigen.«

»Vater«, wehrt John ab, »lass uns gehen. Je eher wir dort hinkommen, desto eher bin ich wieder da. Das ist alles ein Missverständnis.« Ein letzter Blick zu mir. »Nichts als ein Missverständnis.«

Wieder greifen die Soldaten nach John, und diesmal wehrt er sich nicht. Sie legen seine Handgelenke in Eisen und führen ihn durch das Speisezelt nach draußen. Peter folgt ihnen dichtauf.

Johns Freunde, die Mädchen am anderen Ende des Tischs, überhaupt alle im Zelt schauen ihnen hinterher. Und als John nicht mehr zu sehen ist, wenden sie sich mir zu, manche voller Zorn, manche verwirrt, manche gierig, als ob sie den Skandal, der sich vor ihnen ausgebreitet hat, wie einen köstlichen Nachtisch verschlingen wollten.

Ich nehme meinen und Johns Holzteller und zwänge mich durch die engen Gänge. Die Leute machen mir keinen Platz, im Gegenteil, ich habe das Gefühl, dass sie dichter rücken und mich zwingen, gegen sie zu stoßen, damit sie zurückstoßen können. Die Stimmung ist bedrohlich.

Am Eingang blicke ich über die Schulter und sehe sie. Chime. Sie ist umringt von ihren Freundinnen, die flüstern und plappern und ihr Grinsen kaum unterdrücken können. Aber Chime macht ein unglückliches Gesicht. Einen Augenblick lang fängt sie meinen Blick ein und wir sind vereint in unserem Elend.

Ich verlasse das Speisezelt und gehe in das angrenzende Küchenzelt, wo ein paar Frauen um Fässer mit Wasser stehen und den Abwasch erledigen. Ich stelle die Teller auf einen Haufen zu ihren Füßen und mache mich dann auf den Weg über die Felder. Ich weiß selbst nicht, wohin ich will, doch unwillkürlich schlage ich die Richtung zu der Allee aus Eiben ein, nach Rochester Hall. Ich gehe denselben Weg wie vor einer Woche, als wir John in das Wohnzimmer des Herrenhauses folgten.

Doch dorthin führt mich mein Weg nicht. Den Westflügel darf ich nicht betreten, er ist reserviert für die Mitglieder des Rats, Fitzroys Familie und Freunde und – natürlich – John. Aber Fitzroy hat den Ostflügel und einige Räume darin für die Menschen im Lager geöffnet: die Bibliothek, das Musikzimmer, die Kapelle, den Ballsaal. Die Bücherei und die Kapelle werden reichlich genutzt, das Musikzimmer und der Ballsaal nicht.

Die Wache an der Tür tritt beiseite, um mich einzulassen. Wie der Rest des Hauses, so ist auch der Ostflügel wunderschön eingerichtet, wenn auch ein bisschen zu protzig. Die Wände sind mit gelbem, reich besticktem Brokat verkleidet. Blau-rot gemusterte Teppiche liegen auf den Böden aus schwarz-weißen, zu einem

Schachbrettmuster angeordneten Marmorfliesen. Goldene Kerzenleuchter, an denen funkelnde Kristalltropfen baumeln, hängen an den hohen Gewölbedecken. Auf Vorsprüngen stehen Ritterrüstungen.

Ich gehe an einem Zimmer nach dem anderen vorbei, ohne eins davon zu betreten. Weder die Bibliothek mit ihren deckenhohen Bücherregalen noch den mit Fresken und vergoldetem Stuck verzierten Ballsaal, der mich frappierend an den großen Saal in Greenwich Tower erinnert. Nicht das Musikzimmer, wo in einer dunklen Ecke eng umschlungen ein Paar steht. All die Zimmer erinnern mich an John.

Der letzte Raum ist die Kapelle. In die Buntglastür ist ein gelbes Kreuz eingelassen. Ich stoße sie auf. Marmorboden, Eichenbänke, Sternenbilder vor dunkelblauem Hintergrund an der Zimmerdecke. Tausend Kerzen, die in Haltern entlang der Wände stecken, erwachen auf magische Weise allein durch mein Eintreten zum Leben.

Ich schiebe mich auf eine Kirchenbank und ziehe die Beine an die Brust, schlinge die Arme darum und lege den Kopf auf die Knie. Ich weine nicht, das kommt mir unpassend vor, viel zu selbstsüchtig angesichts dessen, was ich getan habe. Ich musste es tun. Aber das heißt nicht, dass es mir nicht leidtut, und die Tatsache, dass ich keine Wahl hatte, macht es mir auch nicht leichter.

Etwas raschelt, dann das leise Knarren der Tür, leichte Schritte auf der Schwelle, kaum hörbares Atmen. Ich hebe den Kopf und sehe Fifer neben der Kirchenbank stehen, Skyler direkt hinter ihr.

Sie setzt sich zu mir, ohne etwas zu sagen. Das ist auch nicht nötig. Ein paar Momente später rückt sie näher, greift nach meiner Hand und legt ihren Kopf auf meine Schulter. Tief seufzt sie auf.

Skyler lässt sich auf meiner anderen Seite nieder. Ganz kurz legt er seine Hand an meinen Hinterkopf, dann beugt er sich vor, senkt den Kopf und stützt die Unterarme auf die Rückenlehne der Bank vor ihm.

So sitzen wir gemeinsam da, ein schweigendes Trio voller Kummer und Trauer, bis die Kerzen heruntergebrannt sind und uns in Dunkelheit hüllen.

13

»Wir wollen zu John Raleigh.«

Fifer und ich stehen am Eingang zum Gefängnis von Hexham. Sie hat mir erzählt, dass es früher ein Pferdestall war, bevor es zu einem Gefängnis umgebaut wurde. Der Bau ist lang und niedrig und aus Stein errichtet. In die Wände sind kleine, quadratische Fenster und Bogentüren eingelassen. Der einzige Hinweis darauf, dass hier Kriminelle eingesperrt sind, ist die hohe Mauer, die das Gebäude umgibt. Trotzdem ist es ganz anders als das Fleet-Gefängnis: Hier wird niemand gefoltert, hier muss keiner Todesängste ausstehen, hier wird keiner hingerichtet. Ich zucke zusammen, als ich das Podest im Innenhof sehe, aber Fifer versichert mir, dass hier keine Exekutionen stattfinden, sondern lediglich Auktionen, wo Vieh verkauft wird. Hier gibt es nichts Bedrohliches, nichts Gefährliches. Die meisten Gefangenen sind Schuldner, hin und wieder ein Taschendieb oder ein Betrüger, ein oder zwei Trunkenbolde.

Und ein Heiler, der nichts Böses verbrochen hat, außer sich mit einer Hexenjägerin einzulassen.

Der Wachmann, bewaffnet und ganz in Schwarz gekleidet, mit dem orange-roten Emblem der Reformisten auf der Brust, schaut von Fifer zu mir.

»Ich darf nur jeweils einen Besucher zu ihm lassen.«

»Geh du zuerst«, sagt Fifer zu mir. »Ich warte hier auf dich.«

Mein Magen verkrampft sich. Der Wachmann durchsucht mich nach Waffen, aber ich habe keine bei mir. Dann zieht er einen Schlüssel aus der Tasche und entriegelt das Tor. Das Knarren der Scharniere hallt durch den ganzen Hof. Er lässt mich in einen breiten, leeren Korridor ein, in den Licht durch unvergitterte Fenster fällt. Obwohl hier äußerlich alles anders ist als im Fleet-Gefängnis, ist doch der Geruch der gleiche: nach Moder und Feuchtigkeit, Wut und Verlassenheit.

Wir steigen eine Treppe hinauf und gehen dann durch einen Korridor. Keine Todesschreie, keine zerschlagenen, blutenden und sterbenden Körper in den Ecken. Aber es ist kalt. Etliche Fenster stehen offen und lassen die eisige Winterluft ein. Fifer erzählte mir, dass die meisten Gefangenen in Hexham nur kurze Strafen absitzen müssen, und deshalb ist das Gefängnis fast leer.

Bis auf einen Gefangenen.

Der Wachmann führt mich an unzähligen Zellen vorbei, bis wir diejenige ganz am Ende erreichen. Die vergitterte Zellentür ist verschlossen. Auf einer Pritsche an der Wand sitzt John.

Er sitzt mit dem Rücken zur Wand da, die Stiefelabsätze auf dem Rand der Matratze, die Arme über die Knie gelegt, den Kopf gesenkt. Er trägt graue Hosen und einen langen grauen Mantel, dessen Kapuze er gegen die Kälte über den Kopf gezogen hat.

Er muss uns gehört haben. Im Gefängnis ist es totenstill und außer uns ist niemand hier. Trotzdem schaut er nicht auf. Nicht einmal als sich der Wachmann räuspert, erst einmal, dann ein zweites Mal. Schließlich sagt der Soldat: »Ihr habt Besuch.«

Da schaut John hoch. Aber nicht zu mir, sondern zu dem Wachmann. Er sagt immer noch nichts.

Der Soldat räuspert sich wieder. »Ihr habt zwanzig Minuten.«

John murmelt etwas, das ich nicht verstehe. Der Wachmann wendet sich ab und lässt uns allein.

»Wie geht es dir?«, frage ich stammelnd.

Ein spöttisches Schnauben ist die einzige Antwort.

»Ich wollte dich sehen«, sage ich, »wollte mit dir reden. Und dir das hier bringen.« Ich öffne meinen Beutel und ziehe zwei Bücher heraus: *Physika Kai Mystika* und *Monas Hieroglyphica*, beides alchemistische Texte, die ich aus der Bibliothek von Rochester Hall ausgeliehen habe.

»Ich will dich nicht sehen und ich will nicht mit dir reden. Du hast mich ins Gefängnis gebracht«, sagt John. »Tu erst gar nicht so, als sei es nicht deine Schuld. Du hast meine Sachen durchwühlt und dabei hast du die Kräuter gefunden. Und dann hast du mich angezeigt. Du warst es.«

»Ja«, gebe ich zu. »Ich habe dich angezeigt. Aber ich habe es getan, um dir zu helfen. Ich weiß, dass du das anders siehst. Aber ich will dir wirklich nur helfen.«

Er wirft mit ein Schimpfwort nach dem anderen an den Kopf.

»Die Bücher helfen dir vielleicht auch«, fahre ich fort. »Sie werden dir helfen, dich an deine Magie zu erinnern, an die Magie, mit der du geboren wurdest. An die Gabe, die dir in die Wiege gelegt wurde.« Das sind Nicholas' Worte. Vielleicht erreichen sie ihn besser als meine. »Im Augenblick bist du nicht du selbst. Ich weiß, dass du auch das anders siehst, aber wir sehen es. Dein Vater. Fifer. Skyler. Sogar Chime.« Er runzelt die Stirn, als ich ihren Namen ausspreche. »Du bist nicht der John, den ich kenne.«

»Du weißt nicht, wer ich bin«, sagt er. »Du kennst mich überhaupt nicht.«

»Das stimmt nicht.« Ich beuge mich vor und lege meine Stirn an die Gitterstäbe. »Ich kenne dich. Oder besser gesagt: Ich kannte dich.«

Ich denke an die Zettel, die er mir geschrieben hat. Ich habe sie alle bei mir, sorgfältig zusammengefaltet in meinem Beutel. Zettel, die ich Hunderte Male gelesen habe. Sie waren mir ein Trost, als er nicht mehr da war, und ein Beweis dafür, dass das, was zwischen uns war, nicht nur meiner Einbildung entspringt.

»Blackwells Magie. Das Stigma. Das ist jetzt ein Teil von dir.« Ich sage ihm, was Nicholas mir gesagt hat. »Es wird dich unterwerfen, wenn du es zulässt. Es hat schon Besitz von dir ergriffen.« Ich umklammere die Gitterstäbe, um nicht die Fassung zu verlieren. »Aber ich will, dass du dagegen ankämpfst. Ich will, dass du die Zeit hier nutzt, um dich an das zu erinnern, was du wirklich bist.«

Wie der Blitz ist John durch die Zelle am Gitter. Er greift durch die Eisenstäbe und packt meine Handgelenke.

»Hast du eine Ahnung, was du getan hast?« Er schüttelt mich leicht. »Hast du auch nur die leiseste Ahnung?«

»Ja!« Ich will mich losreißen, aber sein Griff ist zu stark. »Ich weiß genau, was ich getan habe. Ich habe dich in Sicherheit gebracht. Ich habe verhindert, dass du anderen schadest. Ich habe verhindert, dass dein Geheimnis bekannt wird – deins und meins. Ich habe dir das Leben gerettet, wieder einmal, aber du bist schon zu weit gegangen, um das einzusehen.«

»Du hattest kein Recht dazu!«, schreit er mich an. »Geht das nicht in deinen Schädel? Du bist nicht meine Mutter, du bist nicht meine Schwester. Und zu meinen Freunden gehörst du ganz sicher nicht.« Seine Augen verengen sich. »Du entscheidest nicht über mein Leben.«

Ich schließe die Augen, nur ganz kurz. Erinnere mich an seinen Atem auf meiner Wange, an seine Lippen auf meinen, an seine Wärme, seine Liebe. Aber selbst die Erinnerungen entgleiten mir, werden so durchscheinend wie Nebel.

»Du bist nicht die, für die ich dich gehalten habe«, spricht er weiter. »Das Mädchen, das ich zu kennen glaubte, hätte sich für mich gefreut. Sie hätte mir geholfen, hätte mit mir gekämpft. Sie hätte mich nicht in einen Käfig gesperrt, als wäre ich ein wildes Tier, das man zähmen muss.«

Ich will ihm widersprechen. Das ist es nicht, was ich getan habe, will ich sagen. Aber ich bringe es nicht über mich, denn es ist genau das, was ich getan habe.

»Ich habe es getan, weil du mir etwas bedeutest«, sage ich stattdessen. Aber es ist so viel mehr als das. Doch um das auszusprechen ist hier nicht der richtige Ort.

»Seltsame Dinge passieren den Leuten, die dir etwas bedeuten«, sagt er. Seine Worte sind scharf und sie schneiden tief. »Caleb hat dir auch etwas bedeutet, nicht wahr, und trotzdem hast du ihn umgebracht. Sieht ganz so aus, als könnte ich mich glücklich schätzen, dass ich sein Schicksal nicht teile.«

Ich stolpere zurück, als hätte er mich geschlagen. Er hält mich nicht auf.

»Wie kannst du es wagen, mir Calebs Tod zum Vorwurf zu machen.« Schnell verwandelt sich mein Schock in Wut. »Du weißt genau, was in jener Nacht geschehen ist. Du warst dabei. Du weißt, dass ich ihn nicht töten wollte.«

John zuckt mit den Schultern. »An mir hast du dich schuldig gemacht. Du hast kein Recht, die Empörte zu spielen. Und jetzt will ich, dass du gehst. Je eher du gehst, desto eher kann ich das alles hinter mir lassen. Was auch immer es war.« Wieder kommt er näher, und wieder zucke ich zurück. Aber er schlägt nur mit der flachen Hand gegen die Eisenstäbe.

»Wache!«

Der Soldat ist sofort da. Vermutlich hat er oben an der Treppe gestanden und jedes Wort gehört, das gesprochen wurde.

»Bringt sie hier raus. Und sorgt dafür, dass sie nicht wiederkommt.« Er dreht mir den Rücken zu.

»John«, setze ich an, doch dann verstumme ich. Ich werde nicht betteln. Ich werde ihn nicht bitten, seine Worte zurückzunehmen.

Ich werde ihn nicht bitten, sich umzudrehen und mir zu versichern, dass er es nicht so gemeint hat. *Ich liebe dich*, sage ich, aber was aus meinem Mund kommt, ist: »Lebwohl.«

Fifer wartet am Tor auf mich. Unruhig geht sie auf und ab und knabbert an ihren Fingernägeln. Beim Klappern der Torschlüssel bleibt sie abrupt stehen und kommt zu mir gerannt.

»Wie war es?« Sie wirft dem Wachmann einen bösen Blick zu, nimmt dann meinen Arm und zieht mich über den leeren Innenhof zum Eingang.

»Er hat gesagt, ich soll verschwinden«, sage ich. »Er hat gesagt, dass er mich nie wiedersehen will.« Meine Stimme bricht, als mir die Endgültigkeit seiner Worte klar wird.

»Elizabeth …«

»Nicht«, sage ich. »Erzähl mir nicht, er sei nicht er selbst. Er ist er selbst. So, wie er jetzt ist.«

»Genau das wollte ich sagen«, nickt Fifer. »Aber besser so als tot.«

Gemeinsam verlassen wir das Gefängnis und gehen über den schmalen Feldweg in Richtung Gallion's Reach, an Whetstone vorbei und dann nach Rochester. Die Landschaft ist trostlos, nichts außer erfrorenen Feldern mit Grüppchen aus kahlen Bäumen, ein paar Zäunen und vereinzelt einem Bauernhaus, aus dessen Schornstein Rauchwolken aufsteigen wie Notsignale.

Nach etwa einer Meile sehe ich eine Gruppe von Männern neben der Straße stehen. Es sind Mitglieder der Wacht. Ich erkenne sie an den grauen Mänteln und den orangefarbenen Emblemen auf dem Revers. Ich kann nicht erkennen, um wen es sich handelt, nicht auf diese Entfernung. Aber ich sehe, dass sie gerade ein Scharmützel hinter sich haben.

Zwei Männer in Grau haben einen dritten Mann gepackt, der ganz in Schwarz gekleidet ist. Die Art, wie sein Kopf herunterhängt und seine Füße über den Boden schleifen, lässt vermuten, dass er bewusstlos ist, vielleicht sogar tot. Zwei weitere Männer in Grau ringen mit einem anderen schwarz gekleideten Gefangenen. Er ist nicht bewusstlos, aber es kann nicht mehr lange dauern. Er taumelt, fällt auf die Knie, steht wieder auf, taumelt erneut. Grunzen und Flüche durchschneiden die stille, eisige Luft.

Fifer und ich wechseln einen raschen Blick.

»Noch mehr von Blackwells Männern«, sagt Fifer. »Und schau: Ist das nicht Peter?« Sie deutet auf einen Mann in Grau mit dunklen Locken, der den einen Gefangenen über das Feld schleppt.

»Ja.« Ich verlasse den Pfad und will über die Wiese zu ihnen gehen.

»Warte.« Fifer packt mich am Ärmel. »Ich glaube, wir sollten uns fernhalten. Es könnte gefährlich werden.«

Ich schüttele ihre Hand ab, ohne zu antworten. Meine ganze Aufmerksamkeit gilt dem Mann, den Peter gepackt hat. Um seine Hand- und Fußgelenke liegen Eisenklammern und er wurde schlimm verprügelt. Seine Bewegungen sind fahrig und er fällt immer wieder auf die Knie. Dabei stöhnt er und spuckt Blut.

Er ist unverkennbar einer von Blackwells Männern – er trägt den schwarzen Mantel und dieses verdammte Emblem: die rote Rose, die von ihren eigenen Dornen erstickt und von dem grünen Schwert durchbohrt wird. Aber noch etwas anderes an diesem Mann kommt mir bekannt vor. Die Art, wie er sich bewegt, der Klang seiner Stimme, wie ihm sein dunkles Haar in die Stirn fällt. Etwas rührt sich in meiner Brust: Angst – und ein Wiedererkennen.

Peter versetzt dem Mann einen Stoß, sodass der stöhnend zu Boden geht. Er greift nach seinem Schwert. Das Sirren, mit dem die Klinge aus der Scheide gleitet, hallt über das nackte Feld. Wie als Antwort fliegt ein Schwarm Vögel auf und ergreift kreischend die Flucht in den trüb-grauen Himmel.

Ich renne los, lasse Fifer hinter mir, laufe über das gefrorene Gras, werde schneller und schneller. Peter packt den Mann an den Haaren und zerrt ihn auf die Knie. Die anderen Männer der Wache feuern ihn an. Peter packt das Schwert mit beiden Händen und schwingt es hoch über seinen Kopf. Der Mann vor ihm versucht, still zu stehen, aber selbst auf die Entfernung sehe ich, wie er zittert. Sein Körper schwankt wie ein Grashalm im Wind.

Es ist Malcolm. Der König – der frühere König – von Anglia.

»Peter.« Meine Stimme ist nur ein ersticktes Flüstern. Ich versuche es noch einmal, lauter. Meine Schritte trommeln im Rhythmus meines Herzens auf den Boden. *»Peter, halt!«*

Aber Peter hört mich nicht. Er ist zu sehr gefangen in seinem Blutrausch, zu überzeugt von der Gerechtigkeit seiner Tat. Ich schreie seinen Namen.

»Elizabeth, bleib zurück.« Peter löst eine Hand vom Schwertgriff und hält sie mir warnend entgegen. Die anderen Männer sehen mich über das Feld heraneilen, Fifer dicht auf meinen Fersen. Ein paar von ihnen ziehen ebenfalls die Schwerter, unsicher, was ich vorhabe.

»Nicht!«, schreie ich. Aber Peter ignoriert mich. Er wendet sich ab, legt wieder beide Hände ans Schwert und richtet den Blick auf Malcolm.

Malcolm schließt die Augen.

Peter hebt das Schwert.

Er holt aus.

14

Ich werfe mich vor und stoße Malcolm aus dem Weg. Malcolm rechnet nicht damit. Er grunzt auf und wir beide landen mit einem schweren Aufprall auf dem Boden. Ich fühle, wie die Schwertklinge über meinen Kopf saust, und erstarre: Das war knapp.

Hinter mir schreit Fifer auf.

Malcolm sagt etwas, aber ich kann ihn nicht verstehen. Doch die gekeuchten, geflüsterten Worte bringen eine Erinnerung zurück, tausend Erinnerungen, und sie alle werden begleitet von tausend unterschiedlichen Gefühlen: sein Körper neben meinem, schlank und stark. Sein Geruch, eine Mischung aus Seife und Kiefernnadeln, der jetzt überlagert wird von dem metallischen Gestank nach Blut. Sein dunkles, zerzaustes Haar, seine Hände, sein Nacken und sein unrasiertes Gesicht erfüllen mich mit Abscheu, so wie es immer gewesen ist. Aber so wie immer schiebe ich diese Gefühle beiseite und bleibe an seiner Seite. Ich habe Angst davor, was geschehen wird, wenn ich ihn allein lasse.

»Bei Gott und seiner Mutter!«, brüllt Peter. »Was zum Teufel tust du da?«

»Du darfst ihn nicht töten.« Ich löse mich aus Malcolms Umklammerung und rappele mich auf. »Er ist nicht das, wofür du ihn hältst.« Ich schaue mich um. Die Männer rücken näher. Peter baut sich vor mir auf, das Schwert wie eine Axt erhoben, bereit zum tödlichen Hieb.

Malcolm dreht den Kopf zu mir hin, langsam, als ob er Angst hätte, jemand könnte bemerken, dass er noch immer auf seinen Schultern sitzt. Er sieht mich. Und seine Augen werden groß, seine blassgrauen Augen, die jetzt blutunterlaufen sind und wild blicken.

»Elizabeth. Oh mein Gott, Bess.« Ich zucke zusammen bei dem Kosenamen, den er jetzt in aller Öffentlichkeit ausspricht. Es ist viel zu persönlich, viel zu intim. »Du bist es wirklich. Ich habe deine Stimme erkannt, aber ich dachte, es sei bloß Einbildung.« Taumelnd kommt er erst auf ein Knie, dann auf das andere. Er schaut zu mir auf. »Was machst du hier?«

»Mylord«, sage ich aus alter Gewohnheit. »Das ist nicht der richtige Zeitpunkt …«

»Ich habe gehört, du seist entkommen«, fährt er fort, »aber mein Onkel hat mir nichts von deinem Schicksal erzählt. Ich habe gefragt, habe befohlen – aber er wollte es mir nicht sagen.« Malcolm schüttelt den Kopf. »Ich hatte keine Ahnung, dass du im Gefängnis warst, und als ich es erfuhr, warst du schon geflohen. Und immer noch wollte man mir nichts sagen. Ich hätte alles erfahren müssen!«

Malcolm brabbelt unzusammenhängendes Zeug, aus Schock, Angst, halb bewusstlos von den Schlägen, die ihn beinahe umgebracht hätten. Er redet, als ob er nicht merken würde, dass wir nicht allein sind, als ob er vergessen hätte, dass er von Männern umringt ist, die jedes Wort hören können.

»Mylord«, sage ich so leise, dass niemand es versteht, »bitte, hört auf …«

»Ich weiß nicht, ob irgendetwas von dem, was sie behaupteten, wahr ist«, fährt er unbeirrt fort, »dass du eine Hexe bist, meine ich. Es wäre mir egal. Ich hätte sie aufgehalten, wenn ich es gewusst hätte. Das weißt du doch, nicht wahr? Ich hätte nicht zugelassen, dass sie dir wehtun.«

Malcolm nimmt meine Hand, umfasst sie mit seinen Fingern und führt sie an seine Lippen. Aber diesmal beiße ich nicht die Zähne zusammen und lasse es über mich ergehen, diesmal weiche ich zurück, und da endlich nimmt er mich zur Kenntnis. Er lässt meine Hand fallen und sieht die Männer, die uns umringen, die Waffen, die auf ihn gerichtet sind. Der Anblick bringt ihn in die Wirklichkeit zurück, und die Erkenntnis lässt ihn erst erröten und dann blass werden.

»Was bedeutet das?« Peter tritt vor mich hin. Seine Augen sind dunkel und wütend. »Elizabeth, wer ist dieser Mann?«

Da erst wird mir klar, dass er ihn nicht erkennt. Er nicht und auch die Männer der Wache nicht. Sie erkennen nicht, dass der Mann, den sie gefangen genommen und beinahe umgebracht haben und der jetzt vor ihnen auf den Knien liegt, der König ist. Der abgesetzte König von Anglia.

»Er ist …«, setze ich an. Dann verstumme ich. Meine Gedanken rasen. Ist es besser, wenn sie über seine wahre Identität im Unklaren bleiben? Oder nicht? Würden sie es wagen, den König zu töten? Oder würden sie ihn erst recht umbringen, wenn sie wüssten, wer er ist? Malcolm neben mir rührt sich nicht, keinen Zentimeter. Ich höre seinen rauen Atem, mein abgehacktes Keuchen.

Es geschieht so schnell. Der Mann neben Peter springt vor, packt mich am Arm und reißt mich von Malcolm weg. Peter hebt wieder das Schwert – und wir sind genau da, wo wir am Anfang waren.

»Er ist der König!«, rufe ich. »Ihr dürft ihn nicht töten! Er ist keiner von Blackwells Männern. Er ist der König!«

Totenstille fällt auf uns nieder, wie eine Axt auf den Richtblock.

»Ihr lügt.« Der Mann, der meinen Arm hält, schüttelt mich unsanft. »Dieser Mann ist nicht der König. Er ist ein Hexenjäger. Er ist einer von Euren Freunden, und Ihr versucht, ihn zu retten.«

»Ich lüge nicht.« Ich wende mich Malcolm zu. »Sagt ihnen Euren Namen. Sagt ihnen, wer Ihr seid.«

Malcolm schaut mich unsicher an. Er weiß nicht, ob ihn diese Offenbarung retten oder verdammen wird.

»Wenn Ihr am Leben bleiben wollt, dann sagt es ihnen.«

Unsicher kommt Malcolm auf die Füße. Jede Farbe ist aus seinem Gesicht gewichen. Er ist viel zu schwach, um zu stehen – oder auch nur zu sitzen – aber das spielt keine Rolle. Malcolm würde sich nie auf den Knien als König zu erkennen geben.

»Mein Name ist Malcolm Douglas Alexander Hall.« Er wirft den Männern einen Blick zu, aus dem jegliches Zögern verschwunden ist. »Sohn von William Hyde Alexander Hall aus dem Hause Stuart und Catherine Johanna Louise von Hessen-Coburg aus dem Hause Sachsen, Duke of Farthing in Gael, Duke of Cheam in Southeast Anglia, Oberster Lord von Airann.« Nach einer kurzen Pause setzt er hinzu: »Erbe des Throns von Anglia und Cambria. Abgesetzt.«

Abgesetzt von seinem eigenen Onkel, Thomas Charles Albert Louis Hall aus dem Hause Stuart, dem Duke of Norwich, der sich selbst Lord Blackwell nennt, nach seinen Besitztümern in Southwest Anglia. Der ihm den Thron gestohlen hatte.

Und nun habe ich Malcolm dem Tod vor der Nase weggestohlen.

»Oh mein Gott, Elizabeth«, flüstert Fifer. »Was hast du getan?« Rings um mich erheben sich Stimmen, nur Peter schweigt. Sein Mund ist schlaff geworden, genauso wie die Hand, die das Schwert hält, während er den Mann anstarrt, der für den Tod seiner Frau und seiner Tochter verantwortlich ist. Er hätte Gerechtigkeit haben können, er hätte sie rächen können. Beinahe wäre es ihm gelungen. Und dann bin ich dazwischengegangen.

»Er ist der König von Anglia«, sage ich zu ihm. »Ihn zu töten wäre Hochverrat. Es ist gegen das Gesetz und wird mit dem Tod bestraft.«

Noch bevor ich zu Ende gesprochen habe, weiß ich, dass ich das Falsche gesagt habe.

»Das Gesetz!«, stößt Peter hervor. Seine Stimme, die ich nur freundlich kenne, auch noch, nachdem ich seinen Sohn habe verhaften lassen, erhebt sich zu einem tosenden Gebrüll. »Mit dem Tod bestraft!« Er wirbelt zu mir herum und in seinen dunklen Augen steht nicht mehr nur Wut, sondern auch Trauer. »All seine Gesetze bringen nichts als Tod. Er hat meine Frau umgebracht, und meine Tochter. Er hat sie beide umgebracht.«

»Das hat er getan, ja«, ertönt eine Stimme, dünn vor Schmerz. »Und er ist Abschaum, kein Zweifel, und es ist eine Schande, ihm nicht den Garaus zu machen. Aber trotzdem, es wird sich lohnen, ihn zu verschonen.«

Wir alle reißen die Köpfe herum. Der Mann auf dem Feld, der Mann, den ich vergessen, den ich für tot gehalten hatte, ist nicht tot. Und er ist kein Mann.

Es ist eine Frau.

Sie sieht aus wie ein Mann: groß gewachsen, breitschultrig, muskelbepackt, kurze rote Haare, Anfang zwanzig, wenn ich schätzen müsste. Was sie verrät, ist ihre Stimme. Sie ist zart und hoch, wie die eines jungen Mädchens. Sie hat sich auf die Knie gestemmt, und ich sehe ein Messer aus ihrer Schulter ragen.

Die Männer der Wacht schauen einander verwirrt an.

»Wer seid Ihr?« Peter geht zu ihr. Er senkt das Schwert, hebt es und senkt es wieder, als ob er nicht wüsste, ob er es gegen eine Frau richten dürfe.

»Keagan Hearn.« Die Frau streckt ihm ihre in Eisen gefesselte Hand hin, die Peter nicht nimmt. Sie lässt sie wieder sinken. »Aus Airann, aus Dyflin, der wunderschönen Stadt am Fluss.«

»Das ist alles gut und schön, Keagan aus Airann«, sagt Peter. »Aber was habt Ihr hier in Anglia zu schaffen? Und noch dazu mit ihm?« Er deutet mit der Schwertspitze auf Malcolm.

»Das ist doch nicht schwer zu erraten, oder? Hab ihn aus dem Fleet-Gefängnis in Upminster befreit. Schlimmer Ort.« Keagan hockt sich auf die Fersen und verzieht das Gesicht. »Wollte ihn mit nach Airann nehmen, doch dann sind wir euch in die Arme gelaufen. Ihr würdet uns wohl nicht einfach unserer Wege ziehen lassen … nein, ich sehe schon.« Peters Schwertspitze deutet nun auf Keagans Kehle. Seine Antwort ist eindeutig. »Vermutlich nicht.«

»Warum habt Ihr ihn gerettet?« Ein anderer Mann der Wacht tritt vor. »Seid Ihr eine Königstreue? Eine Verräterin? Eine Ermittlerin?«

»Nein, guter Mann«, erwidert Keagan. »Nichts davon. Aber andererseits … das alles gibt es gar nicht mehr. Heute gelten andere Regeln als damals.«

»Treibt keine Scherze mit uns, Mädchen«, warnt Peter. »Ihr habt schon genug Schwierigkeiten.« Er schaut zu Malcolm, der immer noch schwankend auf den Füßen steht. »Warum wolltet Ihr ihn nach Airann bringen? Was hattet Ihr vor? Wolltet Ihr Truppen ausheben? In Anglia einmarschieren? Den Thron rauben?«

»Man kann nicht rauben, was einem schon gehört«, lässt sich Malcolm vernehmen. »Der Thron gehört mir. Er wurde mir gestohlen, und ich habe die Absicht, ihn mir wiederzuholen.«

»Herrje.« Keagan wendet sich ihm zu. »Was habe ich Euch gesagt? Fangt nicht ständig wieder damit an.«

»Ich sage nur die Wahrheit«, erklärt Malcolm, und in seine Stimme schleicht sich Überheblichkeit. »Ein König und sein Wort sind gottgleich. Ihr würdet gut daran tun, beides zu achten.«

»Genau wegen dieser Einstellung seid Ihr hier« – sie deutet zu Boden – »anstatt dort.« Sie ruckt mit ihrem Daumen hinter sich, wo Upminster liegt.

»Euer Mangel an Respekt ist eine Beleidigung für mich«, sagt Malcolm.

»Und Euer Mangel an Demut ist eine Beleidigung für mich«, fährt Keagan ihn an. »Mein Gott, Mann, wenn Ihr das hier überleben wollt, dann lernt gefälligst, die Zeichen zu deuten.«

Malcolm macht den Mund auf, schließt ihn dann aber wieder. Meine Augen werden groß. Ich habe noch nie gehört, wie jemand auf diese Weise mit Malcolm gesprochen hat. Weder seine Ratgeber noch seine Minister, nicht einmal sein eigener Onkel, der ihn hasst und tot sehen will. Aber Keagan hat eindeutig keine Verwendung für Etikette.

»Sieht so aus, als bekämen wir Gesellschaft.« Sie wendet den Kopf Richtung Straße und richtet sich auf, wobei die Klinge in ihrer Schulter sie zusammenzucken lässt.

Über das Feld kommen mit wehenden Gewändern Nicholas, Gareth und Fitzroy. Skyler folgt ihnen dichtauf. Ich schaue zu Fifer, die unmerklich nickt. Sie hat Skyler alarmiert und ihn gebeten, Nicholas mitzubringen.

Malcolm erkennt Nicholas sofort. Nicholas saß früher im Geheimen Rat von Malcolms Vater, und danach war er der meistgesuchte Mann in Anglia. Malcolm richtet sich zu seiner vollen Größe auf – was allerdings wenig Eindruck macht, denn er ist nur wenige Zentimeter größer als ich.

Die drei Männer bleiben stehen und betrachten die Szene, die sich ihnen bietet.

»Ihr seid wohl die Kavallerie.« Keagans Ton ist sarkastisch.

»Skyler war so nett und hat uns darüber informiert, was hier passiert ist«, sagt Fitzroy. »Aber wir kennen die näheren Umstände noch nicht. Und wer seid Ihr?« Er tritt vor Keagan.

»Sie ist aus Airann«, sagt einer der Soldaten, »und eine Verräterin.«

»Herrje«, murmelt Keagan wieder, »ich hab's euch doch gesagt, ich bin keine Verräterin. Ich gehöre zum Orden der Rose.«

Die Männer wechseln einen Blick und auch ich bin überrascht.

Der Orden der Rose ist eine Widerstandstruppe von Studenten der Universität in Airann, die vor vier Jahren gegründet wurde, gleich nachdem Blackwell zum Inquisitor ernannt wurde, als Reaktion auf seine Gesetze gegen Magie. Aber es ergibt keinen Sinn, dass dieses Mädchen, diese Keagan, hier in Harrow auftaucht, noch dazu mit Malcolm. So wie ich das verstanden habe, ist der Orden eine Organisation des Geistes. Sie verfassen Pamphlete, schreiben Artikel für Zeitschriften, die im Untergrund kursieren. Sie entführen keine Könige.

»Der Orden«, sagt Fitzroy, »natürlich. Eine bemerkenswerte Gruppe. Ich verfolge euren Werdegang seit eurer Gründung. Eure Traktate haben mir stets gut gefallen.« Er wippt auf den Fersen. »Das *Tonnenmärchen* ist besonders gelungen: Wie der Bruder brennende Kerzen verschluckt und dann mit geschlossenen Augen herumläuft, weil er sich auf seine innere Erleuchtung verlässt. Amüsant.«

Keagan grinst.

»Eure Proteste sind in jüngster Zeit wahrlich über reine Satire hinausgegangen«, fährt Fitzroy fort. »Eine Explosion hier, eine Bilderverbrennung da. Beschmierte Fassaden. Und dann die Plakate auf den Brücken.«

Keagan stößt ein perlendes Mädchengelächter aus. »Ja, die Plakate. Ich bin selbst auf die Upminster Bridge geklettert und habe sie auf die Piken mit den abgeschlagenen Köpfen gesteckt. Denen macht es wohl nichts mehr aus. Sie sind ja sowieso tot.«

»Köpfe?«, wiederholt Gareth. »Wessen Köpfe?«

Keagan zuckt mit den Schultern. »Ein paar von Blackwells Leuten, ein paar von euren, und ein paar, die einfach bloß im Weg waren.«

Gareth sagt nichts.

»Und jetzt habt Ihr den König gekidnappt.«

Keagan nickt ernst. Die Fröhlichkeit ist aus ihrer Miene verschwunden. »Und das ist erst der Anfang.«

»Eine Studentengruppe«, wiederholt Peter murmelnd. »Bei Gottes Blut.«

»Kein Grund, gleich zu beten«, sagt Keagan ruhig. »Übrigens würde ich ja gerne den ganzen Tag lang hier sitzen und ein Schwätzchen halten, aber ich habe da ein kleines Problem.« Sie hebt die gefesselten Hände und deutet nach hinten. »Der Dolch in meiner Schulter sticht höllisch.«

Fitzroy macht Anstalten, zu ihr zu gehen.

»Moment mal.« Gareth hebt die Hand. »Ihr wisst nicht, wer sie ist. Sie sagt zwar, sie gehöre zum Orden, aber dafür gibt es keinen Beweis. Möglicherweise lügt sie. Sie könnte einer von Blackwells Schergen sein.«

»Ich habe euch doch gesagt …«, setzt Keagan an.

»Sie lügt nicht«, fällt ihr Fitzroy ins Wort. »Ihre Taten sind Beweis genug. Wenn sie zu Blackwell gehören würde, hätte sie seinen Neffen nicht aus dem Verlies befreit. Sie hätte ihn getötet. Haltet ganz still.« Er legt eine Hand auf Keagans Schulter und umfasst mit der anderen den Dolchgriff. »Auf drei«, sagt er. »Eins, zwei, …« Bevor er »drei« sagt, reißt er ihr den Dolch aus dem Fleisch.

Keagan stöhnt leise auf und sinkt nach vorne in den Dreck. Fitzroy fischt ein Taschentuch aus seinem Wams und drückt es auf die Wunde.

»Ihr sagtet, dass der König … Malcolm …« Nicholas schaut zu ihm hin. Malcolm hat klugerweise den Mund gehalten, seit Nicholas aufgetaucht ist. »… dass er bloß der Anfang sei.« Er tritt zu Keagan und berührt mit einem Finger ihren Rücken. Ein sanftes weißes Glühen entströmt seiner Hand, und die Wunde schließt sich. Keagan kneift kurz vor Erleichterung die Augen zusammen. »Der Anfang wovon?«

»Von unserem Plan, Blackwell zu stürzen, natürlich«, versetzt Keagan. »Was sonst?«

Am liebsten hätte ich gelacht – und hätte es auch beinahe getan – bei dem Gedanken, dass eine Studentengruppe glaubt, es mit Blackwell aufnehmen zu können. Aber Nicholas wirkt kein bisschen belustigt.

»Ich verstehe«, sagt er. »Und Ihr habt Malcolm befreit, weil Ihr ihn wieder als König einsetzen wollt?«

»Ihn? Nein. Er hatte seine Chance.« Keagan wirft Malcolm einen Blick voller Verachtung zu. Malcolm erwidert den Blick. Mit verkrampftem Kiefer und geballten Fäusten starrt er in ihr sommersprossiges, gerötetes Gesicht. Ich habe ihn noch nie so wütend erlebt und empfinde fast – aber nur fast – Mitleid mit ihm.

»Er hatte seine Chance, aber er hat sie nicht genutzt«, fährt Keagan fort. »Hätte er es getan, wären wir jetzt nicht hier, richtig? Richtig.« Sie zuckt mit den Schultern. »Aber er ist trotzdem noch nützlich. Wenn Malcolm tot ist, ist Blackwell kein Thronräuber mehr, dann ist er der rechtmäßige König von Anglia, und kein Land auf dieser Welt würde uns dabei unterstützen, ihn zu Fall zu bringen. Die einzige Chance, die wir haben, ist Malcolm am Leben zu lassen.«

So habe ich das noch nie gesehen. Und den Blicken der Soldaten nach zu urteilen, trifft das auch auf sie zu. Sie scharren unruhig mit den Füßen.

Nicholas nickt. Seine dunklen Augen lassen das rothaarige Mädchen nicht los. »Ihr habt also vor, ihn als politischen Gefangenen festzusetzen. Habt ihr die entsprechenden Möglichkeiten? Wachen? Soldaten?«

»Sozusagen«, erwidert Keagan.

»Einen abgesetzten König einzukerkern bedeutet für eure Verbindung ein großes Risiko, für eure Universität, eure Stadt, euer ganzes Land«, sagt Nicholas. Er spricht bestimmt, aber nicht unfreundlich. »Ihr riskiert es, von Blackwell angegriffen zu werden, wenn er herausfindet, dass ihr Malcolm in eurer Gewalt habt. Ihr riskiert Angriffe von euren Landsleuten in Airann, die nicht wollen, dass der König im Land ist, und von den Menschen aus Anglia, die Rache nehmen wollen. Ihr riskiert Vergeltungsschläge anderer Länder, sowohl solcher, die für Blackwell sind, als auch solcher, die ihm feindlich gesinnt gegenüberstehen. Und neutrale Länder könnten die Hoffnung hegen, von dem Chaos zu profitieren, und Spione und Kopfgeldjäger nach Airann schicken.«

Zum ersten Mal flackert Unsicherheit in Keagans Augen auf.

»Hier kann er jedenfalls nicht bleiben«, sagt Gareth. »Denn wir werden diese Risiken ganz gewiss nicht eingehen. Wir sind auch so schon zur Zielscheibe geworden. Erst sie« – dabei wirft er mir einen Blick zu – »und jetzt das hier.«

»Wir können ihn nicht töten«, meldet sich Fitzroy zu Wort.

»Nein«, stimmt Nicholas zu, »das können wir nicht. Aber wir können ihn festsetzen, bis wir entschieden haben, wie wir weiter vorgehen.«

»Du schlägst doch nicht etwa vor, dass wir ihn hierbehalten«, sagt Peter. »Willst du vielleicht diesen Mann in dasselbe Gefängnis bringen, in dem mein Sohn ist?« Das ist zu viel für ihn. Sein Sohn sitzt im Gefängnis, wegen mir, und Malcolm ist immer noch am Leben, ebenfalls wegen mir. Peter steckt sein Schwert in die Scheide, dreht sich auf dem Absatz herum und stapft über das Feld.

»Fitzroy, könntet Ihr und Gareth unsere beiden Gäste nach Hexham bringen?«, sagt Nicholas. »Und Skyler, du begleitest sie bitte. Skyler ist ein Wiedergänger«, wendet sich Nicholas an Malcolm und Keagan, »mit allem, was dazugehört. Also würde ich an eurer Stelle keinen Fluchtversuch wagen.«

Malcolm schluckt, Keagans Augen weiten sich.

Nicholas dreht sich zu den Männern der Wacht um. »Ihr geht mit nach Hexham und bleibt heute Nacht als zusätzliche Wachmannschaft dort. Und ich möchte euch bitten, mit niemandem darüber zu sprechen, was ihr hier erfahren habt.« Er schaut zu Fifer und mir. »Und ihr – aus meinen Augen.«

Die Männer der Wache packen Keagan und Malcolm an den Armen und führen sie ab. Keagan geht ohne Widerspruch mit, aber Malcolm dreht und wendet sich in ihrem Griff und schaut über die Schulter zu mir. In seinem Gesicht liegt ein Flehen: dass ich mit ihm sprechen möge, dass ich für ihn spreche. Dass ich bei ihm bleibe.

Aber er ist nicht länger der König, und ich bin nicht länger seine Geliebte, also tue ich nichts dergleichen. Stattdessen wende ich mich von ihm ab, zum ersten Mal in meinem Leben.

15

»Aus meinen Augen!«

Ich bin schon halb über das Feld, als Fifer zu mir aufschließt.

»So hat Nicholas nicht mehr mit mir geredet, seit ich zwölf war«, fährt sie fort. »Damals war ich schrecklich zornig auf ihn und habe ihn verflucht, und seine Augenbrauen sind ihm ausgefallen. Er hat so lächerlich ausgesehen. Er hat natürlich gekocht vor Wut, aber er sah so lustig aus …« Sie bleibt stehen. »Na ja, ich vermute, er wird später noch ein Wörtchen mit mir reden – mit uns beiden – und das wird bestimmt nicht angenehm.« Eine kurze Pause. »Du ziehst den Ärger förmlich an, weißt du das?«

Ich sage nichts.

Fifer seufzt und wechselt das Thema. »Was hältst du von der ganzen Sache? Diese Keagan marschiert einfach so nach Upminster und schleicht sich im Fleet ein. Wie meinst du, hat sie das geschafft?«

Ich sage immer noch nichts.

»Und dieser Orden der Rose. Ich habe natürlich davon gehört, haben wir doch alle. Es gibt sogar einige hier in Harrow, von denen man behauptet, sie gehören dazu, aber man weiß nichts Genaues. Ihre Mitglieder, ihre Magie, das bleibt alles im Dunkeln. Muss es ja wohl auch, nicht wahr? Ansonsten hätte die Inquisition leichtes Spiel.«

Ich verlasse das Feld, gehe auf die Straße und marschiere los. Nach ein paar Schritten fällt eine Hand auf meinen Arm.

»Elizabeth«, sagt Fifer. »Nach Rochester geht's da lang.«

Ich drehe mich um und marschiere in die andere Richtung.

»Elizabeth!« Fifer verstellt mir den Weg und blickt mir fest in die Augen. »Was ist los? Es geht um ihn, nicht wahr? Um Malcolm.«

Ich mache den Mund auf und dann wieder zu.

Fifer seufzt. »Dacht ich's mir.« Sie nimmt meinen Arm und zieht mich weiter. »Das war ein unerwartetes Wiedersehen, was?«

Ich hätte angesichts dieser Untertreibung gelacht, wäre mir nach Lachen zumute gewesen.

»Ich habe nicht geglaubt, ihn je wiederzusehen«, sage ich. »Ich wollte ihn nie mehr sehen. Aber es ist anders gekommen, und ich habe ihm das Leben gerettet. Ich weiß nicht, warum ich das getan habe.«

»Ich auch nicht«, sagt Fifer. »Aber es ist gut, dass du es getan hast. Ich habe nie an die Konsequenzen gedacht, die sein Tod haben würde, bis Keagan es ausgesprochen hat. Ich weiß nicht, ob *irgendjemand* von uns daran gedacht hat.«

Auch ich habe nicht daran gedacht, als ich mich zwischen ihn und Peters Schwert warf, aber das verrate ich Fifer nicht.

»Blackwell bestimmt«, sage ich stattdessen. »Sonst hätte er ihn kaum ins Verlies geworfen«, fahre ich nachdenklich fort. »Er wollte, dass er dort stirbt. Niemand kommt aus dem Fleet raus.« Es sei denn, um auf dem Scheiterhaufen zu brennen.

»Du schon«, sagt Fifer. »Und jetzt auch Malcolm. Der Orden muss über mächtige Magie verfügen, ganz zu schweigen von mächtigen Verbündeten in Upminster.«

»Vermutlich.«

»Ich muss zugeben, dass er ganz anders ist, als ich ihn mir vorgestellt habe«, redet sie weiter. »Wie er dich angesehen hat. Wie er mit dir gesprochen hat. Irgendwie habe ich etwas ganz anderes erwartet.«

»Und was?« Mein Ton wird schärfer, aber Fifer fährt unbeirrt fort: »Ich hatte ihn mir irgendwie grausam ausgemalt, dich zu sich rufend, dich wegschickend. Ich dachte, er würde in dir … eine Dienerin sehen.« Sie verzog das Gesicht. »Aber wie er dich heute angesehen hat, wie er deine Hand genommen hat. Er hat sogar versucht, dich zu küssen, hat dich Bess genannt!«

»Er stand unter Schock.« Ich bleibe stehen und schnüre meinen Stiefel zu. Das ist völlig unnötig, aber es gibt mir Zeit, mich zu sammeln, denn die Unsicherheit steht mir klar und deutlich ins Gesicht geschrieben. »Er dachte, er würde sterben. Menschen sagen und tun die merkwürdigsten Dinge, wenn sie glauben, dem sicheren Tod gegenüberzustehen.«

Fifer betrachtet mich mit hochgezogenen Augenbrauen. »Das schien mir ein bisschen mehr zu sein als bloßer Schock.«

»Ist es aber nicht«, werfe ich über die Schulter zurück, während ich schon weitergehe. Mit zwei Schritten ist sie neben mir.

»Also, was machen wir jetzt?«

»Das Gleiche wie vorher«, antworte ich. »Das Gleiche wie immer. Blackwell töten. Sieht so aus, als müsste ich mich beeilen. Es wird nicht lange dauern, und die ganze Welt weiß, dass Malcolm hier ist. Oder glaubst du, dass die Wachen den Mund halten? Der Verräter, den Blackwell nach Harrow eingeschleust hat, wird davon erfahren, und Blackwell wird seine Leute schicken.«

»Nicholas hat die Wachen angewiesen, nichts zu verraten«, sagt Fifer.

Ich schaue sie an.

»Nicholas meint, du seist noch nicht bereit«, argumentiert sie weiter. »Er will, dass du dich auf dein Training konzentrierst. Du musst erst noch kräftiger werden. Er hat dich angewiesen, dem Rat die Entscheidung zu überlassen, wie man mit Blackwell verfahren solle. Das hat mir Skyler erzählt«, setzt sie hastig hinzu. »Er hat gehört, was Nicholas in Rochester Hall zu dir sagte.«

»Nicholas muss ja nicht alles wissen, nicht wahr?« Ich ziehe meinen Mantel enger um mich, denn der eisige Wind hat aufgefrischt. Meine ohnehin halb erfrorenen Wangen werden taub. »Du willst mir doch nicht allen Ernstes sagen, dass du noch nie etwas ohne seine Erlaubnis getan hast. Dass du ihm nie ungehorsam warst. Nie das Gegenteil von dem getan hast, was er ...«

»Schon gut, schon gut, ich weiß, was du meinst«, fährt Fifer auf. »Aber du verstehst mich nicht. Du bist noch nicht bereit.«

Ich mache halt. Drehe mich um. Und der Ausdruck auf meinem Gesicht belehrt sie eines Besseren.

»Also schön.« Sie hebt die Hände. »Mach dich zum Narren. Töte Blackwell und lass dich dabei umbringen. Aber du wirst mich nicht davon abhalten, dir zu helfen.«

»Das klingt schon besser.« Ich strahle sie an. »Ich will das Schwert. Azoth. Und ich will, dass du mir hilfst, es zu besorgen.«

»Ich weiß nicht, wo es ist.« Sie sagt es schnell – zu schnell. Ich lächle sie süß an und sie runzelt die Stirn. »Du kriegst es nie«, fährt sie fort. »Es ist in Nicholas' Haus versteckt. Nicht einmal ich darf in seine Nähe kommen. Es ist von einem Schutzzauber umgeben, und dann ist da noch Hastings. Selbst wenn du an das Schwert herankommst, wird er niemals zulassen, dass du es mitnimmst.«

»Du scheinst zu vergessen, wer ich bin.«

»Wer du warst«, verbessert mich Fifer. »Und das werde ich niemals vergessen.«

Seit wir Freundinnen geworden sind, haben Fifer und ich uns nicht mehr gestritten. Bis heute. Der Weg vor unseren Füßen, die Felder rechts und links, der Wind, der uns ins Gesicht peitscht – nichts davon ist so kalt wie der Blick, den wir wechseln.

»Ich werde Azoth nehmen und ich werde Blackwell damit töten«, sage ich. »Und wenn wir schon dabei sind: Ich will, dass Skyler mich begleitet.«

Diesmal ist es Fifer, die sich abwendet und geht, wobei der Wind eine Reihe von bitterbösen Flüchen über ihre Schulter zu mir hinweht. »Du lässt nicht locker, bis alle Welt dich hasst, stimmt's?«

»Ich lasse nicht locker, bis er tot ist«, erwidere ich, aber sie ist schon zu weit weg und hört mich nicht mehr.

In den drei Tagen, die seit Johns Verhaftung – und seit Malcolms Gefangennahme – vergangen sind, bin ich für mich geblieben. Es dauerte nicht lang, bis sich die Nachricht von meinem Verrat herumgesprochen hatte: dass ich den Ermittlern die Sache mit Johns verbotenen Kräutern gesteckt habe, dass ich eifersüchtig auf Chime bin, dass ich meine Rache bekommen habe.

Der Skandal war so groß, dass der echte Skandal unentdeckt blieb: Der abgesetzte König von Anglia, einstmals der größte Feind von Harrow, hockt im Gefängnis von Hexham, keine zehn Meilen vom Lager entfernt.

Ich schlafe nicht mehr in meinem Zelt, seitdem ich an jenem ersten Abend zurückkam und es eingerissen vorfand, zertrampelt und mit Messern zerschlitzt. Ich esse auch nicht mehr mit den anderen, seit am zweiten Abend alle vom Tisch aufstanden, als ich mich zu ihnen setzte, als ob ich die Pest hätte. Überall, wo ich auftauche, höre ich es flüstern: Verräterin, Lügnerin – und Schlimmeres. Stattdessen verbringe ich jede Minute beim Training, schlafe in der Kapelle, plane und warte: auf eine Gelegenheit, mich in Nicholas' Haus zu schleichen, Azoth zu stehlen, Skyler zu holen, nach Upminster zu gehen und Blackwell zu töten.

Ich warte – auf heute Nacht.

Ich würge eine Mahlzeit aus Hafer, Erbsen und Gerste herunter, kaue auf einem steinharten Brotkanten herum, gebe meinen Teller den Spülfrauen und gehe dann hinaus auf das Feld. Es ist kaum jemand zu sehen. Die meisten sind entweder beim Essen, auf dem Übungsfeld, in der Bibliothek oder – wie zum Beispiel Nicholas – bei einem vertraulichen Treffen mit Gareth, um zu besprechen, wie man mit Malcolm verfahren soll.

Die Tasche, in die ich meine wenigen Habseligkeiten gepackt habe, hängt über meiner Schulter. Keiner denkt sich etwas dabei, denn seit dem Vorfall trage ich sie stets bei mir, weil es keinen Ort mehr gibt, an dem ich sie lassen könnte.

Die Sonne sinkt hinter den Horizont, während ich über die Brücke gehe und noch einen Blick auf Rochester werfe, ehe ich mich auf den Weg zu Nicholas' Haus mache. Dort wartet Fifer auf mich. Sie ist immer noch wütend wegen meines Vorhabens, umso mehr, als Skyler Feuer und Flamme ist.

»Blackwell hat schon einmal versucht, Azoth zu stehlen«, schrie sie mich gestern Abend an, bevor sie die ganze Wucht ihrer Wut auf Skyler warf. »Wenn er es in die Hände bekommt – was geschehen wird, wenn du stirbst« – sie warf mir einen bösen Blick zu – »dann wird er unbesiegbar sein. Und das ist deine Schuld.«

»Wenn Elizabeth Blackwell töten will, dann hat sie mit Azoth die besten Chancen«, versuchte Skyler sie zu überzeugen. »Nein, es ist sogar ihre *einzige* Chance.«

»Und dass du ihr dabei helfen willst, hat natürlich nichts damit zu tun, dass du das Schwert selbst in die Finger bekommen möchtest.«

»Nicht das Mindeste.«

Fifer verschränkte die Arme vor der Brust. »Schwöre es.«

So schlossen wir einen Kompromiss. Skyler würde mich nach Ravenscourt begleiten, als mein Späher, mein Wächter, mein Beschützer. Aber er würde mir nicht helfen, Azoth zu stehlen, und er würde es auch nicht berühren, sobald ich es hatte, wenn ihm sein Leben lieb war. Das jedenfalls waren Fifers Worte.

Drei Stunden später erreiche ich Nicholas' Haus. Von nun an folge ich minutiös den Anweisungen, die mir Fifer widerstrebend gab. Ich ziehe ein frisches Bündel aus Salbei und Kiefernnadeln aus meiner Tasche und stecke es in Brand, als ich an die Eingangstür trete. Es fängt an zu zischen und zu flackern, und dicke, aromatisch duftende Rauchwolken steigen auf. Ich fahre damit in zwei langen, diagonalen Linien durch die Luft. Der Rauch bleibt in dem dunklen Abendhimmel hängen: ein durchscheinendes X.

Ich zähle bis sechzig, dann gehe ich ins Haus.

Es ist leer, und zwar ganz und gar. Nicht nur Nicholas ist fort – keine Geisterhände nehmen mir die Tasche von den Schultern oder hängen meinen Mantel auf. Auch Hastings ist verschwunden, und er wird erst zurückkehren, wenn die letzten Kräuterkrümel zu Asche verbrannt sind. Salbei und Kiefernnadeln, gemeinsam verbrannt, greifen die Energie eines Geistes an und lösen sie auf. Ich habe Fifer nicht gefragt, ob dies eine grausame Tat ist, aber das war auch nicht nötig. Jemanden aus seinem eigenen Haus zu vertreiben ist nie besonders nett, egal, aus welchem Grund man es tut.

Auch darüber hinaus waren Fifers Anweisungen deutlich: »Geh bis zum dritten Balken. Daneben ist ein Gemälde von Pfirsichen in einer Silberschale«, erklärte sie mit bissigem Ton. »Verpasse dem Balken einen Tritt – genau das würde ich am liebsten mit dir tun – dadurch wird die Luke entriegelt. Dann musst du schieben. Von dort aus gelangst du zur Zauberkammer, wo sich das Schwert befindet.«

Zauberkammern. Kleine, geheime Zimmer, die man überall in den Häusern Anglias findet, wo Männer und Frauen sich vor der Inquisition verstecken, vor den Hexenjägern, vor mir. Ich habe welche gesehen, die man durch Lücken in Treppen, durch falsche Schornsteine oder durch den Abtritt erreicht. Die meisten Eingänge waren einfallslos und leicht zu entdecken. Dieser hier ist ein Meisterstück.

Ich hole eine Kerze aus meiner Tasche, zünde sie mit einem Streichholz an, und schiebe mich durch den schmalen Spalt unter dem Balken in einen kleinen Raum von etwa sechs Fuß im Quadrat. Hier gibt es nichts, keine Möbel, keine Dekoration. Der Raum ist vollkommen kahl, außer einem schmalen, hölzernen Fach, das in die Backsteinwand eingelassen ist. Es ist verschlossen.

In dem Spalt zwischen Rahmen und Tür steckt ein Zettel. Ein Zettel von Nicholas.

Elizabeth, steht darauf. *Bitte überlege dir genau, was du tust. Einige Dinge sind zu groß, selbst für dich.*

Seine Nachricht lässt mich zögern.

Seit ich in sein Leben getreten bin, war er stets fürsorglich zu mir. So viel mehr, als ich von einem Mann erwarten durfte, der einmal mein Feind war, von einem Mann, den ich früher ohne mit der Wimper zu zucken getötet hätte. Ein zweiter Vater ist er mir nicht geworden, nicht so wie Peter. Das würde er auch nie sein. Aber er ist mein Retter, mein Beschützer, und von beidem hatte ich in letzter Zeit herzlich wenig. Trotzdem fällt seine Warnung nicht auf fruchtbaren Boden.

Ich lasse mich nicht aufhalten.

Ich falte den Zettel zusammen und stecke ihn zu Johns Briefen in meine Tasche. Dann hole ich ein Bündel Silberdisteln heraus. Fifer hat mir versichert, dass der Holzkasten mit Magie geschützt ist, mit einem Zauber oder einem Fluch, um mich abzuwehren, falls Nicholas' Warnung nicht ausreicht. Die Distel soll helfen, die schädliche Wirkung abzumildern. Es wird immer noch wehtun – das hat sie mir ausdrücklich und beinahe genüsslich versichert – aber das bisschen Schmerz werde ich aushalten, um zu bekommen, was ich will.

Ich ritze meinen Daumen mit einem Dorn der Distel, um mit

dem Blutstropfen ihre Magie zu aktivieren. Dann greife ich nach der Tür. In dem Moment, in dem meine Hand den Riegel berührt, schießt eine blaue Flamme wie ein sengender Blitz hervor, und es zischt, als der Fluch in meine Haut eindringt, meinen Arm emporkriecht, bis in meinen Kopf, wo er donnert und hallt und vibriert und mir beinahe die Sinne raubt. Ich fühle mich wie im Inneren einer mächtigen Kirchenglocke. Ich beiße die Zähne zusammen. Ich habe schon Schlimmeres erlebt. Dann drehe ich das Rad des Zahlenschlosses: 25, 12, 15, 42. Der 25. Dezember 1542. Fifers Geburtstag.

Die Tür schwingt auf. Nur mit Mühe gelingt es mir, meine Hand von dem Riegel zu lösen. Das Klingeln und Dröhnen in meinem Kopf lässt etwas nach, sodass ich wieder klar sehen kann. Und da liegt es, in der flachen Höhlung des dunklen Kastens. Ein stählerner Leichnam in einem hölzernen Sarg.

Azoth.

Ich lege meine Hand um den Griff. Sofort durchströmt mich die Macht des Schwertes, wie der Gruß eines alten Freundes: die Hitze und die Energie des Fluchs, der in Azoth verborgen ist und der in mich eindrang, als ich das Schwert zum ersten Mal benutzte – als ich versuchte Blackwell umzubringen und stattdessen Caleb tötete. Es summt, anfangs hektisch und unregelmäßig, wie ein flatternder Puls in meinem Blut, doch dann findet es seinen Rhythmus, einer, der sich meinem Herzschlag anpasst. Ein schnelles Pochen, das sich mit jeder Sekunde verlangsamt, fester und beständiger wird.

Ein Grinsen stiehlt sich auf mein Gesicht.

Ich schiebe Azoth in die Schwertscheide unter meinem Mantel, greife mir die Kerze und gehe auf demselben Weg aus dem Haus, auf dem ich hineingekommen bin. Ich steige über die immer noch qualmenden Kräuter auf der Türschwelle und ziehe ein einzelnes Minzeblatt aus meiner Tasche, das ich in die Mitte des Bündels fallen lasse. Minze verstärkt Energie, was Hastings' Rückkehr erleichtern wird. Das war nicht Teil von Fifers Plan, sondern meine eigene Idee, als eine Art Entschuldigung, wenn auch eine erbärmliche.

Ich bin mit Skyler kurz vor Morgengrauen an einer einsamen Kreuzung zwischen Theydon Bois und Gallion's Reach verabredet. Gemeinsam wollen wir nach Süden gehen, durchs Marschland, Harrow in östlicher Richtung verlassen und dann weiter nach Upminster. Aber es ist noch nicht einmal Mitternacht, und der Weg zu unserem Treffpunkt ist nicht weit. Ich brauche gerade mal eine Dreiviertelstunde bis dorthin. Und so setze ich den zweiten Teil meines Plans in die Tat um. Diesen Teil habe ich mir ganz allein ausgedacht. Fifer ahnt nichts davon.

Ich werde nach Hexham gehen und Malcolm aufsuchen. Ihn und diese Studentin, Keagan. Beide waren gerade in Upminster, und mehr noch: Sie waren im Fleet-Gefängnis und sind entkommen, ohne dass man sie bemerkt hat. Sie wissen vielleicht Dinge über die Stadt, über Blackwell, seine Wachen und seine Schutzzauber, die mir von Nutzen sein können. Ihre Informationen könnten den Ausschlag geben, ob ich siegreich zurückkehre – oder gar nicht.

16

Hexham ist gut bewacht. Am Eingang sehe ich sechs Gestalten: vier in Grau, zwei in Schwarz. Ich beobachte sie, studiere ihre Haltung, die Art, wie sie gehen, wie sie mit ihren Waffen spielen. Lausche ihren Gesprächen, die in der stillen Nacht widerhallen. Die Männer sind müde, aber nicht erschöpft; gelangweilt, aber nicht frustriert, zumindest nicht genug, um rastlos zu sein. Rastlosigkeit kann dazu führen, dass sie ihr Glück im Spiel versuchen, dass sie sich prügeln oder einen Wettstreit abhalten, irgendetwas, um diese aufgestaute Energie loszuwerden, die sie unruhig macht, die sie bei jedem leisen Geräusch aufschrecken lässt, auch wenn gar nichts da ist.

Oder doch?

Ich husche an der Wand entlang bis zur Rückseite des Gefängnisses. Mit der Hand fahre ich über die Mauer: Die Oberfläche ist rau, uneben und trocken, ganz anders als im Fleet-Gefängnis. Dort sind die Wände immer feucht und glitschig, von schwarzem Moder überzogen. Ich werfe mir den Beutel über die Schulter und zurre Azoth an meinem Gürtel fest. Dann streiche ich mit den Händen über die Erde am Boden, sodass sie an meinen Handflächen haftet und mir einen besseren Halt bietet. Anschließend grabe ich meine Zehen in die Spalten zwischen den Steinen und fange an zu klettern.

Die Mauer ist mindestens zehn Meter hoch, aber der Aufstieg ist nicht schwer, und es dauert nicht lang, da bin ich oben und hocke geduckt auf dem schmalen Mauersims. Ich schaue mich um. Lausche. Die Wachen können noch so wachsam sein: Niemand hat mich gehört, niemand hat mich gesehen. Wieder muss ich grinsen.

Unter mir befindet sich zwischen der Mauer und dem Gefängnis ein grasbewachsener Streifen, der sich über die gesamte Länge des Gebäudes zieht. Auf dieser Seite gibt es keine Türen, nur ein halbes Dutzend Fenster, groß und unvergittert. Möglicherweise ist eins davon sogar unverschlossen. Ich erinnere mich, dass an dem Tag, an dem ich John besuchte, ein paar Fenster offen standen und kalte Luft ins Gebäude strömte.

Ich klettere die Mauer hinunter. Verharre kurz im Schatten und haste dann über den Rasen zum ersten Fenster. Verriegelt. Auch das zweite Fenster ist verschlossen, genauso wie das dritte. Und das vierte. Mein Herz schlägt schneller, mein Atem geht hektisch. Wenn die Wachen jetzt um die Ecke kommen, dann werden sie mich sehen und ich muss erklären, was ich mitten in der Nacht hier zu schaffen habe. Sie könnten mich verhaften, sie könnten erfahren, wohin ich unterwegs bin, sie könnten mir Azoth wegnehmen.

Ich renne zum letzten, zum sechsten Fenster, lege meine Finger gegen den Rahmen und drücke. Es geht auf. Vor lauter Erleichterung hätte ich beinahe gelacht. Ich ziehe mich auf den Fenstersims, schwinge die Beine nach innen und lande in einer leeren Zelle. Die Tür ist verschlossen, aber das ist kein Problem. Ich ziehe eine Haarnadel aus dem Knoten an meinem Hinterkopf – die ich nur für dieses Manöver dorthin gesteckt habe – und schiebe sie in das Schlüsselloch. Ein Klicken, eine Drehung, ein Ziehen am Knauf, und schon ist die Tür offen. Ich schüttele den Kopf. Hexham ist zwar durch Magie geschützt, die Gefangene einsperren und andere

Personen – in diesem Fall einen Eindringling – draußen halten soll, aber trotzdem sind die Sicherheitsvorkehrungen hier unglaublich lasch. Wenn ich meinen Versuch, Blackwell zu töten, überlebe, muss ich unbedingt mit Nicholas darüber reden.

Ich suche das Gebäude nach Keagan und Malcolm ab. Sie sind nicht im Erdgeschoss, alle Zellen sind leer. Leise steige ich die Treppe hoch und schleiche durch einen breiten und mondbeschienenen Gang. Eine Zelle nach der anderen laufe ich ab, und mit jedem Schritt steigt meine Verwirrung.

Warum hat man sie nicht hierher gebracht? Hat Peter die Verantwortlichen überredet, sie anderswo einzusperren, damit sie nicht in Johns Nähe sein würden? Vielleicht bei Gareth? Hat Nicholas sie weggeschafft, weil er wusste – genauso wie er die Sache mit Azoth wusste –, dass ich hierherkommen würde?

Oder schlimmer noch: War die Zusammenkunft des Rats heute Abend in Wirklichkeit eine weitere Anhörung? Hat man Malcolm auf den Anklagestuhl gesetzt, mit Eisen an seinen Händen und knurrenden Löwen zu seinen Füßen, wo er auf sein Urteil aus dem steinernen Wasserbecken warten musste? Malcolm bedeutet mir nichts. Aber er ist der König von Anglia, der *rechtmäßige* König. Nicht irgendein gewöhnlicher Verbrecher oder Verräter.

Nicht so wie ich.

Ich suche weiter. Aber als ich mich dem Ende des Gangs nähere, verlangsamen sich meine Schritte. Denn dort hinten ist Johns Zelle. Schließlich bleibe ich stehen. Unsicher, ob ich weitergehen oder umkehren soll.

»Ich weiß, dass du da bist.« Vom Ende des Gangs erklingt diese mädchenhafte Stimme mit dem typischen Singsang der Menschen aus Airann. »Du musst dich nicht verstecken. Komm schon, zeig dich.«

Ich zögere noch einen Moment und trete dann vor die Zelle, aus der die Stimme gekommen ist, die drittletzte in der Reihe. Dort steht Keagan mit dem Rücken an die Wand gelehnt. »Da schau her. Wenn das nicht der kleine Sperling ist. Bess, nicht wahr?«

Ich schaue zu Johns Zelle hin, dann wieder zu Keagan. Sie betrachtet mich aufmerksam. Das Grinsen auf ihrem Gesicht zaubert Grübchen in ihre Wangen.

»Elizabeth«, korrigiere ich sie. »Wenn du nichts dagegen hast.«

»Warum sollte ich? Es ist ja dein Name.« Keagan zuckt mit den Schultern. »Ich habe nur gehört, wie Seine frühere Majestät dich so genannt hat.«

»Bess!« Malcolms Gesicht taucht an der Gittertür zwischen Keagans und Johns Zelle auf. Sein dunkles Haar ist zerknautscht, wie immer, wenn er gerade wach geworden ist. Ich wende mich von ihm ab. »Was machst du hier?«, will er wissen. »Wie bist du hereingekommen?« Er schaut an mir vorbei den Gang entlang. »Wo sind die Wachen?«

»Beschäftigt«, sage ich knapp. »Ich habe mir selbst die Tür geöffnet.«

»Tatsächlich?«, sagt Keagan. »Und warum, wenn ich fragen darf? Es ist spät, und das hier ist ein Gefängnis. Eigentlich solltest du jetzt zu Hause im Bett liegen.«

»Ihr kommt aus Upminster«, sage ich ohne Umschweife. »Ich muss wissen, wie es dort zugeht. Wie die Stadt bewacht wird und von wem. Was Blackwell vorhat. Wie du ins Fleet-Gefängnis hinein- und wieder hinausgekommen bist, ohne erwischt zu werden.«

Das Grinsen, mit dem Keagan mich begrüßt hat, gleitet von ihrem Gesicht. Sie sieht um Jahre gealtert aus – das belustigte Mädchen ist zu einer misstrauischen Frau geworden. »Und warum willst du das wissen?«

»Gib mir die Informationen, die ich brauche, und ich werde dir sagen, was ich vorhabe.«

Sie mustert mich, betrachtet meine eng anliegende schwarze

Hose, die schwarzen Stiefel, mein straff zurückgebundenes Haar, die Tasche über meiner Schulter. Dann heftet sich ihr Blick auf die Wölbung unter meinem Mantel, wo Azoth an meiner Seite hängt.

»Was heckst du aus, kleiner Sperling?«

»Okay, du hast gewonnen«, sage ich. »Warum nennst du mich so?«

»Du bist ein kleines Dingelchen. Zu klein, als dass man dich beachten müsste, könnte man meinen. Einige übersehen dich vielleicht sogar. Aber ich nicht.« Sie legt den Kopf schräg. »Ich glaube, es ist eine deiner Stärken, dass dir die Leute so wenig zutrauen.« Sie schweigt kurz. »Warum willst du wissen, was in Upminster vor sich geht?«

»Das ist meine Sache, nicht deine.«

»Wusstest du«, fährt Keagan im Plauderton fort, »dass Sperlinge in einigen Kulturen als Vorboten des Todes gelten?«

Ich blicke sie böse an. Sie grinst.

»Bist du gekommen, um uns zu befreien?« Malcolm drückt sein Gesicht gegen die Gitterstäbe. Er schaut mich unverwandt an. Er sieht nicht, was Keagan sieht, sieht nicht, was direkt vor seinen Augen liegt. Aber so war es schon immer. »Bist du doch, nicht wahr? Ich wusste, dass du kommen und mich hier herausholen würdest.«

»Pst!« Keagan wedelt mit der Hand in Malcolms Richtung. »Du willst da rein, richtig?«, sagt sie zu mir. »In den Palast, nach Ravenscourt. Du willst ihn aufspüren.« Wieder gleiten ihre Augen zu dem Schwert unter meinem Mantel. »Du willst ihn töten.«

»Was? Nein!« Malcolm greift nach mir und unwillkürlich weiche ich zurück. Keagans Augen folgen mir, sie beißt sich auf die Unterlippe, eine Geste, die mir irgendwie unpassend vorkommt. »Das kannst du nicht machen. Es ist zu gefährlich. Du weißt nicht, wie es jetzt in Upminster zugeht.«

»Und genau das ist der Grund, warum ich hier bin. Ich will es herausfinden.« Ich trete vor die Eisengitter ihrer Zelle und Keagan nähert sich der Tür von innen. »Blackwell ist hinter uns her, das weißt du. Er sucht …« Ich verstumme. *Er sucht mich*, hätte ich beinahe gesagt. *Er sucht John. Das Stigma.* »Er sucht sie. Die Leute aus Harrow. Und er wird nicht ruhen, bis er sie hat, es sei denn, jemand kann ihn aufhalten.«

»Interessant.« Keagan umfasst die Gitterstäbe. Ihre Finger sind lang und schlank, aber ihre Nägel sind kurz und abgebrochen. Vielleicht knabbert sie daran. »Erst sagst du ›uns‹, dann plötzlich ›sie‹. Was denn nun, kleiner Sperling?«

»Ich habe keine Zeit für Spielchen«, fahre ich auf. »Du kannst mir sagen, was ich wissen will – denn immerhin ist es auch für dich von Vorteil, für deinen Orden. Oder du kannst die Information für dich behalten, in dem Fall profitiert niemand davon. Du hast sechzig Sekunden, um dich zu entscheiden, dann bin ich weg.«

Sie braucht nur fünf Sekunden.

»Ich sage dir, was du wissen willst«, erklärt Keagan. »Aber erst erzählst du mir, was ich wissen will. Und zwar alles.«

Da ist etwas Durchtriebenes an Keagan. Sie will mit Informationen handeln, wie alle Spieler und Spione. Aber irgendetwas sagt mir, dass sie nicht aus politischen Gründen an diesen Informationen interessiert ist.

»Also schön. Frag mich, was du willst. Eine Frage«, sage ich.

»Was machst du hier?«, will Keagan wissen. »Und damit meine ich nicht hier, in diesem Gefängnis. Ich meine hier, in Harrow. Bei ihnen. Uns.« Wieder ist ihr Lächeln wie weggewischt, und die misstrauische Frau kehrt zurück. »Was tut eine Hexenjägerin, eine ehemalige Hexenjägerin, im Bett des Feindes?«

Dieses Wortspiel ist kein Zufall, und ich presse die Lippen zusammen.

»Ich wurde verhaftet«, sage ich kurz angebunden. »Nicholas Perevil hat mich gerettet.«

»Das weiß ich«, sagt Keagan wegwerfend. »Das weiß jeder. Deine Geschichte ist in unserer Welt schon fast zur Legende geworden. Aber alle Legenden tragen Lügen in sich. Ich will wissen, welche Unwahrheiten es in deiner Legende gibt.«

»Warum?«, frage ich. »Was hat das damit zu tun, warum ich hier bin?«

»Ich will wissen, ob ich dir vertrauen kann«, antwortet Keagan. »Ich kann dir mein Wissen nicht anvertrauen, wenn ich dir nicht vertrauen kann.«

Ich drehe mich um, will gehen.

»Deine Schuld ist beglichen«, sagt Keagan in meinem Rücken. »Ein Leben für ein anderes, so sagt man. Aber du bist hier nicht willkommen, das ist schlichtweg unmöglich. Und trotzdem bleibst du. Und jetzt noch das hier.« Sie schweigt kurz. »Ich weiß, du behauptest, dass Blackwell hinter dir her ist, aber ich weiß auch, dass das nur ein Teil der Wahrheit ist. Ich will alles wissen.«

»Ich bin geblieben, weil ich dachte, ich gehöre hierher.« Ich schaue nicht zu ihm hin, aber ich denke an ihn, wie er da in der Zelle am Ende des Ganges sitzt, vergiftet von meinem Stigma, voller Hass auf mich.

»Und jetzt?«

Ich weiß es nicht. Die Antwort gehört mir, aber sie gehört auch ihm. Sie gehört John, wenn er es irgendwann einmal über sich bringen kann, mir zu vergeben. Sie gehört Blackwell, wenn ich die Begegnung mit ihm überlebe. Skyler, wenn er mir hilft zurückzukehren. Nicholas, wenn er mir erlaubt zu bleiben. Falls ich zurückkehre.

»Ich habe dir gesagt, was du wissen wolltest«, sage ich. »Jetzt bist du an der Reihe. So lautet die Abmachung.«

»Hier ging es nicht um eine Abmachung. Hier ging es um

Vertrauen. Es geht immer um Vertrauen, vergiss das nicht, kleiner Sperling.« Sie lächelt wieder. »Und ich vertraue dir. Du bist ein zäher Brocken und ich mag dich. Wenn du diesen süßen, unschuldigen Blick ablegst, könntest du eine echte Kämpferin sein.«

Ich trete zur Zellentür und packe die Eisenstäbe. Das Schwert, das meinen Zorn spürt, glüht heiß und gierig an meiner Seite.

»Wenn du denkst, dass du irgendetwas über mich weißt, dann irrst du dich gewaltig. Du weißt gar nichts«, sage ich. »Und es ist mir auch verdammt noch mal egal. Erzähl mir, was ich wissen will, oder der Kerker wird dein geringstes Problem sein, das schwöre ich.«

Ich lege meine Hand auf den Griff von Azoth, wobei ich den Mantel gerade so weit zurückschlage, dass sie die Smaragde im Mondschein glitzern sieht. Wenn sie meine Geschichte kennt, dann hat sie auch von Azoth gehört. Zu einer anständigen Legende gehört auch ein legendäres Schwert.

Keagans Augen weiten sich. Sie verstummt und bleibt stumm – ein wahres Wunder.

»Truppen«, sagt sie schließlich. »Die Soldaten, die Blackwell im Süden mobilisiert hat. Deine alten Kameraden. Hexenjäger. Jetzt sind sie Ritter, aber sie sind noch dieselben.«

»Das weiß ich«, sage ich. »Was noch?«

»Sie bewachen Ravenscourt rund um die Uhr. Im Westen am Tor. Im Norden, wo der Palast an die Wohnviertel grenzt. Im Süden, am Severn, gibt es keine Wachen, aber einen Schutzzauber. Du kennst doch die Gargoyles in der Mauer, nicht wahr? Sie sind jetzt verzaubert. Wenn jemand versucht, unerlaubt einzudringen, fangen sie an zu kreischen.«

Ich denke fieberhaft nach, versuche mir den Grundriss von Ravenscourt ins Gedächtnis zu rufen. Eigentlich wollte ich mich durch die Gärten im Süden einschleichen, wo der Severn fließt. Aber …

»Wie weit können sie sehen?«, frage ich. »Bis zum Fluss? Jenseits davon?«

»Wir sind nicht nah genug herangegangen, um es herauszufinden«, versetzt Keagan. »Im Fleet gibt es unzählige Leute, denen es anders ergangen ist.«

»Ist Blackwell ständig dort?«, frage ich. »Im Palast, in Ravenscourt, meine ich.«

Sie nickt. »Er ist seit dem Kostümfest nicht mehr in seinem Haus in Greenwich gewesen. Niemand hat ihn mehr gesehen. Er ist öffentlich nicht mehr aufgetreten, bis auf ein Mal: als er in der Leicester Abbey gekrönt wurde.«

Also hat er es wahr gemacht. Er hat sich krönen lassen. Malcolm fährt sich mit der Hand über das stoppelige Kinn, nicht aus Verzweiflung, sondern aus Wut.

»Ich kann dir helfen.« Keagans Stimme ist leise, einschmeichelnd. »Ich könnte dir helfen, hineinzugelangen und auch wieder hinaus aus der Stadt. Ich könnte dir helfen, ihn zu töten.«

Ich trete von der Zellentür zurück und schlage den Mantel wieder über Azoth.

»Du kannst mir nicht helfen. Und selbst wenn, würde ich deine Hilfe gar nicht wollen. Du hast dich erwischen lassen.« Ich gestatte mir ein kleines, mitleidiges Lächeln. »Vielleicht können wir ein anderes Mal darüber plaudern, was es bedeutet, eine echte Kämpferin zu sein.«

»Ein Sperling, schlau wie eine Elster.« Keagans Lächeln ist mit einem Mal raubtierhaft. »Geh zur Seite.«

»Was?«

»Geh zur Seite, Bess.« Malcolms Ton lässt keinen Widerspruch zu, und so trete ich zurück.

Keagan hebt ihre Hände und richtet die Handflächen auf die Zellentür. Sie murmelt etwas, es hört sich an wie eine Art Beschwörung, aber ich kann die Worte nicht verstehen. Fasziniert beobachte ich, wie die Haut auf ihren Händen orange wird, dann rot, dann weiß. Die Luft um ihre Handflächen zittert. Ich kann die Hitze fühlen.

Dann kommt das Feuer.

Ein Flammenstrahl schießt erst aus der einen Handfläche, dann aus der anderen. In der Mitte treffen sie sich, wickeln sich umeinander und rasen dann auf die Tür zu. Die Gitterstäbe beginnen zu glühen. Dann zischt es wie in einer Bratpfanne und die Stäbe verschwinden einfach, fallen in einem Haufen aus geschmolzenem, rauchendem Metall in sich zusammen.

»Komm schon, kleiner Sperling.« Keagan steigt über den Haufen hinaus in den Gang. »Lass uns fliegen.«

17

Ich verstelle ihr den Weg. »Du bleibst hier.«

»Angesichts der Tatsache, dass ich schon aus der Zelle ausgebrochen bin, ist das keine Option«, erwidert sie. »Wenn ich hierbleibe, werde ich wieder eingesperrt, und dazu habe ich wirklich keine Lust.« Keagan greift sich ihren schwarzen Mantel von der Bank und schiebt mich vor sich her durch den Gang.

Ich funkle sie an. Die Situation gerät irgendwie zunehmend außer Kontrolle.

»Du kommst hier niemals raus«, sage ich. »Hexham wird nicht nur von Männern bewacht. Sondern auch von einem Schutzzauber. Und der lässt keine Gefangenen durch.«

»Eins nach dem anderen, kleiner Sperling.«

»Wenn sie dich finden, sperren sie dich wieder ein.«

»Wen meinst du jetzt mit ›sie‹?«

»Alle!« Ich senke meine Stimme und versuche es mit Vernunft. »Wenn du erwischt wirst, ist das Gefängnis dein geringstes Problem. Ich habe zwar ihn vor dem tödlichen Schwerthieb gerettet«, sage ich und nicke zu Malcolm hin, »aber für dich werde ich das garantiert nicht tun.«

»Sie werden mich nicht töten«, sagt Keagan, »weil sie uns überhaupt nicht erwischen. Sie werden nämlich garantiert nicht auf die

Idee kommen, dass wir genau dahin zurückgehen, wo wir eben erst hergekommen sind.«

»Es gibt kein ›wir‹«, beharre ich, »und kein ›uns‹.«

Keagan geht zu Malcolms Zelle. Diesmal hebt sie nur eine Hand und zielt auf das Schloss. Ehe ich noch protestieren kann, erklingt wieder dieses Zischen, dann ein Scheppern, und die Tür schwingt auf. Doch bevor Malcolm einen Schritt auf den Gang setzen kann, schlage ich ihm die Tür vor der Nase zu.

»Bess!«

Ich ignoriere ihn. »Was hast du vor?«, frage ich Keagan. »Er kann erst recht nicht mitkommen. Du wolltest doch dafür sorgen, dass er am Leben bleibt, weißt du noch? Das hast du jedenfalls gesagt. Wenn er stirbt, ist Blackwell der rechtmäßige König.«

»Aye, das habe ich gesagt«, nickt sie. »Aber wenn du nach Upminster gehst, um einen König zu töten, brauchst du einen anderen, der seinen Platz einnimmt. Einen König umzubringen hat so seine Tücken, weißt du? Wenn Malcolm nicht in der Nähe ist, wird einer von Blackwells Männern die Regentschaft übernehmen, und dann stehen wir wieder am Anfang. Mein ursprünglicher Plan sah zwar anders aus, aber manchmal entwickeln Pläne ihr Eigenleben.«

»Ist es das, was du willst? Was der Orden will?« Ich bringe die Worte nicht über die Lippen, nicht solange Malcolm neben mir steht. Ich kann sie nicht fragen, ob sie Malcolm wieder auf dem Thron sehen will.

Aber das ist auch nicht nötig.

»Es spielt keine Rolle, was sie wollen«, sagt Malcolm. »Sie haben keine andere Wahl.«

»Er hat recht.« Keagan löst meine Finger von der Zellentür. »König Thomas, der jetzige, oder König Malcolm, der vorherige. Das ist alles, was wir haben. Nicht besser als Skylla und Charybdis. Aber diesmal wird es anders laufen.« Sie zieht die Tür auf und winkt Malcolm mit großer Geste hinaus. »Wenn Malcolm wieder auf dem Thron sitzt, wird er nicht vergessen, wer ihn gerettet und wieder zum König gemacht hat. Stimmt doch, Eure Majestät, nicht wahr?«

Malcolms Blick könnte Glas zerschneiden. »Es ist eines von vielen Dingen, die ich nicht vergessen werde.« Er dreht sich auf dem Absatz um und stolziert durch den Gang, als wäre es der rote Teppich zu seinem Thron. Keagan hebt eine blonde Augenbraue und geht hinterher.

Ich folge ihnen nicht gleich. Ich kann Johns Augen auf mir fühlen, wie eine Hand auf meiner Schulter. Ich drehe mich um, und da steht er neben seiner Zellentür, halb verborgen im Schatten. Einen Moment lang starren wir einander an. Ich kann immer noch nicht fassen, wie sehr er sich verändert hat. Seine Augen sind dunkel und kalt, düster, als ob jemand sie mit Schmutz besudelt hätte. Die bedrohlich wirkende Falte zwischen seinen Brauen ist dort nicht länger ein Gast, sondern dauerhaft eingezogen.

Ich gebe ihm nicht die Gelegenheit, sich zuerst von mir abzuwenden. Mir eine weitere Kränkung vor die Füße zu spucken. Die Stiche unserer letzten Begegnung tun immer noch weh genug. Und so drehe ich mich um und gehe, gerade als Malcolm am Ende des Gangs leise nach mir ruft.

Wir ducken uns am Fuß der Treppe. Von unserer Position aus können wir die Tür sehen, die in den Innenhof führt. Sie ist verschlossen und wird von einem Soldaten bewacht. Er lehnt an den Gitterstäben und schaut den anderen zu, die irgendein Spiel spielen. Ein Poltern ertönt, als ob etwas Schweres zu Boden geworfen würde, dann noch eins und noch eins. Dann Gelächter und Gejohle.

»Das hört sich an, als würden sie kegeln«, flüstert Malcolm.

Keagan tritt einmal gegen die Wand, dann noch einmal. Der Wachmann an der Tür schaut sich verwundert um und zieht sein Schwert. Dann schließt er die Tür auf und tritt mit gezückter Klinge ins Haus.

»Was machst du denn?«, zische ich. »Vielleicht hat er gar keine Magie. Nicht alle in Harrow sind Zauberer, weißt du? Vielleicht kann er uns gar nicht rauslassen.«

»Pst!«

Der Mann kommt näher. Er ist noch drei Schritte entfernt, dann zwei, als Keagan hinter der Wand hervorspringt, ihn in den Schwitzkasten nimmt und zur Treppe zerrt. Seine Augen werden groß, als er uns sieht.

»Heb den Schutzzauber«, befiehlt Keagan. »Lass uns gehen.«

»Ich kann nicht«, wimmert der Wachmann. »Ich hab keine Magie.«

»Stimmt nicht«, sagt sie. »Du hast gerade eben deinen Kameraden mit einem Bann belegt, damit er sein Ziel verfehlt, weil du mit dem Wächter auf der anderen Seite des Hofs gemeinsame Sache machst.«

»Woher … woher weißt du das?«

Keagan grinst und zeigt ihre ebenmäßigen weißen Zähne. »Wenn ein Mann beim Kegeln zuschaut, als ginge es um sein Leben, ist immer Geld im Spiel. Und jetzt lass uns raus, dann bleibt die Sache unser kleines Geheimnis. Und du darfst deinen Gewinn behalten.«

Der Soldat flucht leise. Dann spricht er einen Zauber aus. Ein wespenartiges Summen ertönt im Gang, dann ist es still.

»Ihr habt zehn Minuten«, sagt er.

Keagan packt ihn hinten am Mantel und stößt ihn in den Gang. Dann schiebt sie ihn in eine leere Zelle und verschließt das Schloss mit einem Hitzestrahl aus ihrer Hand.

»Zeig uns den Weg, Sperling.«

Ich führe sie zu der Zelle mit dem offenen Fenster. Wir klettern hinaus und huschen über das schmale Rasenstück zur äußeren Gefängnismauer.

»Ich bin rübergeklettert«, sage ich zu Keagan. »Aber ich glaube nicht, dass wir auf dem gleichen Weg wieder hinauskommen. Du würdest es schaffen, aber er kaum.« Ich nicke zu Malcolm.

»Du wärst überrascht, was ich alles schaffe«, sagt er.

»Ganz sicher nicht, Mylord.«

Keagan verdreht die Augen angesichts meiner Höflichkeit. Aber das ist die einzige Waffe, die mir bleibt. Die einzige Waffe, die ich je gegen ihn hatte.

Er geht mit der gleichen Überheblichkeit zu der Mauer, mit der er an alles herangeht. Spuckt sich in die Hände, reibt sie zusammen und legt sie an den Stein, tastet nach einem Halt. Keagan wirft mir einen Blick zu und ich zucke mit den Achseln. Vielleicht schafft er es tatsächlich.

Malcolm fängt an zu klettern. Zu meiner großen Verblüffung fällt es ihm leicht. In Windeseile ist er höher, als ich reichen kann. Ich trete an die Mauer und rücke meine Tasche zurecht. Dann fahre ich vorsichtig mit den Händen durch den Sand. Keagan tut es mir gleich. Dann fängt sie an zu klettern. Ich nicht. Ich bleibe unten stehen.

In etwa fünf Metern Höhe trifft Malcolms Fuß auf losen Mörtel. Er verlagert sein Gewicht. Aber der Stein hält nicht und fällt aus der Mauer. Malcolm hängt nur an seinen Händen und versucht, mit den Füßen Halt zu finden. Es gelingt ihm nicht.

In einem atemlosen Moment fällt er. Völlig geräuschlos. Instinktiv denke ich, dass er sich alle Knochen brechen wird – ein Fuß, ein Bein, das Knie, vielleicht sogar das Rückgrat. Aber er landet auf den Füßen und rollt sich sofort zur Seite, um den Aufprall abzufangen. So wie ich es kann. Aber woher weiß er, wie er sich bewegen muss?

Malcolm steht auf und wischt sich den Dreck von der Hose. Er wirkt nicht verletzt, nicht einmal verlegen.

»Ihr hättet Euch alles Mögliche brechen können«, sage ich. »Wo habt Ihr gelernt, so zu klettern?«

Malcolm zuckt mit den Achseln. »Als ich dreizehn war, habe ich fast jede Nacht in den Tavernen von Upminster verbracht«, erzählt er, »und ich darf dir versichern, dass dies keine offiziellen Besuche waren.«

»Was für eine entzückende Geschichte.« Keagan lässt sich so geschickt wie eine Katze neben ihm zu Boden fallen. »Aber das alles kostet uns Zeit. Und wenn Ihr Euch etwas gebrochen hättet, hätten wir noch mehr Zeit verloren. Glaubt bloß nicht, dass ich Euch tragen werde.« Sie beißt sich nachdenklich auf die Lippe. »Wie wärs mit einer Ablenkung?«

Wir schleichen bis zum Ende der Mauer. Das Gelächter der Wachen und das Klackern der Steine hallen über den leeren, schattigen Hof. Keagan deutet auf ein kleines Wachhäuschen an der Front des Gefängnisses.

»Ich werde es in Brand stecken«, sagt sie. »Erst nur ein kleines Feuer, sodass es aussieht, als habe es sich zufällig entzündet. Es wird allerdings nicht lange dauern, bis sie rausfinden, was wirklich passiert ist.«

»Und dann?«, frage ich.

»Achtet auf mein Signal«, erwidert sie. »Ihr wisst Bescheid, wenn ihr es seht. Und dann rennt ihr los. Geradewegs auf das Eingangstor zu, so schnell ihr könnt.«

»Du darfst niemanden verletzen«, warne ich sie.

»Werde ich nicht.« Keagan rennt über den Hof und verschwindet in den Schatten. Ich kann gerade noch ihre geduckte Gestalt erkennen, die sich dem Wachhäuschen nähert. Ich behalte sie im Auge, aber dann spüre ich, wie sich Malcolm neben mich schiebt. Seine Schulter drückt gegen meine.

»Bess.« Sein Flüstern in der Dunkelheit jagt mir einen Schauer über den Rücken. Meine Schultermuskeln verspannen sich.

»Mylord?« Ich drehe mich nicht zu ihm um.

»Willst du ihn wirklich töten? Meinen Onkel, meine ich.« Eine kurze Pause. »Ich kann nicht von dir verlangen, dass du das für mich tust.«

»Ich tue es nicht für Euch.« Die Worte sind heraus, ehe ich mich besinnen kann. »Das hat nichts mit Euch zu tun.«

Stille. Seine Schulter an meiner hat sich versteift.

»Eure Majestät.« Ich drehe mich um und versinke in einem tiefen, aber wie immer ungeschickten Knicks. »Ich bitte um Verzeihung. Ich wollte nicht despektierlich sprechen. Aber wir leben in …« Fieberhaft suche ich nach den passenden Worten; meine Fähigkeiten zu harmloser Plauderei sind in letzter Zeit etwas eingerostet. »… schwierigen Zeiten.«

Malcolm blinzelt zweimal kurz, als ob er etwas im Auge hätte. »Es gibt nichts zu verzeihen.« Dann stupst er mich leicht an und deutet hinter mich. »Schau.«

Ein winziger Vogel aus Feuer flattert durch den Himmel, saust im Zickzack auf das Tor zu und lässt sich auf dem quadratischen Eisenschloss nieder. Das Metall glüht blassrot auf. Es schmilzt. Mit einem Funkeln verschwindet der Vogel, und obwohl man nichts sehen kann, weiß ich, dass das Tor offen ist.

»War das unser Signal?«, flüstert Malcolm. »Sollen wir jetzt loslaufen, oder …?«

Ich zögere noch. Die Wachen vergnügen sich immer noch beim Kegeln. Sie sind nicht weit vom Tor entfernt. Wenn wir jetzt losrennen, werden sie uns sehen, aber vielleicht bekommen wir keine zweite Chance.

»Mylord«, sage ich. »Lauft.«

Wir kommen gerade einmal fünf Schritte weit, vielleicht zehn, da geschieht es: Ein Rumpeln, ein Knacken, und dann fliegt die Tür des Wachhäuschen auf und Flammen schlagen heraus.

»He!«, schreit ein Soldat. Alle lassen ihre Steine fallen und hetzen auf das Gebäude zu. Aber sie wissen nicht, was sie tun sollen. Sie bleiben auf halbem Weg stehen und weichen verwirrt und unsicher vor der Hitze zurück. Sie sehen uns nicht und wir rennen weiter.

Noch zehn Meter bis zu den Wachen. Noch fünf. Ein Blick auf Malcolm bestätigt mir, dass er langsamer wird. Ich zerre an seinem Ärmel, gerade als neben uns eine Wand aus Feuer aufbricht, hoch und breit und knisternd heiß. Der Eingang liegt vor uns, niemand hält uns auf. Ich höre Schritte und Keagan taucht auf, und zu dritt sprinten wir durch das Tor. Sie zieht es zu und schmilzt das Schloss mit einer Handvoll roter, heißer Flammen. Die Wachen sind im Inneren gefangen und das Feuer schlägt immer höher.

»Wir können sie nicht da drinlassen«, keuche ich. »Sie werden verbrennen. Das Gefängnis wird verbrennen. John …« Ich drehe mich um, will zurückgehen. Keagan fährt mit der Hand durch die Luft und schon wird der knisternd rote Himmel schwarz. Rauch zieht auf, Rauch, den ich nicht sehen, aber riechen kann – dieser scharfe Gestank, der mich an die Scheiterhaufen in Tyburn erinnert. Der Gestank des Todes.

»Ich sagte dir doch, dass ich niemanden verletzen würde.« Sie greift mich am Mantelkragen und stößt mich hinaus aufs Feld, weg von Hexham. »Und ich stehe zu meinem Wort.«

»Aber der Rauch …«

» … wird sich verziehen. Es ist zu wenig, um Schaden anzurichten. Du kannst jetzt nicht zurück. Wir haben fünfzehn Minuten, schätze ich, bis ihnen klar wird, was geschehen ist. Bis dahin sollten wir so weit wie möglich von hier weg sein.«

Ich gehe voraus über dunkle, abfallende Wiesen zu der Kreuzung, meinem Treffpunkt mit Skyler. Wir müssen ein paarmal anhalten, damit Malcolm zu Atem kommt. Er behauptet zwar, dass er sich bei dem Sturz nicht verletzt hat, aber die Art, wie er sein eines Bein schont, spricht eine andere Sprache.

Dem Stand des Mondes nach zu urteilen ist es etwa zwei Uhr morgens. Ich bin erst um fünf Uhr mit Skyler verabredet. Aber als wir an die Stelle kommen, wo sich neben einer niedrigen, bröckelnden Mauer zwei kleine Straßen treffen, ist er bereits da, eine bleiche Gestalt vor dem Nachthimmel. Ich bin kein bisschen überrascht, ihn zu sehen. Er schaut auf, als wir näher kommen, und springt behände von der Mauer. Seine Sohlen knirschen in dem gefrorenen Gras.

»Jetzt hast du es aber zu weit getrieben, Chérie«, sagt Skyler als Begrüßung. »Dieses saubere Pärchen zu befreien und das ganze Gefängnis niederzubrennen war nicht Teil des Plans, soweit ich mich erinnere.«

»In der Tat, das war es nicht.«

Seine Augen fallen auf Keagan und er schenkt ihr einen kalten, drohenden Blick. »Du machst Probleme«, sagt er. »Und ich mag keine Probleme.«

Keagan lacht. Sie hat überhaupt keine Angst vor ihm. »Du bist ein Wiedergänger, stimmt's? Soweit ich das beurteilen kann, bist du von Kopf bis Fuß ein einziges Problem.«

Skyler wendet sich wortlos Malcolm zu. Malcolm zuckt nicht zusammen und weicht auch nicht zurück. »Und was ist mit dir?«, fragt Skyler. »Hast du auch vor, Probleme zu machen?«

»Ich bin dir keine Rechenschaft schuldig«, sagt Malcolm ruhig. »Und in der Zukunft wäre ich dir sehr verbunden, wenn du mich mit Sire ansprichst. Oder Mylord. Oder ›Eure Majestät‹.«

»Eher brate ich in der Hölle.«

»Du bist ein Wiedergänger«, sagt nun auch Malcolm und beißender Spott liegt in seiner Stimme, als er Keagans Worte wiederholt: »Soweit ich das beurteilen kann, will nicht einmal die Hölle dich haben.«

»Das reicht.« Ich trete zwischen sie. »Wenn unser Plan auch nur ansatzweise funktionieren soll – und bereits das steht zu bezweifeln –, dann sicher nicht mit eurem kindischen Gezänk.«

Malcolm blinzelt und setzt wieder dieses verblüffte Gesicht auf. Ich war ihm immer ein Rätsel, und das jetzt umso mehr, wo wir nicht mehr im Palast sind und ich mich nicht mehr seinen Regeln unterwerfen muss. Wo ich nicht mehr die Rolle spiele, die er für mich vorgesehen hat.

Skyler hebt ein paar Leinensäcke vom Boden auf, die ich bis dahin nicht bemerkt hatte. Einen davon wirft er Keagan zu, die ihn mühelos auffängt, und den anderen Malcolm, der keine Anstalten macht, danach zu greifen. Der Beutel fällt zu Boden und der Inhalt verteilt sich über das Gras: Kleidungsstücke, ein Wasserschlauch, ein Bündel mit Lebensmitteln und ein kleines Waffenarsenal.

»Fifers Idee«, sagt Skyler zu mir. »Nachdem ich ihr von eurem Ausbruch erzählt habe. Mach dir keine Hoffnungen, sie ist immer noch wütend auf dich. Aber sie meinte, wenn du die beiden nach Upminster mitnimmt, könntest du wahrscheinlich ein paar Vorräte gebrauchen.« Er zieht ein eingewickeltes Päckchen aus seiner Tasche und reicht es mir.

»Deiner Herrin haben wir das zu verdanken?«, fragt Keagan und kramt durch ihren Beutel. Grinsend zieht sie Brot, Käse und Obst hervor. Sie stopft sich einen Apfel in den Mund und stöhnt genießerisch auf. »Sie ist gütig, liebreizend, ein wahrer Engel.«

»Sie ist nichts dergleichen«, sagt Skyler kurz angebunden. »Jetzt beeilt euch und esst auf. Wir müssen heute Nacht so weit kommen wie möglich, für den Fall, dass die Wache beschließt, uns zu verfolgen.«

Fifer mag noch wütend auf mich sein, aber mir entgeht nicht, dass sie meine Leibspeise eingepackt hat: Erdbeeren, gebratene

Wachteln, weiches Brot und harten Käse. Die Sachen stammen nicht aus dem Heerlager in Rochester, so viel ist sicher. Angesichts der Mühe, die sie sich gemacht hat, überkommt mich eine unerwartete Wärme.

Malcolm, Keagan und ich essen hastig – Wiedergänger haben das nicht nötig –, packen unsere Sachen zusammen und machen uns auf den Weg durch die offenen Felder des Marschlandes. Nur gelegentlich kommen wir an einem Bauernhaus vorbei oder ein paar Schafen. Wir marschieren, bis die Sonne aufgeht, der graue Himmel sich orange und gelb verfärbt, bis uns die Augen vor Müdigkeit zufallen und uns der Rücken anfängt zu schmerzen.

In einem kleinen, abgelegenen Tal machen wir Rast. Eine Baumgruppe neben einem Bach gewährt uns Schutz vor dem Regen, der aus dem bleiernen Himmel rieselt. Skyler zieht eine Plane aus seiner Tasche und befestigt sie zwischen zwei Bäumen. Keagan stößt einen Hitzestrahl aus, um das feuchte Gras zu trocknen, und entzündet dann ein kleines, rauchloses Feuer, das uns wärmt wie die Sonne an einem Sommertag.

Wir strecken uns lang aus und schieben uns die Leinenbeutel unter die Köpfe. Die warme Luft, das Knistern des Feuers und das leise Trommeln des Regens auf der Plane entspannen mich und schläfern mich ein. Mir fallen die Augen zu und ich bin schon fast eingeschlafen, als er meinen Namen flüstert.

»Bess.«

Ich schrecke auf. Malcolms Stimme an meinem Ohr lässt mich erstarren, selbst am helllichten Tag. Von der anderen Seite der Lichtung aus beobachtet uns Skyler aufmerksam.

»Bist du wach?«

Ich könnte schweigen. Ihm sagen, er solle sich zum Teufel scheren. Er ist kein König mehr und ich bin nicht mehr seine Geliebte. Ich bin ihm nicht länger verpflichtet und ich schulde ihm nichts. Aber die Gewohnheit, ihm zu gehorchen, ist mir in Fleisch und Blut übergegangen. Ich weiß nicht, wie ich mich sonst ihm gegenüber verhalten soll.

»Ich bin wach.« Ich setze mich auf. Er hat die Arme um die Knie geschlungen und er zittert, trotz des Wollmantels und des wärmenden Feuers. »Stimmt etwas nicht?«

»Nein«, erwidert er. »Alles in Ordnung. Ich wollte dich nur etwas fragen. Etwas, das ich wissen muss.«

Die Unsicherheit in seiner Stimme lässt mich aufhorchen. »Natürlich.«

»Warum hast du mir nichts von den Kräutern erzählt? Wegen denen du verhaftet wurdest«, setzt er erklärend hinzu, obwohl das nicht nötig ist. »Ich hätte dir helfen können, wenn du es mir gesagt hättest. Ich hätte etwas tun können.«

Als ob er nicht schon genug getan hat.

»Was hättet Ihr tun können?«, frage ich ihn. »Ihr wart der König, ein unnachgiebiger König. Ich war eine Hexenjägerin. Meine Aufgabe war es, Euren Gesetzen Geltung zu verschaffen. Ich konnte ja schlecht mit einem Vergehen gegen diese Gesetze zu Euch kommen.«

»Du warst mehr als eine Hexenjägerin für mich.« In seinen Augen und seinen Worten liegt ein Flehen. »Du *bist* mehr als das. Und ich dachte … ich hoffte …, dass ich mehr als ein König für dich war. Du hättest es mir sagen können«, beharrt er. »Ich hätte alles getan, um dich zu retten.«

In seinen Worten liegt eine Welt voller bösartiger Naivität. Er konnte seinen Thron nicht retten, konnte sich selbst nicht retten und auch nicht seine eigene Frau. Wie hätte er mich retten wollen?

»Ihr hättet mich retten können, wenn Ihr mich in Ruhe gelassen hättet«, sage ich. Die Ehrlichkeit siegt schließlich doch über die alten Reflexe. »Ich war fünfzehn, als Ihr mich das erste Mal zu Euch rufen ließet. Ich hatte Angst, und Ihr wart der König. Es war nicht meine Absicht, Eure Geliebte zu werden, aber Ihr habt mir keine Wahl gelassen.«

Malcolm öffnet den Mund und schließt ihn dann wieder. Keagan gesellt sich zu Skyler, und beide betrachten uns mit vereinter Faszination.

»Das stimmt nicht«, sagt Malcolm schließlich. »Ich habe dich in mein Gemach gebeten, das ist richtig. Aber du hättest Nein sagen können. Du hättest jederzeit gehen können.«

Ich schaue ihn wortlos an. Denn die Vorstellung, dass ich ihn hätte zurückweisen können, dass ich irgendetwas hätte tun können, um das alles zu verhindern, ist so ungeheuerlich, dass ich nichts zu sagen weiß. Ich bezweifle, dass er selbst seinen eigenen Worten glaubt.

»Ich weiß schon, dass du gezögert hast«, gibt er zu. »Aber ich dachte, wenigstens am Anfang, dass du einfach nur nervös warst. Ich wollte so sehr, dass du dich wohlfühlst, und ich dachte, es sei mir gelungen. Ich dachte, wir wären Freunde. Und dann dachte ich …« Er verstummt und fährt sich mit der Hand über das Kinn. »Das ist noch so etwas, was ich nicht begriffen habe, nicht wahr?« Er sagt es mehr zu sich selbst als zu mir.

»Eure Majestät …«

»Nenn mich nicht so.«

»Aber Ihr seid der König.« Er schweigt, und ich wiederhole es noch einmal. »Ihr seid der König.«

»Dann, als dein König, entlasse ich dich aus meinem Dienst«, sagt er. »Du bist frei.« Er steht auf und geht hinaus in den Regen.

18

Wir gehen bei Nacht und schlafen am Tag. Seit mich Malcolm aus seinem Dienst entlassen hat, hat er kaum mit mir geredet und auch mit den anderen nicht. Er hält Abstand von uns, schläft allein, isst allein, marschiert allein. Aber sein Schweigen ist mir eine Warnung, und ich achte stets darauf, wo er sich befindet, was er tut und was er als Nächstes tun könnte.

Durch Fifers Verbindung zu Skyler erfahren wir, dass in Harrow niemand weiß, wohin wir geflohen sind. Sie vermuten, dass Keagan und Malcolm nach Cambria unterwegs sind, und sie haben einen Trupp Männer in diese Richtung ausgeschickt. Die meisten glauben, ich hätte nach dem, was ich John angetan habe, die Gelegenheit beim Schopf gepackt und mich aus dem Staub gemacht. Skyler, denken sie, sei desertiert, und weder Fifer noch Nicholas versuchen, sie vom Gegenteil zu überzeugen.

Am Morgen des dritten Tages passieren wir die Schutzgrenze von Harrow, die durch ein Dutzend Hinweisschilder markiert ist, auf denen Totenschädel und gekreuzte Knochen zu sehen sind, Flammen und Kreuze. Von hier aus ist es noch ein Tagesmarsch nach Südwesten, durch Hainault und die Südspitze von Walthamstow bis nach Upminster. Wir erreichen die Stadtgrenze, als die Sonne hinter den Horizont sinkt, und schlagen unser Nachtlager auf.

Im Morgengrauen essen wir den Rest von Fifers Vorräten und trinken das letzte Wasser. Einer nach dem anderen verschwinden wir hinter ein paar Bäumen und ziehen uns um.

Skyler und Malcolm präsentieren sich in grob gewebten Wollhosen, Baumwollhemden, abgewetzten Stiefeln und unrasierten Gesichtern. Keagan und ich tragen fadenscheinige braune Wollkleider und einfache Lederpantinen. Unsere Haare haben wir unter weiße Hauben gestopft. Wir sehen unscheinbar und unbedeutend aus, wie Dienstboten.

Das Wesentliche verbergen wir unter unserer Kleidung: Alle vier sind wir bis an die Zähne bewaffnet – Messer in unseren Stiefeln, in Gürteln unter Kleidern und Hemden, und ich habe zusätzlich noch Azoth umgegürtet. Ich fühle, wie es nach mir ruft, wie es mich lockt, es zu benutzen. Heiß und pochend liegt es an meiner Haut – ein ganz und gar nicht unangenehmes Gefühl.

»Bis jetzt hatten wir Glück.« Keagan verzieht das Gesicht, während sie die Bänder ihrer Haube zurechtrückt. Ohne das kurze, wilde Haar wirkt sie viel mädchenhafter und jünger. »Seit wir Harrow verlassen haben, haben wir nichts gesehen und nichts gehört, sind niemandem begegnet. Ich will ja nicht unken, aber das kommt mir irgendwie komisch vor.«

Skyler, der den Sitz seiner Waffen überprüft, schaut erst zu Keagan, dann zu mir. »Meinst du, Blackwell weiß, dass wir kommen?«

Ich überlege. Auch damals, als wir uns als Gäste des Kostümfests in seiner Festung in Greenwich Tower eingeschlichen haben, wähnte ich uns völlig unbemerkt. Ich dachte, wir könnten ihn überrumpeln, dabei hat er es die ganze Zeit gewusst. Er hat nur auf den richtigen Moment gewartet.

»Ich weiß es nicht«, sage ich schließlich. »Ich hätte auch erwartet, dass wir irgendjemandem von seinen Leuten begegnen würden – Soldaten, Wachen ... Als ich noch Hexenjägerin war, ließ uns Blackwell jede Nacht in den Dörfern um Upminster Patrouille laufen.«

»Tja, die Dinge liegen jetzt anders, nicht wahr?«, sagt Skyler.

»So anders nun auch wieder nicht«, entgegne ich.

Wir passieren kleine Weiler, gehen über schlammige Straßen, die erst von Holzhäusern und dann von Steingebäuden gesäumt werden, die größer werden und dichter stehen, je weiter wir in die Stadt hineinkommen. Immer noch geschieht nichts Außergewöhnliches. Männer und Frauen gehen ihren Geschäften nach: Händler schieben Karren mit Waren, Wäscherinnen schleppen Körbe mit Leintüchern, die Türen und Läden der Tavernen, an denen wir vorbeikommen, werden geöffnet. Es sieht nicht so aus, als ob man uns verfolgt. Aber wieder muss ich an das Kostümfest denken. Auch damals war mir alles unauffällig vorgekommen.

Upminster wirkt genauso wie an dem Tag, an dem ich zuletzt hier war, meinem letzten Tag in Freiheit. Besser sogar, denn jetzt gibt es keine Proteste mehr, keine aufgebrachte Menschenmenge, keine Verbrennungen. In der Luft liegt das Aroma von Schlamm und Dung, Leder und Vieh, gepaart mit Rufen und Lachen und dem Rumpeln von Wagenrädern.

Ich schaue zu Skyler hin. Seine Schultern sind straff und verkrampft, und ich weiß, dass er lauscht. Er tastet sich durch die Gedanken der Menschen ringsum und versucht zu ergründen, ob uns Gefahr droht. Auch Keagan ist wachsam. Kleid, Haube und das sommersprossige Gesicht können nicht über die Anspannung in ihren Augen hinwegtäuschen. Sie ist auf der Hut und späht in jeden Winkel, als ob sie ständig erwartet, in einen Hinterhalt zu geraten.

»Ich höre nichts«, sagt Skyler, noch bevor ich ihn fragen kann. »Keiner in unserer Nähe benimmt sich verdächtig. Kein Zorn, keine Tücke, jedenfalls nicht über das normale Maß hinaus. Seht ihr den Kerl da drüben?« Er weist mit dem Kopf zu einem Kauf mann an der Ecke, der sich auf seinen Besenstiel stützt. »Er überlegt, wie er seiner Gemahlin, mit der er seit zwanzig Jahren verheiratet ist, beibringen soll, dass er sie für einen Jungen von zwanzig Jahren sitzen lässt. Während seine Gattin« – er schnickt mit dem Finger zu einer jungen Frau auf der anderen Straßenseite, die an einem Türrahmen lehnt, die Augen geschlossen hat und leicht grün im Gesicht aussieht – »überlegt, wie sie ihm klarmachen soll, dass sie im dritten Monat schwanger ist, mit ihrem fünften Kind, das aber diesmal nicht seins ist.«

»Der Ärger wird uns nicht ins Gesicht springen«, sagt Keagan. »Er schleicht sich von hinten an, lauert im Schatten und hinter der nächsten Ecke. Er wird hervorstürzen, wenn wir uns in Sicherheit wiegen und gerade nicht hinschauen.«

»Wohin dann«, fragt Malcolm, »wenn überall Gefahr droht?«

»Der Heimlichkeit sicherster Ort ist die Öffentlichkeit. Und genau da gehen wir hin.« Keagan senkt ihre Stimme. »Wir gehen geradewegs zum Tor von Ravenscourt.«

»Ich bitte um Verzeihung«, sagt Skyler. »Ich habe eigentlich einen vernünftigen Plan erwartet. Aber was ich gerade gehört habe, war das Brabbeln einer Irrsinnigen.«

»Ein Täuschungsmanöver wäre völlig sinnlos. Der gesamte Palast ist mit magischen Schutzzaubern versehen, wohin wir uns auch wenden. Du siehst es nicht, weil du es nicht sehen sollst. Die Laternen oben auf den Toren? Sie flackern grün auf, wenn sie Verrat spüren. Die Statuen entlang der Auffahrt? Sie sind verhext, sodass sie lebendig werden und Eindringlinge angreifen.«

Ich kenne diese Statuen: den steinernen Ritter hoch zu Ross mit seinen beiden Schwertern, die Greife mit den Stäben in ihren Klauen, die Pferde mit den Hörnern auf der Stirn, so spitz und tödlich wie Lanzen.

»Ich habe gesehen, wie sie sich auf Männer stürzten und sie niedermachten«, erzählt Keagan, »wie sie sich hoch in die Lüfte erhoben, niederstießen, Ahnungslose von der Straße packten und sie Gott weiß wohin trugen.«

Skyler und ich wechseln einen raschen Blick.

»Davon hast du uns nichts gesagt«, beschwere ich mich. »Du hast nur die Gargoyles erwähnt.«

»Wenn ich es dir erzählt hätte, hätte das etwas an deinen Plänen geändert? Nein.« Sie schüttelt den Kopf. »Gar nichts hätte es geändert.«

Wir gehen am viel befahrenen Severn entlang: Ruderer bringen ihre Passagiere ans seichte Ufer und größere Schiffe stauen sich in den tieferen Wassern des Flusses. Überall ragen Masten in die Höhe und flattern Segel. Der Himmel ist grau und die Luft schmeckt nach Salz. Dann durchqueren wir den Knoten, ein Labyrinth aus schmalen dunklen Gassen mit Tavernen und Gasthäusern, voller Betrunkener und Halsabschneider. Malcolm zieht sich die Mütze tief ins Gesicht, das hier nicht unbekannt ist.

Schließlich stoßen wir auf die Westcheap Road, die große Durchgangsstraße, die geradewegs zum Palast führt. Dort drängen sich Lasttiere und Menschen – Kaufleute, Kneipengänger und Passanten – dicht an dicht. Wir kommen an dem verlassenen Platz von Tyburn vorbei, wo früher die Verbrennungen stattfanden. Nichts mehr ist zu sehen von den Scheiterhaufen, den Eisenketten, von dem grausamen Schauspiel, der gaffenden Menge. Dahinter die Palasttore, weit geöffnet, aber kaum einladend.

Ravenscourt ist riesig, der größte von Malcolms – heute Blackwells – königlichen Palästen. Aus rotem und weißem Stein errichtet, mit gekröpften Bögen, elegantem Maßwerk, hohen Buntglasfenstern und zahllosen, mit Flaggen und Wimpeln besetzten Türmen und Spitzen, erstreckt es sich über eine Fläche von fünfzig Morgen entlang des Severn, ein Schloss mit vierzig Schlafzimmern und über eintausend Höflingen.

Als ich das letzte Mal hier stand, war ich von Männern und Frauen umgeben, die lautstark protestierten und zur Revolte gegen den König aufriefen. Sie wollten sogar die Steintafeln zerschlagen, die Tafeln mit den Gesetzen von Anglia. Die Tafeln sind verschwunden, ebenso wie der König. Die Gesetze gibt es nicht mehr, genauso wenig wie gesunden Menschenverstand.

»Geht weiter«, sagt Keagan, ohne ihre Schritte zu verlangsamen. »Nicht zögern oder zaudern, und schaut euch nicht um. Leert euren Geist, verbannt alles aus euren Gedanken. Und denkt bloß nicht an irgendetwas Gewalttätiges.«

»Was ist mit den Laternen?« Ich schaue hoch. Sie säumen die Auffahrt, und die Flammen – jede in einem anderen Rot-, Gelb- und Rosaton – flackern leicht. »Du sagtest doch, sie würden sich grün verfärben, wenn sie Verrat spüren. Sie werden die Farbe ändern, sobald wir durch das Tor gehen.«

»Jeder, der Ravenscourt betritt, hat etwas zu verbergen«, sagt Keagan. »Es ist die Art des Betrugs, des Verrats, auf die es ankommt. Betrügerische Ehemänner, die an ihre Mätressen denken, dürfen hindurch. Mögliche Königsmörder, die sich als Dienstboten verkleiden, nicht – es sei denn, sie denken nicht daran. Also denkt an etwas anderes. An irgendetwas.«

»Woher weißt du, dass das funktioniert?«

»Ich weiß es nicht«, sagt Keagan. »Jetzt hört auf zu reden – und zu denken – und geht weiter.«

Wir durchschreiten das Tor, unsere Schritte fest mit geheuchelter Zuversicht.

Zwei riesige Backsteinsäulen zu beiden Seiten, auf denen je ein steinerner Löwe sitzt. Die Löwen halten still. Sie wirken leblos – bis auf die Augen, die die Menge betrachten, allwissend und gefühllos. Magie knistert ringsum, wohin ich auch blicke. Die Flaggen auf den Zinnen flattern fröhlich vor einem grauen Himmel, obwohl sich kein Lüftchen rührt. Raben kreisen durch die Lüfte, drohend wie Gewitterwolken. Ihre Augen sind nicht gelb, sondern blutrot. Hexenhafte Wächter mit messerscharfen Blicken.

Keagan ballt die Hände, mehr lässt sie sich von ihrer Anspannung nicht anmerken. Skyler summt unmelodisch vor sich hin, ich erkenne das Lied nicht. Neben mir flüstert Malcolm etwas. Die Worte kann ich nicht verstehen, aber etwas an ihrem Rhythmus kommt mir vertraut vor.

Wir erreichen den Haupteingang und treten durch den Torbogen in den Innenhof. Hier ist die Gefahr deutlich spürbar. Sie liegt in der Luft, ich kann sie riechen, vermischt mit dem scharfen Geruch vom Herdfeuer, das nach Scheiterhaufen stinkt. Ich höre sie in dem Getrappel der Stiefel auf den Pflastersteinen, in den Schritten der Höflinge, der Bittsteller, der Pagen und Dienstboten, die alle klingen wie die Inquisition. Die Gefahr ist überall, ringsum, wir ertrinken darin.

In der Mitte des Hofs steht ein Brunnen aus weißem Marmor, mit Wasserspeiern in Form von Löwenhäuptern. Als Malcolm noch König war, sprudelte Tag und Nacht roter Wein aus diesem Brunnen. Er hielt das für amüsant. Und das war es auch. Lachende und fröhliche Menschen tummelten sich hier, doch von der Fröhlichkeit ist nichts geblieben. Der Brunnen ist versiegt und die eingetrockneten Weinpfützen wirken auf dem hellen Stein wie geronnenes Blut.

Abrupt hört Skyler auf zu summen. Ehe ich noch nachdenken kann, höre ich es auch: Rufe, schnelle Schritte, das leise, ängstliche Murmeln der Menschen um uns, das sich zu einem schrillen Schreien erhebt. Ich wirbele herum und sehe ein halbes Dutzend Soldaten, bewaffnet und ganz in Schwarz gekleidet, auf uns zumarschieren. Die Menge teilt sich vor ihnen wie Wasser vor dem Bug eines Bootes.

Malcolm tastet nach seinem Messer, Skylers Lied verwandelt sich in eine Litanei aus geflüsterten Flüchen, während Keagan stocksteif dasteht und die Fäuste zusammenpresst. Zwischen ihren Fingern zuckt es Orange, Rot und Weiß – ihr Feuer ist auf alles vorbereitet.

Die Soldaten haben es auf einen Mann am Brunnen abgesehen, fast direkt neben uns. Er will fliehen. Die Wachmänner verfolgen ihn, aber noch ehe sie ihn schnappen können, stürzt sich der Schwarm Raben in einer Wolke aus ölig glänzenden Federn aus dem Himmel. Die Luft ist erfüllt von dem Kreischen der Vögel und ihrem modrigen, fauligen Gestank. Sie werfen den Mann zu Boden und reißen seine Kleider in Fetzen. Dann bohren sie ihre Klauen und Schnäbel in seine Augen, seinen Mund, seine Wangen. Die Schreie der Raben und des gemarterten Mannes vermischen sich.

»Jetzt«, zischt mir Keagan ins Ohr. »Los!«

Wir gehen ruhig weiter. Nichts erregt mehr Aufmerksamkeit als eine wilde Flucht. Die Menschen haben nur Augen für das grausame Schauspiel, das die Raben veranstalten, und ungehindert erreichen wir den Bogengang, der die vier Seiten des Innenhofs einfasst. Auf jeder Seite gibt es vier Öffnungen. Wir treten durch die dritte, die in einen dunklen Korridor führt.

Keiner von uns spricht, während wir tief in das Labyrinth von Ravenscourt eindringen – vorbei an den Wohnräumen, den Arbeitszimmern, durch den inneren Burghof bis in den Wirtschaftsflügel. Wir passieren das Amtszimmer des Kämmerers, den Weinkeller, die Gewürzkammer, das Backhaus und die Fleischkeller, bis wir schließlich wieder ins Freie kommen, in ein schmales, dunkles und kaltes Sträßchen: Die Fischgasse verläuft direkt neben einer von Ravenscourts vielen Küchen, wohin man die frischen Fische aus dem Severn bringt und aufbewahrt – daher der Name, und auch der Geruch. Skyler und Keagan halten sich die Nase zu und Malcolm schlägt die Hand vor den Mund, um ein Würgen zu unterdrücken.

»Hört auf damit«, fahre ich sie an. »Ihr gebt vor, Dienstboten zu sein, und Dienstboten sind an den Gestank gewöhnt.« Ich drehe mich zu Malcolm um, der gegen die kalte Backsteinmauer gesackt ist. Er hat nicht länger die Hand vor dem Mund, aber er krümmt sich und starrt zu Boden. Er sieht aus, als müsste er sich gleich übergeben, aber ich glaube nicht, dass das am Fischgestank liegt.

»Der Mann, der von den Vögeln angegriffen wurde«, sage ich langsam. »Er kam mir bekannt vor. War das …«

»Der Kaplan meines Onkels«, nickt er. »Er war schon hier, als mein Onkel noch ein Kind war. Ich weiß nicht, was er getan hat, um ein solches Schicksal zu verdienen.«

»Er war im Weg«, sage ich, denn mehr Gründe braucht Blackwell nicht, um jemanden zu beseitigen. Malcolm nickt stumm.

»Wir werden beobachtet«, meldet sich Skyler zu Wort. Er zeigt zu den schwarzen Schwingen über uns und zu den verhexten roten Augen, die die Schatten des Palastes durchforschen. »Wohin jetzt?«

Ich gehe ihnen voraus durch die Gasse zu einer grün gestrichenen Tür, hinter der sich die Fleischkammer befindet. Dort wird das Fleisch gepökelt, ansonsten ist der Raum immer leer. Aus gutem Grund: Hier riecht es wie in einem Schlachthaus.

In der Mitte des Raums ist ein Gitter im Boden eingelassen, wohin das Blut fließt, das aus den mindestens fünfzig Kadavern tropft, die an schweren Deckenhaken hängen. Ich bücke mich und hebe das Gitter aus seiner klebrigen Verankerung. Der Gestank, der mir von unten entgegenschlägt, ist hundertmal schlimmer als der, der in der Luft hängt.

»Ich wusste, du hast einen Plan.« Keagan rümpft ihre sommersprossige Nase, eine Geste, die mich an Fifer erinnert. »Aber ich hätte nicht gedacht, dass er dermaßen widerwärtig ist.«

»Nicht so widerwärtig, wie die Augen von einem Raben ausgehackt zu bekommen«, versetze ich. »Und jetzt rein da.«

Widerstrebend lässt sie sich durch die Luke hinab. Malcolm und Skyler folgen ihr, während sich Skyler unentwegt lautstark über den Gestank beklagt. Unwillkürlich muss ich an John und seine Flüche denken, über die ich immer lachen musste. Ich frage mich, ob er immer noch in Hexham sitzt oder ob sie ihn nach unserer Flucht aus dem Gefängnis gelassen haben. Ich frage mich, ob er an mich denkt, ob er mich hasst oder nicht oder ob ich ihm herzlich egal bin.

»Sperling.« Keagan schaut zu mir hoch. »Komm schon.«

Ich schiebe mich durch die Öffnung. Es stinkt zum Gotterbarmen. Blut stockt in klebrigen Pfützen zu unseren Füßen. Kakerlaken huschen über die Wände und Maden winden sich im Dreck. Die kleine Kammer unter dem Gitter verzweigt sich zu einem Netzwerk aus Tunneln, und ich krieche voraus – auf Händen und Knien durch Blut und Dreck – in das Labyrinth unter dem Palast.

Keagan hat recht: Es ist in der Tat widerwärtig hier unten. Ich war erst einmal hier, in der Nacht, in der ich mich aus meiner Kammer zum Hafen geschlichen habe. Dort winkte ich eine Jolle herbei, die mich zu den Bordellen brachte, wo ich in einem heruntergekommenen Zimmer in einem engen Holzhaus hoch über dem Fluss eine Frau aufsuchte. Es war eine weise Frau, über die ich die Küchenmägde hatte reden hören, eine Frau, die mit den Toten sprechen und einen Jungen dazu bringen konnte, ein Mädchen zu lieben, die einer Frau ein Baby schenken oder dafür sorgen konnte, dass sie keins bekam.

Sie war diejenige, die mir Frauenminze und Silphium gab und mich anwies, beides drei Tage lang bei Neumond zu köcheln und Pfefferminze beizumischen, damit niemand den durchdringenden Geruch bemerkte. Sie war auch diejenige, die, als ich mich zum Gehen wandte, zu mir sagte: »Diese Kräuter werden dafür sorgen, dass du nicht in Schwierigkeiten gerätst. Aber sie können die Schwierigkeiten nicht von dir fernhalten.«

Wahrlich eine weise Frau.

Es dauert nicht lang, da dringt Licht durch die Dunkelheit und erhellt die Konturen des Tunnels. Gleich darauf hören wir Schritte und Stimmen, riechen gebratenes Fleisch und süße Pastete und das hefige Aroma von frischem Brot. Wir sind unter der Palastküche, genau dort, wo ich hinwollte.

Wir legen unsere Beutel ab und lassen uns nieder. Keagan wärmt unsere Kleider mit einem kurzen Hitzestrahl, aber wir verzichten auf ein Feuer, aus Angst, dass der Rauch nach oben ziehen und uns verraten wird.

Vor uns liegen die sowieso schon langen Abendstunden. Aber durch die Kälte, die Feuchtigkeit und unseren Hunger werden sie noch länger. Und es ist auch nicht besonders hilfreich, dass uns dabei die Essensgerüche aus der Küche in die Nase ziehen. Flüsternd erkläre ich meinen Plan für den kommenden Tag, in allen Einzelheiten. Ich will nichts dem Zufall überlassen. Ich werde mich in dem königlichen Kirchengestühl verstecken, das etwa so groß ist wie ein kleiner Schrank und den Blick auf die Kapelle mit ihren dunkel getäfelten Wänden, den tiefroten Seidenvorhängen und die üppig bemalte Kirchendecke freigibt. Dort hört Blackwell jeden Morgen die Matutin, und dort werde ich auf ihn warten. Ich werde Azoth nehmen und es ihm in die Brust stoßen, und ich werde zuschauen, wie das Leben aus ihm weicht, zusammen mit seiner Magie. Dann werden John und ich frei sein, und mit uns ganz Anglia.

In dieser Nacht finden wir keine Ruhe. Keagan dreht sich stundenlang unruhig von einer Seite auf die andere, ehe sie endlich einschläft. Skyler sitzt mit dem Rücken an der Wand, hat die Arme vor der Brust verschränkt und die Augen geschlossen. Er sieht so aus, als würde er schlafen, aber das tut er nicht. Wiedergänger brauchen keinen Schlaf.

Neben mir zappelt Malcolm herum. Er verschränkt die Arme, dann löst er sie wieder, zieht seinen Mantel um die Schultern, fährt sich mit der Hand durch die Haare. Er zittert, aber ich weiß nicht, ob er Angst hat oder ob ihm kalt ist. Seine Nervosität macht auch mich ganz kribbelig, und schließlich halte ich es nicht mehr aus.

»Was habt Ihr da vorhin aufgesagt?«, frage ich ihn. »Als wir die Auffahrt entlanggingen. Es kam mir bekannt vor. Was war es?«

Beim Klang meiner Stimme dreht Malcolm sich zu mir und liegt endlich still, wie ich gehofft hatte.

»Das *Gebet am Abend vor der Schlacht*«, sagt er. »Kennst du es? ›Dich zu kennen, heißt leben, dir zu dienen, heißt herrschen, sei unser Schutz in der Schlacht und bewahre uns vor dem Bösen …‹«

Er rezitiert die Worte, und sogleich wünschte ich, ich hätte nicht gefragt. Ich kenne die Verse. Frances Culpepper, das einzige andere Mädchen bei den Hexenjägern, sagte das Gebet vor jedem Test auf. Sie meinte, es brächte ihr Glück. Sie behauptete, es sichere ihr Überleben. Es war das Letzte, was ich aus ihrem Mund hörte. Sie schaffte es nicht durch die letzte Prüfung.

»Ich kenne es.«

»Ich habe es immer gesprochen«, fährt Malcolm fort, »gemeinsam mit dem Geheimen Rat, mit dem Parlament, den Diplomaten, den Hofräten, Kanzlern, Bittstellern, Gemeindevertretern …«

»Also mit allen.«

Er lacht leicht. Malcolm ist immer sehr freigiebig mit seinem Lachen gewesen, aber diesmal bricht seine Stimme und er klingt verletzlich, wie ein kleiner Junge, als ob all sein anderes Gelächter nur vorgetäuscht war. Oder aber dieses Lachen ist vorgetäuscht.

»Es schenkte mir Mut, glaube ich, und ich habe allen Mut gebraucht, den ich aufbringen konnte«, sagt er. »Diese Männer, Bess, … Elizabeth, sie waren entsetzlich, glaub mir. Jedes Treffen kam mir wie eine Schlacht vor, und ich hatte das Gefühl, sie hätten es auf mein Blut abgesehen. Und wie sich herausstellte, lag ich gar nicht so falsch.«

Ich weiß nicht, was ich sagen soll. Es stimmt, was er sagt, nur hat er es erst viel zu spät erkannt. Blackwell war ein Meister, wenn es darum ging, Malcolm zu täuschen. Aber Malcolm war ebenfalls ein Meister – in der Kunst der Selbsttäuschung.

»Wie wird es morgen laufen?« Malcolm wölbt die Hände um seinen Mund, bläst hinein und reibt sie, um sie zu wärmen. »Dein Plan. Meinst du, er funktioniert? Oder …« Er haucht wieder seine Hände an.

»Er wird funktionieren«, sage ich. »Blackwell wird morgen sterben, selbst wenn auch ich dabei den Tod finden werde.«

An meiner Seite summt Azoth voller Vorfreude.

19

Im weit entfernten Glockenhof schlägt eine Uhr die dritte Stunde.

Skyler stupst mich mit dem Fuß an, aber ich bin schon wach. Drei Uhr morgens. Zeit zum Aufbruch. Mein Magen zuckt und zappelt in einem wilden Aufruhr aus Angst und Anspannung und Endgültigkeit.

Wir legen unsere Waffengürtel um und bestücken sie. Metall schabt über Stein, während wir einen Dolch nach dem anderen aus unseren Bündeln ziehen und einstecken. Sie sind so gut wie nutzlos gegen Blackwell, gegen seine Soldaten und ihre Magie, aber mehr haben wir nicht.

Das stimmt nicht ganz. Ich habe Azoth, aber ich will es nur ein einziges Mal benutzen: um Blackwell zu töten, um zu beenden, was ich angefangen habe. Öfter darf ich es nicht einsetzen, denn je häufiger ich damit töte, desto stärker wird der Fluch, der auf dem Schwert liegt. Schon bald wäre ich nicht mehr in der Lage, mit dem Töten aufzuhören.

Ich stecke die Klinge in die Schwertscheide unter meinem Kleid. Ein Flüstern, ein lautloses Rufen, erfüllt meinen Kopf und mein Herz.

Du wirst den Fluch der Macht verspüren, spricht sie. *Den Fluch der Stärke, der Unbesiegbarkeit. Den Fluch, niemals eine Niederlage zu er-*

leiden. Deine Feinde zu vernichten, bis keiner mehr übrig ist. Bis dass der Tod euch scheidet.

Mit weit aufgerissenen Augen blickt Skyler zu mir hin. Dann schüttelt er einmal nachdrücklich den Kopf. Die Stimme und Wärme von Azoth sickern aus mir heraus und lassen mich kalt und unsicher zurück.

»Weißt du ganz bestimmt, dass wir allein sein werden?« Dieselbe Frage hat mir Keagan schon hundertmal gestellt.

»Wir sind nicht allein«, antworte ich ihr, wie die vielen Male zuvor auch. »Die Küchenjungen werden da sein und die Pagen, die neue Binsen ausstreuen, die Feuer anzünden und die Nachttöpfe leeren. Sie werden nicht auf mich achten. So wie ich gekleidet bin, falle ich nicht auf.«

»Bist du sicher, dass sie dich nicht erkennen?« Malcolms Stimme ist rau vor Erschöpfung und Furcht.

»Um diese Uhrzeit sind sie noch im Halbschlaf«, erkläre ich. »Außerdem sind es Kinder. Sie haben mich noch nie gesehen. Ich arbeite seit Jahren nicht mehr als Küchenmädchen.« Seit ich neun Jahre alt war, habe ich mich langsam hochgearbeitet, zur Dienstmagd und zur Köchin. Die älteren Dienstboten würden mich erkennen, wenn sie mich sähen. Aber das werden sie nicht. Ich will schon längst wieder weg sein, wenn sie auf der Bildfläche erscheinen. »Wenn alles sicher ist und ihr herauskommen könnt, klopfe ich dreimal. Wir schleichen uns die Hintertreppe hinauf in die Kammer der Pagen.«

»Was ist mit der Kapelle?«, fragt Malcolm. »Bist du sicher, dass mein Onkel nicht schon da sein wird? Und die Magie – bist du sicher, dass …«

»Ich *bin* sicher«, sage ich. »Und ihr müsst euch auch sicher sein. Wir können uns keine Zweifel und kein Zögern erlauben. Ansonsten wird der Plan scheitern und wir werden sterben. Habt ihr mich verstanden?«

Alle drei nicken stumm.

Es klickt leise, als Skyler das Gitter über unseren Köpfen anhebt. Er macht eine Räuberleiter für mich und ich stelle den Fuß auf seine Handfläche. Mit einem Schwung drückt er mich hoch, und schon bin ich durch die Öffnung in die Küche gelangt. Ich brauche einen Moment, um diesen Gedanken zu verarbeiten. Ich bin in der Küche. Wo ich meine Kindheit verbrachte, gemeinsam mit Caleb. Wo diese Geschichte begann und wo sie – wenn alles nach Plan läuft – auch endet. Ich blicke mich um: der kalte Steinboden, der warme Backsteinherd, weiß getünchte Wände, die an vielen Stellen rußgeschwärzt sind. Und dann der Geruch: Mehl und Gewürze, Feuer und Asche. All das erfüllt mich mit Freude und Traurigkeit, mit Sehnsucht und Bedauern.

Alles sieht so aus wie immer. Eine Reihe niedriger, runder Brotöfen. Stapel mit Töpfen und Kesseln. Holzscheite neben dem Kamin. Holzbretter mit Lebensmitteln in den unterschiedlichsten Stadien ihrer Zubereitung. Mit Leintüchern abgedeckte Brotlaibe, die morgens früh als Erstes in den Ofen kommen. Ein Keiler, von einem Bratspieß durchbohrt, der nur darauf wartet, geröstet zu werden.

Ich schlüpfe in die morgendliche Routine wie in einen vertrauten Mantel: Ich fege den Boden, sammle die alten Binsen auf und lege sie in einen Korb neben der Hintertür, hole die Bündel mit frischen Binsen herein. Eine Magd, vielleicht zehn Jahre alt, steckt den Kopf durch die Tür. Sie sieht mich die Arbeit tun, die eigentlich ihre Aufgabe wäre, aber sie ist zu müde, um überrascht zu sein. Sie unterdrückt ein Gähnen, legt den Handrücken an den Mund und verschwindet dann wieder, um eine andere Arbeit zu erledigen.

Ich klopfe mit dem Fuß auf den Boden, einmal, zweimal, dreimal. Ein Scharren und ein Klappern ertönen, dann verschwindet das Gitter und Skyler, Keagan und Malcolm klettern nach oben.

Ich steuere auf die dunkle Treppe am anderen Ende der Küche zu und bedeute ihnen, mir zu folgen.

Oben gelangen wir zur Kammer der Pagen. Es ist ein langer, schmaler Raum mit einem kalten Kamin an einem Ende und einer einzelnen, geschlossenen Tür am anderen. In der Mitte steht ein langer Holztisch mit Pokalen und Tellern, Leintüchern und Bestecken, wo die Diener Blackwells Frühstück zubereiten. Es ist dunkel im Raum, bis auf den Strahl aus Mondlicht, der das quadratische Fenster durchbohrt.

Als wir am Tisch vorbeigehen fahre ich mit dem Finger über den Rand eines Zinnbechers. Mir schießt ein Gedanke durch den Kopf. Wie einfach wäre es doch, ein paar Tropfen Gift hineinzuträufeln. Ein Hauch von Belladonna in einen Becher oder auf einen Teller, nur ein Schluck, ein Bissen, und alles wäre vorbei – nach etwa fünf Minuten voller Krämpfe und Todesgeschrei. Ein langsamer Atem, ein verstummendes Herz. Es wäre so einfach. Jedenfalls einfacher als das, was wir vorhaben.

Skyler schaut zu mir hin, er liest meine Gedanken. Aber er zuckt bloß mit den Schultern, weil auch er weiß, dass ein Giftmord eine unsichere Sache ist. Erstens haben wir kein Gift, und zweitens – was viel wichtiger ist – nimmt Blackwell nichts zu sich, was nicht vorher von einem Pagen gekostet wurde. Ein Mann wie er weiß um seine Feinde, wenn er sie auch nicht alle namentlich kennt.

Einer nach dem anderen treten wir durch die Tür in einen langen, gewundenen Korridor, der Galerie genannt wird. Die Galerie führt von der Kammer der Pagen zu den Gemächern des Königs am anderen Ende des Palastes. Jetzt sind es Blackwells Gemächer. Ich bin schon unzählige Male durch diese Korridor gegangen, wenn ich von Malcolm gerufen oder von Blackwell herbeizitiert wurde, und er war damals wie heute: still, leer, schwach beleuchtet. Nur ein paar flackernde Fackeln stecken in den Halterungen entlang der holzgetäfelten Wände.

Schweigend gehen wir weiter. Vierzig, sechzig, hundert Schritte, kommen an einem Porträt nach dem anderen vorbei: Öl auf Leinwand, in vergoldeten Rahmen. Aber jetzt sind es keine Abbilder mehr von Malcolm oder seinem Vater und seinem Großvater, wie früher. Jetzt sind es nur noch Porträts von Blackwell. Blackwell auf dem Thron. Blackwell auf dem Schlachtfeld. Blackwell mit Krone, Zepter und Hermelinmantel. Ich frage mich, wann Blackwell diese Bilder anfertigen ließ. War er sich seiner Sache so sicher, dass er sie noch vor seiner Thronbesteigung in Auftrag gab?

Die Galerie biegt nach rechts ab und wir bleiben stehen. Vorsichtig spähe ich um die Ecke. Rechts geht eine Reihe von Fenstern auf den Hof hinaus. Links befindet sich ein kleiner Kamin, in dem ein niedriges Feuer brennt, das einen Lichtschein auf noch mehr goldgerahmte Porträts unseres unrechtmäßigen Königs wirft. Daneben führen zwei geschlossene Türen in das königliche Kirchengestühl, bewacht von einem Soldaten in dunkler Uniform. Die Lanze in seiner Hand lehnt faul an seiner Schulter. Er hatte die ganze Nacht lang Dienst und jetzt ist er müde. Ich sehe, wie ihm die Augen zufallen und kurz geschlossen bleiben, ehe er sie wieder aufreißt.

Er ist leichte Beute.

Ich drehe mich zu den anderen um. Hebe eine Hand. Sie nicken. Sie wissen, was jetzt kommt. Ich biege um die Ecke, und sofort werde ich von dem Wachmann entdeckt.

»Halt!«, ruft er.

Ich tue so, als würde ich ihn nicht hören. Ich halte die Augen gesenkt, meine ganze Aufmerksamkeit scheinbar auf den Teppich gerichtet, auf meine in Leder gehüllten Zehenspitzen, die unter meinem braunen Wollkleid hervorragen. Aber meine Hand gleitet unter meine Schürze, wo Azoth auf mich wartet. Ich lege die Hand um das Heft und fühle, wie mich die Gewalt wie ein süßer Wein berauscht.

»Ich sagte ›Halt!‹« Die Stimme des Soldaten kommt näher, und da erst hebe ich den Kopf. Langsam gleitet mein Blick nach oben, an seiner schwarzen Uniform entlang, vorbei an der erstickten Rose auf seiner Brust bis zu seinem Gesicht. Seine Augen weiten sich. Er erkennt mich.

»Du!«

»Ich.« Und bei diesem Wort taucht Skyler neben mir auf. Er packt den Kopf des Soldaten mit beiden Händen und bricht ihm mit einem brutalen Ruck das Genick. Der Mann wird schlaff und Skyler legt den Körper geräuschlos zu Boden, während ich die Lanze auffange.

Malcolm tritt zu uns, Keagan dicht auf seinen Fersen. Er geht geradewegs auf den Kamin zu, Keagan dagegen zu dem Porträt auf der gegenüberliegenden Wand. Blackwell auf einem kohlschwarzen Schlachtross mitten im Kampfgetümmel. Malcolm kniet sich vor das Feuer und wickelt ein Leinentuch um die Hand, das er aus der Kammer der Pagen mitgenommen hat. Dann greift er in den Kamin. Mit der Hand tastet er an den Steinen entlang nach einem Hebel, der ein Paneel hinter dem Porträt öffnet, das Keagan mittlerweile von der Wand genommen hat. Das Paneel verbirgt eine Wendeltreppe, die nach unten zum Glockenhof führt. Diesen Teil unseres Plans hat Malcolm beigesteuert: unseren Fluchtweg. Aber zuerst werden wir dort die Leiche des Soldaten verstecken.

»Er klemmt.« Malcolm ruckt mit einer Hand an dem Hebel. »Er rührt sich nicht.«

Skyler nimmt mir die Lanze aus der Hand und rammt die Lanzenspitze in den Spalt zwischen Paneel und Wand. Mit einem Knacken schwingt die Tür auf. Skyler tritt mit einem Grinsen im Gesicht zurück und stößt dabei gegen den schweren Goldrahmen des Porträts, das an der Wand lehnt.

Das Gemälde kippt. Keagan, die sich nach vorne wirft, um es aufzufangen, drückt es wieder gegen die Wand, aber viel zu fest.

Mit einem Knall schlägt der Rahmen gegen das Holzpaneel, und in der frühmorgendlichen Stille klingt es wie ein Pistolenschuss.

Wir rühren uns nicht.

Ein Herzschlag vergeht, dann zwei, drei. Ich will mich schon entspannen, da höre ich Schritte, gedämpft durch Teppiche. Erst kommen sie langsam, dann immer schneller. Metall klirrt, Stimmen murmeln, dann biegen zwei Wachen um die Ecke, gefolgt von zwei weiteren.

Verdammt.

Ich greife mir zwei, vier Dolche aus meinem Waffengürtel und schleudere sie auf die Soldaten. Ich ziele auf Hälse, Augen, Herzen. Zwei treffen, zwei verfehlen ihr Ziel. Skyler springt vor und bricht ihnen das Genick, eins nach dem anderen. Aber er ist nicht schnell genug, und den beiden Soldaten gelingt es, einen Warnschrei auszustoßen, ehe sie sterben.

Zwei weitere Wachen kommen um die Ecke. Wieder ein Messerwurf, noch ein gebrochenes Genick.

So schnell, wie Skyler und ich die Männer töten, so rasch ziehen Malcolm und Keagan die Leichen in den Tunnel hinter der Wand. Aber wir hatten nur mit zwei toten Wachen gerechnet, vielleicht mit drei. Nicht mit sechs. Oder acht, wenn man die mitzählt, die jetzt heranstürmen.

Überall sind Leichen. Der Teppich saugt sich mit ihrem Blut voll, das die eingewebten Ranken tintenschwarz färbt. Auch auf dem Goldrahmen des Porträts an der Wand, das Blackwell im Kampf zeigt, befinden sich Blutspritzer. Erst jetzt sehe ich, dass er auf dem Bild Azoth in der Hand hält. Die Smaragde im Heft des Schwertes blitzen im strahlenden Sonnenschein des Gemäldes. Wie als Antwort wird die Klinge an meinem Bein heiß, lockt mich, es aus der Scheide zu ziehen. Es zu benutzen.

Während wir die Wachen ausschalten, inmitten des Lärms aus Schreien, klirrenden Lanzenspitzen, knackenden Hälsen und Todesröcheln, denke ich ständig daran. Ich überlege mir, wie es wäre, wenn ich hinunter zu Blackwells Kammer gehen würde, wo er liegt – zweifellos hellwach, angesichts des Tumults, den wir ausgelöst haben und der völlig außer Kontrolle geraten ist. Vielleicht ist er schon aufgestanden, kleidet sich an, bewaffnet sich. Vielleicht weiß er sogar, dass ich da bin, und macht sich bereit, mir entgegenzutreten.

Azoth flüstert mir zu, fordert mich heraus, ich solle es wagen. Und obwohl ich genau weiß, dass die Waffe fluchbeladen und ein äußerst schlechter Ratgeber ist, füge ich mich ihrem Willen. Ich ziehe das Schwert aus der Scheide. Das Sirren des Metalls auf Leder klingt wie ein Schrei.

Da geschieht es.

Keagan ringt mit einem Soldaten. Er entreißt ihr das Messer. Aber ehe er ihr damit Schaden zufügen kann, rollte sie sich zum Kamin und erweckt mit einer Handbewegung das träge vor sich hin flackernde Feuer zu neuem Leben. Die Flammen springen aus dem Stein und rasen durch die Galerie, wie ein feuriges Seil, das immer größer und länger wird, das sich dreht und windet und alles erstickt. Es prallt gegen den Soldaten und entzündet ihn. Der Mann geht in Flammen auf.

Sie tritt ihn von sich weg. Er kracht neben dem Fenster gegen die Wand, und die Vorhänge fangen Feuer. Flammen verschlingen den Samtstoff und verwandeln ihn in Asche. Dicker Rauch quillt durch den Korridor und macht das Atmen schwer. Malcolm taucht neben mir auf und zieht mich zu Boden.

»Was machen wir jetzt?« Ich kann ihn kaum verstehen, weil er so stark husten muss.

Fieberhaft denke ich nach. Unser Mordplan ist gründlich schiefgegangen. Aber ich weigere mich, den Rückzug anzutreten. Ich will beenden, weswegen ich gekommen bin. Azoth wird nicht zulassen, dass ich kneife. Und ich auch nicht.

»Ihr müsst hier raus«, sage ich. »Ihr alle. Aber nicht da lang«, setze ich hinzu, als Malcolm zu dem Geheimgang blickt, der durch den Rauch kaum mehr zu sehen ist. »Dort wird man zuerst suchen, schaut Euch nur die Blutspuren an. Wenn sich der Rauch verzieht, sind sie nicht mehr zu übersehen. Geht durch die Küche. Dort wird mittlerweile das reinste Chaos herrschen, keiner wird auf Euch achten.«

Wir tasten uns zurück zur Kammer der Pagen. Der Rauch verschleiert uns die Sicht und raubt uns den Atem. Ich ziehe die Haube von meinem Kopf und drücke sie mir gegen Mund und Nase. Dann reiche ich sie an Malcolm weiter, der immer noch würgt und keucht.

Wir sind beinahe am Ende der Galerie.

Noch fünf Schritte. Noch vier.

Noch drei.

Da weht kreischend und pfeifend ein heftiger Wind durch den Korridor, eine Böe, die so kalt und kraftvoll ist, dass sie die Scheiben der Fenster nach außen drückt. Glas explodiert und Scherben regnen auf unsere Nacken, unsere Rücken und unsere Arme. Blut läuft heiß über meine Haut. Die Flammen der Fackeln tanzen und werden dann kleiner. Eine nach der anderen erlischt.

»Was geschieht hier?« Voller Panik zischt Malcolms Stimme in meinem Ohr.

»Ich weiß es nicht.« Aber das stimmt nicht. Ich weiß es genau. Ich habe nur zu viel Angst, um es auszusprechen.

Über unseren Köpfen verdichtet sich der Rauch zu einem Nebel, dann zu einer düsteren Wolke, die zur Decke aufsteigt. Dort hängt sie einen Moment lang, wie eine Warnung. Dann ein Knall, ein Vibrieren, und plötzlich bricht ein Sturm los. Die Wolke öffnet ihre Schleusen, und ein gnadenloser Regen prasselt auf uns nieder.

Es gibt nur einen Menschen, der das Wetter auf diese Weise manipulieren kann, der einen Sturm herbeirufen und den Himmel seinem Willen unterwerfen kann, auf dass er Regen und Wind zur Erde schickt, Blitz und Dunkelheit.

Blackwell.

»Planänderung.« Skylers Stimme erklingt ganz plötzlich über mir. Er reißt mich auf die Füße, und die Wucht seines Griffs ist so heftig, dass er mir beinahe den Arm ausgekugelt hätte. Keagan packt Malcolm. Sie schieben uns wieder den Weg zurück, den wir gekommen sind, auf die Öffnung in der Wand zu. Durch den dünner werdenden Rauch und den Regen, durch die Haarsträhnen, die mir vor das Gesicht fallen, sehe ich sie: weit offen und einladend.

Und dann …

Und dann …

Und dann.

Musik. Ein Trauergesang. Klagend sickern die Töne durch den Spalt unter der Tür zur Kapelle, wo sich das königliche Kirchengestühl befindet. Es ist die Orgel, ein Lied ohne Worte, aber ich kenne den Text.

Es kommen Ruhe und Frieden in dieser Nacht.
Engel werden über mich wachen in dieser Nacht.
Der Schlaf schleicht sich an, über Hügel und Tann,
hält Einzug in dieser Nacht.

Es ist das Lied, das ich mir während meiner letzten Prüfung zur Hexenjägerin vorsang, das Schlaflied meiner Mutter. Das Lied, das mich am Leben hielt, während das Grab, in dem ich gefangen war, mich zu ersticken drohte. Das Lied, das den Bann brach, ehe er mich töten konnte.

Ich drehe mich um, dem Klang entgegen. Richte Azoths Spitze auf die Melodie.

Dann steht Skyler vor mir. Seine blauen Augen sind starr und aufgerissen, mit harter Hand packt er meinen Arm. Einen Augenblick lang bin ich von Ehrfurcht erfüllt über die Macht, die Blackwell besitzt: dass er in der Lage ist, jemandem, der so furchtlos ist wie Skyler, Angst einzujagen.

»Vergiss es, Chérie. Es geht nicht. Er ist zu stark …«

»Ich weiß.« Ich winde mich aus Skylers eiserner Umklammerung. »Und genau deshalb muss ich es tun.« Ich stoße Malcolm auf Keagan zu. »Schaff ihn hier raus«, sage ich zu ihr. »Wenn ihr diesmal erwischt werdet, gibt es kein Entkommen mehr. Sie werden euch auf der Stelle töten. Es ist die Aufgabe des Ordens – deine Aufgabe – ihn am Leben zu halten.«

Aber Malcolm reißt sich von ihr los und dreht sich zu mir um.

»Tu das nicht.« Er nimmt mich an den Schultern und schüttelt mich. Beugt sich vor, bis sein Gesicht meinem ganz nah ist. Einen Moment lang vergesse ich, dass ich Angst vor ihm habe. »Als dein König bitte ich dich, nein, ich befehle dir, mit uns zu kommen.«

»Du bist nicht der König«, sage ich. »Es sei denn, ich tue, weswegen ich gekommen bin.«

»Verdammt noch mal!« Ich habe Malcolm noch nie fluchen gehört. In seiner Stimme liegt Verzweiflung.

Der Mond schaut zur Erde in dieser Nacht.
Die müde Welt schläft still in dieser Nacht.
Ein goldener Traum, wie ein lächelnder Faun,
erlöst mein pochend' Herz in dieser Nacht.

Ein Schatten gleitet durch den Rauch auf uns zu, dunkel und drohend und gestaltlos. Wie eine Geistererscheinung auf einem nebelverhangenen Friedhof, eine Schreckgestalt in einem dunklen Sumpf. Ich kann nicht erkennen, wer es ist, aber das ist auch nicht nötig. Ich weiß es ja längst.

»Geht«, sage ich. »Lasst mich meine Aufgabe erfüllen. Ich muss es tun.«

Skyler stößt noch einen letzten Fluch aus – mehr ein Stöhnen als verständliche Worte –, zieht Malcolm von mir weg, wobei er ihn beinahe hochheben muss, und schiebt ihn auf die Öffnung in der Wand zu. Durch den Nebel und den dichten Regen kann ich gerade noch erkennen, dass Keagan ihn in den Tunnel stößt. Skyler dreht sich um und wirft mir einen letzten Blick zu, bevor er ihm folgt. Das Paneel schließt sich wieder, ein Funken aus Keagans Hand versiegelt das Schloss, und ich höre die drei die Wendeltreppe hinunter zum Glockenhof hasten und – so hoffe ich wenigstens – in die Freiheit. Ich bin allein.

Nicht ganz.

Er kommt auf mich zu, und selbst durch die wirbelnden Rauchschwaden erkenne ich seine Größe, seine Kraft, seine schwarze Kleidung. Ich erkenne das Blitzen der Waffe in seiner Hand. Wie lange hat er auf mich gewartet? Seit gestern? Die ganze Nacht? Er wusste, dass ich kommen würde. Er wusste, was ich vorhatte.

Und tief in meinem Inneren wusste ich, dass er mich erwartet.

Azoth glüht in meiner Hand. Die Energie und die Stärke, der Fluch und der Hass durchströmen mich. Es sind die Funken des nahenden Feuers, die ersten Tropfen vor dem kommenden Sturm. Ich befinde mich auf gefährlichem Terrain. Aber es ist mir egal, ob ich verbrenne oder ertrinke. Mein ganzes Denken ist nur auf seine Vernichtung ausgerichtet, auf sein Ende, auf das Ende von allem.

Wie ein Monster aus den Tiefen der dunklen Seen um Rochester Hall taucht er auf, und endlich sehe ich ihn klar und deutlich. Aber …

Es ist nicht Blackwell, wie ich dachte. Es ist jemand anderes. Jemand ganz anderes.

Dunkelblondes Haar fällt in seine Stirn. Groß gewachsen, bleich, gekleidet in Schwarz, mit dieser verdammten Rose auf dem Ärmel. Und sein Geruch: nach Erde und Lehm, Moder und Fäulnis.

Ich dachte, ich würde ihn nie wiedersehen. Ich dachte, ich hätte ihn getötet. Und doch steht er jetzt vor mir. Der Schock würde mich in die Knie zwingen, wenn mich der Schrecken nicht zur Salzsäule erstarren ließe.

Caleb.

Er ist am Leben.

Er ist tot.

Er ist ein Wiedergänger.

»Hallo, Elizabeth.«

20

In meiner Hand gerät Azoth in Rage. Es versengt mich, ergreift Besitz von mir, zittert und flucht. Ich weiß nicht, was mich eher in die Knie zwingt: Azoths Macht oder der Anblick, der sich meinen Augen bietet. Ich stoße seinen Namen hervor: »Caleb.« Die Musik ist verstummt und meine Stimme hallt wie ein geisterhaftes Klagen durch die blutbesudelte Galerie.

Er kommt auf mich zu. Sein Gang ist unsicher, die Augen nicht auf mich gerichtet, sondern auf Azoth. Die Smaragde im Griff des Schwertes sind trüb geworden. Er greift nicht danach, aber er starrt es an, mit einer Mischung aus Abscheu und Angst in seinem kalten, weißen Gesicht.

Ich sollte etwas sagen, sollte etwas tun. Ich sollte ihm das Schwert in den Leib rammen und dann loslaufen. Ich sollte Blackwell suchen und das Gleiche mit ihm tun. Doch stattdessen stehe ich bloß da und schaue ihn an.

Caleb ein Wiedergänger. Er ist also nicht gestorben, ist nicht gestorben, nachdem ich ihm die Brust mit Azoth aufgeschnitten, sein Herz freigelegt, sein Blut vergossen und ihm das Leben geraubt habe. Ist nicht gestorben, nicht gestorben …

»Ich bin gestorben«, sagt er. Seine Stimme klingt seltsam, irgendwie schleppend. Es ist seine, aber doch auch wieder nicht, der Ton ist der gleiche, doch sie ist leer. Tot. »Ich bin gestorben. Ich bin tot.

Weil du mich getötet hast.« Caleb legt den Kopf schräg, in einem merkwürdigen, unnatürlichen Winkel, und fixiert mich mit seinen Augen. Früher waren sie blau und sprühten vor Leben, Wagemut und Ehrgeiz. Jetzt sind sie blass, grau und leblos, ohne jede Seele.

»Ich wollte dich nicht töten«, flüstere ich. »Ich wollte es nicht, wirklich nicht. Du hast mir so viel bedeutet. Ich habe dich geliebt …«

»Seltsame Dinge passieren den Leuten, die dir etwas bedeuten«, sagt Caleb und ich erstarre. Er hat in meinen Gedanken gelesen und hält mir die gleichen Worte entgegen, die John zu mir sagte, als ich ihn in Hexham besuchte. Die Worte, die ich nicht vergessen kann, die ich immer wieder in meinem Geist hin und her drehe.

»Caleb«, flüstere ich wieder. Ich weiß, dass er mich töten will. Soll ich ihn anflehen, ihn bitten, mein Leben zu verschonen? Aber sobald ich den Gedanken gedacht habe, verwerfe ich ihn auch wieder. Caleb hat mich nicht verschont, als er noch am Leben war, und jetzt, da er tot ist, wird er es erst recht nicht tun.

Ich krame in meinem Gedächtnis nach Wissen über Wiedergänger: Ich weiß, dass sie mehr tot als lebendig sind. Ich weiß, dass sie keine Verbindung, keinen Anker in dieser Welt haben. Ich weiß, dass sie nur wenig mehr als Geister sind, wie die Schatten der Personen, die sie im Leben waren.

Wiedergänger können lernen, wieder menschlich zu sein. Sie können lernen zu fühlen und zu lieben, wie Skyler. Die Seele, die er wiedererlangt hat, spiegelt sich in der Farbe seiner Augen. Aber es dauert viele, viele Jahre und braucht ein unbändiges Verlangen, um dieses Ziel zu erreichen, zusammen mit einer unerschütterlichen Verbindung zu einem menschlichen Wesen. Eine Verbindung wie zwischen Skyler und Fifer. Wiedergänger brauchen lebende, atmende Menschen, die ihnen ermöglichen, im Licht zu wandeln, weil sie von Natur aus instinktiv die Dunkelheit suchen.

Und das ist noch etwas, was ich weiß: Caleb hat immer in Dunkelheit gelebt.

»Du wusstest, dass ich nach Ravenscourt kommen würde«, sage ich. »Du hast meine Gedanken gelesen und du hast mich kommen gehört. Du hast Blackwell gewarnt, und deshalb wusste er, wann er losschlagen muss.« Mit der freien Hand deute ich auf die regendurchweichte Galerie und die Tür zur Kapelle, wo ich ihm auflauern und ihn umbringen wollte.

Caleb nickt knapp.

Ich denke an Malcolm, an Keagan und an Skyler. Wenn Caleb wusste, was ich vorhatte, dann wusste er auch, dass ich nicht allein war. Sind sie in Sicherheit? Oder am Fuß der Treppe in noch größere Schwierigkeiten geraten als hier oben?

Caleb zuckt mit den Schultern. Nur dass es bei ihm seltsam und abgehackt aussieht.

»Blackwell schert sich nicht um Malcolm«, sagt er. »Wenn es anders wäre, wäre er nicht mehr am Leben. Malcolm kann Blackwell den Thron nicht streitig machen. Das kann niemand. Er ist der König.« Caleb blickt mich an, mit harten und gefühllosen Augen. »Du weißt, was er braucht.«

Ich nicke. Natürlich weiß ich es. Er braucht Azoth, wegen des Fluchs, der auf dem Schwert liegt, und wegen seiner Macht, und er braucht mich, um sich zu holen, was er für sein Eigentum hält. Mein Stigma. Die Frage schießt mir durch den Sinn – nur ganz kurz, denn ich verjage sie wieder, ehe sie Fuß fassen und ehe Caleb sie erspüren kann –, wie ich Blackwell geben kann, was ich nicht mehr habe.

Mit einer Selbstsicherheit, die nicht nur gespielt ist, umklammere ich Azoths Griff, der kalt geworden ist, und trete Caleb entgegen. Ich stelle mich. Einen Moment lang weiten sich seine leeren grauen Augen, und ich empfinde eine Welle aus Freude. Caleb mag meine Gedanken lesen können, aber meine Taten nicht.

»Bring mich zu ihm.«

Wir gehen durch den durchnässten, rauchigen, blutigen Korridor, steigen über Leichen mit gebrochenen Hälsen und durchbohrten Augen, eine davon bis zur Unkenntlichkeit verkohlt. Blackwell wusste, dass wir kommen, und doch hat er seine Männer geopfert. Nur aus Spaß, um zu sehen, wie wir reagieren würden, was unser nächster Zug sein würde.

Und ich weiß nicht, welchen Zug ich als Nächstes wage. Noch nicht.

Der Gang endet vor einer doppelflügeligen Tür. Sie ist verschlossen. Davor stehen zwei Männer. Im Näherkommen erkenne ich sie – einer groß, mit schwarzen Haaren und brutalem Gesicht, der andere etwas kleiner, ein Rotschopf mit Sommersprossen auf der bleichen Haut. Marcus und Linus.

Auch sie sind tot.

Ehemals Hexenjäger, jetzt Ritter des Königreichs Anglia. Wiedergänger. Ich fühle, wie ihre grauen, toten Augen mir hasserfüllt folgen. Ihr Blick wird wachsam, als sie die blitzende Klinge in meiner Hand entdeckten, die auch sie niederstreckte, ehe Blackwell sie mir entriss. Als Caleb mich an ihnen vorbeiführt, wende ich mich ab. Monstern schaut man besser nicht in die Augen.

Durch die Tür in das Audienzzimmer, wo der König Bittsteller empfängt, wo sich Höflinge versammeln, um dem Monarchen ihre kriecherische Aufwartung zu machen, wo Musikanten den Hof unterhalten. Jetzt ist es menschenleer. Nur der gepolsterte Thron steht darin, mit dem Baldachin, der das königliche Emblem zeigt: einen gekrönten Löwen und ein angekettetes Ross rechts und links von einem Wappen, das in rote und goldene Viertel eingeteilt ist. Darunter steht auf Latein der Leitspruch. Nicht Blackwells altes, unerschütterliches Motto – *Was getan ist, ist getan und kann nicht ungeschehen gemacht werden* –, sondern ein neues, für einen neuen Herrscher und ein neues Königreich: *Faciam quodlibet quod necesse est.*

Ich werde tun, was getan werden muss.

Ich erschauere in meinem nassen Wollkleid.

Der nächste Raum ist das Privatgemach des Königs. Schmucklos, ohne Wandteppiche und Thron, mit nur einem Fenster, vor dem der Laden zugezogen ist, und einem kleinen Kaminfeuer. Ein Schreibtisch steht in der Mitte, flankiert von zwei Stühlen, auf dem Tisch liegt ein einzelnes, aufgeschlagenes Buch. Vor dem Kamin steht ein weiterer Stuhl und dort, das Gesicht den Flammen zugewendet und den Rücken uns, sitzt Blackwell.

Die Ruhe, die ich mir aufgezwungen habe, die Illusion von Kontrolle, die ich mir eingeredet habe – all das gerät ins Wanken. Mein Herz fängt an zu rasen, mein Magen dreht sich um und meine Handflächen schwitzen. Diese alte Angst, die ich in seiner Gegenwart immer empfand, schwappt wie eine Flutwelle über mich. Caleb neben mir spürt meine Unruhe. Aber ich hole tief Atem und unterdrücke meine Gefühle, so gut es geht, entziehe sie seinem tastenden Geist.

Blackwell spricht.

»Elizabeth.«

Das ist alles, was er sagt. Er steht nicht auf, dreht sich nicht um, er starrt nur weiter ins Feuer, in die knisternden und leise spuckenden Flammen. Und in dem Moment weiß ich, dass etwas nicht stimmt. Vielleicht habe ich es schon geahnt, als er mich nicht im Audienzzimmer empfing, auf dem Thron, in seiner ganzen Pracht und Herrlichkeit, in seiner ganzen Macht.

Keagans Worte kommen mir wieder in den Sinn. *Niemand hat*

ihn mehr gesehen. Er ist öffentlich nicht mehr aufgetreten, bis auf dieses eine Mal, bei seiner Krönung.

»Ganz oder gar nicht, anders geht es bei dir nicht, nicht wahr?«, sagt Blackwell. »Du hast meine Galerie ruiniert, meine Gemälde, hast meine Wachen getötet.«

»Ihr wusstet, dass ich kommen würde«, sagte ich. »Wenn Ihr Eure Leute schützen wolltet, hättet ihr das tun können.«

Abschätzig zuckt er mit den Schultern. Aber er sagt nichts.

»Ihr wollt die Macht zurückhaben, die in meinem Stigma liegt.« Ich komme gleich auf den Punkt. Es hat keinen Sinn, um den heißen Brei herumzureden. »Deshalb habt ihr mir Fulke und Griffin auf den Hals gehetzt, und auch die anderen Jäger am Tag meiner Anhörung in Harrow.« Ich mache eine kurze Pause. »Ich habe sie getötet. Alle.« Das ist eine Lüge, aber es ist das, was er von mir erwarten würde, wenn ich immer noch die wäre, die ich war. »Wenn Ihr mich zurückhaben wolltet, hättet Ihr mir einen echten Gegner schicken sollen. Ich fühle mich fast ein wenig gekränkt.«

Er stößt ein merkwürdiges, prustendes Geräusch aus, eine Mischung zwischen Schnauben und Lachen. »Du warst immer eine der Besten.«

Abrupt steht Blackwell auf. Die Stuhlbeine scharren über den Holzboden. Er sieht wahrhaft königlich aus, gekleidet in tadellose dunkelblaue Hosen und einen passenden Gehrock, der reich mit Goldfäden bestickt ist, Kragen und Ärmelaufschläge mit Hermelin gesäumt. Die Sekunden vergehen und immer noch dreht er sich nicht um. Die Härchen auf meinen Armen stellen sich auf: eine Warnung, wie ein leises Donnergrollen vor dem Sturm.

»Weißt du, was du getan hast?« Seine Stimme ist beherrscht, aber unter der scheinbaren Ruhe schwingt etwas anderes mit: ein unbändiger Zorn.

Blackwell dreht sich um und ich sehe, was ich getan habe.

Er ist das wahre Monster.

21

Sein Gesicht – oder das, was davon übrig ist – ist völlig verwüstet. Eine Narbe verläuft quer von seiner Schläfe über sein rechtes Auge, die Nase und die Lippen bis zu seinem Kinn. Das rechte Auge ist blind und lidlos, für immer halb offen, der Augapfel darunter weiß und verschleiert. Die Nase ist gespalten, der Mund verzerrt und bis auf den Knochen aufgerissen. Jemand hat ihn zusammengenäht – hat es zumindest versucht –, ist aber kläglich gescheitert. Die Narbe ist wulstig und entzündet, und man kann die Einstichlöcher der Nadel und die Einschnitte noch sehen, wo die Nähte verknotet wurden. Das habe ich angerichtet. Ich und Azoth.

Ungerührt betrachte ich den abstoßenden Anblick. Als ob ich das Ergebnis einer Arbeit begutachten würde. In meiner Hand erwacht die Klinge zum Leben.

»Caleb sagt, dass auch du durch das Schwert verwundet wurdest«, sagt Blackwell. »Aber deine Wunde sieht vermutlich nicht so aus wie diese hier.«

Ich antworte nicht. Die Wunde, die Azoth mir zugefügt hat, war schrecklich. Wäre John nicht gewesen, hätte ich nicht überlebt. Aber als er sicher war, dass ich nicht an all den Verletzungen jener Nacht sterben würde, sorgte er dafür, dass keine Narben zurückblieben. Wochenlang hat er Kräuter auf die Wunden gelegt, hat Umschläge gemacht und alles getan, was er konnte. Es war ein Akt der Liebe, das weiß ich jetzt. Eine Liebe, die verschwunden ist, so wie meine Narben.

Blackwell stößt ein kurzes, bellendes Lachen aus, wobei sein verdrehter, klaffender Mund im trüben Licht des Feuerscheins feucht glänzt. »Vielleicht hätte ich doch einen oder zwei Heiler am Leben lassen sollen.«

Ich trete zum Kamin. Wenn ich es tun will, muss es jetzt geschehen. Kann ich es tun? Wird Caleb mich aus Angst vor Azoth gewähren lassen, sodass ich vollenden kann, weswegen ich gekommen bin?

Mit einem schnellen Schlag könnte alles vorbei sein.

»Mir mein Stigma zu nehmen wird Euch nichts nützen.« Ich mache noch einen Schritt nach vorn. »Die Macht von Azoth ist stärker als die Macht des Stigmas.« Ich erinnere mich noch daran, wie die Klinge in meinen Leib schnitt, wie weh es tat, wie es blutete. Und mein Stigma reagierte überhaupt nicht. »Es wird euch nicht heilen.«

Blackwells Mund verzieht sich zu etwas, was wohl ein Lächeln darstellen soll. »Diese Warnung ist natürlich völlig uneigennützig, nur zu meinem Besten, und hat nichts damit zu tun, dass du dich selbst schützen willst?«

Meine Finger schließen sich fester um den Schwertgriff, aber nicht zu fest. Das »Gebet am Abend vor der Schlacht« füllt meinen Geist, damit Caleb meine Gedanken nicht lesen kann.

Ich habe schon fast den Schreibtisch erreicht, habe die Distanz zwischen uns halbiert. Langsam gehe ich um den Schreibtisch herum, weil ich so viel Abstand wie möglich zwischen mich und Caleb bringen will. Als ob ihn ein hölzerner Tisch aufhalten könnte.

Dabei fällt mein Blick auf das Buch, das auf der Tischplatte liegt. In rotes Leder gebunden, mit goldgeränderten Seiten, aufgeschlagen auf einer eng beschriebenen Seite, auf der ein einziges Bild prangt. Ein Bild, das ich kenne, aber nicht erwartet hätte, hier zu sehen. Es ist ein Zeichen aus der Symbolik der Reformisten, ein Zeichen für die Unendlichkeit, für die Ganzheit: eine Schlange, die ihren eigenen Schwanz verschlingt.

»Der Kreis ist geschlossen.«

Die Worte gleiten mir über die Lippen, ohne dass ich mir dessen bewusst gewesen wäre. Sie sind Teil einer Prophezeiung, die mir vor vielen Monaten von einer fünfjährigen Seherin verkündet wurde. Ihre Worte führten mich auf einen Pfad, der hier endet, zwischen einem Toten und einem Monster, mit einem fluchbeladenen Schwert in der Hand.

»Der Ouroboros«, spreche ich weiter. »Das Symbol für die Wiederauferstehung, für eine ständige Neugeburt, ein Abstreifen der alten Haut. Er repräsentiert den ständigen Kreislauf von Geburt und Tod, die ewige Harmonie aller Dinge. Die Einheit von Gegensätzen.«

Blackwell hebt eine zerklüftete Augenbraue. »Du hast dich wohl mit Alchemie beschäftigt.«

Nicht wirklich, aber irgendwie schon. Einen Augenblick lang gleiten meine Gedanken weg von dem Gebet und hin zu den Büchern in Rochester, die ich John in seine Gefängniszelle gebracht habe. Wie ich in der Bibliothek ein Buch nach dem anderen durchgeblättert habe, bis ich jene fand, die er mögen würde. Ich habe sie gelesen, um ihm nahe zu sein, um zu verstehen, was Nicholas mir erklärt hat: dass seine eigene Magie gegen die des Stigmas ankämpft.

»Das Stigma ist die Manifestation der Unbesiegbarkeit.« Blackwell spricht die Worte aus, als wären sie süßer Wein, der reinste, köstlichste Genuss. »Und Azoth ist die Manifestation der Zerstörung, das Gegenteil von Unbesiegbarkeit. Wenn man zwei gegensätzliche Elemente miteinander verbindet, sie zu einem einzigen vereint, dann – so glauben die Alchemisten – kann man über sie hinausgehen. Man kann die Macht von beidem überwinden, um beide Mächte zu beherrschen.«

Sofort sehe ich die Bibliothek förmlich vor mir, erfüllt von Licht und Schatten. Die Worte auf gelbem Pergament, die Zeichnung der Schlange, die sich in den Schwanz beißt, und darunter geschrieben: *Eins ist alles.*

»Die Macht von beidem«, wiederhole ich. »Und welche Macht ist das wohl?«

Blackwell betrachtet mich mit einem hungrigen Ausdruck in den Augen. »Ich glaube, das weißt du bereits.«

Er hat recht. Ich weiß es. Aber wenn ich es ausspreche, wenn ich zulasse, dass der Gedanke in die Welt tritt, dann wird er Wirklichkeit – ein Abschied von jeglichem gesundem Menschenverstand.

»Unsterblichkeit«, flüstere ich.

In diesem Augenblick erlischt das Feuer.

Mit einem Mal ist es stockdunkel. Die Luft, eben noch warm und reglos, wird eiskalt und fängt an zu wirbeln. Mächtige Windstöße wehen aus dem Nichts heran und peitschen mir die Haare um die Schultern. Mein Rock drückt mir gegen die Beine. Eine Atemwolke steht vor meinem Mund, und ich fühle etwas an meiner Wange: eine Schneeflocke. In Sekunden stehe ich mitten in einem Schneesturm.

Mein Kleid gefriert und wird starr. Der Rock, eben noch durch den Wind gebläht, steht fest wie eine Glocke. Auch meine Haare gefrieren. Strähnen kleben an meinen Wangen, meinen Lippen und Lidern, die taub und schwer werden. Der Wind heult in meinen Ohren und treibt noch mehr Schnee heran. Aus dem Zimmer ist eine Winterlandschaft geworden.

Plötzlich steht Blackwell vor mir, unberührt von Sturm und Eis. Keine Spur von Schnee auf seiner Kleidung, auf seinem Gesicht oder seinen Haaren. Das alles existiert nur für mich. Ich will mich zwingen, mich zu bewegen, will mich zurückziehen, das Schwert nicht hergeben, es schwingen und ihn damit niederstrecken, will beenden, was ich begonnen habe. Aber mein Wille kann die Taubheit meines erstarrten Körpers nicht besiegen. Blackwell streckt die Hand aus und entwindet mir mit einem Ruck das Schwert Azoth. Ich bin zu Eis erstarrt. Ich kann nichts weiter tun als zuschauen.

So schnell, wie sie gekommen sind, verschwinden Schnee und Eis auch wieder. Die letzten Flocken wirbeln zur Decke hinauf und lösen sich auf. Eine entsetzliche Stille legt sich über den Raum, nur durchbrochen von Blackwells pfeifendem Atem und dem leisen Vogelgezwitscher vor dem Fenster, das den aufziehenden Morgen ankündigt.

»Schaff sie weg.«

Mich wegschaffen: nach Greenwich Tower. Eingesperrt, bis Blackwell seine Horde von Alchemisten versammelt hat, die dann alles für den Zauber vorbereiten sollen. Wo er mich mit Azoth durchbohren wird, in Erwartung, dass mein Stigma – seine Macht – in das Schwert hineinfahren wird. Dann wird die Macht von beidem in ihn eingehen und ihn heilen – und ihm ewiges Leben schenken.

Mit diesen Worten hat er mir seinen Plan beschrieben.

Mir genügt nur ein einziges Wort: Hinrichtung.

Mit Eisenfesseln an Händen und Füßen fahre ich in einer Jolle den schlammigen Severn flussabwärts. Auf dem Wasser ist es ruhig um diese Stunde, bis auf ein paar wenige Schiffe, die nicht in der morgendlichen Ebbe auf Grund laufen wollen. Reglos warten sie in der mittleren Fahrrinne. Ich hoffe – nur für einen Augenblick – dass eins davon Peters Schiff sein möge. Eine Galeere vielleicht, mit hundert Ruderern an den Riemen, die uns verfolgen und einholen wird und mich retten, so wie er mich schon einmal gerettet hat. Aber wir fahren vorbei, und es ist kein Laut zu hören, kein Anker wird eingeholt, keine Ruderer legen sich ins Zeug. Keine Piraten. Ich bin auf mich allein gestellt.

Vor uns liegt die Upminster Bridge. Zwei Dutzend Backsteinbögen überspannen den Fluss, auf ihnen etliche windschiefe Läden, Tavernen und Gasthäuser, von denen einige fast vier Stockwerke hoch sind. Wie der Fluss so ist auch die Brücke fast menschenleer. Es ist noch zu früh und alle Läden und Tavernen haben geschlossen. Um die Mittagszeit wird es dort vor Fußgängern und Karren und Kutschen nur so wimmeln, und in der Luft wird der Gestank von Schlamm, Unrat, Schweiß und Exkrementen liegen. Caleb und ich mussten einmal rüber. Wir haben eine Stunde gebraucht, um die Hälfte zu schaffen. Dann beschlossen wir, ins Wasser zu springen und den Rest zu schwimmen.

Ich frage mich, ob er sich noch erinnert. Wie er auf die niedrige Brüstung stieg und schwankend auf dem Rand stand, die Arme weit ausgebreitet, als ob er fliegen wollte. Er lachte. Ich lachte auch, weil es keine Rolle spielte, ob er abstürzte oder nicht. Er dachte, nichts könnte ihm etwas anhaben. Wir alle dachten das.

Ich blicke über meine Schulter. Er sitzt hinter mir. Ich rechne damit, dass er mich mit seinen grauen Augen beobachtet, wie Skyler es tut, wenn er meinen Gedanken lauscht. Stattdessen schaut er über mich hinweg. Ich folge seinem Blick – und sehe ein Dutzend Köpfe auf Lanzen aufgespießt über dem südlichen Torhaus, die Gesichter starr und wie erfroren. Fette Krähen klammern sich an die Haare – und an Keagans zerfetzte Flugblätter, die dort hängen – und picken an den Überresten, an Haut, Sehnen, Augen. Ich kenne keinen der Toten, aber das spielt keine Rolle. Es sind Blackwells Gegner, und das ist es, was mit Blackwells Gegnern geschieht. Wenn ich keinen Ausweg finde, wird es auch mit mir geschehen.

Greenwich Tower kommt in Sicht. Drohend ragt die Festung in die Höhe und wirft einen langen, dunklen Schatten, fast schwarz vom Moder an den feuchten Mauern. Die vier geflaggten Türme wachsen in den Himmel. Das Eisentor gleitet auf, als wir uns nähern, als ob es uns erwartet hätte. Das Boot fährt hindurch und schlägt dann leicht gegen die unterste der Steinstufen, die zum Anwesen hinaufführen. Dieselbe Treppe bin ich in der Nacht des Kostümfests hinaufgestiegen, in der Nacht, als ich mit John tanzte. Als er mich küsste.

Heute ist kein Lakai da, der eine Einladungskarte entgegennimmt, keine Rosen blühen im Garten, keine Gäste flanieren in kostbaren Gewändern über die Wege. Heute gibt es hier nur Caleb und mich. Wachen in Schwarz treten aus einem der Türme und kommen auf uns zu. Ihre Schritte knirschen auf dem Kies. Sie ziehen mich aus Calebs Griff und prüfen übertrieben gründlich meine Fesseln.

Immer noch sage ich stumm das »Gebet am Abend vor der Schlacht« auf, während ich gleichzeitig fieberhaft meine Fluchtmöglichkeiten überdenke.

Um meine Fesseln zu lösen bräuchte ich das Stigma. Das Eisen aus eigener Kraft zu zerbrechen kann mir unmöglich gelingen. Ich entdecke ein, zwei Steine entlang des Wegs und überlege, ob ich einen davon aufheben, die Wachen bewusstlos schlagen kann und dann meine Ketten damit aufbrechen. Dann verwerfe ich die Idee wieder. Es würde zu lange dauern und wäre viel zu laut.

Wenn es mir gelänge, die Wachen loszuwerden, könnte ich versuchen, aus der Burg zu entkommen. Die Wachen selbst stellen keine große Herausforderung dar. Und dann? Durch den Fluss? Ich könnte über die Mauer klettern, selbst mit den Eisenfesseln. Ich hätte einige Minuten – höchstens zehn – ehe die anderen Wachen meine Abwesenheit bemerken würden. Es wäre besser, sich irgendwo auf dem Festungsgelände zu verstecken und erst im

Schutz der Dunkelheit zu fliehen. Aber bis dahin hätte ich jeden einzelnen Soldaten, jeden Wiedergänger im Dienste Blackwells und jeden Ritter des Königreichs Anglia auf dem Hals. Und sie würden mich aufspüren.

Und dann ist da noch Caleb. Er würde mich aufhalten, bevor ich auch nur den ersten Schritt zur Durchführung irgendeines dieser Pläne vollbracht hätte. Ich muss mir etwas einfallen lassen. Denn wenn Blackwell kommt, wenn er versucht, sich mein Stigma anzueignen, und feststellt, dass ich es nicht habe, dann wird er Caleb auf mich loslassen. Und auch Marcus und Linus. Er wird mich zwingen, ihm zu verraten, was damit geschehen ist. Ich werde es ihm niemals sagen, das schwöre ich bei meinem Leben. Aber es ist nicht nur mein eigenes Leben, um das ich mir Sorgen mache.

Wir kommen am Wachhaus vorbei, an den Quartieren der Dienstboten und dem Haus des Lord Lieutenants, das vor langer Zeit erbaut wurde, als Greenwich Tower noch eine Trutzburg war. Die Gebäude könnten genauso gut in Upminster stehen: weiß verputzte Fassaden, durchkreuzt von dunklen Holzbalken, reetgedeckte Dächer, grob behauene Türen, die in einem wunderschönen Blauton gestrichen sind, der an Rotkehlcheneier erinnert.

Wir kommen zu dem letzten Haus. Ich war noch nie darin, weil es bislang keinen Grund dafür gab, aber anders als die restlichen Gebäude ist dies kein Wohnhaus. Das erkennt man auf den ersten Blick an der schweren, mit Eisenriegeln gesicherten Tür. Die Wachen schließen sie auf und Caleb stößt mich hinein. Eine Wendeltreppe hinauf und durch eine zweite und eine dritte vergitterte Tür, bis wir schließlich eine Art Vernehmungsraum erreichen. Er ist groß und sauber. In den hohen Wänden sind Bleiglasfenster eingelassen, Tageslicht flutet herein, und auf dem Boden liegen frische Binsen. Eine lange Holzbank befindet sich an einer Seite und ein Kamin, in dem kein Feuer brennt, an der anderen.

Hinter mir fällt die Tür zu und der Schlüssel dreht sich im Schloss. Die Wachen wenden sich ab und gehen. Nur Caleb bleibt zurück. Er steht an der Gittertür, die Hände um die Eisenstäbe gelegt, und beobachtet mich. Die Szene kommt mir bekannt vor: Sie erinnert mich an den Tag, an dem ich ins Fleet-Gefängnis gebracht wurde, als ich ihm noch vertraute, an ihn glaubte, als ich immer noch dachte, wir könnten alles durchstehen, solange wir zusammen waren.

Ich will mich abwenden, als Calebs fremde, schleppende Stimme die Stille durchbricht.

»Ich muss ihm alles sagen«, erklärt er, »alles, wonach er fragt. Ich muss alles tun, was er verlangt.«

Das ist nichts Besonderes. Wiedergänger sind immer den Zauberern oder Hexen verpflichtet, die sie aus dem Grab geholt haben. Die Magie, die sie aneinander bindet, ist unzerstörbar. Ich weiß nicht, warum er mir das sagt, aber vielleicht kann ich sein Geständnis irgendwie zu meinem Vorteil nutzen.

»Ja«, sage ich. Ich muss wachsam sein. »Du musst alles tun, was er verlangt, solange er am Leben ist. Und wenn er erst mein Stigma hat, wird er ewig leben.«

»Versuch nicht, mich zu manipulieren.« Caleb spricht schneller, schärfer, und … vielleicht bilde ich es mir auch nur ein, aber ich glaube, einen blauen Funken in seinen grauen Augen aufblitzen zu sehen. Nur für den Bruchteil einer Sekunde.

Ich nicke, denn sein Vorwurf ist gerechtfertigt. »Trotzdem ist es die Wahrheit. Und das weißt du.«

Er schweigt eine Zeit lang. Dann sagt er: »Du weißt nicht, wie es ist.« Seine Stimme ist leise und zögernd, als ob er die Beichte ablegen würde. »Ich fühle nichts. Ich weiß nichts. Ich existiere, und doch auch wieder nicht. Ich bin nur der, der er mir zu sein befiehlt. Ich will fliehen. Aber ich weiß nicht wie. Ich weiß nicht …« Caleb bricht ab. »Ich muss gehen. Er braucht mich.« Er löst seine Hände von den Gitterstäben und tritt zurück. »An deiner Stelle«, fügt er hinzu, »würde ich ihm nie den Rücken zukehren.«

»Was?«

Caleb verschwindet aus meinem Blickfeld. An seiner statt erscheint Marcus: schwarzer Mantel, schwarze Haare, graue Augen voller Hass und dem Verlangen nach Rache.

22

Die folgenden vier Nächte verbringe ich in einem kalten, dunklen Raum in der Gesellschaft von Toten.

Ich schlafe kaum, weil ich zu viel Angst habe. Die meiste Zeit sitze ich auf der Bank und zwicke mich, damit ich wach bleibe. Hin und wieder gestatte ich mir einen kurzen Moment – fünf oder zehn Minuten –, in dem ich eindöse. Wenn ich wach bin, rezitiere ich ununterbrochen das »Gebet am Abend der Schlacht«, eine endlose Liturgie, um Marcus von meinen Gedanken abzuwehren. Trotzdem dringt er durch – nicht zu allen, aber zu einigen – und verhöhnt mich mit längst vergessen geglaubten Kindheitserinnerungen, Erinnerungen an die Ausbildung, an die Treffen mit Malcolm, an den Tod meiner Eltern und an Calebs Tod. Die ganze Zeit habe ich seine schmierige, faulige Stimme im Ohr.

Nicht ein einziges Mal erwähnt er John.

Nicht ein einziges Mal wende ich ihm den Rücken zu.

Es hat einen Grund, warum man Marcus mit meiner Bewachung beauftragt hat. Caleb hätte mich genauso gut an der Flucht hindern können, aber er hätte mich nicht wach gehalten, nur um mich langsam aber sicher in den Wahnsinn zu treiben. Er hätte mich nicht die ganze Nacht lang angestarrt, ohne zu blinzeln, alles sehend. Fast alles.

Das Einzige, worüber ich nachdenke, ist das, was kommen wird.

Die Tage vergehen langsam. Trübes Licht dringt jeden Morgen durch die Wolkendecke und reitet jeden Abend wieder auf Staubflöckchen durch die Bleiglasfenster hinaus. Mir ist schwindelig vor Erschöpfung, meine Glieder und Lider sind schwer vor Schlafentzug. Die einzigen Geräusche sind Marcus' bösartiges Gemurmel und mein unentwegtes Beten.

Draußen erklingt das Schlagen der Turmglocke. Beim fünften Schlag des fünften Tages verstummt Marcus schließlich. Er steht auf. Ich bewege mich nicht, bin auf der Bank festgenagelt vor Angst. Er legt den Kopf schräg, wie ein Raubtier, das seine Beute fixiert, und schaut zum Fenster, lauscht auf etwas, das ich nicht hören kann. Dann dreht er sich zu mir um, und ein hinterhältiges Grinsen breitet sich langsam auf seinem Gesicht aus.

Heute ist der Tag.

Heute muss ich entkommen.

Ich weiß nicht, was ich tun soll.

Ich hörc, wic sich ein Schlüssel in einem eisernen Schloss dreht, höre das Quietschen von schweren Scharnieren. Schritte auf einer Steintreppe. Wachen tauchen an meiner Tür auf, zwei der Männer, die mich hierher gebracht haben. Sie schließen auf und treten ein. Ihre Augen sind wachsam, aber ich weiß nicht, ob wegen mir oder wegen Marcus.

Marcus stürzt sich auf mich und reißt mich von der Bank hoch. Ich wehre mich, wehre mich gegen die Fesseln an meinen Händen und Füßen, aber vergeblich. Marcus auf einer Seite und die Wachen auf der anderen, so schleppen sie mich aus dem Raum. Mein Herz hämmert gegen meine Rippen. Ich muss etwas unternehmen. Mir läuft die Zeit davon.

Wir steigen die Wendeltreppe nach unten. Einer der Soldaten schließt die Tür auf, der andere hält sie für Marcus auf, peinlich darauf bedacht, ihn nicht zu berühren. Einen Augenblick, nur einen einzigen Augenblick lang, ist Marcus nicht direkt neben mir.

Aber länger brauche ich nicht.

Ich fahre mit den Händen durch mein Haar und ziehe die Haarnadel aus dem Knoten an meinem Nacken. Ich schiebe sie in das Schloss meiner Handfesseln, fühle, wie sie einrastet, und höre ein Klicken. Auch Marcus hört es – oder spürt es. Er wirbelt herum, gerade als ich vorspringe und die Tür zuschlage. Blitzschnell blockiere ich sie mit dem Riegel.

Die Wachen greifen an. Ich reiße den Ellbogen hoch und stoße ihn kraftvoll zurück, treffe den einen an der Nase. Der Knochen bricht, und Blut sprudelt auf die Steinfliesen, als er sich stöhnend vornüberkrümmt. Ich packe ihn am Hinterkopf und trete ihm das Knie ins Gesicht. Er sinkt zu Boden. Der andere Soldat reißt die Augen auf und will wegrennen. Ich packe seinen Arm und wirbele ihn zu mir herum. Meine Faust hämmert gegen seinen Kopf, noch ehe er einen Laut von sich geben kann. Er gesellt sich zu seinem Kameraden auf dem Boden.

Marcus stürmt wie ein wilder Stier gegen die Tür.

Ich nehme die Beine in die Hand.

Die Treppe hoch und wieder in meine Zelle, durch die Tür, die ich hinter mir zuschlage und verriegele. Dann ziehe ich die restlichen Nadeln aus meinem Haar und ramme sie in den Riegel, damit er von außen nicht geöffnet werden kann.

Mir bleiben nur wenige Sekunden, ehe Marcus die Tür unten aufbekommt und bei mir ist. Ich reiße mir die Schürze von meinem dreckbesudelten Kleid und wickele sie um meine Faust. Damit schlage ich das Fenster ein, das auf die Hinterseite des Gästehauses hinausgeht. Scherben fallen klirrend aus dem Rahmen. Vorsichtig umgehe ich sie auf meinen dünnen Lederpantinen. Ich darf nicht riskieren, mich zu schneiden. Ich darf nicht bluten.

Ich klettere auf den schmalen Fenstersims und schaue hinunter in die Dunkelheit. Ich weiß nicht, was mich dort unten erwartet, ich hatte keine Chance, mir vorher alles einzuprägen, weil Marcus mich die ganze Zeit beobachtet hat. Vermutlich verläuft dort ein gepflasterter Weg. Aber was, wenn es ein Eisentor ist? Ein schräges Dach? Ich könnte mich selbst aufspießen, könnte auf schwere Schieferplatten prallen, könnte zu Boden fallen und mir ein Bein brechen. Dann wäre es aus mit mir.

Ich bin bereit, das Risiko einzugehen.

Aber so weit kommt es nicht.

Die Tür zu meiner Zelle bricht auf und Marcus stürmt wie ein Rammbock herein. Er ist schnell, ich kann mich einfach nicht an seine unmenschliche Geschwindigkeit gewöhnen, und schon hat er mich gepackt, mit einem eisernen, unversöhnlichen Griff. Er reißt mich von dem Fenstersims und wirft mich zu Boden. Ich lande auf dem Bauch und kriege keine Luft mehr, drehe mich auf den Rücken – und wünschte sogleich, ich hätte es nicht getan: Der Anblick seines Gesichts ist unerträglich. Er rast vor Zorn und Rachedurst. Aber das Schlimmste ist die Belustigung in seinen Augen.

Er packt mich, nimmt meinen Kopf zwischen die Hände und drückt zu. Die Wucht seines Griffs lässt mich Sternchen sehen, erst weiße, dann rote, dann schwarze. Er wird mir den Schädel zerquetschen. Er wird mich umbringen, mit seinen bloßen Händen. Er zischt mir wüste Beschimpfungen ins Ohr. Sein Atem legt sich auf mein Gesicht, aber es ist kein menschlicher Atem. Er ist schwarz und schmierig, stinkt nach Dreck und Tod und Moder.

»Marcus.« Calebs Stimme durchdringt meine Schreie. Er steht an der Tür und hat die Hände geballt. »Lass sie los.«

Marcus zuckt zusammen wie ein geprügelter Hund und löst seine Hände von meinem Kopf. Ich habe nicht damit gerechnet und sacke schlaff wie ein nasser Lumpen zu Boden, wobei mein Kopf hart auf die Steinplatten prallt.

»Jetzt geh.« Caleb deutet zur Tür, die aus den Angeln gerissen ist. »Ich muss ihm Bericht erstatten. Du weißt, was geschieht, wenn er es erfährt.«

»Mir wurde befohlen, sie an der Flucht zu hindern«, sagt Marcus. »Unter allen Umständen. Genau das habe ich getan.«

»Heb dir deine Erklärungen für ihn auf«, entgegnet Caleb. »Ich habe weder die Zeit noch die Muße, sie mir anzuhören.«

Marcus wirft erst Caleb einen bösen Blick zu, dann mir, und dann stapft er hinaus. Ich weiß nicht, was ich sagen soll. Soll ich Caleb danken, dass er Marcus daran gehindert hat, mich umzubringen? Soll ich mich beklagen? Denn ich weiß genau, dass er mich mitnehmen wird, und dort, wohin er mich bringt, ist es kaum besser als hier. An meinem Schicksal wird das nichts ändern.

Aber ich habe keine Gelegenheit, irgendetwas zu sagen oder zu tun, denn sogleich steht Caleb neben mir, zieht mich auf die Füße, und in einem Wimpernschlag hat er mir die Hände wieder gefesselt und die Augen verbunden. Er schiebt mich die Treppe hinunter, und diesmal habe ich keine Chance, zu entkommen.

Draußen kreisen Möwen über meinem Kopf. Ich höre ihre Schreie. Kühler Wind streicht mir über das Gesicht und trägt den leicht fauligen Geruch des Flusses mit sich. Ich reiße an meinen Fesseln, aber es hat keinen Sinn, also lasse ich es. Ich brauche alle meine Kräfte für das, was jetzt kommt.

Das feuchte, weiche Gras geht in knirschenden Kies über, der wiederum Pflastersteinen weicht. Der Weg führt in einen Tunnel – es wird feucht und kalt. Ich versuche herauszufinden, wohin wir gehen. Es kommen eine ganze Reihe von Orten infrage, und keiner davon ist angenehm. Immerhin sind wir in Greenwich Tower. Schöne Orte sind hier Mangelware.

Ich stolpere kurz, als wir über eine Schwelle treten. Eine Tür quietscht, dann geht es abwärts über eine Treppe. Sie ist endlos. Ich zähle sechzig Stufen und noch immer sind wir nicht am Ende angelangt, das tief unter dem Turm liegt, unter der Erde.

Unter der Erde.

Jetzt kämpfe ich doch gegen die Fesseln an, winde mich und zappele in Calebs Griff. Aber es ist, als würde ich mit einer Steinsäule ringen. Meine Haut reißt auf und brennt, ohne dass ich irgendetwas erreiche.

Endlich kommen wir am Fuß der Treppe an und betreten wieder festen Boden. Er ist glatt und kalt, und unsere Schritte hallen wider.

»Wo sind wir?« Ich mache mir nicht die Mühe, meine Angst zu verbergen. Caleb kennt sie genau. »Was ist das für ein Ort?«

Statt einer Erwiderung höre ich ein dumpfes Lachen, nicht aus einer, sondern aus vielen Kehlen. Mir stellen sich die Nackenhaare auf, und eine überwunden geglaubte Furcht setzt sich in meiner Brust fest. Calebs Hände machen sich an meinem Hinterkopf zu schaffen und lösen die Binde vor meinen Augen.

Ich stehe in einem kleinen, runden Raum, den ich noch nie gesehen habe. Der Fußboden besteht aus Marmor, genauso wie die Wände und die Decke. Braun, mit weißen Adern durchzogen, wie in einem vornehmen Grab. In den Boden sind glitzernde Steine eingelassen, die einen achtstrahligen Stern bilden – eine Windrose mit den Haupt- und den Nebenhimmelsrichtungen. In der Mitte steht ein langer, schmaler Tisch aus glänzend poliertem Holz.

Es ist eine Zeremonienkammer.

Ich habe solche Kammern schon gesehen, in deutlich einfacheren Versionen. Wände aus festgeklopfter Erde oder Backsteinen, aber noch nie aus Marmor. Windrosen aus Zweigen oder Steinen, statt aus kostbaren Edelsteinen. Kerzen aus Talg und stinkendem Tierfett statt der eleganten Öllampen aus Kristallglas und Messing entlang der Wände.

Acht Männer stehen in einem Kreis. Ich drehe mich um die eigene Achse und betrachte sie genau. Sie tragen Umhänge, und Kapuzen verhüllen ihre Gesichter. Sie sehen alle gleich aus. Aber einen erkenne ich an seiner Größe, an seiner Haltung. Ich erkenne ihn an dem Schwert an seiner Seite, an den Smaragden, die im Griff funkeln, als wären sie lebendig.

Ich weiß, dass es keinen Sinn hat, und trotzdem renne ich los. Ich drehe mich auf dem Absatz um und will zu der Tür fliehen, durch die Caleb mich gerade gebracht hat, die eben noch da war …

… aber jetzt nicht mehr.

Die acht Männer stürzen sich auf mich. Ich ducke mich unter dem Griff des ersten hinweg und ramme meine Schulter in den zweiten, komme an ihm vorbei, aber da wartet schon der dritte. Ich trete nach ihm, weil meine Hände immer noch gefesselt sind.

Jemand packt mich von hinten. Ich bäume mich auf und winde mich, beiße nach seinen Armen, seinen Händen, und meine Zähne bohren sich tief in sein Fleisch, sodass Blut hervorquillt. Er bedankt sich mit einem Schlag in mein Gesicht, sodass mir schwarz vor Augen wird.

Ich werde rücklings auf den Tisch geworfen. Jemand holt ein Seil und wickelt es um mich und den Tisch, sodass ich mich nicht mehr bewegen kann. Ich rucke mit dem Kopf von einer Seite zur anderen und sehe, wie die Männer Kerzen unter ihren Umhängen hervorziehen, sie an den Öllampen entzünden und dann um die Windrose aufstellen. Eine kleine Holzschale mit Salz steht auf der Sternspitze, die nach Norden weist. Eine brennende Kerze, größer als die anderen, steht auf der Spitze nach Süden, eine Schüssel mit Wasser auf der nach Westen, und auf der Ostspitze liegt ein Bündel mit Kräutern. Vier Himmelsrichtungen, vier Elemente, vier Tugenden, vier Zeitphasen, die alle auf ein einziges Ziel zulaufen.

Etwas raschelt, dann ertönt ein Krächzen. Gitterstäbe klappern. Ein großer Mann mit Umhang und Kapuze tritt vor. In seinen Händen hält er einen kleinen Käfig mit einem riesigen Raben. Er zieht den Vogel heraus und Blackwell hebt Azoth. Ein grüner Blitz, ein

Krächzen, ein Flattern, dann Stille. Etwas tropft, es riecht nach feuchtem Metall, ein Klatschen, als der tote Vogel in die Mitte der Windrose geworfen wird. Ein Opfer.

Jetzt geschieht alles ganz schnell. Die Wände werden mit Blut beschmiert, aus Blut werden Formen und Gestalten gemalt, die mir unbekannt sind. Kräuter werden angezündet und dann schnell wieder gelöscht, während sich der Rauch mit dem Gestank nach Blut vermischt. Gewänder rauschen. Und die ganze Zeit das Murmeln von Zaubersprüchen.

Ich kämpfe gegen das Seil an, mein Kopf schlägt von einer Seite zur anderen, und dann verschwindet der Raum mit einem Mal. Es gibt keinen Marmor mehr, keine glitzernde Windrose, keine Kerzen. Keinen toten Raben und keine verhüllten Männer. Nur eine dunkle Kammer. Ein Loch, ein Grab. Ohne Ausgang.

Kurz kehrt die Wirklichkeit zurück, dann überkommt mich wieder die Grabesvision. Hin und her geht es, wie ein Licht, das immer wieder aufflackert und erlischt. Das Singen wird lauter und übertönt meine Schreie, mein lauter werdendes Kreischen. Marmor, Erde, Marmor, Erde. Männer, keine Männer. Licht, Dunkel. Schneller, immer schneller.

Blackwell taucht vor mir auf, mit Azoth in der Hand. Etwas lodert bei diesem Anblick in mir auf. Es ist die Hitze, das Verlangen und der Sog des Schwertfluchs.

Mein Herz rast.

Die Luft zischt, als er das Schwert über den Kopf erhebt. Ich hole einen tiefen Atemzug, vermutlich mein letzter, und warte darauf, dass die Klinge mich durchbohrt, dass ich auf diesem Tisch verblute, dass ich sterbe. Der einzige Trost ist, dass Blackwell dann niemals bekommen wird, was er begehrt.

Er hält inne. In wilder Hoffnung denke ich, dass die Klinge mich vielleicht erkennt, dass sie weiß, wer sie zuletzt getragen hat, und dass sie sich weigert, sich gegen mich zu wenden. Aber Azoth kennt keine Treue. Es würde mich genauso schnell töten wie jeden anderen auch.

»Was ist das?« Blackwells Stimme klingt in meinem Ohr. Seine Hand liegt an meinem Kopf und dreht ihn hin und her. »Und das?«

Ich antworte nicht, weil ich nicht weiß, was er meint. Doch er antwortet an meiner statt.

»Prellungen.« Der Raum wird still, das Murmeln verstummt. »Auf deinem Gesicht. An deinem Hals. Wieso hast du Prellungen, Elizabeth?«

Ich rühre mich nicht. Hexenjäger haben keine Prellungen. Das heißt, Hexenjäger, die durch ihre Stigmas geschützt werden, haben keine Prellungen. All die Mühe, mich nicht zu schneiden, um mein Geheimnis zu schützen, zunichtegemacht von Marcus' Fingerabdrücken auf meinem Gesicht, als er versuchte, mir den Schädel zu zerquetschen.

»Wo ist dein Stigma?« Blackwell beugt sich vor und drückt mir die Spitze von Azoth gegen die Wange. Die Klinge ist immer noch mit dem Blut des Raben besudelt. »Was hast du damit gemacht?«

»Das werde ich Euch nicht sagen.« Ich fasse mir ein Herz und schaue ihm geradewegs ins Gesicht. »Ich werde Euch niemals verraten, was damit geschehen ist.«

Meine Drohung beeindruckt ihn nicht im Mindesten. Er schaut zu Caleb, der auf mich zutritt, seine Kapuze nach hinten schiebt und die Augen verengt. Er wird versuchen, meine Gedanken zu lesen, wird in meinen Kopf eindringen und dort nach der Antwort suchen. Wieder rezitiere ich Malcolms Gebet, rattere es ohne Punkt und Komma herunter, bis es jeden Winkel meines Geistes anfüllt. Ich werde ihn nicht einlassen.

Nach einer Weile schüttelt Caleb den Kopf.

»Es gibt andere Möglichkeiten, diese Informationen aus dir herauszubekommen.« Ein Lächeln überzieht Blackwells Gesicht. Aber es gibt keinen Grund zur Freude für ihn. Er weiß nicht, was ich alles auf mich nehmen werde, um mein Wissen mit ins Grab zu nehmen. Er blickt zu seinen Männern. »Nehmt sie mit.«

Der große Mann, der den Vogelkäfig gebracht hat, packt meine Handgelenke. Unsichtbare Finger machen sich an dem Seil zu schaffen. Ich halte kurz in meinem Gebet inne und werfe Caleb einen Blick zu, bitte ihn stumm, mich zu erlösen, bevor es losgeht. Blackwell kennt viele Wege, mich zum Reden zu bringen, Wege, die durch Dunkelheit und Kälte führen, wo einem die Augen herausgerissen werden und die Zunge abgeschnitten wird, wo Knie zerschmettert und Glieder abgesägt werden. Wege voller Eisen und Schreie.

Aber Caleb ist taub für mein Flehen.

Die Seile fallen zu Boden. Ich werde auf die Füße gerissen und mit gefesselten Händen zu der Tür geschleppt, die plötzlich wieder da ist. Ich fange an, mir vorzustellen, was sie mir alles antun werden, aber dann geschieht etwas, womit ich nicht gerechnet habe. Ein Scharren, ein verblüffter Schrei, ein Druck an meinem Arm, ein Lichtblitz und dann Dunkelheit. Ich werde zerquetscht, die Luft wird mir aus den Lungen gedrückt. Ich kann nichts sehen. Ich bewege mich, ich fliege, und doch rühre ich mich nicht und stehe still.

Dann verstummt jedes Geräusch. Die Leere ist endlos.

Absolut.

23

Das Erste, was mir auffällt, ist die Wärme.

Der Geruch nach Kerzen, aber es sind freundliche Kerzen, sie stinken nicht ranzig und nach Tod, sondern duften nach Rosmarin, nach Freude, Familie, nach Leben. Der Druck auf meinem Arm ist immer noch da, und jetzt legt sich noch eine Hand auf meine Schulter, fest, aber behutsam. Auch das fühlt sich freundlich an, aber noch bin ich nicht überzeugt. Zu oft glaubt man das eine, und dann verkehrt es sich ins Gegenteil.

»Elizabeth.« Ein Flüstern an meinem Ohr. Ich kenne die Stimme. Sie ist leise, beruhigend. Väterlich. »Du bist in Sicherheit. Du kannst jetzt die Augen aufmachen.«

Langsam öffne ich die Augen.

Ich knie auf einem weichen Teppich, und auch den kenne ich: Blumen und Ranken, gewebt in Gelb, Orange und Grün. Das Feuer prasselt in einem vertrauten Kamin, und auch die Wandteppiche mit den Waldszenen an den weiß verputzten Wänden sowie die hohen Decken sind mir bekannt.

Vor mir kniet Peter. Er riecht leicht nach Tabak und Whiskey, vielleicht ist es auch Brandy. Er macht sich an den Fesseln um meine Hand- und Fußgelenke zu schaffen. Die Eisen lösen sich und er wirft sie beiseite, wo sie klappernd auf dem Boden landen. Dann weicht er ein Stück zurück und betrachtet mich. Seine Augen sind dunkel und rot gerändert, die Haut bleich, die Kleidung zerknittert. Er sieht John so ähnlich, dass ich den Blick abwenden muss.

Jemand steht neben mir. Langsam drehe ich den Kopf und schaue hoch: Es ist der große, dunkel gekleidete Mann aus der Zeremonienkammer, der jetzt keine Kerze mehr in der Hand hat, sondern einen Stein. Einen Magnetstein, der leicht pulsierend glüht und von dem sich ein dünner weißer Rauchfaden erhebt. Langsam schiebt er die Kapuze zurück.

Es ist Nicholas.

»Ihr«, stoße ich krächzend hervor. Meine Stimme ist rau vom vielen Schreien. »Wie ist das möglich?«

»Durch Keagan«, antwortet er, »und Skyler. Sie haben mir erzählt, was in Ravenscourt passiert ist, und dann erfuhr ich durch Skyler, wohin man dich gebracht hat. Keagan hat mir geholfen hineinzukommen, und Fifer wieder heraus.«

Also ist Keagan aus Ravenscourt entkommen. »Was ist mit Malcolm?«, frage ich. »Ist er auch in Sicherheit?«

»Ja«, sagt Nicholas. »Sie sind beide am Leben und es geht beiden gut.«

»Sie sind in Rochester«, erklingt Fifers Stimme. Sie steht neben dem Kamin im Schatten, mit Skyler an ihrer Seite. Sie trägt einen Morgenmantel über ihrem Nachthemd, aber sie sieht nicht so aus, als hätte sie geschlafen. »Sie warten auf Nachricht von dir.«

Ich sage nichts dazu. Ich sollte nicht hier sein, sollte nicht am Leben sein. Sie sollten keine Nachricht mehr von mir bekommen, weil ich tot sein sollte. Aber ich schiebe diese Gedanken beiseite. Es gibt Wichtigeres.

»Nicholas.« Ich schaue zu ihm auf. »Denkt Ihr, es ist möglich? Was Blackwell vorhat, meine ich.«

Nicholas legt den verhassten Mantel ab, der von Hastings unsichtbaren Händen davongetragen wird. Er lässt sich mit der Antwort Zeit.

»Vielleicht«, sagt er. »Wenn du mich vor dem heutigen Abend danach gefragt hättest, hätte ich vermutet, dass es nichts weiter als ein Scherz ist, ein weit hergeholter, unrealisierbarer Plan. Doch jetzt hat er Azoth, und mit dem Schwert ist alles möglich. Es ist jetzt in seinen Händen, nicht länger in Sicherheit hinter meinen Mauern, beschützt durch meinen Zauber.«

Er spricht ohne Vorwurf in der Stimme, listet nur die Tatsachen auf. Trotzdem verursacht mir mein Schuldgefühl einen sauren Geschmack im Mund.

»Und jetzt braucht er nur noch eine Sache, um seinen Plan in die Tat umzusetzen, und diese Sache ist lange nicht so schwer zu beschaffen wie das Schwert.«

Die »Sache«, von der er redet, ist John.

»Wir müssen ins Lager«, stoße ich hervor. »Fitzroy muss erfahren, was geschehen ist, damit er seine Männer zusammenrufen kann. John muss beschützt werden. Ich muss es ihm sagen, es ist meine Schuld, ich werde gehen …« Ich stehe auf, doch dann gerate ich ins Taumeln. Die Erschöpfung droht mir die Beine unter dem Körper wegzuziehen.

»Das wirst du nicht.« Peter nimmt meinen Arm und Skyler tritt vor und nimmt den anderen. Instinktiv zucke ich zurück. Ihr Griff ist dem der Wachen und dem von Caleb und Marcus zu ähnlich. Als Skyler meine Gedanken spürt, lässt er mich los. Peter dagegen hält fest. »Gehen wir nach oben«, sagt er, »damit du dich waschen und ausruhen kannst.«

»Ich kann mich jetzt nicht ausruhen«, sage ich zu ihm. »Nicht nach dem, was ich getan habe.«

Ich schaue Fifer an und muss daran denken, wie wütend sie auf mich war, bevor ich aufbrach, dass sie versucht hat, mich aufzuhalten, dass ich sie genötigt habe, mir zu helfen. Dass sie mir eine

Freundin war und ich ihr ihre Freundschaft schlecht vergolten habe. Ich schaue Peter an, der seinen Sohn nicht retten kann. Nicholas, der sich in große Gefahr begab – ein zweites Mal – um mich in Sicherheit zu bringen. Und all das, nachdem ich ihn angelogen und ihn bestohlen habe, nachdem ich Azoth verlor, das Schwert, das unsere große Stärke war und jetzt zu einer großen Gefahr für uns geworden ist.

»Es tut mir leid«, sage ich schließlich. »Ich dachte, ich könnte die Sache beenden. Ich dachte, ich könnte Blackwell töten, aber ich habe mich geirrt. Ich habe mich überschätzt«, setze ich hinzu, und dieses Geständnis beschämt mich zutiefst.

»Vielleicht«, sagt Peter und drückt leicht meinen Arm. »Aber nicht so sehr, wie du *ihn* unterschätzt hast.«

»Ich weiß nicht, was ich tun soll«, flüstere ich, mehr zu mir selbst als zu irgendjemandem im Raum.

»Du gehst jetzt mit Fifer nach oben, wie Peter gesagt hat«, befiehlt Nicholas. »Ruh dich aus. Wir werden später weitersprechen, nachdem ich gründlich über die Sache nachgedacht habe.«

Ich widerspreche nicht, das würde ich nicht wagen. Aber ehe ich mich zum Gehen wende, sage ich zu ihm: »Danke. Dass Ihr mich da rausgeholt habt. Dass Ihr wieder einmal Euer Leben riskiert habt, um meins zu retten.«

Mit einem einzigen Schritt ist Nicholas an meiner Seite und legt mir die Hände auf die Schultern. Mit ernster Miene blickt er mich an. Einen Moment lang habe ich Angst, dass er wütend werden wird, dass er mir die Schuld geben wird – beides hätte ich verdient, aber nichts davon kann ich jetzt gebrauchen. Ich fühle mich dem nicht mehr gewachsen.

»Wenn ich mir etwas für dich wünsche«, sagt er, »dann dies: dass du begreifst, welche Bedeutung die Risiken haben, die du eingehst. Was du tust, geht nicht mehr nur dich selbst an. Wenn dir ein Unglück widerfährt, wenden sich die Leute nicht länger gleichgültig ab. Das mag in der Vergangenheit so gewesen sein. Jetzt nicht mehr. Du bist«, setzt er hinzu, und ich glaube fast, dass auch er meine Gedanken lesen kann, »nicht ersetzbar.«

Fifers Hand legt sich sanft und bestimmt auf meinen Ellbogen. Skyler ist dicht hinter mir. Peter murmelt mir leise Trostworte zu, während sich das Gesagte in meinen Geist eingräbt und seinen Weg zur Wahrheit findet.

Sie bringen mich hinauf. Die Holztreppe ist mit weichen Teppichen ausgelegt und an den Wänden hängen Gobelins, dazwischen gelegentlich ein Ölgemälde von einer aufgewühlten und stürmischen See, von sich aufbäumenden Pferden und Blumenvasen – keine Könige oder Schlachtszenen oder Abbilder von berühmten Schwertern. Als wir die Schwelle zu meinem Zimmer überschreiten, kommen mir das heitere Weiß und Blassgrün der Wände und Möbel viel zu hell vor für die Dunkelheit in meinem Herzen.

In der Mitte des Zimmers steht eine Badewanne mit dampfendem Wasser, daneben ein Stuhl mit Badetüchern, einem Nachthemd, einer Decke und einer Schale mit Badesalz. Das ging schnell. Einer der Vorteile eines Geisterbutlers, hat John mir einmal erklärt.

»Ich kümmere mich um etwas zu essen«, sagt Peter. Er lächelt, aber die Anspannung ist ihm anzumerken. »Ich bin gleich wieder da.« Er und Skyler ziehen die Tür leise hinter sich zu.

»Fifer, ich wollte nicht …«, sage ich.

»Lass es gut sein«, fällt sie mir ins Wort, aber in ihrer Stimme liegt kein Groll. »Ich bin immer noch wütend auf dich, aber ich bin froh, dass du nicht tot bist. Du hättest sterben können. Du solltest eigentlich tot sein.«

»Ich weiß.« Ich lasse mich auf einen Stuhl neben dem Kamin fallen, in dem ein warmes und fröhliches Feuer flackert, und lege den Kopf in meine Hände. »Ich weiß.«

»Nun ja.« Sie verstummt, und als ich zu ihr aufschaue, sehe ich in ihrem Antlitz einen Ausdruck, den ich von ihr nicht kenne: Sorge. »Ziehen wir dir erst mal dieses Kleid aus«, sagt sie schließlich, streckt die Hand aus und zieht mich auf die Füße. »Der Gestank und der Anblick sind schlichtweg unerträglich.«

Es dauert eine Weile, bis wir dieses Vorhaben in die Tat umgesetzt haben. Fünf Tage Dreck und Schweiß haben den Stoff förmlich an meiner Haut festgeklebt. Ich schaue zu, wie Fifer das Kleid zum Kamin trägt und ins Feuer wirft. Dann stößt sie noch einmal mit dem Schürhaken nach, und der schmutzverkrustete Fetzen geht in Flammen auf.

Ich steige ins Badewasser. Kaum habe ich mich nach unten gleiten lassen, wird das Wasser braun und schlammig. Fifer wirft eine Handvoll Badesalz – oder was ich für Badesalz hielt – ins Wasser, und der Dreck verschwindet in Spiralen, wird förmlich von dem Badsalz aufgesaugt. Magie. Dann zieht Fifer aus dem Ausschnitt ihres Morgenmantels eine Kette hervor: Messingglieder, Ampullen mit Salz, Quecksilber und Asche.

»Ich denke, es ist das Beste, wenn wir Caleb aus deinem Kopf aussperren.« Sie legt mir die Kette um den Hals. »Und auch jeden anderen, der es sich einfallen lässt, darin herumzukramen. Skyler hat mir von dem Gebet erzählt, das du die ganze Zeit aufgesagt hast«, setzt sie hinzu. »Ich vermute, du hast es herzlich satt.«

Ich lasse mich in das warme, entspannende Wasser sinken. Die Müdigkeit, gegen die ich tagelang angekämpft habe, legt sich mit ganzer Macht auf mein Gemüt, und es fällt mir schwer, die Augen offen zu halten.

»Was ist geschehen?«, frage ich nach einer Weile. »Nachdem Caleb mich gefunden hatte und die anderen geflohen waren. Gab es Probleme?«

»Skyler meint, es sei das reinste Chaos gewesen.« Fifer räumt den Stuhl leer und setzt sich neben die Badewanne. »Im Burghof hat es vor Soldaten nur so gewimmelt, die Wasser aus den Brunnen pumpten und mit Eimern hin- und herrannten. Überall haben Leute geschrien. Alle dachten, die Küche sei in Brand geraten, deshalb hat auch niemand Verdacht geschöpft, zumindest nicht am Anfang. Aber als sie das Blut sahen und dann die Leichen entdeckten …« Sie zieht ihren Morgenmantel eng um sich. »Aber da waren Skyler, Keagan und Malcolm schon weit genug weg. Sie sind zwei volle Tage lang gerannt, um hierherzukommen. Malcolm hätte sich vor Erschöpfung beinahe übergeben, als die Wacht sie gefunden hat.«

»Wurden sie wieder verhaftet?«

»Nein, obwohl es knapp war. Malcolm war völlig außer sich. Er hat verlangt, dass wir zurückgehen und dich holen. Hat alle Welt angeschrien, die Soldaten zu den Waffen gerufen, wollte die Pferde satteln lassen. Er hat sogar Fitzroy befehlen wollen, ihm seine Armee zu unterstellen.« Fifer schnalzte mit der Zunge. »Man sollte doch glauben, dass ein abgesetzter König etwas weniger bestimmend wäre, aber das war wohl ein Irrtum.«

Ich nicke, denn für mich kommt sein Verhalten kein bisschen unerwartet, Krone hin oder her.

»Schließlich musste Nicholas ihm etwas einflößen, damit er sich beruhigt. Er hat zwölf Stunden geschlafen, und als er aufwachte, fing er wieder damit an.« Wieder das Zungenschnalzen. »Nachdem es dir so mühelos gelungen war, ihn aus Hexham zu befreien, befanden Fitzroy und Nicholas das Gefängnis für zu unsicher und haben ihn stattdessen in Rochester unter Arrest gestellt.«

»Was ist mit Keagan?«, frage ich. »Ist sie auch unter Arrest?«

»Nicht im eigentlichen Sinne«, sagt Fifer. »Der Rat entschied sich dagegen. Sie haben sie freigelassen und wollten sie nach Hause schicken, aber sie hat gebeten, bleiben zu dürfen und mit uns zu kämpfen. Sie darf das Gelände von Rochester vorerst nicht verlassen. Aber sie entwickelt sich zu einer wertvollen Verbündeten«, sagt Fifer. »Sie hat schon die anderen Mitglieder des Ordens benachrichtigt und sie aufgefordert, sich uns anzuschließen. Keagan berichtet, sie seien genauso mächtig wie sie selbst, wenn nicht mächtiger. Das könnten wir gut gebrauchen.«

Ich nicke schweigend, weil ich in Gedanken längst bei einem anderen Gefangenen in Hexham bin und mich frage, wo er ist, ob er in Sicherheit ist.

»John ist ebenfalls in Rochester«, sagt Fifer, die meine Gedanken erraten hat. »Er ist irgendwo im Westflügel untergebracht, aber ich weiß nicht wo. Er darf keine Besucher empfangen. Weder ich noch Peter haben ihn in letzter Zeit gesehen. Nur Nicholas und ...«

Sie verstummt, aber ich weiß schon, was sie sagen wollte. Die einzige Person außer Nicholas, die John besuchen darf, ist Chime.

»Weißt du, ob es ihm besser geht?«

Fifer schaut zu Boden und ihre langen Finger zupfen am Saum ihres Morgenmantels. »Nein, keine Ahnung.« Sie zuckt mit den Schultern. »Ich frage ständig, ob ich ihn sehen darf, aber Nicholas meint, besser nicht. Also denke ich nicht, dass sich an seiner Situation etwas geändert hat.«

Niedergeschlagen schüttele ich den Kopf angesichts meines totalen Versagens und der Gefahr, in die ich alle gebracht habe – wieder einmal. Eine größere Gefahr als je zuvor.

»Ich hätte erst gar nicht in Harrow bleiben sollen.« Ich schließe die Augen. Ich will Fifers zustimmenden Gesichtsausdruck nicht sehen. »Wenn ich gegangen wäre, hätte Blackwell nie herausgefunden, dass ich mein Stigma nicht mehr habe. Ich hätte es geheim halten können und John wäre in Sicherheit gewesen. Ich hätte Blackwell so lange in Atem gehalten, bis ihn der Fluch und seine Schwäche schließlich erledigt hätten.«

»Glaubst du das wirklich?« Fifers Stimme ist so eindringlich, dass ich die Augen aufreiße und sie anschaue. »Glaubst du wirklich, dass es so einfach gewesen wäre? Jetzt, wo du weißt, was Blackwell vorhat, glaubst du wirklich, dass du ihm – allein und ohne Hilfe –

entkommen wärst? Ohne Magie und ohne Stigma? Dass Caleb nicht deine Gedanken gelesen und Blackwell zu dir geführt hätte?«

»Ich weiß nicht«, gebe ich zu.

»Ich denke, du weißt es sehr wohl.«

Ich hole tief Atem. In mir tobt eine Schlacht zwischen dem, was ich weiß, und dem, was ich nicht weiß, bis alles in Trümmern liegt und ich gar nichts mehr weiß.

»Und jetzt?«, frage ich. »Was passiert jetzt?«

»Ich glaube, das weißt du auch.«

Das stimmt. Blackwell wird die Wahrheit über mein Stigma erfahren, und er wird John suchen. Er wird Harrow angreifen. Das hätte er ohnehin getan, aber jetzt, angesichts dieser Provokation, wird alles anders sein. Die Attacken in der Vergangenheit waren nichts im Vergleich zu dem, was kommt. Die Zeit der unbedeutenden Scharmützel ist vorbei.

»Es war von Anfang an klar, dass es so kommen würde«, sagt Fifer. »Und es gibt nichts, was du dagegen tun könntest.«

24

Ich kehre zurück nach Rochester. Nicholas wollte, dass ich in seinem Haus bleibe, zumindest noch ein paar Tage lang, bis ich mich ganz erholt habe. Aber man erholt sich nicht von Blackwells Folter. Man nimmt sie in sich auf, sodass sie ein Teil von einem wird. Man schiebt sie von einer Ecke in die andere und verstaut sie in einer Schublade, in der es schon unzählige andere Schrecken gibt. Diese Schublade ist immer da, immer greifbar, jederzeit bereit, geöffnet zu werden. Und die einzige Hoffnung ist, dass man die Willensstärke besitzt, sie nicht zu öffnen.

Nicholas bringt mich zurück ins Lager. Wie ein stummer Wächter schirmt er mich vor den Blicken und dem Geflüster der anderen ab. Die Gespräche verstummen, wenn sie uns sehen – mich in meinem langen grünen Samtmantel, immer noch zitternd unter einem wolkenlosen, strahlend blauen Himmel, und Nicholas, ein tröstlicher und unerschütterlicher Fels in der Brandung, gewandet in Gold und Elfenbein.

Trotz der Bemühungen, die Einzelheiten meines Verschwindens – und meines erneuten Auftauchens – geheim zu halten, verbreiten sie sich wie ein Lauffeuer im Lager. Alle wissen, wo ich war, was ich getan habe, was mit mir geschehen ist und wie ich zurückgebracht wurde. Neuigkeiten machen hier schnell die Runde, genau wie Gareth es gesagt hat.

Reihe um Reihe aus weißen Zelten liegen vor mir. Die Planen flattern im Wind wie Segel. Ich steuere auf mein Zelt zu, im inneren Ring Nr. 5, als Nicholas mir die Hand auf den Arm legt.

»Malcolm möchte dich sehen«, sagt er. »Es steht dir frei abzulehnen, und ich habe ihm nichts versprochen. Wir haben ihn davon in Kenntnis gesetzt, dass du hier bist und dass es dir gut geht, aber ich denke, er wird es erst glauben, wenn er dich mit eigenen Augen sieht.«

Ich zögere. Ich wollte mich eigentlich in mein Zelt zurückziehen und dann, später, auf den Übungsplatz gehen, wo ich bis zur Erschöpfung trainieren kann, um mich für die Dinge zu kasteien, die ich getan habe, und auf die vorzubereiten, die mich erwarten. Aber ein Besuch bei Malcolm ist unvermeidbar, und ein kleiner Teil von mir wünscht sich ebenfalls, ihn zu sehen, damit ich mich vergewissern kann, dass es ihm gut geht.

»Ja«, sage ich. »Ich gehe zu ihm.«

Nicholas geleitet mich zum Westflügel von Rochester Hall, der sogar noch prächtiger ist als der Ostflügel. Goldbemalte Gewölbedecken, mit rotgoldenem Brokat bespannte Wände, an denen unzählige goldgerahmte Ölgemälde hängen. Marmorbüsten von Familienmitgliedern der Cranbourne Calthorpe-Goughs starren mich von ihren Sockeln aus an, während sie in warmes Licht gebadet werden, das durch die deckenhohen, von dunkelroten Samtvorhängen eingefassten Fenster fällt.

Wachen stehen an allen Durchgängen, aber ich erkenne schon von Weitem, welche Tür zu Malcolms Gemach führt: Fünf Männer drängen sich davor, und keiner wirkt besonders glücklich. Sie fahren hoch, als wir uns nähern, und reißen hastig ihre Lanzen zur Seite, um uns durchzulassen.

Fitzroy und Malcolm sitzen an einem kleinen Tisch am Fenster, das zum Garten hinausführt und den Blick auf das üppige Waldgebiet dahinter freigibt. Auf dem Tisch stehen silberne Teller, Kristallkelche und Platten mit Essen. Malcolms Teller wirkt unberührt. Er schaut hoch und steht abrupt auf.

»Elizabeth.« Die Leinenserviette flattert zu Boden. »Du bist da.«

In der Vergangenheit habe ich stets einen Knicks gemacht, wenn er mich so begrüßte. Beinahe hätte ich es wieder getan. Aber der Moment geht vorbei und stattdessen neige ich nur leicht den Kopf.

»Ihr wünschtet mich zu sehen«, sage ich. Jedes Augenpaar im Zimmer ist mir überdeutlich bewusst.

»Das ist richtig«, sagt Malcolm. Er dagegen scheint nur mich wahrzunehmen. »Möchtest du etwas essen? Du musst doch hungrig sein. Oder vielleicht etwas trinken ...« Er schaut sich um, als ob er erwartet, dass aus jeder Ecke Diener springen, und ist überrascht – immer noch – als nichts dergleichen geschieht.

Fitzroy bewahrt uns vor einer unbehaglichen Situation. »Heute ist Sonntag.« Er steht auf und wendet sich zu Nicholas, der nicht von meiner Seite gewichen ist. »Ich glaube, heute gibt's Wildschwein am Spieß. Nicht nur eins, sondern eine ganze Herde, die letzte Nacht erlegt wurde. Ich würde mir das Spektakel gerne ansehen. Vielleicht habt Ihr Lust, mich zu begleiten, Nicholas.«

Fitzroy deutet zur Tür, aber Nicholas lächelt bedauernd. »Das würde ich wirklich zu gerne! Aber ich bin heute Elizabeths Begleiter und möchte sicherstellen, dass sie wohlbehalten in ihrem Zelt ankommt.«

»Ist schon in Ordnung«, sage ich, während mir angesichts seiner Fürsorge ganz warm wird. »Gleich im Anschluss gehe ich in mein Zelt. Oder vielleicht treffen wir uns bei den Feuern, wo der Braten geröstet wird? Ich möchte den Köchen meinen Dank aussprechen – und mein Mitgefühl, weil sie die Tiere häuten mussten.«

Nicholas lächelt und wirft dann Malcolm einen Blick zu. Seine dunklen Augen halten Malcolms helle fest, und wenn ich mich nicht sehr irre, blitzen sie warnend auf. Dann treten er und Fitzroy hinaus auf den Gang. Die Tür schließt sich und Malcolm wendet sich mir zu.

»Du bist da.« Ein unsicheres Lächeln. »Ich weiß, das sagte ich bereits. Geht es dir gut? Möchtest du dich setzen?« Er eilt zu Fitzroys Stuhl und rückt ihn für mich zurecht.

»Es geht mir gut«, lüge ich, »und ich stehe lieber.«

Malcolm nickt. Sein Lächeln verblasst. »Das war eine fürchterliche Situation in Ravenscourt. So viel Magie. Und Caleb … ihn so zu sehen …« Er schüttelt den Kopf. »Ich bekomme hier nur spärliche Informationen, weißt du? Niemand macht sich die Mühe, mir etwas zu erzählen, was natürlich verständlich ist. Aber Fitzroy hat mir gesagt, was du durchgemacht hast …« Malcolm bricht ab. Ich will das alles nicht noch einmal erleben, besonders nicht in seiner Gegenwart, also wechsele ich rasch das Thema.

»Ihr und Fitzroy nennt euch beim Vornamen«, sage ich. »Kanntet Ihr ihn schon oder hattet Ihr es satt, seine drei Nachnamen herunterzubeten? Oder vielleicht habt Ihr sie vergessen?«

»Da ich selbst drei Nachnamen habe, weiß ich, wie unangenehm das sein kann. Aber um deine Frage zu beantworten, wir sprechen uns mit Vornamen an, weil Fitzroy nicht wusste, wie er mich sonst nennen sollte.« Sein Lächeln kehrt zurück. »Obwohl er mich einfach Hauptmann hätte nennen können.«

»Hauptmann?«, wiederhole ich. »Ihr?«

»In der Tat. Hauptmann meiner eigenen kleinen Truppe.« Malcolm macht einen Schritt zurück und deutet auf einen Tisch am anderen Ende des Zimmers. Er ist übersäht mit Karten und Papieren und willkürlich aufgestellten Schachfiguren. »Es sieht ganz so aus, als sei ein abgesetzter König doch zu etwas nütze, besonders wenn jener abgesetzte König die Kriegskunst von dem König gelernt hat, der ihn vom Thron stürzte.« Er verstummt kurz. »Das klang hoffentlich nicht weinerlich, oder doch?«

Ich hätte beinahe gelächelt. »Ganz und gar nicht.«

»Gut. Ich arbeite an mir. Fitzroy meinte, es sei unangenehm, wenn ich mich so benehme. Weißt du, wie er mich genannt hat? Patzig! Er ist genauso schlimm wie Keagan. Keinerlei Respekt!« Die letzten beiden Worte spricht er übertrieben empört und gebieterisch aus, und jetzt muss ich wirklich lächeln.

»Er hat mir viel über Harrow und die Leute beigebracht, die hier leben. Ich bin dankbar für die Erkenntnis und beschämt, dass ich so lange unwissend war.«

»Inwiefern?«

»Nun ja«, setzt er an, »ich dachte, alle Reformisten seien Hexer oder zumindest magiebegabt. Das stimmt nicht. Ich schätze, die Hälfte der Soldaten im Lager ist ohne jede Magie. Neutral, so nennt Nicholas das. Komisches Wort. Wie auch immer, da die Hälfte der Soldaten nicht zaubern kann und die Hälfte von dieser Hälfte noch nie ein Schwert in der Hand gehalten hat, hat man mich gefragt, ob ich sie nicht ausbilden will.«

»Ihr habt also das Kommando über sie?«

»Oh nein. Die Hälfte dieser Hälfte will nichts mit mir zu tun haben. Bleiben noch etwa hundert Mann, die es in meiner Gegenwart aushalten, ohne sich übergeben zu müssen. Und die Hälfte dieser Hälfte …«

»Malcolm.«

»Sechzig.« Malcolm zuckt mit den Schultern. »Sechzig Mann von eintausend. Aber es ist ein Anfang, wie man so schön sagt. Alles in allem muss ich wirklich dankbar sein. Fitzroy denkt, wenn ich Erfolg mit ihnen habe, wenn ich Blei in Gold verwandeln kann, wie die Alchemisten sagen, dann werden sich mir mehr anschließen. Und das ist mein Plan.« Wieder deutet er auf den Tisch.

»Wann fangt Ihr mit den Übungseinheiten an?«, frage ich. »Vielleicht komme ich auch. Dann habt Ihr einundsechzig Soldaten.«

Auf seinem Antlitz geht die Sonne auf. »Ja. Fantastisch! Es wäre schön, ein freundliches Gesicht zu sehen.« Er setzt ab und denkt kurz nach. »Na ja, ein Gesicht«, verbessert er sich.

Und ich tue etwas, das ich eben noch nicht für möglich gehalten hätte: Ich fange an zu lachen.

Wir standen erst am Anfang unseres Trainings für Blackwell. Caleb und ich waren noch neu und konnten uns nicht einmal vorstellen, was von uns verlangt werden würde, was wir würden durchstehen müssen. Aber schon jetzt waren die Strapazen schier unerträglich. Da tauchte Caleb eines Morgens vor meinem Schlafzimmer in Ravenscourt auf. Er war vollständig angezogen und hatte einen Beutel dabei, wollte mir aber nicht sagen, was darin war oder wohin wir gingen. Die Sonne lugte gerade erst über den Horizont, trotzdem drängten sich schon die Menschen in der Stadt. Caleb zog mich mit sich, bis die breiten, gepflasterten Straßen allmählich schmaler wurden, wir den Rauch und Gestank der Stadt hinter uns ließen und schließlich in ein Dorf kamen.

Wir stiegen einen Hügel hinauf, auf dessen Kuppe sich ein Friedhof befand. Die Grabsteine standen schief und krumm, wie die Zähne im Mund eines Piraten, zerklüftet, gesplittert und fleckig. Kopflose Statuen ragten hier und da zwischen den Bäumen hervor. Menschen sahen wir keine, auch keine Wege oder Blumen auf den Gräbern. Es war ein längst vergessener Ort, wo nur noch die Toten wohnten.

Caleb entdeckte einen Rasenflecken inmitten einem halben Dutzend Grabsteine und setzte sich hin. Er zog die Tasche von der Schulter, öffnete sie und holte in Leintücher gewickeltes Essen heraus: Brot, Schinken, Käse und Obst – alles aus der Küche gestohlen.

»Was machst du da?«

Er schaute zu mir hoch. Ich dachte, er würde mich necken oder mich verspotten, weil es doch ganz offensichtlich war, was er tat. Aber ausnahmsweise waren seine blauen Augen ernst. »Ich esse«, antwortete er. »Es ist schon eine ganze Weile her, seit ich etwas gegessen habe. Bei dir doch auch, oder nicht?«

Ich dachte darüber nach. Wann hatte ich das letzte Mal gegessen? Vor ein paar Tagen vielleicht. Aber wer konnte das schon sagen? Vermutlich war es auch ein paar Tage her, seit ich geschlafen hatte, aber auch das ließ sich nur schwer bestimmen. Ich war wie im Traum durch die Tage gewandert, wie eine Schlafwandlerin.

»Woher kennst du diesen Ort?« Ich setzte mich ihm gegenüber. Er riss ein Stück Brot ab und reichte es mir. Es war ganz frisch.

»Ich weiß auch nicht«, sagte er und kaute beim Reden. »Irgendwann nach dem zweiten Test – du weißt schon, der am Serpentine Lake …«

Ich schluckte. Blackwell hatte uns zum Serpentine Lake mitgenommen, einem großen See im Jubilee Park, wo die königliche Familie den Sommer mit Bootsfahren und Angeln verbrachte. Er hatte uns befohlen, ihn zu durchschwimmen – es war Dezember, eiskalt, und es schneite – und keiner von uns konnte schwimmen. Wir durften einander nicht helfen. Es war kaum zu ertragen, zuhören zu müssen, wie zwei der Rekruten langsam ertranken. Ihr Flehen durchschnitt die kalte Luft, dann war alles still. Einer von ihnen war erst zwölf gewesen.

»Ich bekam ihre Stimmen einfach nicht aus dem Kopf«, erzählte Caleb. »Eines Nachts, als ich nach drei Uhr immer noch wach lag, zog ich los. Ich hatte kein bestimmtes Ziel, ich wollte einfach nur weg. Nach ein paar Stunden landete ich hier. Komisch, nicht wahr?«

Ich schenkte ihm ein kleines Lächeln.

Caleb biss von seinem Brot ab. »Stundenlang saß ich hier, betrachtete all die Grabsteine, die Inschriften. Diese Leute … sie sind alle tot, Elizabeth. Mehr noch: Sie sind vergessen. Wann hat jemand zuletzt an sie gedacht? Wann hat zuletzt jemand an einem der Gräber gestanden? Schau dich um. Es ist ziemlich lange her.«

Jahre, so wie es aussah.

»Da ist mir etwas klar geworden«, sagte er. »Egal, was mit uns geschieht, egal, was wir durchmachen und noch durchmachen müssen, wenigstens sind wir nicht wie sie. Wenigstens sind wir nicht tot. Wir sind nicht wie sie, Elizabeth. Wir sind am Leben.«

Es war ein kleiner Trost, aber es war der einzige, der uns geblieben war. Und so verbrachten wir den Nachmittag auf diesem Friedhof. Wir aßen. Caleb lehnte sich gegen einen Grabstein und döste. Und als wir nach Ravenscourt zurückkamen, schlief ich das erste Mal seit vier Tagen tief und fest.

Wir waren am Leben.

Trotz der Kette um meinen Hals und der weichen Pritsche unter mir, trotz der Sicherheit meines Zelts – das jetzt bewacht wird, weil ich mir etliche Feinde gemacht habe –, kann ich nicht schlafen. Visionen von Blackwell und seinem verunstalteten Gesicht, von Caleb und seinem verlorenen Leben verfolgen mich. Nach der dritten Nacht, in der ich keinen Schlaf finden kann, stehe ich auf, ziehe mich an, werfe mir meinen Beutel über die Schulter und trete hinaus in den kalten, frühen Morgen. Die Sonne ist noch nicht aufgegangen und alles ist still. Ich mache beim Essenszelt halt, wo die Köche gerade gähnend dabei sind, Getreide in einen Kessel mit kochendem Wasser zu schütten. Niemand sagt etwas, als ich im Eingang auftauche. Aber nach einer Weile kommt eine ältere Köchin in einem grauen Kleid zu mir und drückt mir ein Bündel in die Hand.

»Es ist nicht viel«, sagt sie. »Der Käse ist hart und das Brot trocken. Aber du siehst aus, als könntest du etwas zu beißen vertragen.«

Ich bedanke mich bei ihr, lege das Essen in meinen Beutel und gehe durch ein Meer von Zelten, in denen sich nichts rührt, über die Felder und die Brücke. Ich lasse Rochester hinter mir.

Drei Stunden später stehe ich in Hatch End vor dem schwarzen Tor des Friedhofs neben Gareths Haus. Das Tor ist abgeschlossen, aber der Zaun ist nur zwei Meter hoch, und trotz meiner Müdigkeit ist es ein Leichtes für mich, darüberzuklettern. Ich gehe über den Rasen mit den ordentlich in Reih und Glied stehenden Grabsteinen. Und dann lasse ich mich nieder, wie Caleb und ich es vor so vielen Jahren getan haben, packe mein Essen aus und lege es vor mich hin. Aber es ist nicht dasselbe.

Ich bin am Leben. Aber Caleb ist tot, und es ist nicht dasselbe.

Ich weiß nicht, wie lange ich hier sitze, mit dem Rücken gegen einen Obelisken gelehnt, ein Stück Brot in der Hand. Es dauert eine ganze Weile, bis ich ihn bemerke. Geräuschlos wie ein Geist kommt er auf mich zu.

»Du bist mir gefolgt?« Ich schaue zu ihm auf. Sein Haar leuchtet quecksilberfarben in dem erwachenden Sonnenlicht. »Wieso?«

Skyler zuckt mit den Schultern. »Ich wollte nachsehen, wie es dir geht. Du hast dich rargemacht in letzter Zeit, und Fifer macht sich Sorgen um dich.«

Seit ich ins Lager zurückgekehrt bin, habe ich viel Zeit mit Malcolm verbracht, habe ihm geholfen, seine Männer zu trainieren, habe ihnen gezeigt, was ich noch nie jemandem gezeigt habe – was nie jemand sehen sollte. Möglichkeiten, Wunden zu schlagen, zu töten. Es haben sich noch etwa zwanzig zusätzliche Soldaten Malcolms Einheit angeschlossen. Auslöser war mein Kampf gegen ein Rudel Wölfe, das Nicholas auf magische Weise herbeigezaubert hat. Ich habe sie besiegt, mit nichts weiter als ein paar Messern und einer Handvoll Tannenzweige.

»Hältst du das für eine gute Idee?«, frag Skyler. »Hierherzukommen, meine ich.«

»Warum nicht? Gareth ist doch nicht zu Hause.« Ich zucke mit den Schultern. »Er hockt ständig in irgendwelchen Ratsversammlungen. Malcolm sagt, er habe Rochester seit einer Woche nicht verlassen.«

»Das meine ich nicht.« Skyler fegt ein paar Blätter zur Seite und setzt sich neben mich mit dem Rücken gegen den moosbewachsenen Stein. »Findest du es sinnvoll, dich derart mit den Toten einzulassen?«

»Ich lasse mich ja auch mit dir ein, nicht wahr?«

»Eins zu null für dich.« Skyler hebt die Hand.

Ich schaue ihn an. Schaue in diese fast unnatürlich blauen Augen, die heute leicht getrübt sind, ob von Sorge über mich oder Angst im Allgemeinen vermag ich nicht zu sagen. Meine Gedanken kehren zu Caleb zurück.

»Er hat Blackwell gesagt, dass ich kommen würde«, sage ich. »Caleb. Er meinte, er müsse ihm alles verraten. Blackwell verlangt es von ihm.«

»Ja«, sagt Skyler. »Blackwell ist Calebs Pate – derjenige, der ihn zurück ins Leben gerufen hat – und deshalb muss Caleb tun, was er will. Und zwar alles.«

»Aber er hat Blackwell nicht verraten, dass ich mein Stigma nicht mehr habe.«

Skyler zuckt mit den Schultern. »Vielleicht konnte er dich nicht deutlich hören. Ich hatte auch so meine Schwierigkeiten, durch dieses verdammte Gebet zu dringen, und ich verfüge über eine jahrelange Übung. Caleb ist neu. Es ist schwer, sich auf die Gedanken eines einzigen Menschen zu konzentrieren, wenn man gleichzeitig auch alle anderen hört.«

»Du hast wahrscheinlich recht«, sage ich. »Aber in der Zeremonienkammer habe ich das Gebet nicht aufgesagt, jedenfalls nicht gleich. Ich war zu müde, hatte zu viel Angst. Caleb hätte in mich eindringen und alles hören können. Aber als Blackwell fragte, wo mein Stigma geblieben sei, meinte er, er wüsste es nicht.« Ich mache eine Pause. »Glaubst du, er wusste es und hat Blackwell angelogen?«

»Warum sollte er das tun?« Skyler bricht ein Stück Brot ab und wirft es ins Gras. Ein Vogelpaar flattert herbei und fängt an, daran herumzupicken. »Er hat nicht verhindert, was sie mit dir vorhatten. Außerdem ist das keine Frage des Willens. Ein Wiedergänger muss sich uneingeschränkt seinem Paten unterwerfen. Er kann nicht …« Er verstummt abrupt.

»Du musst nicht darüber reden«, sage ich schnell.

»Das ist es nicht«, sagt er. »Ich kann mich nur nicht mehr genau erinnern. Es ist ein paar Jahrhunderte her, seit ich darüber nachgedacht habe. Ich weiß nicht einmal mehr meinen eigenen Nachnamen.«

»Wirklich nicht?« Ich bin mir nicht sicher, ob mich das belustigen oder erschrecken sollte. Ich entscheide mich für Letzteres. »Das tut mir leid.«

»Mir nicht.« Skyler grinst boshaft. »Fühlt sich irgendwie gut an, nur einen Vornamen zu haben. Wie der Held einer griechischen Sage.«

Ich rufe mir ins Gedächtnis, wie Caleb mit mir gesprochen hat, wie er mir durch die Tür zugeflüstert hat, als ob er mir ein Geheimnis verraten würde. Wie er abwechselnd wütend und trotzig war, dann wieder zerknirscht.

»Caleb kann Blackwell den Gehorsam nicht verweigern«, unterbricht Skyler meine Gedanken. »Nicht im eigentlichen Sinne. Aber das heißt nicht, dass er unbedingt loyal sein muss. Es gibt unzählige Möglichkeiten, illoyal zu sein. Ungehorsam ist nur eine davon.«

»Und die anderen?«

Skyler zuckt mit den Schultern. »Wiedergänger sind sehr einfache Geschöpfe«, sagt er. »Das sagt schon der Name: Wenn sie wiederkehren, sind sie wie Säuglinge. Sie kennen nur ihre grundlegenden Bedürfnisse.«

Mir fällt auf, dass er sich von den Wiedergängern abgrenzt, als ob sie eine eigene Spezies wären, mit der er nichts zu tun hat.

»Es ist eine ziemlich einfache Gleichung«, fährt er fort. »Wiedergänger sind an einen Menschen gebunden, aber sie wollen diese Bindung nicht. Einige gehorchen widerstrebend, bis ihre Paten sterben und sie endlich frei sind. Andere … nun, sagen wir … nehmen die Angelegenheit selbst in die Hand.«

»Woher weißt du das?«

Skyler fixiert mich mit seinen hellen, wissenden Augen. »Weil ich meinen Paten umgebracht habe.«

Ich mache den Mund auf, aber es kommt kein Ton heraus.

»Er befahl mir, ein Schiff zu kaufen, und ich habe ihm ein Schiff gekauft«, erzählt Skyler. »Er hat nicht gesagt, dass es ein seetüchtiges Schiff und eine fähige Crew sein sollte. Das Schiff war aus schlechten Planken gebaut und hatte minderwertige Segel, und die Mannschaft bestand aus Bettlern und Vagabunden, die nur Rum im Kopf hatten. Und mein Pate verlangte auch nicht, dass ich bei der Abfahrt für gutes Wetter sorgte. Unterwegs gerieten wir in einen Sturm, das Schiff fiel auseinander und alle an Bord ertranken. Bis auf meine Wenigkeit, natürlich.«

Ich schlucke ein Stück Brot, das sich in meinem Mund in Stein verwandelt hatte.

»Aus den Dingen, die ein Pate *nicht* verlangt, kann man seinen Vorteil ziehen.« Skyler wirft mir ein schiefes Lächeln zu. »Man kann einen Wiedergänger mit Salz zur Räson bringen, Chérie, aber man kann ihm nicht den Teufel austreiben.«

In diesem Moment verstummt er, die Hand mitten in der Luft hängend, das Brot immer noch zwischen den Fingern. Dann, wie der Blitz, ist er auf den Füßen, packt mich am Mantel und zerrt mich hoch. Das Brot fällt mir vom Schoß, die Vögel flattern erschreckt auf. Skyler zieht mich hinter den Obelisken.

Eine Sekunde später öffnet sich die Seitentür der Kirche – genau jene Tür, durch die ich am Tag meiner Anhörung die Kirche verlassen habe, an dem Tag, an dem Blackwells Bogenschützen angriffen. Und durch die Tür tritt Gareth. Er ist in Begleitung eines anderen Mannes, der wie ein Ratsmitglied ganz in Schwarz gekleidet ist. Aber ich kenne ihn nicht.

»Sagtest du nicht, er sei in Rochester?«, flüstert Skyler.

»Ich habe mich wohl geirrt«, flüstere ich zurück. »Aber was spielt das für eine Rolle? Vielleicht gefällt es ihm nicht, dass wir hier sind, aber es ist ja wohl kein Verbrechen …«

»Pst!« Skyler legt mir die Hand über den Mund.

»Ich weiß ja, dass sich die Dinge geändert haben. Aber man kann doch nicht von mir erwarten, dass ich innerhalb einer Woche meine Angelegenheiten regele«, sagt Gareth.

»Und was für Angelegenheiten sollten das sein?«, fragt der Mann.

»Ich …« Gareth verstummt. »Mein Haus.«

»Vorausgesetzt, es steht dann noch«, sagt der Mann. »Aber keine Sorge, in Upminster gibt es viele schöne Häuser, unter denen Ihr wählen könnt.«

»Das war so nicht vorgesehen«, sagt Gareth.

»Aber das sollte Euch nicht kümmern.« Der Mann hebt besänftigend die Hand. »Ihr seid immerhin ein Meister der Planung. So eine kleine Änderung stellt doch kein Problem für Euch dar. Und außerdem ist es unser aller Aufgabe, nicht wahr? Zu tun, was immer nötig ist.«

Gareth stockt kurz und nickt dann. »*Faciam quodlibet quod necesse est.*«

Blackwells Leitspruch.

Skylers Hand über meinem Mund erstickt einen Aufschrei.

Gareth ist der Verräter.

25

Der Mann in Schwarz verschwindet. Er löst sich buchstäblich in Luft auf. Gareth blickt sich verstohlen um und geht dann durch das Tor hinaus auf die Straße, die nach Rochester führt. Skyler presst immer noch seine Hand auf meinen Mund und wartet, bis er außer Hörweite ist. Minuten vergehen. Endlich lässt er mich los. Er packt meinen Beutel und schießt hinter dem Obelisken hervor.

»Eine Woche?«, sage ich fragend. »Heißt das, dass Blackwell und seine Männer in einer Woche Harrow angreifen werden?«

»Das nehme ich an.« Skyler liegt auf den Knien und stopft meine Habseligkeiten in den Beutel. Er fegt sogar die Brotkrumen zusammen, um jeden Beweis unserer Anwesenheit auszulöschen.

»Was machen wir jetzt? Skyler?« Ich packe seinen Arm, damit er dieses hektische und sinnlose Aufräumen sein lässt. »Hör auf damit. Du musst Gareth belauschen. Finde heraus, was er alles weiß.«

»Es geht nicht«, sagt Skyler. »Ich hab's schon versucht. Ich kann rein gar nichts hören. Ich denke, sie haben eine Barriere benutzt. Quecksilber, Asche, wie diese verdammte Kette, die Fifer hat. Aber ich muss sie nicht belauschen, um zu wissen, was das bedeutet. In einer Woche sind Blackwell und seine Männer hier, um sich John zu holen, John und das Stigma, damit Blackwell seinen wahnwitzigen Plan in die Tat umsetzen kann.«

Eine Woche.

»Wir sind noch nicht bereit«, sage ich. »Die Soldaten aus Francia sind noch nicht eingetroffen, genauso wenig wie die Leute vom Orden. Malcolms Männer sind noch völlig ungeübt … Was sollen wir bloß machen?«

»Nicholas Bescheid sagen. Und Fitzroy. Uns auf das Schlimmste vorbereiten.« Skyler wirft sich meinen Beutel über die Schulter. »Mehr können wir nicht tun.«

»Glaubst du, wir sollten …«

»Gareth töten? Nein.« Skyler nimmt meine Gedanken auf, bevor ich sie aussprechen kann. »Wir können nicht einfach die Mitglieder des Rats umbringen, Chérie, selbst wenn es sich um Verräter handelt. Nein, wir müssen es Nicholas sagen. Er soll entscheiden. Und wenn er Freiwillige braucht, bin ich der Erste, der sich meldet.«

Wir machen uns auf den Weg nach Rochester. Ich bitte Skyler vorauszugehen, damit er das Lager vor Gareth erreicht. Aber Skyler weiß nicht, welchen Weg Gareth nimmt, und keiner von uns beiden will das Risiko eingehen, von ihm gesehen zu werden.

Wir gehen schnell, wobei wir vorsichtig um jede Biegung spähen, bis wir in Rochester sind. Es ist kurz vor Mittag. Rauch liegt in der Luft und der Geruch nach Essen, das bald auf dem Tisch stehen wird. Die Soldaten versammeln sich in Grüppchen um die Tische, stehen in Schlangen am Badezelt, am Wäschezelt und am Waffenzelt. Einige befinden sich noch auf dem Übungsplatz, wo sie miteinander ringen und fechten, sich im Bogenschießen üben oder auf dem nahe gelegenen Feld Runden laufen. Wieder andere schauen einfach zu.

Skyler und ich suchen mit den Augen die Menge ab, halten Ausschau nach einem Mann, der größer ist als andere, einem anderen Mann, der besser gekleidet ist als alle anderen, und einem dritten Mann, der ein Verräter ist.

Aber wir können Nicholas, Fitzroy und Gareth nirgends entdecken.

»Teilen wir uns auf«, sage ich. »Ich bleibe hier und durchsuche das Lager. Du gehst ins Haus. Und schau auch in Malcolms Gemächern nach«, setze ich hinzu. »Fitzroy könnte dort sein.«

Skyler nickt. »Ich hole zuerst Fifer. Sie muss wissen, was geschehen ist, und sie kann mir suchen helfen. Wir treffen uns in einer Stunde in der Kapelle.«

Er verschwindet in der Menge, während ich zu den Zelten gehe. Im Laufen ziehe ich mir die Kapuze über den Kopf. Ich will nicht erkannt werden, ich will nicht aufgehalten werden, und im Augenblick will ich mit niemandem sprechen außer mit Nicholas oder Fitzroy.

Die Menge verläuft sich, als ich mich den Offizierszelten nähere. Vereinzelt sehe ich Männer in Uniform, die Waffen hin und her tragen, die sich über Karten beugen oder Inventarlisten überprüfen. Ich ernte den einen oder anderen Blick, aber Nicholas oder Fitzroy kann ich nirgends entdecken.

Ich durchquere den inneren Ring und gehe zum Übungsplatz. Ich erwarte nicht, Nicholas dort zu finden, aber vielleicht Peter, und vielleicht kann er mir sagen, wo Nicholas ist. Ich blinzele unter meiner Kapuze in die scharlachrote, untergehende Sonne und sehe ihn erst, als ich schon fast vor ihm stehe: ein Junge in einem dunkelblauen Mantel neben einem Mädchen so strahlend wie eine Winterrose in einem blutroten Kleid. Ihre Hand liegt auf seinem Arm.

John.

»Elizabeth.« Seine Augen, immer noch verschattet, aber nicht mehr so dunkel wie beim letzten Mal, weiten sich bei meinem Anblick. Mein Herz, das ohnehin schon schnell geschlagen hat, legt noch an Tempo zu.

»Du bist wieder da«, lässt sich Chime vernehmen, als John schweigt und ich ebenfalls nichts sage. »Ich war so froh, als ich hörte, dass dir nichts passiert ist«, setzt sie hinzu, aber der Stachel in ihrer Stimme spricht eine andere Sprache.

»Ja.« Meine Augen zucken nach rechts und nach links, auf der Suche nach einem Ausweg, aber es gibt keinen. Weder kann ich Johns forschendem Blick entkommen noch Johns Freunden, von denen ich nicht alle kenne und die mich jetzt einkreisen. Ich fühle mich wie eine Jagdbeute.

»Du bist also zurückgekehrt«, sagt einer von ihnen. »Und jetzt willst du einem König helfen, einen anderen umzubringen.«

»Ja.« Mehr habe ich nicht zu sagen. Wenn ich so wenig wie möglich sage, werden sie es bald leid sein und mich in Ruhe lassen.

»Wo wir gerade von Königen sprechen, ich habe gehört, du bist Blackwell begegnet.« Das ist Seb, der Rothaarige. Er betrachtet mich von oben bis unten mit jenem unangenehmen Grinsen. »Wie war das denn so?«

Ich denke an Marcus' Hände, die meinen Schädel umklammern, an Blackwells vernarbtes Gesicht, an den toten Raben in der Zeremonienkammer. An Caleb und die Legion der toten Wachen, an die allwissenden Krähen mit den roten Augen.

Ich schaue zur Seite und antworte nicht.

»Ich habe gehört, du hast Azoth verloren«, sagt der dritte Junge. Er ist sehr attraktiv, mit blonden Haaren und blauen Augen, so groß wie Caleb und Skyler und durch und durch verabscheuungswürdig. »Du hast dir viel Mühe gemacht bei der ganzen Sache und jetzt stecken wir noch tiefer im Schlamassel.«

Auch darauf sage ich nichts. Stattdessen schaue ich Chime an, die einzige Person in dieser Runde, deren Anblick ich ertrage, und das auch nur mit Überwindung.

»Ich suche Nicholas. Weißt du, wo er ist?« Ich ersticke beinahe an der Höflichkeit in meiner Stimme.

Chime macht den Mund auf, aber John tritt vor und antwortet an ihrer statt. »Er ist im Haus, im Wohnzimmer des Westflügels, aber du brauchst eine Eskorte, um hineinzugelangen. Ich kann dich begleiten, wenn du möchtest.«

Das möchte ich nicht. Aber ich habe nach Nicholas gefragt, und John weiß, wo er ist, und wenigstens komme ich auf diese Weise aus dieser Situation heraus.

Ich wende mich wortlos ab und gehe in Richtung Rochester Hall. Einen Moment lang glaube ich, John hätte es sich anders überlegt, oder dass die anderen ihn überredet haben, mich nicht zu begleiten. Aber dann höre ich Schritte neben mir.

Wir erreichen den äußeren Bogengang und die bewachte Tür zum Westflügel. John nickt den Männern zu und sie treten beiseite, um uns durchzulassen. Gleich darauf stehe ich im Wohnzimmer – einem Raum, an den ich keine guten Erinnerungen habe – und schaue mich um. Alles ist noch so, wie es war, die Sofas, der Kamin, die Fenster und der runde Mahagonitisch mit den Stühlen.

Aber das Zimmer ist leer.

Ich schiebe die Kapuze nach hinten und drehe mich rasch um. John tritt vor die Tür und versperrt mir den Weg. Sein Blick liegt auf meinem Gesicht. Er betrachtet mich aufmerksam.

»Was soll das?« In meine Verwirrung mischt sich eine dunkle Vorahnung. »Wo ist Nicholas?«

»Ich weiß es nicht«, sagt er. »Aber ich habe gehört, dass du wieder im Lager bist, und wollte mit dir reden. Ich suche dich schon den ganzen Tag.« Mit einer allzu vertrauten Geste streicht er sich das Haar nach hinten. Seine dunklen Locken sind länger geworden. Er sieht wieder aus wie er selbst.

Aber er ist nicht er selbst.

»Ich war auf dem Übungsfeld, beim Bogenschießen, auf dem Turnierplatz und im Park, was man um diese frühe Stunde tunlichst vermeiden sollte. Ich wäre beinahe von einem Rudel Rehe niedergetrampelt worden.«

»Es tut mir leid, dass ich dir solche Umstände gemacht habe«, sage ich. Meine Worte klingen lässig und gleichmütig, aber das Zittern in meiner Stimme verrät mich.

»Das ist doch nicht wichtig.« Er macht eine wegwerfende Handbewegung. »Das wollte ich gar nicht sagen. Ich meinte nur, dass ich dich sehen wollte.«

Unterdrückter Ärger macht sich in mir breit. »Als wir uns das letzte Mal getroffen haben, meintest du, du wolltest mich nie wiedersehen«, schieße ich zurück. »Kannst du dich noch erinnern? Ich schon. Du hast gesagt, du wolltest all das – mich – hinter dir lassen. Und dann hast du mir gesagt, ich solle gehen und nie wiederkommen.«

»Elizabeth …« Er macht einen Schritt auf mich zu.

»Während ich die heroische Anstrengung, die du auf dich genommen hast, um mich ausfindig zu machen, durchaus zu schätzen weiß, darf ich dir versichern, dass sie unnötig war«, fahre ich fort. »Du musst mir nicht noch einmal sagen, dass ich dich nicht weiter belästigen soll. Ich werde mich raushalten. Du bist allein, ganz so wie du wolltest.« Dann kann ich es mir einfach nicht verkneifen und fahre fort: »Aber so wie es aussieht, bist du gar nicht allein, stimmt's?« John gegenüberzustehen und mit ihm zu reden ist viel schmerzhafter, als ich gedacht habe. Ich will zur Tür gehen.

»Elizabeth, bitte hör mich an.« Er greift nach mir, aber ich weiche ihm aus.

»Fass mich nicht an.« In meinen Augen brennt es verräterisch und meine Stimme bricht. Ich bin den Tränen nah. »Geh mir aus dem Weg.« Ich will mich an ihm vorbei zur Tür schieben.

»Verdammt noch mal, hör mir zu!« John packt mich am Arm und dreht mich zu sich um. Ich will mich losreißen, da sehe ich ihm ins Gesicht. Seine Haut ist blass, die Augen gerötet, die Stirn in Falten gelegt. Ich kenne diesen Ausdruck: eine Mischung aus Flehen, Traurigkeit und Elend.

»Ich war wütend auf dich«, sagt er. »Ich habe Dinge gesagt, die ich gerne zurückgenommen hätte. Dumme Dinge, die ich nicht so gemeint habe. Und als ich glauben musste, dass diese Worte die letzten waren, die du von mir zu hören bekommen hast ...« John lässt mich los und dreht sich zur Tür um. Ich glaube schon, er will das Zimmer verlassen.

»Das Stigma.« Er dreht sich wieder zu mir. »Es tut etwas mit mir. Es macht mich gewalttätig. Unvernünftig. Ich bin nicht mehr ich selbst. Aber das weißt du längst.«

Ich nicke leicht.

»Ich war schon unberechenbar, bevor ich nach Hexham kam, aber danach wurde es noch schlimmer«, fährt er fort. »Ich bin mit den Wachen in Streit geraten. Ständig. Nachdem du weg warst, nachdem du Malcolm und das Mädchen aus dem Gefängnis befreit hattest, war ich so wütend. Ich habe einen Soldaten so übel zugerichtet, dass er zu einem Heiler gebracht werden musste.« Er verzieht gequält das Gesicht. »Ich war völlig außer Kontrolle. Aber auch das weißt du.«

Wieder nicke ich.

»Nicholas hat mich aus Hexham rausgeholt«, berichtet John weiter. »Er hat mir erzählt, dass Fitzroy dem Rat angeboten hat, mich unter Hausarrest zu stellen. Er meinte, er bräuchte mich für die Pflege seiner Mutter. Das war eine Lüge, so viel ist sicher. Und der Hausarrest stellte sich als eine Art Quarantäne heraus. Nicholas und Fitzroy verboten mir, mein Zimmer zu verlassen. Ich durfte niemanden sehen, bis auf Nicholas. Ich bekam nur Kräuter, Bücher und meine Gerätschaften. Anfangs wollte er mir nicht einmal meinen Destillierapparat geben, weil er Angst hatte, ich würde das Haus niederbrennen.«

John lacht reumütig, aber ich falle nicht in sein Lachen ein.

»Nach ein paar Tagen ging es mir schon besser«, sagt er. »Ich begriff, warum sie mich eingeschlossen hatten. Je mehr ich mich wieder mit meiner eigenen Magie beschäftigte, desto mehr schien die Magie des Stigmas zu weichen. Und je mehr ich wieder zu meinem alten Selbst wurde, desto mehr musste ich an dich denken. Ich wollte wissen, was mit dir geschehen war, ob es dir gut ging. Aber Nicholas wollte mir nichts sagen, und ich dachte …« Er bricht ab. »An dem Tag, an dem er dich heimbrachte, kam er zu mir. Und hat mir alles erzählt.«

»Wieso darfst du jetzt hinaus?«

John streckt seine Hand nach mir aus und lässt sie dann wieder sinken.

»Weil er meinte, dass du mich bräuchtest«, sagt er. »Aber wenn das nicht stimmt, kannst du es mir ruhig sagen. Ich werde versuchen, es zu verstehen. Ich brauche dich. Und ich werde nie damit aufhören, dir das zu zeigen.«

Seine Worte reißen die Mauer um mich nieder. Ich mache einen Schritt auf ihn zu, er kommt mir mit drei großen Schritten entgegen. Ich strecke die Arme nach ihm aus und er zieht mich an sich. Seine Arme umschlingen mich, seine Hände fahren in meine Haare, seine Lippen bedecken mein Gesicht mit Küssen, und seine Worte flüstern mir ins Ohr: *Ich liebe dich, ich liebe dich, ich liebe dich.*

Schweigend hört sich Nicholas an, was Skyler und ich ihm über Gareth erzählen.

Zu fünft sitzen wir in der ersten Reihe der Kapelle: John rechts von mir, Fifer, Skyler und Nicholas zu meiner Linken. Das flackernde Licht der Kerzen wirft unsere dunklen Schatten auf den Marmorboden.

»Eine Woche.« Nicholas schaut himmelwärts zu den Sternen, die auf die Kirchendecke gemalt sind. »Wegen des Mondes, natürlich.«

Ich runzle die Stirn, während die anderen nicken.

Nicholas dreht sich zu mir. »Am Tag des Rituals – am Tag deiner Rettung – befand sich der Mond in seiner ersten Halbphase. Halb Licht, halb Dunkelheit, alles im Gleichgewicht.«

Ich versuche mich an jenen Morgen zu erinnern – was ich bis jetzt vermieden habe – und es fällt mir wieder ein: Als ich auf dem Fenstersims in meiner Zelle gehockt habe, kurz bevor ich springen wollte, sah ich den Halbmond tief am dunklen Morgenhimmel stehen.

»Für diese Art Zauber ist eine Mondphase nicht von Bedeutung«, fährt Nicholas fort. »Die Magie, die er anstrebt, ist viel stärker als die des Himmels. Aber Blackwell überlässt nichts dem Zufall und das erklärt den Zeitpunkt. Der nächste Halbmond – in seiner abnehmenden Phase – ist in …«

»Einer Woche«, beendet Fifer den Satz.

Nicholas nickt. »Wahrscheinlich hat Blackwell mittlerweile in Erfahrung gebracht, dass John das Stigma hat. Wenn nicht von Caleb, dann von Gareth, der zweifellos eins und eins zusammengezählt hat.« Er macht eine Pause. »Ich hätte nicht geglaubt, dass er es ist. Dass Gareth sich Blackwell zuwenden und alles opfern würde, was ihm heilig ist, im Austausch gegen eine hohe Position in der neuen Regierung, würde ich vermuten.«

»Er war schon immer ehrgeizig«, bemerkt John.

»Ja«, sagt Nicholas. »Und das wird sein Untergang sein.«

Und wieder muss ich an Caleb denken, an seine gnadenlose Ambition, die ihn in ungeahnte Höhen katapultierte, bis sie sich gegen ihn wandte und er in den Abgrund stürzte.

»Ich verstehe das nicht«, sage ich. »Wenn Gareth sich mit Blackwell verbündet hat, warum hat er mir am Tag der Anhörung dann befohlen, Blackwell zu töten? Und warum hat Blackwell seine Späher nach Harrow gesandt? Die Informationen, auf die er aus war, hätte er doch auch durch Gareth erhalten können? Wenn es keine Attacken auf Harrow gegeben hätte, hätten wir doch nie vermutet, dass es in unseren Reihen einen Verräter gibt. Das hätten wir erst herausgefunden, als es zu spät gewesen wäre.«

»Als Gareth dir den Auftrag gab, Blackwell zu töten, hat er zweifellos nur Befehle befolgt«, sagt Nicholas. »Blackwell war klar, dass du dir die Gelegenheit nicht entgehen lassen würdest. Das war die beste Möglichkeit, dich zu ihm zu locken. Was die Späher betrifft, so glaube ich, dass sie die Informationen bestätigen sollten, die Blackwell von Gareth bekam. Verrätern kann man nicht trauen, das weiß auch Blackwell.«

»Was machen wir jetzt?«, fragt Fifer. »Lassen wir Gareth verhaften und nach Hexham schaffen? Oder setzen wir ihn in Rochester fest?«

Nicholas legt die Fingerspitzen seiner beiden Hände aneinander. »Ich glaube«, sagt er nach einer Weile, »das würde Blackwells Einmarsch in Harrow nur beschleunigen. Wenn Blackwell herausfindet, dass wir Gareth enttarnt haben, dann hätte er keinen Grund mehr, mit dem Angriff noch zu warten. Wie ich schon sagte: Die Mondphase ist nicht nötig für diese Art von Magie, sie ist lediglich eine Zugabe. Ich glaube nicht, dass er dafür seine militärische Überlegenheit opfern würde.«

»Ihr wisst, dass ich Euer Urteil nie infrage stellen würde«, sagt Fifer. »Aber die Vorstellung, dass Gareth ungehindert durch das Lager marschiert, unsere Strategien erfährt, unsere Geheimnisse belauscht – noch mehr Geheimnisse – ist schlichtweg unerträglich.«

Nicholas schaut Skyler an. »Wie wäre es, wenn du ihn überwachst? So gründlich es geht? Ich weiß, dass du ihn nicht hören kannst, aber ich möchte sichergehen, dass er nicht noch andere auf seine Seite gezogen hat, Ratsmitglieder, Soldaten, was weiß ich. Und ich möchte wissen, mit wem er sich trifft und wem er den Zutritt nach Harrow gestattet.«

Skyler nickt. »Ich werde ihm auf Schritt und Tritt folgen.«

Nicholas wendet sich Fifer zu. »Ich weiß, es ist schwer zu glauben, aber manchmal ist es besser, den Dingen ihren Lauf zu lassen, bis man alle Einzelheiten kennt. Dann kann man am besten darauf reagieren.«

Er steht auf. »Nutzen wir die Zeit, um uns so gut es geht vorzubereiten. John, bitte informiere deinen Vater. Er weiß, dass er den Mund halten muss, und er soll über die Gefahr, in der du schwebst, nicht im Unklaren gelassen werden. Ich werde Fitzroy aufsuchen. Er muss seine Soldaten so instruieren, dass Gareth keinen Verdacht schöpft. Und je eher, desto besser, würde ich meinen.«

26

Allmählich kommen die Dinge in Gang. Die Soldaten aus Francia treffen ein, allein eintausend in den letzten vierundzwanzig Stunden, und bis morgen sollen es noch einmal tausend sein. Sie kommen über die sicheren und geschützten Grenzen des benachbarten Cambria und durch die Tunnel, die unter dem Herrenhaus von Rochester verlaufen. Fitzroy überwacht die Truppenübungen. Malcolm ist von frühmorgens bis spätabends mit dem Training seiner Männer beschäftigt. Und auch ich habe wieder angefangen: Jeden Morgen bin ich beim Bogenschießen, am Nachmittag ist Ausdauertraining angesagt und abends Nahkampf mit Skyler.

Am Morgen des vierten Tages – noch drei Tage, bis Blackwells Armee kommen wird – schleiche ich mich aus meinem Zelt in den dunkelgrauen, bewölkten Morgen. Ich kann es kaum erwarten. In der Ferne erklingen die Fanfaren, die uns zum Appell rufen. Der Anblick von dreitausend Männern, die in Uniform über die Hügel marschieren, lässt mein Herz schneller schlagen.

Auf halbem Weg zum Übungsplatz sehe ich John, der auf mich zukommt. Er bleibt vor mir stehen und schenkt mir ein kleines, zaghaftes Lächeln.

Anders als ich ist er nicht zum Kampf gerüstet. Er trägt braune Hosen und einen schwarzen Mantel, und über der Schulter hängt seine abgewetzte braune Ledertasche. Er betrachtet mich mit einem warmen, leicht scheuen Blick. Wir stehen eine Weile da, schauen einander an, ohne zu sprechen.

»Wie geht es dir?«, frage ich schließlich.

»Gut«, antwortet er. »Und dir?«

»Mir geht es auch gut.« Unbehaglich verlagere ich das Gewicht auf den anderen Fuß.

Johns Gegenwart ist mir nicht mehr vertraut. Ich weiß nicht, wie ich mich benehmen und was ich sagen soll. Bei unserem Versöhnungskuss war noch alles ganz leicht. Alle Barrieren waren mit einem Mal verschwunden. Aber in den Tagen darauf waren die Mauern auf einmal wieder da. Jedes Wort und jede Handlung rufen in Erinnerung, auf welchem Fundament diese Mauern errichtet wurden: auf Verrat und Lügen, auf dem, was er sagte, und auf dem, was ich verschwieg. Ich weiß nicht, wie ich sie wieder einreißen kann.

»Willst du irgendwohin?«, frage ich und nicke zu seiner Tasche.

»Ich … ja«, sagt er. »Zur Apotheke. Ich war schon eine ganze Weile nicht mehr da.«

Natürlich. Er saß ja im Gefängnis. Wo ich ihn hingebracht habe.

»Was ich damit sagen will, ist, dass ich nicht mehr viele Vorräte habe«, setzt John von Neuem an. »Und da dachte ich, ich gehe mal hin und besorge mir welche. Willst du …« Er verstummt und räuspert sich. »Ich weiß, du bist sehr beschäftigt und hast viel zu tun. Aber es wäre sehr schön, wenn du mich begleiten würdest. Wenn du Lust dazu hast.«

Ich zögere. Wenn ich mich nicht auf dem Übungsplatz melde, bekomme ich Ärger mit Fitzroy. Und die Strafe, die er sich für mich ausdenken wird, ist ganz sicher nicht angenehm: Geschirr spülen, Wäsche waschen, Waffen einfetten oder etwas Ähnliches. Aber daran liegt es nicht. Ich muss unbedingt weitertrainieren. Ich darf nicht nachlassen, nicht das kleinste bisschen. Ich will schon ablehnen, da sehe ich, wie sich Johns Hände ballen, wie sich sein Kiefer verkrampft. Seine Augen – weit offen und beinahe furchtsam – zucken durch das Lager.

»Ja«, sage ich. »Natürlich komme ich mit.«

Zögernd greift er nach meiner Hand und ich lasse sie ihm. Gemeinsam gehen wir zum Herrenhaus, zu dem einzigen Eingang, der noch offen ist: dem schwer bewachten und magisch geschützten Hauptportal.

Wenn wir hofften, das Lager unbemerkt verlassen zu können, haben wir uns dafür die denkbar schlechteste Zeit ausgesucht. Die Fanfaren ertönen ein letztes Mal, Männer stolpern aus ihren Zelten, ziehen hastig Hemden, Stiefel und Mäntel an, springen von den Tischen im Speisezelt auf, werfen Trinkbecher um und greifen sich noch einen Happen zu essen. In Massen strömen sie uns entgegen.

Mir entgehen weder die missbilligenden Blicke noch die geflüsterten Worte, als wir vorbeigehen. John merkt es ebenfalls, es ist nicht zu übersehen, aber er hält meine Hand fest, als ob er mich vor den Anfeindungen beschützen will. Und als er mich anlächelt und meine Hand drückt, weiß ich, dass ich mich auf diesen Schutz verlassen kann.

Die Mauer bröckelt.

Da sehe ich Chime im Hof auf einer Steinbank sitzen. Sie ist der strahlendste Anblick an diesem grauen Tag, umringt von Freunden. Die Mädchen, gewandet in allen Farben des Regenbogens, habe ich schon einmal gesehen, im Speisezelt, an dem Tag, an dem John verhaftet wurde. Und einige der Jungen kenne ich auch, unter anderem die, mit denen er trainiert hat, die seine Brutalität angefacht und mich ausgebuht haben. Die Mädchen spielen ein Würfelspiel, während die Jungen Parteien bilden und Wetten auf die Spielerinnen abschließen. Aber als sie uns sehen, sind Spiel und Wetten vergessen. Schwarze Würfel rollen zu Boden und bleiben unbeachtet liegen.

»John«, begrüßt ihn Chime. Mich beachtet sie gar nicht. »Verlässt du das Lager?«

»Nur um ein paar Vorräte zu besorgen«, erwidert John.

Chime zieht die Augenbrauen hoch und schaut dann weg.

»Spielst du wieder den Heiler?«, fragt der Junge, der neben ihr sitzt, der Blonde, der mich vor ein paar Tagen verhöhnt hat. »Wenn du es satthast, alte Weiber zu pflegen und Babys auf die Welt zu bringen, bist du uns jederzeit willkommen. Du, wohlgemerkt.« Er blickt kurz zu mir hin und seine Nasenflügel weiten sich angewidert.

John hebt den Finger, und beinahe im selben Moment ertönt die letzte Fanfare. Die Jungen springen auf, raffen ihre Mäntel zusammen und gürten ihre Waffen um.

»Viel Vergnügen beim Spüldienst«, sagt John und zieht mich mit sich.

Die Apotheke befindet sich direkt an der Hauptstraße in Gallion's Reach, zwischen dem Schuster und der Bäckerei. Heute ist hier kaum etwas los. Zwei Händler schieben ihre Karren über die Straße, ein paar Kaufleute stehen untätig vor ihren Läden und schauen uns nach.

Durch eine Seitenstraße gelangen wir zu der Gasse hinter den Geschäften. Wir stapfen durch den Schlamm und durch Pfützen mit fauligem Wasser, bis wir eine schmale, schmucklose Tür erreichen. John zieht einen Schlüssel aus seinem Mantel und öffnet die Tür.

»Das Schloss an der Vorderseite ist kaputt«, erklärt er. »Ich wollte es schon längst reparieren, bin aber nie dazu gekommen.«

Wir betreten das Hinterzimmer der Apotheke, eine Art Vorratsraum. Es ist dämmrig hier, nur durch ein kleines Fenster neben der

Tür fällt Licht. An den Wänden sind mächtige Holzfässer aufgestapelt, auf Regalen stehen unterschiedlich große Körbe, und in der Mitte des Raums befinden sich Kisten. In einer Nische auf der anderen Seite ist ein Bett eingelassen, eine Art Pritsche, mit sauberen weißen Leintüchern. Es sieht so aus, als ob eine ganze Weile niemand mehr darin geschlafen hätte.

»Mutters Idee«, sagt John. »Sie fand es sinnvoll, eine Art Krankenstube einzurichten. Es ist nicht gerade gemütlich, aber es hat ein Dach und vier Wände und es ist ruhig. Obwohl ich mich nicht erinnern kann, dass irgendjemand einmal so krank gewesen wäre, um länger hierzubleiben.« Er lächelt und deutet auf eine andere Tür. »Hier entlang.«

Ich war noch nie in einer Apotheke, aber es ist genau so, wie ich es mir vorgestellt habe. An der hinteren Wand stehen Regale mit Flaschen in allen Formen und Größen, grüne, bernsteinfarbene und rote, die Etiketten aus vergilbtem Pergament, mit Johns unleserlicher Handschrift darauf. Auf ein paar Krügen auf dem obersten Regalbrett mit offensichtlich gefährlichem Inhalt prangt das Bild eines Totenschädels mit gekreuzten Knochen, und ich muss darüber grinsen, wie sorgfältig er die Warnhinweise gemalt hat. Ein einzelnes großes Fenster aus ockerfarbenem Opalglas badet den Raum in ein goldenes, beinahe überirdisches Licht. Die Eingangstür zur Hauptstraße ist mit einem schweren Balken gesichert. Das zerbrochene Schloss hängt lose an seinen Halterungen.

An den Dachbalken sind Blumen und Kräuter in den unterschiedlichsten Trocknungsstadien aufgehängt. Ein paar erkenne ich am Geruch: Lavendel und Anis, Raute und Zypresse, Haselnuss und Ringelblume. Darunter mischt sich das Aroma von scharfen Gewürzen und intensiven Kräutern, gepaart mit einem weicheren Duft, nach Kerzen oder Seife. Alles hier riecht nach ihm.

»Ich würde dir ja gerne einen Platz anbieten, aber …« John

schaut sich um. »So was gibt es anscheinend nicht. Ich habe für gewöhnlich keinen Besuch hier, nur Kundschaft. Ich könnte eine Kiste holen, damit du dich setzen kannst, wenn du möchtest.«

»Nicht nötig.« Ich ziehe mich auf den Tresen, der mit Büchern und allerlei Gerätschaften, mit Pergament und Stiften übersäht ist, und schiebe ein paar davon beiseite. »Hier oben sitzt es sich ganz gemütlich.«

Er lächelt leicht. »Es ist das totale Chaos. Ich würde gerne behaupten, der Grund dafür sei der, dass ich so lange nicht mehr hier war, aber das stimmt nicht. Hier sieht es immer so aus.«

»Was genau brauchst du?«, frage ich. »Vielleicht kann ich dir suchen helfen. Ich bin gut darin, Dinge zu finden. Wenn du mir eine Liste schreibst, kann ich … Was ist?«

Johns Gesicht, das eben noch völlig beherrscht war, fällt in sich zusammen. »Ich bin gar nicht wegen der Vorräte hier. Ich musste einfach mal aus dem Lager raus. Weg von den Leuten, von den Kämpfen, von allem. Ich … musste einfach weg.«

Er geht zu einem riesigen Vitrinenschrank neben der Eingangstür. Auf den Regalbrettern stehen ordentlich in Reih und Glied dicke, ledergebundene Bücher. Er fährt mit der Hand über eine Reihe, zieht eins heraus und kommt zu mir.

»Ich habe dir doch erzählt, dass Nicholas mir Bücher und Zutaten brachte, als ich nach Rochester kam, weil er hoffte, dass ich wieder anfangen würde, meine Magie zu praktizieren.«

Ich nicke.

»Ich habe dir allerdings nicht erzählt, dass ich sie anfangs nicht anrühren wollte. Ich redete mir ein, dass ich kein Interesse daran hatte, aber in Wahrheit hatte ich nur Angst herauszufinden, wie weit ich mich von mir selbst entfernt hatte. Aber als ich mich endlich dazu zwang, ein Buch in die Hand zu nehmen, erkannte ich, was es war. Es waren Lehrbücher. Für Kinder.«

Er lächelt mich an, aber ich kann sein Lächeln nicht erwidern.

»Ich bin fast durchgedreht, habe sie alle an die Wand geschleudert, beinahe hätte ich sie sogar aus dem Fenster geworfen. Aber da ich nichts anderes hatte, fing ich schließlich an zu lesen. Es waren nur Bilder und Beschreibungen von Pflanzen, Kräutern und Blumen. Aber es war Magie, die ich kannte, die ich unter all der Gewalt und dem Zorn des Stigmas vergraben hatte. Wenn ich jetzt merke, dass es mich überkommt, schlage ich sie wieder auf.« Er schüttelt das Buch in seiner Hand leicht. »Ich gehe wieder zum Anfang zurück, um mich daran zu erinnern, was wichtig ist. Ich muss ganz von vorne beginnen, das weiß ich jetzt. Und ich glaube, das ist der eigentliche Grund, warum ich dich hergebracht habe: um dich zu fragen, ob du mir helfen möchtest, noch einmal von vorne zu beginnen.«

Ich strecke die Hand aus. Er reicht mir das Buch. Der Titel ist in goldenen Lettern auf den braunen, ledernen Buchdeckel geprägt. *Phytologiae Aristotelicae Fragmenta*. Ein Text über Botanik.

»Was soll ich tun?«

»Lies mir einfach die Namen der Pflanzen vor«, sagt er. »Und ich sage dir die Anwendungsgebiete.«

Ich schlage die erste Seite auf. »Weißdorn.«

»*Crataegus laevigata*.« Er setzt sich auf den Tresen mir gegenüber. »Folgende Pflanzenteile kann man verwenden: Blätter, Blüten, Früchte. Anwendungsgebiete: Kurzatmigkeit, Müdigkeit und Brustschmerzen. Keine bekannten Nebenwirkungen.«

Ich blättere um. »Sumpfhelmkraut.«

»*Scutellaria lateriflora*. Blätter, Stängel, Blüten. Findet Anwendung bei Angstzuständen, Schlaflosigkeit, Unruhezuständen.« Ein Muskel in seinem Kiefer zuckt. »Nebenwirkungen: Kann betäubend wirken und, in Verbindung mit Gamander, sogar giftig.«

»Goldrute.«

Und so geht es weiter. Seite für Seite, Kraut um Kraut, Blume um Blume, Pflanze um Pflanze, Wurzel um Wurzel. Johns steife

Haltung lockert sich. Seine Augen fallen ihm zu. Seine Stimme wird weich, tief, hypnotisch.

Wieder blättere ich um, und was ich sehe, zaubert ein Lächeln auf mein Gesicht.

»Jasmin.«

Er reißt die Augen auf. Sein Blick fängt meinen ein und hält ihn fest. Darin liegt eine solche Sehnsucht, dass mir der Atem stockt.

»*Parsonisia capsularis*. Verwendete Pflanzenteile: Blüten und Stängel. Als Tinktur gegen Schrammen und Hautabschürfungen, als Kompresse gegen Kopfschmerzen und Fieber.«

Er lässt sich vom Tresen zu Boden gleiten und tritt vor mich hin. Nimmt eine Strähne meines Haars, wickelt sie um den Finger und steckt sie dann hinter mein Ohr.

»Nebenwirkungen: kann Herzrasen verursachen, flachen Atem und Magenflattern.«

Jetzt, aus der Nähe, sehe ich genau, was das Stigma ihm angetan hat, erkenne den Preis, den er zahlen muss, um dagegen anzukämpfen. Die schlaflosen Nächte in seinen rot geränderten Augen. Die Sorge in den dunklen Schatten, die darunterliegen. Er hat sich rasiert, aber nur flüchtig, als wäre ihm eine gründliche Rasur nicht wichtig. Sein Hemd dagegen ist zu sauber und faltenlos. Undenkbar, dass er das aus eigener Kraft geschafft hat.

In diesem Augenblick stützt er die Hände auf den Tresen rechts und links von mir, beugt sich vor und legt seinen Kopf an meine Schulter. Er ist ganz still, als erwarte er, dass ich mich abwenden und ihn zurückweisen würde. Er schließt die Augen, wobei seine Wimpern meine Wange kitzeln, und ich fühle, wie sich seine Brust hebt und senkt, als er tief Atem holt und ihn langsam wieder ausstößt.

Ich weiß jetzt, dass es verschiedene Arten von Stärke gibt. Es gibt die Kraft, mit der man Schwerter schwingt und Ungeheuer erschlägt, aber es gibt auch eine Kraft, die im Stillen daherkommt, aber mächtiger, unbeugsamer und ausdauernder ist. Eine Stärke, die aus dem Inneren erwächst. In all der Zeit, in der ich ihn brauchte, habe ich nie begriffen, wie sehr auch er mich braucht.

Ich greife mit meinen Fingern in seine Locken, beuge mich vor und fahre mit meinen Lippen sanft über seine. Dort verharre ich, aber er erwidert meinen Kuss nicht. Er rührt sich nicht, fürchtet, dass er mit einer einzigen Bewegung, mit einem Atemzug oder einem Wort den Zauber brechen würde. Dass ich dann für ihn verloren sein werde.

Aber ich lasse mich nicht beirren.

Ich ziehe ihn dicht an mich, und ich fühle sein Herz, das wild in seiner Brust schlägt. Seine Arme verkrampfen sich und seine Hände packen den Rand des Tresens fester. Meine Lippen kehren zu seinem Mund zurück, federleicht, streichen über seine Wange zu seinem Ohr und dann über seinen Hals. Einen Wimpernschlag lang zucken meine Augen zu seinen, und ich sehe, wie sie sich schließen.

»Du weißt nicht, was du da tust.« Seine Stimme ist nur ein Flüstern, ein Hauch auf meiner Haut. Eine deutliche Warnung.

Ich muss unwillkürlich lächeln. Meine Lippen an seinem warmen, nach Kräutern und Gewürzen duftenden Hals biegen sich leicht nach oben. Ich küsse seine weiche Haut, einmal, zweimal, und flüstere ihm dann ins Ohr: »Doch, das weiß ich.«

Da umfasst er mich und presst mich an sich, eine Hand in meinem Haar, die andere um meine Taille geschlungen, zieht mich vom Tresen auf seine Hüften. Ich keuche überrascht auf, und dann liegen seine Lippen auf meinen, fest, leidenschaftlich. Ich bin außer Atem, aber er gewährt mir keinen. Er küsst mich wieder und wieder. Meine Füße rutschen zu Boden und wir stolpern, eng umschlungen, vom Tresen weg.

Er schiebt mich zur Tür, ich ziehe ihn hindurch. Er zerrt mir den Mantel von den Schultern, ich tue das Gleiche mit seinem. Er streift mir die Weste ab, ich knöpfe ihm das Hemd auf und lasse es über seine Arme nach unten gleiten. Er drängt mich zu dem Bett in der Nische, ich ziehe ihn auf mich. Und gemeinsam zerwühlen wir die glatt gestrichenen Laken.

Als zwischen uns nichts mehr steht außer einer Frage, hält er inne – soweit ich es zulasse –, schaut mir in die Augen und fragt wortlos: *Bist du sicher?*

Es reicht nicht, einfach nur Ja zu sagen. Es reicht nicht, nur mit einem Kuss zu antworten. Ich tue beides, aber ich tue noch mehr: Ich spreche es aus. Nachdem ich es so lange gefühlt habe, finde ich nun endlich den Mut, es auch zu sagen.

»Ich liebe dich.«

Er zieht die Decke über uns und küsst mich.

Und die Mauern stürzen ein.

27

Ich wache auf und spüre Johns Hand in meinem Haar. Mit den Fingern fährt er von meiner Kopfhaut bis zu den Haarspitzen. Ich blinzele mit einem Auge und sehe, dass er mich verschlafen und mit halb geschlossenen Lidern beobachtet. Aber das Lächeln auf seinem Gesicht ist hellwach.

»Wie spät ist es?«

Er rollt sich auf den Rücken, hebt den Kopf und schaut zu dem Fenster neben der Tür. »So gegen sieben, würde ich sagen.«

»Oh.« Ich denke kurz nach. »Das ist später, als ich dachte. Wir müssen uns eine Ausrede einfallen lassen, wo wir den ganzen Tag lang gesteckt haben. Vielleicht können wir sagen, dass wir in Gallion's Reach zu Abend gegessen haben.«

John dreht sich zu mir um und sein Lächeln wird zu einem frechen Grinsen. »Sieben Uhr morgens.«

Ich keuche auf und er fängt an zu lachen.

»Ich stecke in ernsten Schwierigkeiten«, stöhne ich.

»Das stimmt«, nickt er. »Man wird dir eine Woche lang Küchendienst aufbrummen.«

»Nur dass du's weißt: Ich werde dir die Schuld in die Schuhe schieben.«

»Du kannst mir immer und zu jeder Zeit für alles die Schuld geben.« Er grinst wieder. »Trotzdem, ich denke, wir sollten aufbrechen. Mein Vater wird sich schreckliche Sorgen machen.« Dann denkt er kurz nach. »Wobei, wenn er herausgefunden hat, dass ich mit dir unterwegs bin, ist das wohl noch eine Untertreibung.«

Wir packen unsere Sachen und verlassen die Apotheke durch die Hintertür. John schließt ab, dann steuern wir durch die Gasse auf die Hauptstraße zu. Der Tag ist grau, die Luft kühl und still. Gestern war es auch ruhig, aber heute kommt mir alles so verlassen vor. Die Geschäfte haben noch geschlossen, die Türen und Fenster sind verriegelt und keine Menschenseele ist zu sehen.

»Glaubst du, es ist etwas geschehen?«, frage ich flüsternd. Es ist zwar niemand da, aber trotzdem traue ich mich nicht, laut zu sprechen.

»Keine Ahnung.« Er lässt meine Hand los und geht zur Tür des Schusters, greift nach dem wie ein Schuh geformten Türklopfer und lässt ihn fest gegen das Türblatt fallen, einmal, zweimal. Als Nächstes klopft er bei der Bäckerei, beim Fischhändler, beim Buchladen, bei der Schänke mit dem Namen »Zum Kahlen Kopf«.

Niemand öffnet.

»Das gefällt mir nicht«, sage ich. Aber was genau mich beunruhigt, könnte ich nicht sagen: Es gibt keine Anzeichen eines Angriffs – keine Schreie, kein Rauch, keine wiehernden Pferde. Kein Stiefelgetrappel, kein Klirren von Schwertern. Kein metallischer Blutgeruch in der Luft.

»Beeilen wir uns.« John kehrt zu mir zurück. »Wenn etwas geschehen ist, werden die Leute in Rochester Bescheid wissen.«

Wir gehen wieder an der Apotheke und den anderen Läden vorbei und haben schon beinahe die Hauptstraße erreicht, als ein Mann um die Ecke biegt und an uns vorbeirennt, als ob der Teufel hinter ihm her wäre.

»He!« Er reißt einen Speer hoch, ein zerbrechliches Ding mit einer abgebrochenen Pfeilspitze am Ende, die mit einem Stück

Leder an dem Stock festgebunden ist. Seine Augen werden groß, als er John sieht, und er senkt die Waffe.

»John Raleigh. Was tust du denn hier? Und du?« Der Mann schaut mich an. »Letzte Nacht wurde der ganze Ort geräumt, alle wurden nach Rochester gebracht, ob sie wollten oder nicht.« Dem Stirnrunzeln nach zu urteilen, gehört er zu denjenigen, die nicht wollten. »Blackwells Männer haben wieder einmal die Grenzen überschritten.«

»Was ist passiert?«, fragt John aufgeregt. »Wurde jemand verletzt?«

»Weiß nicht.« Der Mann zuckt mit den Schultern. »Es ist ein einziges Durcheinander. Man hört Gerüchte, dass Leute verschwunden sind, aber keiner weiß Genaues. Man zählt gerade durch.«

John und ich wechseln einen raschen Blick.

»Ihr solltet zusehen, dass ihr nach Rochester kommt«, fährt der Mann fort. »Dein Vater macht sich bestimmt Sorgen, John.«

»Wenn alle nach Rochester gebracht wurden, was machst du dann noch hier?«

Der Mann nickt zum Schuhmacherladen. »Ich hab vergessen abzuschließen. So was Blödes aber au…«

Der Pfeil durchbohrt sein Auge mitten im Satz. Der Mann schwankt kurz und Blut strömt über sein Gesicht. Dann fällt er mit dem Gesicht nach unten um.

Alles geschieht in Sekundenschnelle.

Aus dem Augenwinkel sehe ich den Bogenschützen. Mit schwarzem Mantel und hochgezogener Kapuze, sodass man sein Gesicht nicht erkennen kann, lauert er an der Ecke, um die der Schuster gerade gebogen kam. Er legt einen zweiten Pfeil an und zielt auf uns. John reißt dem Toten den jämmerlichen Speer aus der Hand, nimmt meine Hand, und dann rennen wir los.

Ein Pfeil jagt uns hinterher. Ich höre ihn durch die Luft pfeifen. Wir versuchen nicht, auszuweichen, stattdessen packt mich John und reißt mich mit sich zu Boden. Wir fallen hart auf die Pflastersteine und der Pfeil saust über uns hinweg. John ist als Erster auf den Füßen und hilft mir hoch. Dann laufen wir weiter.

Die Pfeile kommen jetzt aus allen Richtungen. Von vorne, von hinten, von rechts und von links. Wir sind umzingelt. Ein Pfeil streift Johns Schulter. Ich keuche erschrocken auf, als er nach vorne sackt, die Hand auf den Arm presst, aber als er sie wieder wegzieht, ist nur ein kleiner Blutstropfen zu sehen. Die Wunde ist bereits verheilt.

Wir hasten wieder in die kleine Gasse, zurück zur Apotheke. An der Hintertür hat John bereits den Schlüssel in der Hand. Er schließt auf, drückt gegen die Tür und stößt mich ins Haus.

»Wir müssen uns verstecken.« Ich schaue mich um. »Gibt es eine Möglichkeit, auf den Dachboden zu kommen? Oder hinauf aufs Dach?«

»Wir werden uns nicht verstecken.« John zieht mich nach vorne in den Laden und hinter den Tresen. Dann rennt er hin und her, reißt Schubladen auf, dreht sich im Kreis, murmelt vor sich hin. Schließlich lässt er sich vor dem Vitrinenschrank auf die Knie fallen und öffnet ein Fach.

Es kracht und splittert und durch das ockerfarbene Fenster kommt ein Stein geflogen. Sie haben uns aufgespürt. Nach einem kurzen Moment springt John auf die Füße. In der Hand hält er zwei Masken, die aussehen wie Henkershauben. Er gibt mir eine davon.

»Zieh sie an.«

»John, ich weiß nicht …«

»Zieh sie an!«

Ich tue, wie mir geheißen. Die Haube ist eng, hat nur Schlitze für die Augen, eine winzige Öffnung für den Mund, durch die man nicht reden, sondern nur ein wenig Luft holen kann, und keine für die Nase.

John duckt sich. Sein Kopf verschwindet wieder in dem Schrank. Als er auftaucht, hält er einen kleinen Lederbeutel in der Hand. Flink löst er die Riemen und schüttet den Inhalt auf den Tresen. Heraus kullert ein kleiner weißer Würfel. Auf dem Würfel prangen ein roter Totenschädel und gekreuzte Knochen – gestempelt, nicht aufgemalt.

»John … was ist das?« Meine Stimme klingt gedämpft durch die Haube.

Wieder ein Krachen, als ein zweiter Stein durch das Fenster fliegt. Die Rufe von draußen werden lauter. John wendet sich mir zu. Sein Gesicht unter dem Gewirr aus dunklen Haaren ist blass.

»*Ricinus communis*. Aus den Samenschalen des Wunderbaums. Schon mal davon gehört?«

Ich schüttele den Kopf.

»Das ist Gift. Ein einziger Atemzug tötet auf der Stelle. Es ist nicht nur in Harrow verboten, sondern überall. Ich habe einen Vorrat für Patienten, die todkrank sind und nicht leiden wollen, sondern ihrem Leben ein schnelles, schmerzloses Ende bereiten. Wenn irgendjemand wüsste, dass ich es habe …« Er beendet den Satz nicht, was auch gar nicht nötig ist. Wenn der Rat gewusst hätte, was John in seiner Apotheke aufbewahrt, wäre er nicht im Gefängnis gelandet, sondern am Galgen.

»Ich werde das jetzt benutzen«, sagt er. Sogar seine Lippen sind bleich. »Ich werde es in die Luft freisetzen, und sie werden es einatmen. Sie werden sterben.«

Mir ist übel. All die Anstrengungen, die er unternommen hat, um den Einfluss des Stigmas zu kontrollieren, werden buchstäblich mit einem einzigen Atemzug zunichtegemacht. Ich trete vor und lege meine Hand auf seinen Arm.

»Lass mich es tun.«

»Nein, das ist meine Aufgabe.« Seine Stimme ist ruhig und fest.

Ich nicke widerstrebend.

»Zieh die Maske unter keinen Umständen aus, hörst du?« Er spricht jetzt schnell. »Du darfst atmen, aber du darfst sie erst ausziehen, wenn ich es dir sage. Fass auch nichts an. Tue gar nichts, bis ich sage, dass es sicher ist. Verstanden?«

Ich nicke noch einmal.

Er streift dicke, schwere Handschuhe über, zieht seine Maske über das Gesicht und bindet sie eng um Nase und Mund. Dann holt er eine lange Glaspipette unter dem Tresen hervor. Das eine Ende ist breit, das andere schmal, wie bei einer Trompete. Er wickelt den Giftwürfel aus seiner Verpackung und zerkrümelt ihn mit den Fingern. Dann schieb er das Gift in das breite Ende der Röhre. Mit dem Daumen der anderen Hand hält er das schmale Ende zu, sodass das Pulver nicht herausfällt.

Ein ohrenbetäubendes Klirren ertönt. Das Fenster im Laden zersplittert. Im Rahmen hängen nur noch Scherben, die in der frühen Morgensonne wie gelbe Katzenaugen glimmen.

John deutet in die Ecke des Raums, links von der Tür.

»Duck dich. Warte, bis sie hereinkommen«, sagt er. Ich habe Mühe, seine Stimme durch die Maske zu verstehen.

Wieder ein Krachen und Klirren, und dann sind sie da. Zwei, sechs, acht von ihnen klettern durch das eingeschlagene Fenster. Schwarze Mäntel und in Dornenranken erstickte Rosen kreisen uns ein. Ihre Pfeilspitzen sind auf uns gerichtet.

»Deine Rüstung wird dir nichts nützen«, sagt einer und zielt auf Johns Stirn.

»Euch eure auch nicht«, sagt John.

Und dann setzt er das schmale Ende der Röhre an die Lippen und bläst kräftig hinein.

Der Puder verteilt sich wie Nebel in der Luft. Lange, weiße Tentakel schlängeln sich aus der Pipette, fast wie Raubtiere auf der Jagd, und schweben auf die Männer zu. Einen Augenblick lang erfüllt ihr Gelächter den Laden, doch zwischen einem Atemzug und dem nächsten verstummt das Lachen.

Ihre Haut wird kreideweiß, als ob sie mit Mehl bestäubt wären. Die Augäpfel verfärben sich, die Adern weiten sich, bis nur noch Rot zu sehen ist. Sie zucken und zittern wie Marionetten, bis alle acht wie ein Mann in einem blutigen Haufen zu Boden sinken, wie der Höhepunkt einer grotesken griechischen Tragödie.

Ich werde auf die Füße gezogen und ziemlich unsanft durch die Fensterhöhlung gezerrt, hinaus auf die Straße. John schüttelt die Handschuhe ab, dreht mich zu sich um und zieht erst meine Maske aus, dann seine eigene.

Er schaut mir ins Gesicht. »Du hast ganz bestimmt nichts angefasst?«

Ich schüttele den Kopf. »Nein.«

John tritt zu der Wasserpumpe vor dem Laden des Fischhändlers und pumpt ein paarmal, bis das Wasser klar aus dem Hahn strömt. Dann wäscht er sich Gesicht und Hände und spült seinen Mund mit Wasser aus, das er auf den Boden spuckt.

»Du auch«, sagt er. »Selbst wenn du nichts berührt hast, kann es nicht schaden, auf Nummer sicher zu gehen.« Ich schöpfe Wasser in meine Hände, bespritze mir das Gesicht damit, bis meine Wangen vor Kälte brennen, und spüle auch mir den Mund aus.

Ich trockne mich mit den Ärmeln meines Mantels ab und schaue ihn dann an. Ich habe Angst, in seinem Gesicht die Brutalität zu sehen, die das Stigma durch seinen Körper kreisen lässt. Doch stattdessen sehe ich nur Wachsamkeit.

»Ist alles in Ordnung?«, frage ich.

John schaut zu den Trümmern seiner Apotheke, zu den gelben Glasscherben auf dem Pflaster und dem Haufen schwarzer Mäntel im Laden.

»Nicht ganz«, sagt er. »Aber das wird schon.«

Ich will eigentlich gar nicht fragen, tue es aber trotzdem. »Was ist mit den Leichen?«

John lächelt grimmig. »Dafür ist gesorgt. In etwa sechs Stunden sind nur noch Knochen übrig.«

Eilig gehen wir zurück zum Lager, während wir ständig die Wiesen, Wälder und Hügel nach Bogenschützen in Schwarz absuchen.

Als wir endlich da sind, kann ich Rochester hinter der neuen Barriere kaum erkennen. Genauso verschwommen wie die Landschaft und das Haus ist der Mann, der an der Grenze steht, eine Gestalt in Wolkengrau mit einem orangefarbenen Dreieck auf dem Aufschlag – ein Mann der Wacht. Er sieht uns kommen und macht eine Handbewegung. Die Luft rings um uns wird undurchsichtig wie Nebel, der sich vor uns teilt und eine Öffnung freilässt.

»Sind da noch mehr Leute?«, fragt der Mann und winkt uns hindurch. »Von ihnen oder von uns?«

»Von ihnen«, sagt John. »Aber wir haben sie ausgeschaltet. Es war auch noch einer von uns da draußen, aber er hat es nicht geschafft. Er meinte, dass Leute vermisst werden. Wurden sie gefunden?«

»Zumindest zwei von ihnen.« Der Wachmann nickt uns zu. »Sagt am besten gleich Bescheid, dass ihr in Sicherheit seid.«

Wir gehen weiter nach Rochester hinein, und als wir über die Brücke kommen, stehen wir mitten im Chaos. Pferde, Knappen, Soldaten und Zivilisten rennen wild durcheinander, überall werden Befehle gebrüllt. John und ich drängen uns durch und suchen nach Peter, nach Fitzroy oder nach Nicholas, nach irgendjemandem, den wir informieren können, dass wir wieder da sind, und der uns sagen kann, was das alles zu bedeuten hat.

Da ertönt ein Aufschrei, und gleich darauf erscheint Peter. Sein Gesicht ist grau und seine Kleidung zerknittert. Er schließt John in eine feste Umarmung und zerzaust ihm das Haar, murmelt ihm etwas ins Ohr, was ich nicht verstehen kann, aber die Erleichterung und die Zärtlichkeit, die in seinen Worten liegt, ist unverkennbar.

Dann dreht er sich um und macht das Gleiche mit mir.

»Ich habe schon das Schlimmste befürchtet.« Peter lässt mich los. Seine Stirn ist gerunzelt. »Blackwells Männer sind wieder nach Harrow eingedrungen. Wir haben alle nach Rochester geholt, in Sicherheit, aber ein paar fehlen noch. Wir dachten, ihr wärt ebenfalls verschwunden.«

»Das haben wir gehört«, sagt John. Er erzählt Peter von den Bogenschützen, von dem ermordeten Schuster, dem Gift und allem, was danach geschah.

»Bei Gottes Blut!«, ruft Peter aus. »Du warst in der Apotheke? Aber ich war dort, nachdem ich euch nirgends finden konnte. Die Lichter waren aus, die Türen verriegelt. Ich hatte keinen Schlüssel, aber ich habe geklopft. Es hat niemand aufgemacht.«

»Wir waren da«, sagt John. »Wir … haben dich bloß nicht gehört.« Ich werde ein bisschen rot, und er ebenfalls, aber er hält dem Blick seines Vaters stand.

»Aber warum … oh! Ah! Ich verstehe. Ah …« Peter fährt sich unbehaglich durch den Bart.

»Du hast erwähnt, dass Leute vermisst werden«, wechselt John schnell das Thema. »Wer genau?«

»Ein paar Soldaten. Eine Frau und ihr Sohn aus den Marschlanden. Den Schuster können wir wohl von der Liste streichen. Und Gareth.«

»Gareth?« John und ich wechseln einen Blick. »Wurde er verschleppt? Oder haben ihn Blackwells Männer in Sicherheit gebracht?«

»Das wissen wir nicht«, erwidert Peter. »Aber Nicholas glaubt, er wurde entführt. Fitzroy war bei Gareth zu Hause. Die Tür stand offen und all seine Habseligkeiten waren noch da.«

»Warum sollten sie ihn entführen?«, will John wissen.

»Schwer zu sagen«, meint Peter. »Vielleicht hat Blackwell erfahren, dass wir über Gareths Verrat informiert sind, vielleicht hat Gareth es sich anders überlegt und wollte sich gegen Blackwell stellen. Und wir wissen ja, wie Blackwell mit Verrätern umspringt.« Er macht eine Pause. »Es spielt keine Rolle. Er ist weg, und obwohl es nur ein kleiner Trost ist, bleibt uns jetzt die Mühe erspart, ihn zu verhaften. Wie auch immer, wir haben Wichtigeres zu bedenken. Letzte Nacht sind ein paar Mitglieder des Ordens der Rose hier angekommen. Sie haben berichtet, dass Blackwell damit begonnen hat, seine Soldaten in Upminster zu mobilisieren. Das ist früher, als wir erwartet haben. Wir glauben, dass sie schon morgen hier sein werden.«

»Wie viele?«, fragt John.

»Vorsichtig geschätzt, zehntausend.«

Zehntausend. Und wir haben nur dreitausend Männer.

»Etliche von Blackwells Soldaten – vielleicht sogar die Hälfte seiner Armee – kämpfen nur unter Zwang«, fährt Peter fort. »Sie werden desertieren, sobald die Schlacht beginnt. Entweder fliehen sie oder Blackwell wird seinen Männern befehlen, sie zu verfolgen. Was bedeutet, dass uns weniger Truppen gegenüberstehen. Trotzdem hat er immer noch die Wiedergänger. Jeder einzelne von ihnen ist so stark wie zehn sterbliche Männer und sie sind ihm treu ergeben.«

Ich muss an Skylers Worte denken und frage mich, ob das tatsächlich stimmt.

»Ihr solltet jetzt zu euren Zelten gehen«, sagt Peter schließlich. »Überprüft eure Waffen und eure Rüstungen. Ruht euch aus. Morgen …« Er bricht kurz ab. »Der Morgen wird früh genug kommen.«

John legt Peter die Hand auf die Schulter, aber nichts, was er sagen könnte, würde die Sorge aus dem Antlitz seines Vaters vertreiben. Peter ist sich durchaus über die Möglichkeit im Klaren, dass John die Schlacht nicht überlebt. Ich weiß es ebenfalls, obwohl ich alles daransetzen werde, dass es nicht zum Schlimmsten kommt.

Gemeinsam gehen wir über das vor Menschen und Pferden wimmelnde Feld und schlängeln uns zwischen den weißen Zelten hindurch, als ich plötzlich einen Ruf höre. Dann ein Lachen. Und dann sehe ich ihn, wie er in einem Flirren aus bunten Streifen und Federn und mit einem breiten Grinsen im Gesicht auf uns zukommt.

George.

28

»Holla!«

Er kommt über den Rasen gerannt, in einem grün-blau gestreiften Gehrock, einem blauen Hut mit gelben Federn und einem passenden gelben Umhang, so strahlend grell wie ein blendender Sonnenstrahl. Er stürzt sich in Johns Umarmung und hätte ihn beinahe umgeworfen. Beide lachen wie kleine Kinder und schubsen sich gegenseitig herum. Irgendwann lässt George von ihm ab, tritt zurück und betrachtet uns mit einem wissenden Grinsen.

»Soso, wenn das nicht mein allerliebstes Unglückspärchen ist.« Er schaut von John zu mir und dann wieder zu John. »Obwohl es aussieht, als hättet ihr endlich euer Glück gefunden, das uns von nun an alle vor Neid erblassen lassen wird.«

George zieht auch mich in eine innige Umarmung.

»Ich bin wirklich froh, dich zu sehen.« Er betrachtet mich gründlich und sein Lächeln versiegt. »Fifer hat mir geschrieben, was passiert ist. Und zwar alles. Du …« George verstummt. Ihm fehlen die Worte, was ich von ihm gar nicht gewohnt bin. »Du wirst es schon schaffen. Wir alle werden es schaffen.«

Er begleitet uns auf dem Weg zu unseren Zelten.

»Seit wann bist du wieder da?«, fragt John ihn.

»Seit gestern Nacht. Die Überfahrt über den Kanal war ein bisschen rau. Aber wir sind angekommen, und gerade noch rechtzeitig, wie es scheint.«

John nickt und wendet sich dann seinem Vater zu. »Was geschieht mit den Menschen, die nicht am Kampf teilnehmen?«

»Ab Mitternacht werden die Frauen und Kinder die Räume nicht mehr verlassen.« Peter deutet nach Rochester Hall. »George hat die Verantwortung für ihr Wohlergehen – und für ihre Evakuierung nach Cambria, sollte es nötig sein. Aber sie werden in Sicherheit sein. Nicholas und einige Mitglieder des Rats arbeiten gerade an den Schutzzaubern. Niemand wird hinein- oder herauskönnen, es sei denn, die Ratsmitglieder – außer Gareth natürlich – geben ihre Erlaubnis.«

Ich frage nicht, was geschehen wird, wenn keiner der Ratsmitglieder überlebt.

Wir schauen uns um. Weitere tausend Soldaten sind aus Francia gekommen. Ihre Zelte sind mit der rot-blau-weiß gestreiften Landesflagge geschmückt. Sie lachen und scherzen, einige üben sich im Kampf, andere liegen im Gras und rauchen Pfeife oder trinken seelenruhig aus Kristallpokalen.

»Ich sehe, sie haben es sich schon gemütlich gemacht«, bemerkt John trocken. »Wenn man sie so sieht, würde man nie vermuten, dass wir am Vorabend einer Schlacht stehen.«

»Sie haben ihren eigenen Wein und ihre eigenen Gläser mitgebracht«, sagt George. »Brandgefährlich in der Schlacht, aber launisch wie Araberhengste, die Kerle, das kann ich euch sagen. Ich werde ständig gefragt, wo sich das Zelt mit den Damen befindet. Also wirklich, wir sind im Krieg, und sie denken bloß an Weiber!«

Ich verdrehe die Augen. John und George lachen.

»Nicht, dass das ein Problem wäre«, fährt George fort. »Die Frauen aus Anglia haben eine Schwäche für die Männer aus Francia, da sind die Frauen aus Harrow keine Ausnahme. Ich vermute also, dass es heute Abend noch ordentlich Musik, Wein, gutes Essen und jede Menge Schäkerei geben wird, wie ich es nicht mehr erlebt habe, seit ich den Hof verlassen habe. Und weil wir gerade vom Hof sprechen …«

Ich schaue auf und sehe Malcolm in unsere Richtung kommen. Er trägt die Farben der Reformisten: schwarze Tunika, schwarze Hosen, das orangerote Emblem auf dem Aufschlag seiner Jacke, ein Schwert an seiner Seite. Ihn so zu sehen, frei, bewaffnet, ungestört durch das Lager schlendernd, als ob es ihm gehört, ist ein Schock und weckt zugleich eine Hoffnung.

George tritt vor und verbeugt sich knapp. »Sire.«

Malcolm winkt ab und lächelt. »Ich habe dir doch gesagt, du sollst mich Malcolm nennen. Wir können die Formalitäten ruhig sein lassen.«

George dreht sich zu uns um. »Der Kerl da ist ein echter Könner, das habe ich gestern Nacht herausgefunden. Er hat mich beim Kartenspiel völlig ausgenommen. Und dann, als er sicher war, dass ich keine Münze mehr in der Tasche hatte, hat er alles mit einem einzigen Blatt wieder verloren. Das war meisterhaft, bei meiner Ehre.«

»Der wahre Meister bist du«, sagt Malcolm mit einer leichten Verbeugung. »Allerdings gebe ich dir gerne Gelegenheit, deine Theorie bei einer Revanche auf die Probe zu stellen.«

»Ich habe für morgen Abend noch nichts vor«, sagt George.

»Dann haben wir jetzt eine Verabredung«, erwidert Malcolm.

George lacht und streckt die Hand aus. Malcolm nimmt sie grinsend. Dann fällt sein Blick auf mich.

»Ich bin froh, dass du wieder da bist. Wir haben uns Sorgen gemacht.« Er schaut zu John und nickt ihm zu. »Um euch beide.« Einen Moment lang herrscht Schweigen. »Elizabeth, darf ich kurz mit dir sprechen?«

John dreht sich zu George um. »Bist du Fifer schon begegnet?«

George nickt lachend. »Als ich sie das letzte Mal gesehen habe, hat sie einen bedauernswerten frankischen Soldaten terrorisiert.

Sie hat ihn verflucht, bevor sie ihn wirklich verflucht hat. Sie hat ihm einen Ausschlag an den Hals gehext, der sich in Windeseile über das ganze Gesicht, die Lippen und die Zunge ausgebreitet hat. Der arme Kerl.«

John lacht ebenfalls. »Was hat er angestellt?«

»Er hat sie ›un peu fig mignon‹ genannt.«

Eine niedliche kleine Feige.

John verdreht die Augen. »Kannst du mich zu ihnen bringen? Zu beiden? Ich will Fifer sagen, dass es uns gut geht. Und dann werde ich mich wohl um einen Fall von Pocken kümmern müssen.« Er schaut mich an. »Sehen wir uns nachher?«

»Natürlich«, sage ich.

John nickt Malcolm zu, drückt meine Hand, und dann gehen er und George gemeinsam weg. Der Wind trägt Georges Geplapper und Johns Lachen zu uns. Ich muss lächeln.

Malcolm wendet sich mir zu. »Und?«

»Mir geht es gut«, sage ich. »John und ich hatten eine Begegnung mit Blackwells Bogenschützen, die für sie schlimmere Folgen hatte als für uns.«

»Das ist schön. Aber das meinte ich nicht. Wie sieht es aus mit morgen?«

Morgen. Die Sache steht auf Messers Schneide: Sieg oder Niederlage, Leben oder Tod, Freude oder Trauer. Es gibt nur Schwarz oder Weiß, nichts dazwischen. Was uns erwartet, wissen wir nicht.

»Ich bin bereit«, sage ich. Es ist die Wahrheit. »Ich habe viel zu lange unter den Grausamkeiten Eures Onkels gelitten. Ich werde tun, was ich kann, um ihn zu Fall zu bringen.«

Er blickt über das Feld und kneift die Augen gegen die untergehende Sonne zusammen. Die Falten in seinem Gesicht vertiefen sich. Ich muss daran denken, dass Malcolm mit zwölf Jahren zum Thronfolger wurde, nachdem Blackwell seine Eltern getötet hatte – und beinahe auch ihn selbst. Der Anschlag missglückte aber. Mit sechzehn wurde Malcolm zum König gekrönt. Und im Alter von zwanzig Jahren besuchte er ein Kostümfest, wurde verhaftet und verlor seinen Thron, seine Frau, sein Land und beinahe auch sein Leben. Er hat mehr durchgemacht als die meisten Männer, die doppelt so alt sind wie er, und heute sieht man es ihm an.

Malcolm schaut wieder zu mir und sein Mund verzieht sich zu einem Lächeln, als ob er genau wüsste, was ich denke. »Habe ich dir jemals erzählt, was ich an meinem ersten Tag als König von Anglia tat?«

Ich schüttele den Kopf.

»Ich habe die Herrschaft über das Land jemand anderem überlassen.« Er zieht eine Grimasse. »Meinem Onkel. Ich sagte ihm, dass ich nicht regieren wolle, dass ich dazu nicht in der Lage sei. Ich hätte wissen müssen, dass etwas nicht stimmt, als er mein Angebot widerspruchslos annahm. Er meinte, er würde die Zügel wieder in meine Hände legen, wenn ich dafür bereit sei. Aber der Alkohol, das Glücksspiel, die Festlichkeiten, die Jagdgesellschaften … tja.« Malcolm lacht kurz und freudlos. »Ich dachte, ich würde das Richtige tun, als ich meinen Onkel nach Belieben schalten und walten ließ. Teilnahmslosigkeit wurde mir zur Gewohnheit. Dafür kennt man mich.«

»Ihr seid hier. Ihr kämpft«, sage ich. »Ihr helft mit, das Land zu retten, und Ihr begebt Euch dafür in Gefahr. *Dafür* wird man Euch kennen.«

»Wenn ich tue, was nötig ist, werden sie mich vielleicht bald gar nicht mehr kennen.«

»Ihr seid der König«, sage ich. »Ihr könnt nicht sterben.«

»Ich kann und werde es vielleicht auch. Vielleicht auch nicht. Das spielt keine Rolle. Wichtig ist nur, dass ich dazu bereit bin. Wie für dich ist es auch für mich Zeit, aus seinem Schatten hervorzutreten. Ich werde mir Anglia wiederholen.«

Er streckt mir die Hand entgegen. »Darf ich?«, sagt er und ich nicke. Dann nimmt er meine Hand und führt sie respektvoll an seine Lippen.

»Ich bin froh, dass du hier bei mir bist«, sagt er. »Ich vertraue nicht vielen Menschen. Eigentlich gar niemandem. Aber dir habe ich immer vertraut. Und jetzt muss ich dich um Verzeihung bitten.«

Ich warte.

»Ich wusste immer, dass du für mich nicht das empfunden hast, was ich für dich fühlte. Ich habe nur beschlossen, dieses Wissen zu ignorieren.« Er lässt meine Hand fallen und seine Miene wird düster. Er sieht so verletzlich aus wie ein kleiner Junge. »Das war selbstsüchtig und falsch. Es tut mir leid. Ich weiß, das sind bloß Worte, aber mehr habe ich nicht. Kannst du mir vergeben?«

Der Abend vor der Schlacht, aus der wir vielleicht nicht lebend zurückkehren, ist nicht die richtige Zeit, um Vergebung zu verweigern, um an altem Groll festzuhalten. Es ist nicht die richtige Zeit, um ihn zu bestrafen.

»Ich vergebe Euch«, sage ich. Und seltsamerweise ist es mir ernst.

»Nun, dann gehe ich jetzt mal eine Schlacht gewinnen.« Da ist es wieder, sein Grinsen. Es erhellt sein Gesicht, und er ist wieder der Malcolm, den ich kenne: laut, ungestüm, selbstherrlich, mit der Welt zu Füßen und dem Kopf in den Wolken. »Morgen um diese Zeit werden wir feiern, denk an meine Worte.« Er dreht sich auf dem Absatz um und winkt mir im Weggehen fröhlich zu.

Ich schaue ihm nach. Die Dunkelheit, die das letzte Tageslicht verdrängt, verschluckt ihn schließlich. Und ich weiß nicht, ob er heller aus der Dunkelheit hervorgehen wird, unbefleckt. Oder ob das Feuer ihn verbrennen wird, und uns mit ihm.

Die Nacht kommt. Und die Feier beginnt. Die Soldaten aus Francia bestehen darauf. Ihrer Ansicht nach ist dies der einzig logische Zeitvertreib: Wenn wir die Schlacht verlieren und sie fallen sollten, wenn sie morgen nicht nach Harrow zurückkehren, dann hatten sie wenigstens heute Nacht ihren Spaß. Das sei doch viel besser, als allein und nervös in seinem Zelt zu hocken, meinen sie.

George war sogleich Feuer und Flamme. Und niemand kann ein Fest besser organisieren als er. Innerhalb einer Stunde stand der Wein bereit, sowohl der aus Francia als auch der aus Lord Cranbourne Calthorpe-Goughs privatem Vorrat. Jemand zauberte winzige weiße Feenlichter herbei, die sich in den Bäumen rings um das Lager niedergelassen haben und nun im Mondlicht aufblitzen.

Musik zieht durch die Luft: Flöten und Trommeln, Harfen und Fiedeln. Die Menschen lachen und tanzen. Sie schwatzen und flirten. Und niemand redet darüber, dass wir vielleicht nicht überleben, dass es außer dieser Nacht vielleicht nichts mehr gibt. Dass morgen alles vergangen sein wird.

Um Mitternacht endet die Musik. Die Feenlichter verlöschen, das Gelächter verstummt. Ohne großes Aufhebens verschwinden die Soldaten in ihren Zelten, während die Frauen und Kinder nach Rochester Hall gebracht werden. Die frankischen Soldaten, eben noch trunken vor Wein und Gelächter, kehren stocknüchtern auf ihre Seite des Lagers zurück.

Die Waffenmeister sehen ein letztes Mal nach den Waffen unserer dreitausend Soldaten. Pferde haben wir nicht viele, zwei oder drei Dutzend vielleicht. Eine Handvoll kräftiger, wendiger Rosse, um den Hauptangriff anzuführen, ein paar Zelter für den Transport. Aber das ist kein Angriff der Kavallerie, so etwas war nie geplant. Hier wird zu Fuß gekämpft, Mann gegen Mann, Auge um Auge, Zahn um Zahn. Blutig, heftig und gnadenlos.

Sobald die Feier endet, geleitet mich John zu meinem Zelt. Wortlos kuscheln wir uns auf meinem engen Feldbett aneinander, sein Arm fest um mich gelegt, mein Kopf an seine Brust gedrückt. Ich atme seinen Geruch ein, der mir so vertraut ist: Lavendel und Gewürze, der warme und tröstliche Duft, der ihn immer umgibt.

Ich sage ihm nicht, dass ich den morgigen Tag fürchte. Ich habe Angst vor dem, was geschehen wird, wenn wir verlieren. Was geschehen wird, wenn wir gewinnen. Ich habe Angst vor dem Kummer und den Verlusten, dem Warten und der unendlichen Zeitspanne zwischen Anfang und Ende, wenn man nicht weiß, wie es ausgeht. Ich sage ihm nichts davon. Aber an der Art, wie er mich im Arm hält, wie er mich küsst und mir sagt, dass er mich immer lieben wird, merke ich, dass er es weiß.

29

Am nächsten Morgen ist die Luft kühl und still. Blasses Sonnenlicht quillt durch die Zeltplane und übergießt das Innere mit einem dumpfen, gelblichen Licht. Draußen geht es bereits geschäftig zu, hektisch und laut. Der Knoten in meinem Magen verkrampft sich schmerzhaft.

Schweigend ziehen John und ich uns an. Wir sind gleich gekleidet: braune Hosen, weißes Hemd unter einem dünnen Kettenpanzer und darüber einen blauroten Waffenrock – diese Farben werden traditionell getragen, wenn Anglia verteidigt werden muss – und darüber wiederum einen Brustpanzer. Ich helfe John, die Lederschnüre an seinen Schultern und seinen Seiten zu binden. Als ich damit fertig bin, tut er das Gleiche bei mir. Und einen Moment lang stehen wir nur da und schauen uns an. Ich sehe die dunkle Entschlossenheit in seinem Gesicht, höre von draußen die Rufe der Soldaten, ihre eiligen Schritte und gelegentlich Hufgetrappel. Es wird Zeit zu gehen.

Doch immer noch rühren wir uns nicht.

Irgendwann wende ich mich ab und ziehe meine Tasche unter der Pritsche hervor. Ich greife hinein und hole ein dunkelgrünes Band hervor, das ich aus dem Mieder des Nachthemds gezogen habe, das Fifer mir geschenkt hat – und das ich in jener Nacht trug, als ich in Johns Zimmer kletterte, die letzte Nacht, in der wir zusammen waren, bevor alles so entsetzlich aus dem Ruder lief.

Ich halte es ihm hin.

John betrachtet das Band und dann wieder mich. »Ich hätte nie gedacht, dass du ein Faible für Bänder hast«, sagt er. »Aber daran erinnere ich mich. Ich erinnere mich an alles in dieser Nacht. Ich habe mich über die Farbe gewundert. Warum grün, wenn dir doch blau am besten steht? Woher hattest du es, und hast du noch ähnliche Nachthemden?«

»Du hast aber viel über mein Nachthemd nachgedacht«, sage ich.

»Ich denke viel über *dich* nach«, verbessert er mich. »Und die meiste Zeit kommen keine Bänder in diesen Gedanken vor.«

Ich muss lächeln, aber nur für einen Wimpernschlag.

»Ich möchte, dass du es bei dir trägst«, sage ich. »Und ich möchte, dass du an mich denkst. Egal, ob grün meine Farbe ist oder ob du lieber an etwas anderes denken möchtest.« Ich spreche jetzt schnell, denn uns bleibt keine Zeit mehr und ich muss es ihm sagen. »Wie auch immer du an mich denkst, du musst wissen, dass ich dich brauche. Ich brauche dich, und deshalb musst du zu mir zurückkommen.«

Ich hebe die Hand mit dem Band und stecke es ihm zitternd in seine Rüstung. Eine Dame würde so etwas tun – einem Ritter ihr Tuch zuwerfen, bevor er ins Turnier zieht. Aber das hier ist kein Schaukampf und ich bin keine Maikönigin. Ich bin, was ich bin: eine Mörderin und eine Verräterin, gelegentlich eine Lügnerin und wohl stets und ständig ein Ärgernis. Aber er liebt mich trotzdem. »Bitte denk an mich«, wiederhole ich. »Bitte komm zu mir zurück.«

John nimmt meine Hand. Es bleibt nichts mehr zu sagen, und so küssen wir uns. Er drückt mich an sich. Vermutlich hat er vergessen, dass er eine Rüstung trägt, oder es ist ihm egal. Wir küssen uns zum Klang der Trommeln, zum Klang der Fanfaren, zum Klang der Hufschläge und der Herzschläge. Wir küssen uns, bis wir nicht mehr können, und dann küssen wir uns weiter. Er zerrt an meiner Rüstung, und ehe ich noch weiß, wie mir geschieht, fällt sie zu Boden, und seine Hand fährt unter mein Hemd, während ich gleichzeitig an der Brustplatte ziehe, die ich ihm gerade erst angelegt habe.

Sonnenlicht blitzt auf und kühle Luft umweht uns. Aus dem Augenwinkel sehe ich Skyler im Zelteingang stehen. Er schüttelt den Kopf und grinst.

»Ihr kommt etwa sechs Stunden zu spät auf die Idee mit dem Schäferstündchen«, sagt er gedehnt. »Das hättet ihr letzte Nacht tun sollen, genauso wie die anderen im Lager.« Er grinst noch ein bisschen breiter. »Wisst ihr, dass in Kriegszeiten zwanzig Prozent mehr Kinder geboren werden als in Friedenszeiten?«

»Raus hier«, murmelt John an meinen Lippen Er dreht sich nicht weg und lässt mich auch nicht los. Aber Skyler lässt sich nicht abwimmeln.

»Und jedem einzelnen Paar werden doppelt so viele Kinder geboren wie normal. Erschreckend, nicht wahr, wenn man bedenkt, dass der hier« – und damit ruckt er den Kopf in Johns Richtung – »sechs Stück haben will.«

Ich löse mich von John und starre ihn mit offenem Mund an. »Du willst sechs Kinder?«

»Hör auf damit!«, fährt John Skyler an.

»Ich hab nicht gelauscht, ich schwör's.« Skyler hebt abwehrend die Hand. »Fifer hat's mir erzählt.«

»Sechs?«, wiederhole ich fassungslos.

»Ich fand immer, das sei eine schöne, runde Zahl.« John zuckt mit den Schultern. »Können wir vielleicht später darüber reden? Denn sosehr ich diese Gruppengespräche schätze, finde ich doch, dass jetzt nicht der geeignete Moment dafür ist.«

»Du hast völlig recht«, sagt Skyler. »Zehn Minuten vor der Schlacht ist der geeignete Moment, um dein *Schwert* zu ziehen …«

John feuert eine Salve von Flüchen auf ihn ab, aber beide fangen an zu lachen, und ich falle in ihr Gelächter ein.

»Spar dir deine Koseworte für das Schlafzimmer auf«, feixt Skyler. »Es ist Zeit zu gehen.«

John hebt meine Rüstung vom Boden auf und legt sie mir wieder an. Er öffnet die Zeltklappe, um mich durchzulassen, aber ich winke ab.

»Ich komme gleich nach«, sage ich. »Ich möchte nur vorher noch etwas mit Skyler besprechen.«

John beugt sich vor und drückt seine Lippen fest auf meine, lässt sie einen Moment dort. Dann tritt er zurück und geht aus dem Zelt, wobei er im Vorbeigehen Skyler noch etwas zuraunt. Ich ahne, was es ist, und es ist gewiss kein Kosewort. Skyler muss lachen. Die Zeltklappe fällt vor die Öffnung und sperrt die Sonne aus. Ein Schatten fällt auf uns.

»Und?«, frage ich. »Gehen wir in den Sieg oder in unseren Untergang?«

»Ich bin kein Seher, Chérie.« Skylers Stimme ist rau. Aus seinen Worten spricht nichts als Ehrlichkeit. »Ich weiß nicht, was geschehen wird. Und ich werde auch ganz gewiss nicht lesen, welchen Ausgang die anderen voraussehen. Ich bin für alles bereit. Ich habe meine Angelegenheiten geordnet.«

Wiedergänger sterben nur selten. Sterben nur selten *zweimal.* Aber es ist möglich. Meistens durch ein gebrochenes Genick, etwas, das nur ein anderer Wiedergänger fertigbringt, oder durch Feuer, was jedem Sterblichen möglich ist. Und ich weiß, dass die ganze Zeit in Rochester Hall Fifer auf Nachricht warten wird, ob er zurückkommt oder nicht.

»Was ist mit John?«, frage ich. »Ich tue, was immer nötig ist, damit Blackwell ihn nicht findet. Das tun wir alle, ich weiß. Aber was, wenn John sich entschließt, nach Blackwell zu suchen? Er behauptet, er habe das Stigma unter Kontrolle. Stimmt das?«

»Er glaubt, dass es so ist«, sagt Skyler. »Und so oft er an das Stigma denkt, so oft denkt er an dich. Mehr empfange ich nicht von ihm, und mehr will ich auch gar nicht wissen. Verlange nicht von mir, dass ich ihn aushorche.«

»Skyler …«

»Du kannst nicht verhindern, was geschehen wird«, fällt er mir ins Wort. »Du hast es immer wieder versucht, aber es ist dir nicht gelungen. Es war von Anfang an klar, dass es darauf hinauslaufen würde.« Fifers Worte in Skylers Mund.

Gemeinsam treten wir aus dem Zelt ins Sonnenlicht, gehen mit funkelnden Rüstungen über das grüne Gras, gemeinsam mit Tausenden anderen. Weiß gekleidete Knappen eilen hinter den Waffenmeistern her und statten die Männer mit Langbogen und Pfeilköchern aus, mit Lanzen, Messern, Streitäxten und Schwertern. Etwa ein Dutzend Männer und Frauen tragen keine Waffen. Sie gehören zum Orden der Rose. Ihre Magie ist stark genug.

Ich entdecke Keagan in einer kleinen Gruppe in der Nähe des Übungsplatzes. Auf ihrer langen weißen Tunika prangt die schwarze Kontur einer Rose. Sie sieht mich und winkt mich zu sich.

»Das sind Odell und Coll«, stellt sie den Jungen und das Mädchen neben sich vor.

»Wir haben von dir gehört.« Coll, das Mädchen, betrachtet mich und lächelt. Sie ist klein, wie ich, hat dunkle kurze Haare, eine gebräunte Haut und ein strahlendes Lächeln. »Keagan sagt, sie nennt dich Sperling. Das gefällt mir. Es passt zu dir.«

»Was ist deine Magie?«, frage ich.

»Oh, na ja …« Coll hebt die Hand und wackelt mit den Fingern. Nach wenigen Sekunden lässt sich ein rotbrüstiger Vogel auf ihrer Schulter nieder, legt den Kopf schräg und beäugt sie aufmerksam.

»Du kannst Tiere zu dir rufen?«

»Und mit ihnen sprechen.« Keagan schaut Coll an, die unter ihrem Blick errötet. »Wir können uns glücklich schätzen, dass wir sie bei uns haben. Eine Macht wie diese ist sehr selten. Sie taucht nur einmal alle zehn Jahre auf, und nur bei der zehnten Tochter einer zehnten Tochter.«

»Du hast neun Schwestern?«

»Nein, zwölf.« Colls Grinsen entblößt Zähne, die so weiß sind wie ihre Tunika. »Da drüben ist eine.« Sie deutet auf ein Mädchen, das kaum älter als zehn ist und sich hinter einem Baum in der Allee versteckt. Man kann nur die Hälfte ihres Gesichts sehen. »Das ist Miri. Du solltest sehen, was sie kann.«

Der Vogel flattert von Colls Schulter auf, als sich aus dem See eine Wand aus Wasser erhebt und sich kreiselnd und schäumend auf uns zubewegt. Über unseren Köpfen bleibt sie stehen, wie eine glänzende Glasscheibe, und dann spritzt Coll ein einzelner Wasserstrahl ins Gesicht. Keagan schnickt mit dem Handgelenk und die Wasserwand explodiert in eine Fontäne aus Nebel. Die Soldaten auf dem Feld lachen und applaudieren.

»Ich habe dich eine Weile nicht gesehen«, sage ich zu Keagan.

»Rochester ist ziemlich weitläufig. Tausende von Leuten, und nur fünfzehn von uns. Aber sie haben uns auch abgeschirmt, weil sie dachten, die anderen sollten nicht allzu viel über unsere Fähigkeiten erfahren, damit nichts nach außen dringt.«

Die Fanfaren erklingen. Sie rufen uns zur Ordnung. Der Klang löscht alle anderen Geräusche aus. Die Luft wird still, und dreitausend mit Magie und Waffen bewehrte Männer und Frauen fallen in ein angespanntes Schweigen.

»Wir sehen uns auf dem Schlachtfeld.« Keagan dreht sich um und schlendert mit hoch erhobenem Kopf davon. Ihr kurzes rotes Haar leuchtet in der Sonne.

»Keagan«, rufe ich ihr nach, aber ich weiß nicht, was ich ihr sagen soll. Ich will sie bitten, auf sich aufzupassen, auf sich und auf den Orden. Auf Malcolm, den sie – trotz allem – lieb gewonnen hat. »Sei vorsichtig.«

»Bin ich.« Sie dreht sich um. »Du aber auch.«

Ich mache mich auf den Weg zu meiner Einheit. Rings um mich schließen sich Soldaten zu ihren Formationen zusammen. Ihre rotblauen Waffenröcke leuchten und das orangefarbene Emblem der Reformisten strahlt förmlich vor dem Hintergrund des blauen Himmels und der hohen Mauern von Rochester, der braunen Hügel und der Bäume, an denen schon das erste Grün zu sehen ist. Pferde und Schilde, Standarten und Lanzen, Mut und Angst, all das erstreckt sich vor meinen Augen. Es ist überwältigend.

Aber als John an meiner Seite auftaucht, wird das Strahlen seiner Rüstung von den Schatten in seinen Augen getrübt, während er das Heer betrachtet. Genau wie ich fragt er sich, ob es ausreicht.

Wir sehen Nicholas, der sich einen Weg durch die Menge bahnt. Er ist nicht wie ein Soldat gekleidet, sondern wie der, der er ist: ein Zauberer. Das elfenbeinfarbene Gewand ist das Gegenstück zu Blackwells Schwarz. Nicholas hat keine Waffen, keine Rüstung. Er kommt zu uns und betrachtet uns.

»Er ist verwundbar«, sagt Nicholas ohne Einleitung, aber ich weiß auch so, dass er von Blackwell spricht. »Aber er ist immer noch mächtig. Und er ist verzweifelt, was ihn umso gefährlicher macht. Er braucht nur einen von euch, aber er wird nach euch beiden suchen. Wenn er dich findet« – Nicholas schaut mich an – »dann gibt es für dich kein Entkommen.«

»Ich weiß.«

Nicholas schaut zu John. Etwas geht zwischen ihnen vor, aber was genau es ist, kann ich nicht erkennen.

»Er wird nicht zögern«, sagt er. »Er wird dich nicht nach Upminster bringen, er wird kein Risiko eingehen, weil er dafür keine Zeit hat. Er wird dich sofort töten.«

Eine Ahnung zupft an meinem Geist: Was Nicholas sagt, klingt nicht so sehr wie eine Warnung, sondern wie eine Anweisung. Aber John nickt bloß.

Nicholas verabschiedet sich von uns und nimmt seinen Platz an der Front ein, zwischen den Soldaten und der Schutzbarriere. John und ich stellen uns in der Mitte des Heeres auf, hinter den Speerwerfern und vor den Bogenschützen. Zwischen den Formationen sitzt hoch zu Ross jeweils ein Mitglied des Rates in Rüstung.

Wir marschieren unter dem Reformistenbanner: eine kleine Sonne umgeben von einem Quadrat, das in einem Dreieck sitzt und wieder von einem Kreis umgeben ist – einer Schlange, die ihren eigenen Schwanz verschlingt. Jedes Symbol hat seine eigene Bedeutung: Die Sonne steht für einen Neuanfang, das Quadrat repräsentiert die physische Welt, das Dreieck ist Feuer – Auslöser für Veränderung – und die Schlange, der Ouroboros, ist das Symbol für die Einheit.

Für all das kämpfen wir heute.

Wir marschieren auf die Schutzgrenze zu. Ich kann Blackwells Männer nicht sehen, aber ich weiß, dass sie da sind. Ich fühle sie, wie man einen herannahenden Sturm fühlt. Die Luft vibriert vor Spannung, und alle warten nur darauf, dass die Wolkendecke aufreißt und das Unwetter über uns kommt.

Wie auf Kommando heben alle Ratsmitglieder die Hände und flüstern einen Zauber. Es ist nur ein Hauch, aber schon geschieht es: Die Grenze löst sich auf wie feiner Morgennebel, eben noch dick, jetzt wie ein Schleier. Eben noch da, jetzt verschwunden.

30

Sogleich ist die Welt erfüllt von Geräuschen. Als ob ein Vorhang von meinem Gesicht weggezogen wurde, kann ich plötzlich alles sehen und hören: jedes Blatt, das an den Bäumen raschelt, jeden Vogel in seinem Nest, jeden Mann zu Fuß oder zu Pferd.

Jeden Feind vor mir.

Die Armee erstreckt sich meilenweit, eine Armee aus zehntausend Männern, alle in Schwarz, ein endloses, mitternachtsdunkles Meer. Mein Gott, sie sind überall. Die Dunkelheit zieht sich bis in den Himmel: brodelnde, schwarze Wolken, die sich drohend zusammenballen, gespickt mit schwarzflügeligen Ungeheuern mit blutroten Augen. Diese Armee erdrückt buchstäblich die Welt, löscht die Sonne aus und verdunkelt den Himmel über Harrow.

Ich weiß nicht, wer als Erster die Waffe zieht. Irgendwo fährt ein Schwert aus der Scheide, Stahl und Leder singen, dann ein gebrüllter Befehl, Schritte, ein Schrei. Und unter Blitz und Donner beginnt die Schlacht.

Ich verliere John sofort aus den Augen. Männer drängen sich zwischen uns, und ich schreie seinen Namen, aber meine Stimme wird erstickt von dem Chaos, das um mich herum losbricht. Der Himmel öffnet seine Schleusen, und eiskalter Regen ergießt sich auf uns, hämmert prasselnd auf uns ein und verschleiert uns den Blick.

Einen Moment lang erstarre ich, überwältigt von dem Bild vor meinen Augen. Die Riesenhaftigkeit des Heers und die Endgültigkeit der Geschehnisse sind unfassbar. Aber dann bricht sich etwas anderes in mir Bahn, und meine Ausbildung, die Jahre voller Wut und Angst nehmen Besitz von mir. Ich stürze mich in die brodelnde Masse aus Leibern, reiße die Messer aus meinem Gürtel und schleudere sie eins nach dem anderen auf den Feind. Blutgeruch liegt in der Luft und die Todesschreie der Soldaten.

Ich muss Blackwell finden. Das ist mein einziges Ziel. Ich weiß, dass er hier irgendwo ist. Zu feige, um sich blicken zu lassen, zumindest vorerst. Er hält sich zurück, bis wir geschwächt sind, bis die Hälfte seiner Soldaten tot ist, und dann, wenn wir müde werden, wird er unsere Stärke in seine verwandeln.

Ich sehe Miri zwar nicht, aber sie macht sich deutlich bemerkbar. Der Regen versiegt abrupt, bleibt mitten in der Luft hängen, und mit einem Aufbrüllen wie eine mächtige Brandung schießt er in die Höhe und jagt über die Ebene. Ich höre das Wasser wie eine Mauer auf die Männer in Schwarz niederstürzen.

Die Atempause dauert nicht lang, dann setzt der Regen wieder ein, diesmal durchzogen von tödlichen, weiß glühenden Blitzen. Sie gehen zu beiden Seiten der Schlachtlinie nieder und ich sehe Männer in Schwarz und Männer in Blau und Rot zittern und zappeln, wie angewurzelt auf dem Fleck stehend, bis sie schließlich tot und zur Unkenntlichkeit verkohlt zu Boden sinken.

Ich bewege mich stetig nach vorn, wate durch die Kämpfenden, bis ich Malcolm entdecke. Sein dunkles Haar klebt an seinem Gesicht, die Haut ist mit Blut und Schlamm bespritzt. Er ist umgeben von seinen Männern und in ein Scharmützel mit den Todeskrähen verstrickt, die aus dem Himmel niederstoßen und mit Schnäbeln, Krallen und harten Flügelschlägen die Männer niedermähen.

»Coll!« Mein Schrei verschwindet im Regen und im Gebrüll der Kämpfenden, aber sie hört mich trotzdem. In Sekundenschnelle taucht ein Schwarm Eulen aus den Wolken auf, hundert riesige Vögel mit erdbraunem, tintenschwarzem und schneeweißem Gefieder und gelben, magischen Augen. Sie greifen die Krähen an, und das Getöse der Schwingen und das Kreischen der Vögel ist ohrenbetäubend.

Malcolm rollt sich weg von dem Gemetzel und steht auf. Der Regen wäscht das Blut aus seinem Gesicht. Er greift sich sein Schwert aus dem Schlamm und stürzt sich wieder ins Getümmel. Ich laufe ihm und seinen Männern nach, immer ein Auge darauf, was vor mir ist, und – wie immer – ein Auge darauf, was ich nicht auf Anhieb sehen kann.

Überall fliegen Pfeile, einige mit Eisenspitzen, andere mit Spitzen aus Feuer. Letztere sind zweifellos Keagans Werk. Sie bohren sich in die schwarz gekleideten Soldaten, deren Mäntel in Flammen aufgehen, und der Gestank nach brennender Wolle und brennendem Fleisch gesellt sich zu dem nach Blut, Schweiß und Schlamm. Malcolm, der mit einem Gegner die Klinge kreuzt, gerät in den Weg und wird von einem brennenden Pfeil getroffen, der sich in seinen Unterarm bohrt. Der Ärmel seines Hemdes fängt Feuer.

Bei dem Versuch, die Flammen zu löschen, verdreht Malcolm seinen Körper und gibt sich so eine Blöße, die sein Gegner sich nicht entgehen lassen will. Doch so weit kommt es nicht. Ich ziehe einen weiteren Dolch aus meinem Gürtel und schicke ihn auf die Reise. Er trifft den Mann mitten ins Auge und er sackt zu Boden.

Ich bin sofort an Malcolms Seite, schlage auf die Flammen ein, bis sie ausgehen, und schaue mir die Wunde an. Sie ist tief, aber sauber.

»Haltet still«, sage ich. »Ich ziehe den Pfeil heraus. Auf drei. Eins, zwei …« Mit einem Ruck ziehe ich den Pfeil aus seinem Fleisch. Blut durchtränkt sein Hemd, aber an dieser Wunde wird er nicht sterben. »Geht jetzt«, sage ich. »Eure Männer brauchen Euch.

Sie …« Mir bleiben die Worte im Hals stecken, genauso wie mein Atem.

Ich bekomme keine Luft mehr. Malcolm zerrt an seiner Rüstung und reißt den Mund auf, aber auch für ihn ist nichts da, was er einatmen könnte.

Ein schwarz gekleideter Soldat steht vor uns und wirbelt mit dem Zeigefinger lässig in der Luft. Sein Gesicht verzieht sich zu einem Grinsen, als alle ringsum auf die Knie sinken, sich keuchend an den Hals fassen und sich ihre Gesichter blau verfärben. Mir wird schwindelig und auch ich gehe in die Knie. Meine Lungen brennen. Ich kralle die Finger in meine Kehle und falle dann in den weichen Schlamm. Ich kriege keine Luft mehr, ich kriege keine Luft mehr …

Aus dem Nichts erscheint Keagan, und alles geht so schnell, dass ich es kaum mitbekomme: Eine Klinge blitzt auf, eine dünne, rote Linie erscheint quer über dem Hals des Zauberers, aus der sich ein Blutschwall ergießt. Der Mann gurgelt auf und fällt dann mit aufgerissenen, leblosen Augen zu Boden.

»Steh auf.« Keagan packt meinen Arm und zieht mich auf die Füße. »Elizabeth, steh auf.«

Malcolm steht schon wieder, bleich und schwer atmend. Überall um uns herum liegen Männer auf dem Boden. Einige schnappen nach Luft, andere liegen so still, dass ich glaube, sie sind tot. Eulen und Krähen haben die Flucht ergriffen, nur ein paar gefiederte Kadaver liegen im Schlamm. Es regnet noch immer und wir alle sind nass bis auf die Knochen. Kalt und rau schabt der Kettenpanzer über unsere Haut.

»Weg hier.« Keagan packt mich am Kragen und schiebt mich über das Schlachtfeld. Malcolms Männer begleiten uns. Sie atmen immer noch schwer, aber sie haben die Schwerter gezogen.

Da tritt uns eine Schar Soldaten in den Weg. Nein, keine Soldaten. Caleb, Marcus und Linus sind nicht dabei, aber trotzdem weiß ich, was sie sind: Wiedergänger mit hinterhältigen Waffen und einem boshaften Grinsen. Man sieht es an ihren grauen, leblosen Augen und der Wildheit in ihrem Antlitz. Die sterblichen Soldaten machen ihnen Platz, als würde sich ein Meer teilen.

Ich mag sie nicht kennen, Malcolm aber schon. Er tritt vor mich hin, die Hand ausgestreckt, als wollte er mich abschirmen. Die andere Hand hält sein Schwert, das gegen diese Art von Gegner nutzlos ist.

»Eure Majestät.« Einer der Wiedergänger vollführt eine ungeschickte, spöttische Verbeugung. Die anderen lachen tief und kehlig.

»Bray.«

Jetzt weiß ich, wen ich vor mir habe. Bray war der Spitzname von Ambrose Courtenay, einem von Malcolms Höflingen. Malcolm erzählte mir, dass er Bray vom Hof verbannen musste, als dessen Saufgelage und sein Hang zu Glücksspielen und Gewaltausbrüchen sogar für Malcolm zu viel wurden.

»So nennt man mich nicht mehr.« Der Wiedergänger löst sich aus der Gruppe und umkreist uns. Er ist nicht bewaffnet – das hat er auch gar nicht nötig.

»Wann ist das passiert?« Malcolm deutet mit dem Schwert auf ihn. »Wann bist du an den Hof zurückgekehrt? Wann wurdest du …« Er verstummt. Ich bin nicht sicher, ob Malcolm weiß, wie Wiedergänger erschaffen werden.

»Ich bin zurückgekehrt, als der König mich rief.« Die anderen Wiedergänger rücken zu ihm auf. Ich kenne diese Bewegung nur zu gut. Sie bilden eine Formation, machen sich bereit zum Angriff. »Der wahre König.«

Er wirft einen Köder aus, aber ich kann einfach nicht widerstehen. »Erst hat er dich gerufen. Dann hat er dich getötet.«

»Sehe ich etwa tot aus?« Bray war früher ein Schönling, das ist unverkennbar. Nicht, weil er es immer noch ist, sondern weil er sich so verhält. Er ist genauso wie Malcolm – wie Malcolm war. Selbstherrlich, als ob die Antwort auf jede Frage hinter der nächsten Kurve läge, unter dem nächstbesten Stein, und nur darauf warten würde, entdeckt zu werden. »Wir alle sind noch sehr lebendig.«

»Wir?«, wiederhole ich. »Und wie viele von euch gibt es?«

»Einhundert.« Bray grinst. Seine Zähne blitzen in der dunkelgrauen Luft. »Und wir werden jeden Tag mehr. Männer stehen Schlange, um dem König zu dienen. Einem ewigen König, bis in alle Ewigkeit.«

Mir wird das Herz schwer. Einhundert Wiedergänger, und das ist noch nicht das Ende.

»Ach, mir reicht's jetzt.« Keagan reißt die Hände hoch. Ihre Haut rötet sich bereits.

»Runter!«, schreit Malcolm seinen Männern zu, ehe er mich bäuchlings in den Schlamm stößt. Mit dem Gesicht nach unten kann ich nichts sehen, aber ich höre es: Zwei Feuerschlangen schießen aus Keagans Händen und wickeln sich wie Seile um die Wiedergänger. Ihre Kleidung geht in Flammen auf, schwarz wird zu rot. Der Regen hat keine Wirkung auf sie. Rings um uns verwandelt sich das Wasser in Dampf, und schon bald sind wir eingehüllt in weißen Nebel, grauen Rauch und endloses Feuer.

Aber die Wiedergänger fallen nicht schreiend zu Boden. Sie sterben nicht. Sie gehen einfach weiter, brennend und verkohlt, während die Haut von den Knochen schmilzt, die Haare von den Schädeln abfallen. Mit erhobenen Händen kommen sie auf uns zu.

»Gottverdammt!« Malcolm kommt auf die Füße. Er zieht sein Schwert und holt aus. Die Klinge schneidet durch den Hals eines Wiedergängers. Dann durch den nächsten und den übernächsten.

Keagan lässt die Hände sinken, die letzten Funken erlöschen. In der Luft liegt ein ekelhafter Brandgeruch, wie nach den Scheiterhaufen in Tyburn. Asche weht hoch, und der Gestank nach verbranntem Fleisch ist so ekelhaft süß, dass ich würgen muss. Ein paar von Malcolms Männern erbrechen sich in den Morast.

»Gut gemacht, Hoheit«, sagt Keagan.

Malcolm nickt ihr zu, aber er schaut weder sie an noch den Haufen rauchender Leichen auf dem Boden. Sein Blick ist dem Schlachtfeld zugewandt, den Kämpfenden auf beiden Seiten.

»Diese Männer. Die Wiedergänger.« Malcolm betrachtet sein Schwert, von dem das Blut der Untoten tropft. »Die Vögel. Das Unwetter.« Er richtet die Augen himmelwärts. »Sie kamen ununterbrochen.«

»Wie so etwas in einer Schlacht nun einmal passiert«, wirft Keagan sarkastisch ein.

»Nein.« Jetzt wendet sich Malcolm uns zu. »Schaut euch um. Schaut euch an, was passiert. Schaut genau hin.«

Ich tue, was er sagt. Rings um uns tobt die Schlacht. Aber ich erkenne nicht, was genau vor sich geht, ich kann nicht sehen, ob eine Seite Boden gutmacht. Ich sehe keinen Vormarsch, keinen Rückzug. Alles, was ich sehe, ist Chaos. Aber jetzt erkenne ich, dass es ein geplantes Chaos ist.

»Wir kämpfen auf der Stelle«, fährt Malcolm fort. »Es ist, als ob er beide Seiten daran hindern wollte, sich vom Fleck zu bewegen. Als ob er uns ein magisches Hindernis nach dem nächsten in den Weg stellt, um uns daran zu hindern, über die Schlacht hinwegzublicken. Er will uns ablenken.«

»Ein Täuschungsmanöver«, sagt Keagan scharf.

Malcolm nickt. Dann dreht er sich zu mir um. Und dort, auf dem Feld voll kämpfender Männer, Wiedergänger und Hybriden, unter einem schwarzen, brodelnden Himmel, umgeben von undurchdringlichem Nebel, sehe ich mit einem Mal klar.

»Blackwell hat uns einmal gesagt, der einfachste Weg, sein Ziel zu erreichen, sei, seinen Gegner glauben zu machen, dass man etwas ganz anderes im Visier habe.« Die Erkenntnis legt sich schwer auf meine Stimme. »In einer Schlacht ist damit Chaos gemeint, Unordnung, Finten, Fehlinformationen. Man ist so sehr mit dem beschäftigt, was direkt vor einem liegt, dass man nicht bemerkt, was woanders passiert. Er nannte das den Nebel des Krieges.«

»Und was ist sein Ziel?«, fragt einer von Malcolms Männern.

»Rochester Hall.« Keagan reißt den Kopf herum und schaut mich entgeistert an.

Ich hätte es sehen müssen, hätte es wissen müssen, sobald ich den Blick auf Blackwells Männer und seine Kreaturen geworfen habe. All das war nichts weiter als ein Ablenkungsmanöver. Eine List, um die Aufmerksamkeit unserer Männer hierher zu richten, sodass er an den Ort gelangen kann, auf den er es wirklich abgesehen hat.

Aber nicht nur das.

John verschwand in dem Moment, in dem die Schlacht begann.

Nicholas hat ihn vor etwas gewarnt. Oder war es tatsächlich ein Befehl?

Und noch etwas fällt mir ein: Blackwell hat uns immer wieder eingebläut, dass Kriegsführung auf Täuschung beruht. Aber in diesem Fall ist es nicht Blackwell, der mich täuschte, sondern zwei Menschen, von denen ich es nicht erwartet hätte. Zwei Menschen, denen ich vertraute.

Vielleicht liest Keagan in meinem Gesicht, vielleicht hat auch sie begriffen, was los ist. Jedenfalls wendet sie sich um, die blauen Augen immer noch weit geöffnet. Auf ihren Wangen kleben schwarze Rußflecken.

»Gehen wir.« Sie winkt Malcolm und seine Männer zu sich. »Bleibt hinter mir, ihr alle. Wenn er versucht, uns abzulenken, wird er auch versuchen, uns aufzuhalten. Ich werde verbrennen, was ich kann, aber haltet eure Waffen bereit.«

Mir sind nur noch wenige Messer geblieben, und so reiße ich den Bogen von meiner Schulter und hole einen Pfeil aus dem

Köcher an meiner Hüfte. Malcolm zückt sein Schwert. Zu dritt kämpfen wir uns durch den Tumult, weichen Männern und Pfeilen aus und ducken uns unter dem Ansturm des Regens. Wir hasten den Weg zurück, den wir gekommen sind. Wir kommen nicht weit, da höre ich ein scharfes Knattern, wie Wäsche auf einer Leine im Wind. Dunkle Schemen stürzen sich aus dem Himmel, riesig, geflügelt, ölig, tödlich. Ich kenne diese Hybriden von meiner Ausbildung. Wir haben alle getötet, die man uns im Kampf entgegenschickte, aber es gibt noch mehr von ihnen. Viel mehr. Fünf, zehn, fünfzehn verdunkeln das Licht über uns.

Wie auf Kommando greifen sie an. Mit ausgefahrenen Krallen gehen sie auf die Männer los, greifen sich einen nach dem anderen, reißen ihnen die Leiber auf, wobei es ihnen völlig egal ist, ob sie Freund oder Feind erwischen. Blackwell kümmert das nicht. Er wird erst ruhen, bis wir alle tot sind und einzig er noch aufrecht steht. Denn ein König über nichts ist immer noch ein König über alles.

Mit heiseren Schreien tauchen die Hybriden ab. Sie kreiseln und flattern, packen Männer und pflücken sie vom Boden weg, wie Vögel Würmer aus der Erde ziehen. Vergeblich versuchen die Opfer, sich den scharfen Krallen zu entwinden. Keagan hebt die Hände, und wieder einmal schießen Flammenseile durch die Luft, wickeln sich um drei der Kreaturen und verbrennen sie bis auf die Knochen.

Ich hebe den Bogen und lege den Pfeil an. Wie bei den meisten von Blackwells Hybriden sind auch hier die Augen die schwächsten Stellen, und dieses Ziel nehme ich ins Visier. Der erste Schuss geht daneben, aber der zweite trifft, dann auch der dritte. Das Wesen kreischt auf und fällt in einem Gewirr aus ledrigen schwarzen Schwingen und dunklem Blut zu Boden. Malcolm macht ihm mit einem Hieb seiner Klinge den Garaus und trennt den Kopf sauber vom Körper.

Ich lege den nächsten Pfeil an und Keagan macht ihre Feuerhände schussbereit. Aber für jeden Hybrid, den wir töten, tauchen drei neue auf und greifen uns an, als ob sie auf uns angesetzt worden sind. In diesem Moment fällt mein Blick auf eine weiße Woge, die sich im Himmel mit großer Geschwindigkeit nähert und größer und größer wird. Und dann sehe ich noch etwas anderes: Coll, das Tier-Mädchen, sitzt im Geäst des höchsten Baums, eine weiße Silhouette vor einem kohlschwarzen Himmel.

Sie fängt meinen Blick ein und grinst mich frech und selbstsicher an. Dann hebt sie die Hand und krümmt langsam die Finger, als wollte sie etwas anlocken. Ich sehe, wie sich ihre Lippen bewegen und mit der weißen Masse im Himmel sprechen. Dann lässt sie mit einer scharfen Bewegung die Hand durch die Luft sausen.

Die Vögel stürzen sich zur Erde, mitten hinein in das Getümmel aus Blut und Gliedern und Geschrei. Aber anders als Blackwells Kreaturen greifen sie nur Gestalten in Schwarz an. Sie picken in Gesichter, zerren mit den Schnäbeln an Ohren, Mündern und Nasen, reißen Augen aus den Höhlen. Wieder brausen mächtige Schwingen durch die Luft, wieder ist die Welt erfüllt von ohrenbetäubendem Kreischen, dem Aufwirbeln von Federn und ledriger Haut. Wieder ist überall Tod und Verwüstung.

Wir rennen weiter. Keagan bleibt neben mir, während Malcolm und seine Männer die Nachhut bilden. Ich muss nach Rochester. Ich muss Blackwell finden, muss John aufhalten, John und Nicholas, muss sie an dem hindern, was sie vorhaben – denn was sie vorhaben ist ein nicht wiedergutzumachender Fehler.

Wir haben es schon ein ganzes Stück geschafft, als plötzlich die Erde unter unseren Füßen zu beben und zu bocken beginnt. Sie zittert und grollt, als ob sich etwas von unten nach oben drückt und dabei die Bäume entwurzelt und mich von den Füßen reißt. Keagan wird in die eine Richtung gewirbelt und ich in die andere. Mit dem Gesicht nach unten lande ich in einem nassen Laubhaufen. Malcolm schlittert neben mich. Ein Krachen ertönt, wie ein mächtiger Donnerschlag, und ich kann die Wucht förmlich spüren. Mit einer Hand greife ich nach meinem Bogen, den ich beim Sturz fallen gelassen habe, packe Malcolm mit der anderen und rolle uns zur Seite, gerade noch rechtzeitig. Dort, wo wir eben noch gelegen haben, stürzt eine riesige Eiche zu Boden und bringt die Erde erneut zum Zittern.

»Das war verdammt knapp.« Malcolm liegt neben mir, mit dem Mund dicht an meinem Ohr. »Wie kann er uns sehen? Woher weiß er, wo wir sind?«

»Kennst du deinen Onkel so schlecht?« Ich rappele mich auf und ziehe ihn mit mir. »Er weiß immer alles.«

Keagan schreit uns zu, wir sollen uns beeilen. Ihre Stimme dringt heiser durch den Rauch. Irgendwo brennt etwas, entweder durch ihre Magie oder durch Blackwells. Sie führt uns weg von den Bäumen hin auf das offene Feld. Ich drehe mich um und will ihr folgen, und dabei sehe ich ihn. Malcolm hat ihn auch entdeckt. Mit zwei Schritten ist er an meiner Seite und hebt sein Schwert. Gemeinsam schauen wir zu ihm hinüber, wie er da am Waldrand steht, so still und reglos wie die Bäume ringsum.

Caleb.

31

Er sieht mich an – mich allein – mit diesen Augen, die so grau und ruhelos sind wie der Severn. Und wie bei dem großen Fluss kann man nicht erahnen, was unter der Oberfläche liegt. Ich betrachte ihn so aufmerksam wie er mich und frage mich, was er vorhat. Keagan tritt zu mir. Ich spüre ihre Hitze. Sie ist bereit zum Angriff, bereit, ihn zu töten, ehe er uns tötet.

Aber ich glaube nicht, dass er das tun wird. Caleb kann mich hören, er kann meine Gedanken lesen. Er weiß, wo ich war, seit die Schlacht ihren Anfang genommen hat. Ich trage heute keine Halskette, weil Skyler in der Lage sein muss, mich zu hören. Wenn Caleb mich tot sehen wollte, dann hätte er mich schon umgebracht. Es gibt nichts und niemanden, der ihn aufhalten könnte. Was will er dann? Wieso steht er da und starrt mich an?

Ich mache einen Schritt auf ihn zu.

»Nein.« Malcolm tritt vor mich und versucht, mich aufzuhalten.

»Schon gut«, sage ich. »Ich glaube nicht, dass er mir etwas tun wird. Ich glaube …« Ich schaue zu Caleb und sehe, wie er kaum merklich nickt. »… dass er mit mir reden will.«

Malcolm und Keagan wechseln einen raschen Blick.

»Wiedergänger sind nicht gerade für ihre höfliche Konversation bekannt, oder doch? Nein.« Keagan verengt die Augen. »Aber wenn er etwas zu sagen hat, kann es nicht schaden, ihn anzuhören. Solange es dabei bleibt.«

Eine Flammenzunge leckt aus Keagans Hand und sie schleudert das Feuer quer über das Feld auf Caleb zu. Er reagiert schnell, aber die Flammen sind schneller. Er weicht aus, kann aber nicht verhindern, dass er sich eine Seite des Kopfs verbrennt. Er wendet sich wieder zu uns hin und in seinen Augen glitzert es tückisch.

»Einen Wiedergänger zu provozieren«, sage ich, »ist keine besonders kluge Idee.«

»Klüger als du glaubst«, erwidert Keagan. »Jetzt geh, bevor ich meine Meinung ändere und ihn in Brand stecke wie ein Osterfeuer. Wir werden dich nicht aus den Augen lassen.«

Ich überquere das Feld. Caleb trägt die gleiche Uniform wie letztes Mal: ein schwarzes Hemd, schwarze Hosen, Blackwells Abzeichen auf dem Ärmel und die Insignien der Ritter des Königreichs Anglia auf der Brust. Sein blondes Haar ist über dem linken Ohr versengt und raucht leicht.

»Elizabeth.« Seine grauen Augen gleiten mit leerem Ausdruck über mich hinweg. Feindseligkeit erkenne ich nicht darin. »Du lebst.«

»Ja.« Und dann sprudelt es aus mir heraus, ehe ich an mich halten kann: »Hast du vor, das zu ändern?«

Ganz kurz nur glimmt ein Funke hinter seiner kalten Miene auf. Wenn das der Caleb wäre, den ich kenne, würde ich sagen, es ist Belustigung.

»Nein«, sagt er. »Ich habe nicht vor, dir etwas zu tun.«

»Was willst du dann hier?«, frage ich. »Du solltest kämpfen. Und töten. Das will er doch, oder? Das hat er dir befohlen, nicht wahr?«

Er bleibt still. Dann sagt er: »Nein, das ist nicht das, was er mir befohlen hat.«

Aus den Dingen, die ein Pate nicht *verlangt, kann man seinen Vorteil ziehen.* Skylers Worte hallen in meinem Kopf wider.

»Was hat er dir dann befohlen?«, frage ich, obwohl ich weiß, dass er es mir nicht verraten darf.

»Deine Freunde«, sagt er stattdessen. »Sie wissen, was getan werden muss.«

»Meine Freunde?« Ich will wissen, was er meint, aber auch das darf er mir nicht sagen. Stattdessen grübele ich darüber nach, warum er hier ist. Nicht, weil er mir helfen will. Caleb hat immer nur sich selbst helfen wollen. Es ist so, wie Skyler sagt: Er ist gebunden, aber er verabscheut das Band. Er widersetzt sich, ohne ungehorsam zu sein. Aber all das dient einem Ziel, das ausnahmsweise identisch ist mit meinem Ziel. Also versuche ich es noch einmal und formuliere meine Frage anders.

»Wenn ich nach Rochester Hall gehe«, sage ich, »was werde ich dort finden?«

In Calebs Augen blitzt es auf, er hat meine List erkannt und lässt sich darauf ein. »Das, was du suchst.«

Ich drehe mich um und renne. Ich achte nicht darauf, ob Caleb mir folgt oder Keagan, Malcolm und seine Männer. Es spielt keine Rolle. Wichtig ist nur, dass ich Rochester Hall rechtzeitig erreiche, damit ich finde, was Caleb mich finden lassen will, damit ich meine Rolle spielen kann, obwohl ich meinen Text nicht kenne.

Damit ich mich dem stellen kann, was dort geschehen wird, ehe ich zu spät komme, um einzugreifen.

Ich stürme durch den Wald, zwischen den Bäumen hindurch, bis Rauch und Feuer hinter mir liegen und der Regen versiegt, bis ich die andere Seite erreiche, das sanfte Tal und die Straße nach Norden, die nach Rochester führt.

Nach dreißig Minuten im Laufschritt erreiche ich Rochester Hall. Die Magie, die Blackwell einsetzte, um uns auf dem Schlachtfeld festzusetzen, existiert hier nicht. Hier ist das Zwielicht rosig und klar, die Luft still und süß. Die Barriere wurde entfernt, damit unsere Leute hineinkönnen, falls wir unterliegen. Blackwells Soldaten ist der Zugang immer noch verwehrt. Aber keine Magie der Welt kann Blackwell selbst aufhalten.

Und das, so weiß ich jetzt, war auch nie der Plan. Der Plan war von Anfang an, ihn hineinzulassen.

Rochester Hall erstreckt sich vor meinen Augen, eine Bastion aus roten Backsteinen, voller Schönheit und Standhaftigkeit. Eine Trutzburg, der sicherste Ort von ganz Harrow. Die Parks und Wege sind menschenleer, der See liegt spiegelglatt da. Hier ziehen keine kreischenden, geflügelten Ungeheuer ihre Kreise, nirgends wird gekämpft, von Blut und Tod keine Spur. Nur der Mond, halb schwarz, halb weiß, hängt tief über dem Horizont. Selbst meine Schritte auf der Straße klingen gedämpft, ein Wispern statt des Knirschens von Kies. Ich bin erleichtert, denn alles deutet darauf hin, dass die Frauen und Kinder sowie George und Fifer im Inneren des Hauses immer noch in Sicherheit sind.

Aber es sind auch nicht sie, hinter denen Blackwell her ist.

Ich ziehe einen Pfeil aus dem Köcher und lege ihn an die Sehne. Dann verlasse ich die Hauptstraße und betrete den Weg, der über die Brücke zum See führt. Ich habe keinerlei Deckung, bin eine prächtige Zielscheibe für alle Angreifer. Es ist mir mit jedem Schritt, den ich mache, bewusst, ich richte den Bogen mal nach oben, dann wieder geradeaus, nach links und nach rechts. Mein Atem geht flach und ich versuche, meinen rasenden Puls zu beruhigen.

Der Weg führt zu der massiven Eisentür, die verschlossen ist. Ich kenne nur drei Eingänge zu dem Anwesen: mit einem Boot über den See, durch das Haupttor und durch den Tunnel.

Dieser Weg ist mir verschlossen, denn John ist nicht bei mir. Ich muss eine andere Möglichkeit finden hineinzugelangen. Rochester ist so gut durch Magie geschützt, dass ich fast glaube, es gibt keinen anderen Weg. Ich wende mich nach links und suche die Brustwehr ab. Nichts, nur eine schier endlose Wand aus Stein. Doch dann fällt mein Blick auf einen winzigen steinernen Affen auf einer Zinne. Den Kopf leicht zur Seite gelegt, starrt er auf etwas direkt unter ihm. Ich erinnere mich an die Gargoyles in Ravenscourt, die allesamt geheime Eingänge in den Palast markierten.

Ich fahre mit der Hand an der Mauer entlang, und da spüre ich etwas, versteckt in dem aufwendig gearbeiteten Steinfries, der die Wand schmückt. Einen Riegel. Ich hake meinen Finger ein und ziehe. Ein dumpfes Klicken ertönt, und dann bewegt sich knirschend der Stein. Eine Tür erscheint. Sie öffnet sich gerade so weit, dass ich hindurchschlüpfen kann.

Dahinter befindet sich ein Tunnel, möglicherweise eine Abzweigung des Gangs, den John genommen hat. Ich zwänge mich durch die enge Passage, die sich schlängelt und windet und mich ein ums andere Mal mit Sackgassen in die Irre lockt, bis ich vor einer Holzvertäfelung stehe, die auf meinen Druck hin zur Seite gleitet und den Blick freigibt auf eine Marmorbüste – eine der vielen Statuen, an denen ich auf meinem Weg zu Malcolms Quartier vorige Woche vorbeigekommen bin.

Wo könnte Blackwell sein? Nicholas meinte, er würde nicht zögern. Er würde nicht das Risiko eingehen, nach Upminster zurückzukehren, um das Ritual zu vollziehen. Wenn er John erst hat, dann braucht er nicht mehr viel: eine Zeremonienkammer, die vier Elemente, einen achtstrahligen Stern und ein Opfer.

Meine Schritte werden durch den dicken Teppich gedämpft. Ich haste durch die Gänge, schaue in Schlafzimmer und Salons, in große Säle und Musikzimmer, in kahle und schmucklose Räume und in solche, die so versteckt liegen, dass sie kaum zu finden sind.

Selbst wenn ich die Hälfte aller Zimmer von Rochester Hall als ungeeignet übergehen kann, brauche ich immer noch ewig, um den Rest zu durchsuchen. Es gibt so viele Stockwerke, so viele Gänge, so viele Kurven und Biegungen, dass ich mich verirre und irgendwann feststelle, dass ich dieselben Räume zweimal durchsuche.

Ich finde nichts.

Also bleibe ich stehen. Ich versuche einen Augenblick lang, mich in Blackwell hineinzuversetzen, seinen krankhaften Drang nachzuempfinden. Er befindet sich an einem Ort, den er nicht kennt. Er hat keine Zeit, um mehr über das Haus in Erfahrung zu bringen, kann nicht riskieren, von Zimmer zu Zimmer zu gehen und sich zu verirren – wie es mir passiert ist.

Ich gehe zum Fenster und blicke hinaus in den dunkler werdenden Himmel. Von hier aus kann ich den Mond nicht sehen. Die Bäume versperren mir den Blick auf den Horizont. Nicholas sagte, der Mond sei nicht nötig für das Ritual, lediglich wünschenswert. Aber er sagte auch, dass Blackwell diesmal kein Risiko eingehen würde. Wenn ich wetten würde – was ich nicht tue, nicht, wenn so viele Leben auf dem Spiel stehen – dann würde ich wetten, dass Blackwell den Mond sehen will, dass er ihm nahe sein will. Er will nicht auf die Sicherheit verzichten, die der Mond ihm gibt, nicht an einem Ort, der an Unsicherheit und Gefahr für ihn nicht zu überbieten ist.

Ich drehe mich langsam im Kreis und versuche herauszufinden, von wo aus der Mond sichtbar ist. Wenn die Sonne im Westen steht, ist der Mond im Norden. Zimmer, die nach Norden ausgerichtet sind, gibt es sowohl im Ostflügel als auch im Westflügel, aber die im Westflügel gehen auf die Hügel hinaus. Ich kann mich noch an den Ausblick erinnern, der sich mir bot, als ich Malcolm besuchte. Außerdem sind es alles Wohnräume, in denen Teppiche liegen, was es schwierig macht, eine Windrose aufzuzeichnen. Also der Ostflügel.

Ich renne durch den prächtigen Bogengang in den Ostflügel, wobei ich die Fenster nicht aus den Augen lasse, bis ich die Räume erreiche, die Fitzroy seinen Soldaten zur Verfügung gestellt hat.

Ich gehe an der Bibliothek vorbei (in der kein Platz ist für irgendein Ritual), an der Kapelle (viel zu heilig) und am Ballsaal (keine Fenster). Schließlich stehe ich vor einer Tür aus dunklem, poliertem Holz am Ende des Gangs. Klein, ruhig gelegen, nach Norden ausgerichtet und mit einer breiten Fensterfront: das Musikzimmer.

Ich zögere eine Sekunde lang. Ich habe Angst vor dem, was ich sehen werde – und vor dem, was ich nicht sehen werde. Mit angelegtem Pfeil öffne ich die Tür.

Die Wände sind mit Holz vertäfelt und mit Teppichen behangen. Auf dem Boden liegt Parkett und durch die Fensterfront mit den Buntglasscheiben wirft die untergehende Sonne schwache, vielfarbige Lichtflecke in den Raum. In der Mitte stehen Menschen, die ich erst nur verschwommen ausmache – bis sich meine Augen an die zunehmende Dämmerung gewöhnt haben.

Der Erste, den ich erkenne, ist Marcus – groß, gefährlich, ganz in Schwarz. Den Zweiten habe ich erwartet – zerschnitten und missgestaltet und schief und krumm zusammengestichelt, gekleidet wie ein König in Blutrot und Gold, behangen mit Hermelin und Juwelen, und überall und immer diese verdammte, erstickte Rose: Blackwell.

Der Anblick des dritten Mannes dagegen kommt für mich ganz und gar unerwartet: Er steht in der Mitte des Raums, das elfenbeinfarbene Gewand zerrissen und zerfetzt wie durch die Klauen eines Tiers. Blut breitet sich auf seiner Brust aus.

Nicholas.

Keiner zeigt sich überrascht bei meinem Anblick. Marcus betrachtet mich mit boshafter Freude, Blackwell mit gespielter Gleichgültigkeit. Nicholas betrachtet mich gar nicht, seine Augen sind auf einen Punkt oberhalb meines Kopfs gerichtet, als ob er mich überhaupt nicht sehen würde.

Ich schreie seinen Namen, stürze auf ihn zu, bleibe aber wie angewurzelt stehen, als Blackwell ein Messer aus dem Nichts herbeizaubert und es Nicholas an die Kehle setzt.

»Lass ihn los«, flehe ich. Aber meine Worte sind sinnlos.

»Du hast mich also gefunden«, sagt Blackwell. »Obwohl du nicht nach mir gesucht hast, nicht wahr? Du bist wegen deines Heilers hier, habe ich recht? Um ihm Lebewohl zu sagen, bevor ich mir nehme, was rechtmäßig mir gehört. Ich muss schon sagen, Elizabeth, das hätte ich nicht gedacht: Deine Macht aufzugeben, dein eigenes Leben, um ihn zu retten?« Er schüttelt den Kopf. »Wenn du mir bloß halb so viel Loyalität bewiesen hättest.«

Als Antwort hebe ich den Bogen und ziele auf das klaffende Loch, in dem die Überreste des milchigen, blinden Auges schwimmen.

»So charmant wie immer.« Das S zischt beim Sprechen durch seine offene Wange.

Ich schaue noch einmal zu Nicholas, versuche zu ergründen, wie schwer er verletzt ist, ob er sich bewegen kann, ob er mir irgendwie helfen kann, ihn zu retten. Aber noch immer geht sein Blick ins Leere.

»Leg deine Waffen weg«, befiehlt Blackwell, »und zwar alle.«

Ich gehorche nicht.

»Tu es«, sagt er, »oder sein Blut klebt an deinen Händen.« Und zur Bestätigung seiner Drohung fährt er mit der Messerspitze über Nicholas' nackten Hals. Eine Linie aus Blut, so dunkel wie Tinte, erblüht auf seiner Haut und fließt nach unten, wo sie sich mit dem Blut auf seiner Brust vereinigt.

»Nicht!« Ich werfe mit einer wilden Bewegung den Bogen weg, der klappernd auf dem Parkett landet. Dann lege ich mein Schwert ab und meine Messer, eins nach dem anderen, sowie den Köcher mit Pfeilen. Zum Schluss weiche ich ein paar Schritte zurück.

»Du hast das Messer in deinem Stiefel vergessen«, höhnt Blackwell.

Widerstrebend greife ich in meinen Stiefel und werfe das Messer – meine letzte Waffe – auf den Haufen. Jetzt stehe ich unbewaffnet und ungeschützt vor Blackwell und Marcus.

Blackwell lässt Nicholas los und schleudert ihn zu Boden. Er landet auf dem Bauch, und ich sehe, dass auch sein Rücken blutig ist. Er ist schlimmer verletzt, als ich dachte. Vielleicht sogar tödlich. Marcus – ich vermute, das ist sein Werk – hätte ihm mühelos den Rest geben können. Worauf wartet Blackwell? Warum gibt er Marcus nicht den Befehl, Nicholas zu töten?

Kalte Angst fährt mir in die Glieder.

»Nicholas.« Meine Stimme ist leise, damit das Zittern darin nicht so auffällt. »Hörst du mich? Schau mich an. Lass ihn nicht …«

»Das reicht«, kläfft Blackwell. »Er kann dich nicht hören. Selbst wenn er könnte, würde er dir nicht antworten. Nicholas Perevil steht jetzt unter meinem Befehl, und er muss tun, was ich ihm sage. Und zwar *genau*, was ich ihm sage.« Blackwell schnippt mit den Fingern, und Nicholas stolpert ungelenk wie eine Marionette zu ihm hin. Noch ein Fingerschnippen, und endlich hebt er den Blick und sieht mich an. Seine Augen verengen sich zu harten, obsidianfarbenen Schlitzen.

Blackwell umkreist ihn, wobei die harten Sohlen seiner Stiefel einen brutalen Takt auf dem Boden schlagen.

»Wir haben noch eine offene Rechnung zu begleichen, wir zwei«, erklärt er. »Und ich hielt es für angemessen, dass derjenige, der dich einst gerettet hat« – er winkt verächtlich zu Nicholas – »auch derjenige sein wird, der dich ins Jenseits befördert.«

Wieder ein Schnippen mit den Fingern, und Nicholas deutet mit dem Arm in meine Richtung. Wie von dem unsichtbaren Arm eines Riesen werde ich in die Höhe gehoben und durch den Raum geschleudert. Hart pralle ich gegen die Holzvertäfelung. Die Luft wird aus meinen Lungen gepresst, und vor meinen Augen stehen Sterne.

Ich rutsche zu Boden und ringe nach Atem. Dann versuche ich

wieder aufzustehen. Ein neuerliches Fingerschnippen, und ich falle vornüber. Dann wieder nach hinten gegen die Wand. Mein Kopf dröhnt von der Wucht der Schläge, ich kann nicht mehr atmen, und ich kann nicht schnell genug denken, finde keinen Ausweg, weiß nicht, was ich tun soll. Mir bleibt nur eine Möglichkeit: Ich werfe mich in die Richtung, wo meine Waffen auf dem Boden liegen.

Ich komme nicht weit.

Das nächste Fingerschnippen lässt Nicholas erneut in Aktion treten. Er dreht sich zum Fenster und breitet die Arme aus, als wollte er die gesamte Fensterfront umfassen. Dann zersplittern und explodieren die Glasscheiben, und in einem Kaleidoskop aus bunten, blitzenden Lichtern rasen die Scherben auf mich zu.

Ich werfe mich hinter einen Wandteppich – gerade noch rechtzeitig – und gleich darauf prasseln die Glassplitter auf die dicke, dicht gewebte Wolle ein. Ein paar größere Stücke durchbohren den Stoff wie Dolche und stechen mir in Wangen und Arme, reißen Wunden. Aber ich kümmere mich nicht darum, das Blut abzuwischen. Denn die kalte Angst von eben hat sich in ein entsetzliches Verstehen verwandelt.

Bei dem ersten, gescheiterten Versuch, das Ritual durchzuziehen, hat Blackwell einen Raben geopfert. Der Rabe starb anstelle von Blackwell, der ewig leben würde. Jetzt, bei seinem zweiten Versuch, braucht Blackwell ein neues Opfer. Er hätte jeden x-beliebigen Menschen und jedes Tier auswählen können, vielleicht wieder einen armen Raben, es muss ja bloß irgendein Lebewesen sein. Aber Blackwell erwählte Nicholas. Aus Rache vielleicht oder aus einem verdrehten Verständnis für Symbolik: Nicholas' Licht sollte ausgelöscht werden, damit Blackwell die Welt in Schwärze hüllen kann.

Aber die Tatsache, dass er das Risiko einging, den einzigen Mann gefangen zu nehmen, der es an Macht mit ihm aufnehmen kann – zu einer Zeit, in der er eigentlich jedes Risiko vermeiden sollte – verrät mir noch etwas anderes:

Blackwells Magie ist erloschen.

Das Schwert Azoth verleiht denen Macht, die es führen – es verlieh mir Macht, als ich damit Blackwell verwundete und Caleb tötete –, aber gleichzeitig raubt es auch jenen Kraft und Stärke, denen es Wunden schlägt – die es mit seinem Fluch belegt.

Ein starker Zauber – ein Fluch – ist in der Lage, Magie zu mindern, hat Nicholas mir erklärt. Blackwell hat zwar noch genügend Macht, um Nicholas zu kontrollieren, aber seine Magie reicht nicht mehr aus, um das Ritual zu vollziehen. Er hat seine Reserven aufgebraucht durch die Magie, die nötig war, hier nach Rochester zu kommen, seine Armee zu führen, seine Kreaturen herbeizurufen und seine Wiedergänger in Schach zu halten.

Caleb muss das gewusst haben. Das ist der Grund, warum er mich hierher geschickt hat. Denn vielleicht, nur vielleicht, kann ich Marcus' Hinterlist entgehen, kann Nicholas' fremdgeleiteten Angriffen ausweichen und an meine Waffen gelangen. Und dann kann ich Blackwells Schwäche zu meinem Vorteil ausnutzen. Bevor er John findet. Bevor er seinen unseligen Plan vom ewigen Leben in die Tat umsetzt.

Ich muss das Unmögliche versuchen. Wieder einmal.

Ich schlage den Wandteppich zur Seite. Wieder schnippt Blackwell mit den Fingern und Nicholas kommt mit einem leicht belustigten Gesichtsausdruck auf mich zu. Aber ich sehe ihn nicht an. Ich achte gar nicht auf ihn. Stattdessen wende ich mich Blackwell zu.

»Ist das alles?«, höhne ich. »Ihr seid der mächtigste Zauberer in Anglia und mehr bringt Ihr nicht zustande? Ein erbärmliches Marionettenspiel und dann ein paar zerplatzte Fenster?« Ich lächele breit. »Erst schickt Ihr mir Fulke auf den Hals und jetzt das. Ihr beleidigt mich.«

Es ist riskant, ihn herauszufordern. Aber wenn ich ihn dazu verleiten kann, seine Magie einzusetzen, dann sehe ich, wie viel er übrig hat. Und er wird mehr davon verbrauchen. Ich mag zwar waffenlos sein, aber ich bin nicht ohne Verstand.

Blackwell erwidert mein Grinsen. »Du warst immer einer meiner besten Hexenjäger.«

»Ja«, sage ich. »Das *war* ich.«

Diesmal schnippt er nicht mit den Fingern. Diesmal wirft er seine Arme in die Luft.

Und der Himmel stürzt ein.

Die gewölbte Decke des Musikzimmers knackt und dicke Brocken brechen heraus und donnern zu Boden. Herunterfallende Balken reißen die Wandteppiche aus ihren Halterungen. Der schwere Stoff umhüllt mich wie ein Schild. Marcus und Nicholas bleiben unversehrt, in ihrer Nähe gehen keine Trümmer nieder.

Ich zerre den Teppich um mich, weiche den Geschossen aus und versuche meine Waffen zu erreichen. Der Wandteppich verhakt sich an etwas, das auf dem Boden liegt, und bleibt hinter mir zurück. Ich reiße ihn los, trotzdem werde ich von einem Holzsplitter am Arm getroffen. So scharf wie eine Messerklinge bohrt er sich durch Haut und Fleisch, schabt über Knochen und tritt auf der anderen Seite wieder aus. Ich keuche auf, falle auf ein Knie und reiße ihn heraus. Blut strömt über meinen Arm und tropft von meinen Fingern. Ich presse die Hand auf die Wunde, um die Blutung zu stoppen, unterdrücke meinen Schmerz, um einen klaren Kopf zu behalten.

Über mir wölbt sich jetzt der Abendhimmel, der nun nicht mehr rosig und klar ist, sondern ein Gewirbel aus schwarzen und weißen Wolken, die tosen und toben wie eine Herde wilder Pferde. Blackwell macht eine kurze Handbewegung, und mit einem lauten Donnerschlag öffnet sich der Himmel und ein Wolkenbruch geht durch das zerstörte Dach nieder.

Unter den Holztrümmern auf dem Boden sehe ich etwas aufblitzen. Ob es ein Messer ist oder mein Schwert, kann ich nicht sagen. Ich lasse mich auf Hände und Knie fallen und krabbele durch den Schutt, bis ich die Stelle erreiche. Es ist ein Messer. Ein einzelnes Messer. Ich packe den Griff. Wirbele herum. Durch den Regen sehe ich seine Gestalt, so schwarz und drohend wie die Wolken über mir. Ich reiße den Arm zurück und ziele – direkt zwischen die Augen.

Ich werde mein Ziel nicht verfehlen.

Dann ertönt ein ohrenbetäubendes Krachen und ein Blitz gleißt auf. Er fährt in mich hinein und nagelt mich auf dem Boden fest. Ich fühle mich, als würde ich brennen, als stünde ich auf einem Scheiterhaufen in Tyburn, inmitten von Hitze und Rauch, eingehüllt in einen sengenden Schmerz, den kein Regen auslöschen kann. Ich fange an zu schreien.

»Aufhören.«

Beim Klang seiner Stimme – einer Stimme, die ich so gut kenne – hört tatsächlich alles auf. Der Regen, die Blitze, nur nicht der Schmerz. Der hat mich immer noch in seiner Gewalt. Ich kann mich nicht bewegen, kann nicht denken. Aber ich kann sehen. Ihn. Sie beide. Wie sie im Türrahmen des zerstörten Zimmers stehen: Caleb in Schwarz und in seinem eisernen Griff: John.

32

»Aufhören«, sagt John noch einmal. Er will zu mir, aber Caleb hält ihn zurück. »Lasst sie los.«

»Du gibst mir keine Befehle.« In Blackwells Stimme schwingt Autorität und Triumph mit.

»Ich habe etwas, das Ihr braucht«, sagt John. »Wenn Ihr es haben wollt, dann tut Ihr, was ich sage.«

Blackwell kichert. »Eine lächerliche Aufforderung, findest du nicht? Aber gut, ich füge mich. Ich werde sie in Ruhe lassen, bis ich dich getötet habe. Was ich dann mit ihr anstelle, wird dich nicht mehr kümmern.«

»Wenn Ihr glaubt, dass sie Euch gestattet, *irgendetwas* mit ihr anzustellen, dann kennt Ihr sie nicht so gut wie ich.«

Er grinst anzüglich mit seiner klaffenden Mundhöhle. »Da bin ich mir sicher.«

John hat mich nicht aus den Augen gelassen, seit er den Raum betreten hat. Für andere mag seine beherrschte Miene Angst ausdrücken. Aber ich kenne ihn gut genug, um zu wissen, dass er wild entschlossen ist. Wild entschlossen zu tun, was er sich vorgenommen hat: Er will sich Blackwell ausliefern, will für ihn sterben. Will zulassen, dass er unsterblich wird. Ich verstehe es nicht und ich will es nicht verstehen.

Mit dem Blick auf Blackwell stehe ich langsam auf, hebe die

Hand, die immer noch das Messer hält. Wieder ziele ich, aber diesmal zittern mir die Finger.

»Elizabeth.« Johns Flüstern hallt in dem Zimmer wider wie ein Schrei. »Mach uns das Ende doch nicht schwerer, als es ohnehin schon ist.«

Das Ende. Das, was John die ganze Zeit geplant hat. Er und Nicholas. Was ich plante, ist völlig nebensächlich. Ich lasse das Messer los, das mit einem dumpfen Aufprall zwischen die Holzsplitter fällt.

Blackwells verstümmelte Augen gleiten über John. »Selbstbewusst, entschlossen, furchtlos.« Er spricht langsam. »Du besitzt alle Eigenschaften, die ich an meinen Männern schätze, trotz deiner Loyalität zu den falschen Leuten. Wenigstens scheinst du ein guter Verwalter meiner Macht gewesen zu sein.« Er verstummt kurz. »Sag mir, nur so aus Neugier: Was hat sie dir gegeben? Meine Macht, meine ich.«

Es gibt vieles, was John darauf erwidern könnte. Aber nur eine Antwort, die es trifft. »Nichts«, sagt er. »Sie hat mir nichts gegeben.«

Das Lachen weicht aus Blackwells Gesicht und er dreht sich zu Caleb um. »Hat er sich gewehrt?«

»Er hat versucht zu entkommen«, erwidert Caleb. »Mit dem Rest der Armee. Sie ziehen sich zurück.«

»Sie ziehen sich zurück«, wiederholt Blackwell, zufrieden schnurrend wie eine Katze. »Und mein Neffe?«

»Aus dem Weg geschafft.« Caleb zuckt mit den Schultern. »Ich selbst habe dafür gesorgt. Jetzt seid Ihr König.«

Diese Nachricht müsste Blackwell eigentlich mit einer bösen Freude erfüllen, in der er sich suhlen könnte. Doch er verengt nur die Augen und sagt mit unterdrücktem Zorn: »Natürlich bin ich König. Ich war immer der König.«

Caleb zögert kurz und verbeugt sich dann ehrfürchtig. »Eure Majestät.«

John auf der Flucht, Malcolm tot. Das klingt unglaubwürdig. John würde sich von keinem Kampf abwenden, er würde eher sterben. Und Keagan würde Malcolm nicht einfach dem Tod überlassen, nicht ohne ihn zu verteidigen. Aber Caleb zeigt keine Spuren des Kampfes – kein Blut, keine Brandwunden – bis auf die versengten Haare von vorhin.

Dann wird mir klar, was Caleb da tut. Er hat Blackwell zwar Antworten gegeben, aber er hat ihm nicht das gesagt, was er eigentlich wissen wollte. Denn Blackwell hat ihn nie zur Wahrheit verpflichtet. Aus den Dingen, die ein Pate *nicht* verlangt, kann man seinen Vorteil ziehen.

Etwas geht hier vor. Ich weiß nur nicht, was es ist. Ich wende mich erst zu John, dann zu Caleb, und versuche, in ihren Gesichtern zu lesen. Aber beide blicken starr geradeaus, irgendwohin, nur nicht zu mir.

Blackwell schnippt mit den Fingern und auf Kommando tritt Nicholas zu ihm.

»Bereite alles vor.«

Nicholas streckt eine Hand aus und murmelt etwas. Unter dem Schutt, der im Zimmer verstreut ist, glüht Holz auf, und mit einer Handbewegung erweckt Nicholas eine kleine Flamme zum Leben, die größer wird, bis das Feuer faucht und knistert.

Marcus tritt vor, greift in seinen Mantel und zieht einige Gegenstände hervor, die er Blackwell reicht. Ein Säckchen mit Salz, ein Bündel Kräuter, einen kleinen Behälter mit Wasser, um die Himmelsrichtungen zu markieren – Norden, Osten, Westen. Ein paar dünne Kerzen werden an der Flamme am Boden entzündet. Eine davon bezeichnet die Südspitze der Windrose, die anderen die Nebenhimmelsrichtungen: ein achtstrahliger Stern.

Ich weiß, was als Nächstes geschieht.

Und es geschieht unglaublich schnell.

Nicholas wird von Marcus in die Mitte des Sterns gezerrt. Blackwell tritt zu ihm, mit gezücktem Messer. Ein Aufblitzen von Stahl, ein unterdrücktes, schmerzerfülltes Ächzen und Blut – noch mehr Blut – durchtränkt das elfenbeinfarbene Gewand. Nicholas sinkt zu Boden. Er ist tot. Das Opfer ist vollbracht.

Ich bin stumm, das Grauen lähmt meine Glieder.

Blackwell greift nach der Schwertscheide, und zischend gleitet die Klinge aus dem Leder, dieselbe verdammte Klinge, die auf dem Emblem auf seinem Ärmel zu sehen ist. Azoth. Diesmal ruft das Schwert keine Sehnsucht in mir hervor. Diesmal widert es mich an. Ich wünsche mir nichts sehnlicher, als es zerstört zu sehen, samt überirdischer Macht und dem Fluch, der darauf liegt.

Blackwell beginnt mit dem Zauber. Er erhebt seine Stimme, und sie ist klar und kräftig. Ich kann jedes Wort hören.

Ich bin alt, schwach und krank.
Feuer verbrennt mich.
Der Tod reißt an meinem Fleisch
und bricht meine Knochen.
Geist und Seele haben mich verlassen.
Geblieben sind Salz, Schwefel und Quecksilber.
Sie sollen herausgelöst werden,
gefiltert und gereinigt,
auf dass sie verwandelt und neu geboren werden,
durch das Opus Magnum, das Größte aller Werke.
Der Kreis ist geschlossen.

Die Smaragde im Griff von Azoth fangen an zu funkeln, als ob sie die Verwandlung spüren, die vor sich geht.

»Du da.« Blackwell deutet auf John, den Caleb immer noch festhält.

Endlich finde ich meine Stimme wieder. »Nicht!«, schreie ich. »Tut das nicht. Tut das …« Ich will mich auf ihn stürzen, aber in dem Moment fliegt eine Glasscherbe durch die Luft und schneidet in mein Gesicht.

»Elizabeth!« John schreit meinen Namen, während ich die Hand auf mein Gesicht drücke. Das Glas hat mich nur gestreift und mir die Haut auf der Wange geritzt. Die Wunde brennt, blutet aber nur leicht. Trotzdem ist sie eine deutliche Warnung. »Nicht«, sagt er. »Bitte.«

Ich lasse den Kopf hängen. »Also schön«, flüstere ich. Ich versuche, so tapfer zu sein wie er, aber es gelingt mir nicht. Alles, was ich getan habe, wirklich alles, war umsonst. Ich habe Nicholas gerettet, nur damit er jetzt getötet werden konnte. Ich habe John gerettet, damit er wie ein Lamm zur Schlachtbank geführt wird. Beide haben sie mich gerettet, nicht nur einmal, sondern zweimal, aber ein drittes Mal wird es nicht gelingen.

Caleb drängt John in die Mitte des Sterns. John zögert keine Sekunde, er geht mit sicheren Schritten vorwärts, direkt auf Blackwell zu. Dicht vor ihm bleibt er stehen, und sie sehen einander in die Augen. John trägt keine Rüstung mehr, sein Waffenrock ist schmutzig und zerfetzt, das Gesicht dunkel vor Schlammspritzer, das Haar schweißnass. Aber seine Haltung ist aufrecht und sein Blick ungetrübt. Er zeigt keine Angst angesichts der Schreckensgestalt, die vor ihm steht.

»Du wirst dich nicht wehren«, verlangt Blackwell. »Wenn du nicht miterleben willst, wie ich ihr die Kehle durchschneide – langsam, ganz langsam, vor deinen Augen. Du wirst dich nicht wehren«, wiederholt er, »wenn du ihr ein schnelles Ende gewähren willst.«

»Was soll ich tun?« Johns Stimme ist ruhig.

»Du?«, höhnt Blackwell. »Du tust gar nichts.« Ohne Vorwarnung oder Umschweife hebt er Azoth.

Und stößt das Schwert in Johns Brust.

Einen Moment lang geschieht gar nichts. Dann breitet sich all mählich ein Glühen aus – von der Wunde in Johns Brust, über seine Arme bis zu seinen Händen, den Hals hinauf zu seinem Gesicht. Johns Augen werden groß, er öffnet den Mund, aber nur ein Keuchen kommt heraus. Einen Herzschlag lang erstarrt sein Körper, dann fängt er an zu zucken und zu beben, als ob jemand ihn schütteln würde. Das Licht ringsum wird erst weiß, dann gelb, dann rot, während die Magie ihn verbrennt, die Magie des Stigmas, das seinen Körper verlässt.

Ich kenne den Schmerz. Ich erinnere mich an ihn. An die Hitze, das Brennen, an das Gefühl, als würde das Innerste nach außen gekehrt und dann verkehrt herum wieder zusammengesetzt. Ich erinnere mich an den Schmerz, an die Gewissheit, dass ich sterben würde, an den innigen Wunsch, es möge so sein.

Noch einmal stürze ich vor, will zu John, will ihn retten. Doch in einem Wimpernschlag ist Caleb neben mir und umklammert mit eisernem Griff meinen Arm. Er zieht mich zurück und sagt etwas zu mir, aber ich höre nicht zu. Seine Worte werden von meinen Schreien verschluckt.

Dann, wie eine Fackel, die man in Wasser taucht, erlischt das Licht. Aus Rot wird Weiß, und John bricht leblos zusammen. Seine haselnussbraunen Augen sind blicklos zum Himmel gerichtet.

Caleb lässt mich los und ich renne zu John, falle neben ihm auf die Knie. Ich schüttele ihn, denn so etwas tut man doch in so einer Situation, nicht wahr? Ich rufe ihn beim Namen, denn auch das tut man, wenn man hofft, dass alles nur ein grausamer Scherz war, dass er gleich stöhnen und husten wird, dass er sich aufsetzt, dass er dem Tod doch noch ein Schnippchen geschlagen hat.

Aber John tut nichts dergleichen. Ich fahre mit den Händen über sein Gesicht, seinen Hals, seine Handgelenke, seine Brust. Nichts rührt sich. Kein Puls. Alles ist still. Er ist leer. Er ist stumm.

Er ist tot.

Und ich habe nichts mehr, das ihn retten könnte. Ich kann nichts für ihn tun. Rein gar nichts. Ich kralle meine Finger in sein Hemd und schluchze hemmungslos. Aber trotz allem kann ich die Augen nicht von Blackwell abwenden. Ich muss sehen, was jetzt geschieht.

Blackwell hebt Azoth über seinen Kopf und richtet die Spitze gen Himmel, wo die Schwärze nun immer schneller zu kreiseln und zu wirbeln beginnt. Die Klinge ist mit Blut überzogen, dunkelrot, fast schwarz. Aber die Smaragde am Griff … sie sind nicht mehr grün. Sie sind gelb und strahlend wie die Sonne, und sie funkeln nicht, sondern sie gleißen, mit jedem Moment heller und heller. Blackwell spricht weiter den Zauber, und auch seine Worte werden schneller, pulsieren im Gleichklang mit dem wirbelnden Himmel und dem Licht von Azoth.

In den Wolken öffnet sich ein Loch, ein Fenster zu dem klaren Nachthimmel. Und dort, in der Mitte, leuchtet der Mond. Halb Licht, halb Dunkelheit, begleitet er das Ritual und führt es zu seiner Vollendung.

Azoth explodiert, wird zu einer blendenden Sonne, die uns alle einhüllt und den Raum in ein so weißes und erdrückendes Licht taucht, dass ich die Augen schließe und meinen Kopf an Johns Brust vergrabe. Ich fühle, wie es in mich eindringt und mich mit einer Hitze erfüllt, sodass ich von innen heraus zu verbrennen glaube. Ich packe Johns Körper fester und schirme ihn mit meinem eigenen ab, als ob ich ihn beschützen könnte, als ob er meinen Schutz noch brauchen würde.

So unvermittelt das Licht erstrahlte, so plötzlich erlischt es wieder. Alles ist schwarz. Still. Ich öffne die Augen, aber ich kann nichts sehen. Weder John noch meine Arme, die ihn umschlingen, rein gar nichts. Ich höre nur rauen, hastigen Atem, vielleicht meinen, vielleicht den von Blackwell. Außer uns ist keiner da, der atmet.

Die Sekunden vergehen. Ich rühre mich nicht. Nichts rührt sich, jedenfalls nicht, soweit mir bewusst wäre. Dann erhellt sich der Raum allmählich wieder. Erst schimmern die Ränder blässlich lila und rot, dann wandert die Farbe nach innen, macht Platz für Lavendel und Rosa, bis der Raum in ein rosiges Licht getaucht ist. Es könnte wunderschön sein, wenn es nicht so schrecklich wäre: Es ist, als wäre selbst die Luft blutgetränkt. Und in der Mitte des blutigen Lichts steht Blackwell.

Er steht ganz steif da. Seine Augen weiten sich und in sie tritt ein Ausdruck, den ich nicht deuten kann. Schmerz? Angst? Ich weiß es nicht, ich habe so etwas auf Blackwells Antlitz nie gesehen. Das Schwert Azoth, das er eben noch in der Hand gehalten hat, ist verschwunden. Geblieben sind nur ein paar Steine, die verstreut auf dem Boden liegen. Sie sind wieder grün, aber es ist das trübe Grün des Verfalls, als ob das, was sie vorher zum Leuchten gebracht hat, erstorben ist.

Es ist, als würde die Zeit rückwärtslaufen. Blackwells Haut wächst zusammen, verknüpft sich, dehnt sich über seinem Gesicht aus. Die schwarzen Adern verblassen zu Grau und verschwinden dann ganz. Der Zauber wirkt. Die Zerstörung von Azoth hat sich mit der Unbesiegbarkeit des Stigmas verbunden. Blackwell heilt.

Das ist das Ende.

Unser aller Ende.

Neben mir bewegt sich etwas. Ich drehe mich um und sehe Nicholas auf mich zukriechen. Ich drücke John noch enger an mich, schütze ihn mit meinem Körper. Nicholas kann ihm nichts mehr anhaben, aber das spielt keine Rolle.

Nicholas kommt unbeirrt weiter auf uns zu.

Ich hole aus, um zuzutreten, wie damals im Fleet-Gefängnis vor vielen Monaten. Als Nicholas kam, um mich zu retten, und ich ihm nicht vertraute, als ich beinahe nicht mit ihm gegangen wäre, ihn beinahe umgebracht hätte.

Ich hole aus, aber ich trete nicht zu.

Stattdessen betrachte ich ihn genau. Seine dunklen Augen, die vorhin noch leer und ausdruckslos waren, sind auf mich gerichtet. In ihnen steht Klarheit und Schmerz, Verzweiflung und etwas, das ich als Furcht deute.

Der Fluch, unter dem Nicholas stand, ist verschwunden. Ich weiß nicht wie. Vielleicht hat Blackwell ihn freigegeben, vielleicht hat das Ritual den Bann gebrochen. Ich strecke die Hand nach ihm aus, aber er schüttelt den Kopf und ich ziehe die Hand zurück. Er kriecht noch näher, sodass ich sehen kann, wie blass er ist, wie sehr er zittert. Ich sehe die breite Blutspur, die er auf dem Boden hinterlässt. Er tastet nach Johns Hals.

»Er ist tot«, sage ich und würde am liebsten schreien vor Schmerz. »Das war nicht Teil eures Plans … Das kann nicht Teil eures Plans gewesen sein, unmöglich …« Ich fange wieder an zu schluchzen.

»Elizabeth. Hör mir zu. Hör zu.« Nicholas' Stimme kommt rasselnd, feucht vor Blut. »Die Einheit der Gegensätze.«

Ich höre auf zu schluchzen. »Was?«

»Alles hat ein Gegenüber. Oben und unten. Schwarz und Weiß. Zerstörung und Unbesiegbarkeit.« Er spricht schnell und in seiner Stimme liegt ein Drängen. Er will, dass ich etwas verstehe. »Alles hat ein Gegenteil.«

»Ja.« Ich beuge mich zu ihm. Seine Hand liegt immer noch auf Johns Nacken, die zitternden Finger gekrümmt, als ob er ihn streicheln würde. »Ich weiß …«

Ruckartig schüttelt er den Kopf. »Unsterblichkeit. Auch die Unsterblichkeit hat ein Gegenteil. Hörst du mich, Elizabeth?« Er hustet wieder und spuckt einen Schwall Blut aus. »Die Unsterblichkeit kann nicht ohne ihr Gegenüber existieren.«

Ich schaue zu Blackwell, der immer noch in der Mitte des Raums steht, die leeren Hände gegen die Brust gedrückt. Ein verwirrter Ausdruck überzieht sein bleiches, wiederhergestelltes Gesicht. Er macht den Eindruck, als ob er erwartet hätte, etwas zu sehen, was er nicht sieht, etwas zu fühlen, was er nicht fühlt. Wie fühlt sich Unsterblichkeit an? Wie ist sie beschaffen? Aus welchem Stoff besteht sie?

Oder gibt es sie am Ende gar nicht?

»Die Unsterblichkeit kann nicht ohne ihr Gegenüber existieren«, flüstere ich, und allmählich beginne ich zu begreifen.

Azoth, das Schwert, hat bei seiner Zerstörung seine Macht freigegeben, so wie Blackwell es geplant hat. Die Zerstörungskraft, die ihm innewohnte, ist mit der Unbesiegbarkeit des Stigmas zu einer Einheit verschmolzen, ebenfalls so wie Blackwell es geplant hat.

Aber was er nicht wusste, was aber John und Nicholas herausgefunden haben, ist, dass die Unsterblichkeit nicht existiert. Dass sie nicht existieren kann, jedenfalls nicht ohne den Tod als ihren Gegenpart. Dass die Macht von beidem sich gegenseitig negiert, und dass Blackwell hier vor mir steht, nichts weiter als eine leere Hülle.

Sterblich.

»Der Kreis ist geschlossen. Das Ende obliegt dir. Sein Ende. Verstehst du? Ver…« Nicholas sinkt zu Boden, die Hand immer noch an Johns Nacken. Seine Augen schließen sich und er wird still.

Das Ende obliegt dir.

Ich habe es zu meiner Aufgabe gemacht, als ich geschworen habe, John zu beschützen. Dass es so kommen würde, habe ich nicht gewollt. Doch es wurde mir übertragen, zu beenden, was vor so langer Zeit begann – eine Geschichte, die ohne mich ihren Anfang nahm, mich dann aber mit sich zog. Und jetzt ist es mir überlassen.

Ist es immer noch meine Aufgabe?

Spielt es eine Rolle?

Als ob er meine Gedanken hören könnte, dreht sich Blackwell

zu mir um. Und in seinen Augen unbändige Wut: Er gibt mir die Schuld an allem, was ihm widerfahren ist, und daran, was ihm nicht widerfahren ist. Daran, dass er nicht begreift, was überhaupt passiert ist. Er steht da und starrt mich an. Immer noch umfängt ihn dieser rosige Schimmer wie ein blutiger Heiligenschein.

»Das ist dein Werk.« Blackwell zuckt mit der Hand und sofort ist Marcus an seiner Seite. Er zieht sein Schwert und legt es Blackwell in die Hand. Blackwell kommt auf mich zu und lässt die Klinge auf Brusthöhe langsam und träge durch die Luft fahren. »Du warst es. Und er.« Ich weiß nicht, ob er Nicholas oder John meint. Es ist auch egal.

Langsam stehe ich auf. Ich bin zerschlagen, blute aus unzähligen Wunden, und die Schmerzen der Verbrennungen sind kaum auszuhalten. Ich kämpfe mich aus dem Schutt und dem Blut, lasse Nicholas und John zu meinen Füßen liegen, und mit ihnen lasse ich meinen größten Schmerz los.

»Ihr habt mir einmal gesagt, dass wir unsere eigenen Feinde erschaffen.« Meine Stimme ist fest, aber unendlich müde, so müde, als hätte ich alle Schlachten der Welt auf einmal geschlagen. »Ich war nie Euer Feind, genauso wenig wie sie.«

»Du hast dich gegen mich verschworen, du hast mit ihnen gemeinsame Sache gemacht – alles, um mich zu betrügen. Sogar jetzt, während du hier vor mir stehst, betrügst und belügst du mich.«

»Ich sagte, ich *war* nie Euer Feind.« Ich bücke mich und ziehe langsam Johns Schwert aus der Scheide. Es ist dreckig, blutbefleckt, ein ganz gewöhnliches Schwert. Aber wenn Blackwell ein ganz gewöhnlicher, sterblicher Mann ist, brauche ich nicht mehr als das. »Jetzt bin ich es.«

»Du glaubst, du könntest mich töten?« Blackwells Stimme klingt auf einmal anders. Nicht nur der Ton und der Klang haben sich verändert. In ihr liegt ein kaum merkliches Zittern, das mir die

Wahrheit verrät. Er hat Angst. Dieses eine Mal unterscheidet uns nichts, er ist wie wir alle. Und einen Augenblick lang – nur für den Bruchteil einer Sekunde – empfinde ich Mitleid mit ihm.

»Ihr hättet mich in Frieden lassen sollen«, sage ich. »Aber Ihr habt mich zu Eurem ärgsten Feind gemacht. Und für das, was Ihr meinen Freunden angetan habt, was Ihr der ganzen Welt angetan habt, erhaltet Ihr nun die Quittung.«

Ich hebe Johns Schwert. Sogleich rückt Marcus mit ungelenken, zögernden Schritten vor, als ob er sich gegen seinen Willen bewegen würde, gegen seinen und gegen Blackwells Willen. Caleb rührt sich nicht. Mit einer Handbewegung, als wollte er eine Fliege verscheuchen, entlässt Blackwell die beiden Wiedergänger. Mit der Überheblichkeit des Mächtigen, aber die Macht über die Wiedergänger ist die einzige Macht, die ihm noch geblieben ist.

Er versucht, mich zu umkreisen. Aber ich pariere jeden seiner Schritte. Er schlägt zu, aber der Hieb ist langsam und unsicher. Es ist der Angriff eines sterblichen Mannes, und noch dazu eines Mannes, der Angst hat. Ich pariere auch den Hieb und wehre ihn ab. Silber klingt auf Stahl und das Klirren hallt von den Wänden wider.

Er greift erneut an und wieder wehre ich ihn ab. Ich höre, wie er keuchend nach Atem ringt, während wir einander umtanzen, vorspringen, parieren, angreifen und abwehren. Es gelingt ihm nicht, einen Treffer zu landen, und es wird ihm nicht gelingen. Und dann tut er etwas völlig Unerwartetes.

Er wirft sein Schwert zu Boden.

Es kreiselt um die eigene Achse und schlittert über den Boden bis zur Wand, wo es abprallt und liegen bleibt. Der Schock darüber, dass er sich selbst entwaffnet hat, bringt mich einen Moment aus der Fassung. Mein Blick folgt der Waffe, und diesen Moment nutzt Blackwell aus.

Er stürzt vor, packt meinen rechten Arm – meinen Schwertarm – und stößt ihn von sich weg. Mit der anderen Hand greift er in meine Haare und tritt zu. Er trifft mich mit einer unglaublichen Wucht seitlich am Knie.

Mit einem schrillen Schrei breche ich zusammen. Das Schwert rutscht mir aus der Hand. Ich will danach greifen, aber ich komme nicht heran. Mein Bein ist taub vor Schmerz.

Blackwell dreht sich zu Marcus um. »Bring sie um.«

Marcus' Körper spannt sich an. Die grauen Augen richten sich auf mich und er setzt sich in Bewegung. Sein Grinsen ist grausam, seine Schritte sind gleichmäßig. Diesmal hat er einen Befehl erhalten. Caleb bleibt neben Blackwell stehen. Beide schauen zu und warten auf das Ende.

Mit den Fingern grabe ich in Staub und Schutt auf dem Boden herum, und endlich ertasten sie etwas: kalt, glatt, hart. Es ist ein Dolch. Ich ziehe ihn heraus und rappele mich hoch.

Blackwell reißt die Augen auf, als ich den Arm zurückziehe. Dann schleudere ich den Dolch und er findet sein Ziel: Blackwells Brust, fünf Zentimeter rechts von der Mitte, geradewegs ins Herz. Blackwell grunzt und sinkt auf die Knie. Blut breitet sich auf seinem Waffenrock aus und überzieht die rote, von Dornen durchbohrte Rose mit einem noch dunkleren Rot.

Marcus stößt ein Wutgebrüll aus und will sich auf mich stürzen, mit wildem, hasserfülltem Blick. Aber er kommt nicht weit. Caleb greift zu, und alles geht furchtbar schnell. Ein Gerangel, ein Fluch, dann das ekelerregende Knacken, mit dem ein Genick bricht, und Marcus sackt auf dem Boden zusammen, zum zweiten Mal getötet. Auf seinem Gesicht liegt noch immer der Ausdruck von Wut und Fassungslosigkeit.

Blackwell packt den Griff des Dolchs und zieht ihn aus seiner Brust. Ein Blutschwall ergießt sich aus der Wunde und er unterdrückt einen Schmerzensschrei. Sein Blick ruht auf Caleb. Er kann nicht glauben, was gerade passiert. Aber noch atmet er, noch ist er am Leben, und mir bleibt keine Zeit. Ich darf nicht zulassen, dass Blackwell Caleb den Befehl gibt, sich gegen mich zu wenden.

Ich komme auf die Füße – und wäre beinahe über meinem zerschmetterten Knie wieder zusammengebrochen. Ich bin von Kopf bis Fuß mit Wunden übersäht. Mein Blick fällt auf Marcus' Schwert, das Blackwell so achtlos beiseitegeworfen hat. Dann ein schneller Blick zu Caleb. Er kann meine Gedanken lesen und weiß, was ich vorhabe. Blackwell weiß es auch. Mir bleiben nur Sekunden, bis Blackwell den Befehl gibt, mich zu töten, und diesmal gibt es niemanden mehr, der mir helfen könnte.

Ich werfe mich nach vorn und packe die Waffe. Ich sehe die Angst, die sich in Blackwells Gesicht gräbt, die Angst vor der Niederlage und vor dem Tod, die Angst, die ihn sein Leben lang begleitet hat und die ihn jetzt ins Jenseits begleiten wird, aber ich achte nicht darauf, lasse keine Gefühle zu, sondern stoße ihm mit einem Ruck das Schwert in die Brust. Es dringt durch sein Fleisch, weich, widerstandslos, so leicht wie eine Hand in warmes Wasser gleitet. Und dort bleibt es, während das Leben aus ihm herausströmt.

Es liegt keine Pracht und Herrlichkeit in einem Königsmord, ein König stirbt wie jeder gewöhnliche Mensch. Ohne Magie, ohne Feuer, ohne einen einstürzenden Himmel. Das Ende kommt für Blackwell genauso wie für Nicholas und John. So wie es für jeden Menschen kommt. Schnell, still, schmerzvoll.

Endgültig.

33

Es ist vorbei.

Die Magie, die Blackwell seinem Willen unterwerfen wollte und die sich dann gegen ihn wandte, ist fort. Sogleich wird es heller im Zimmer. Die Wolken, die sich drohend und dunkel über uns wölbten, verziehen sich und geben den Blick frei auf den grauen Himmel des aufziehenden Morgens. Die Zerstörung ringsum wird in aller Deutlichkeit sichtbar: das Blut, die Scherben, die Waffen, der Schutt. Die Leichen: John und Nicholas.

Ich rühre mich nicht, gebe keinen Laut von mir. Nicht einmal, als Caleb sich in Bewegung setzt und langsam, mit schleppenden Schritten zu Blackwell geht, dessen Leichnam so reglos und ohne Leben daliegt wie die anderen. Aber anders als die Gesichter der anderen ist seine Miene zu einer Grimasse aus Schmerz und Wut verzerrt. Für ihn gibt es keinen Frieden, nicht einmal jetzt.

»Er ist tot«, sagt Caleb. Das Glimmen, das ich vorhin schon bemerkte, in der Hitze der Schlacht, zuckt erneut über sein Gesicht. »Ich fühle mich, als ob ich wieder atmen könnte.«

»Du hast es gewusst.« Meine Stimme ist tonlos, ohne jede Regung. Mir ist nichts mehr geblieben. »Du hast gewusst, dass dies geschehen würde. Du hast dabei geholfen, dass es geschieht.«

Caleb schüttelt den Kopf. »Ich wusste es nicht, nicht von Anfang an. Aber Nicholas und dein Heiler haben es herausgefunden. Ihnen war klar, was die Einheit der Gegensätze wirklich bedeutet. Deshalb haben sie sich geopfert, damit Blackwell seinen Plan durchführen konnte. Dein anderer Freund, Skyler, der wusste es auch. Er hat mich gerufen, hat mir gesagt, dass ich helfen kann. Ihm. Nicholas. Dir.«

»Dir selbst.« Ich ersticke fast an meiner Bitterkeit.

»Ja. Mir selbst.« Caleb hat keinen Grund zu leugnen. »Aber Blackwell ist tot und wir alle sind frei. Das wolltest du doch, nicht wahr? Frei sein.«

Frei. Ohne John und ohne Nicholas hört sich das Wort an wie »verlassen«. Aber ich weiß, was Caleb von mir hören will. Er will meine Anerkennung dafür, was er tat, welches Risiko er einging. John und Nicholas sind nicht die Einzigen, die sterben mussten, damit auch Blackwell sterben konnte.

»Anglia ist dir zu Dank verpflichtet«, sage ich, »für das, was du getan hast.« Mehr bringe ich nicht fertig.

»Vielleicht wirst du es eines Tages auch sein.«

Ich nicke, aber ich spüre, wie die Mauer um mich herum himmelhoch wächst. Ich will nicht mit Caleb reden, höre ihm schon nicht mehr zu. Ich will bei John sitzen, solange es geht, und dann muss ich mir überlegen, wie ich Peter beibringen soll, dass sein Sohn tot ist. Es kommt so weit, dass ich mir fast wünsche, auch Peter wäre tot, damit ihm der Schmerz erspart bleibt.

Caleb blickt zu der offenen Fensterhöhlung, in der noch letzte Glassplitter hängen. Er runzelt die Stirn und schüttelt dann den Kopf. Die gleiche Geste habe ich schon oft bei Skyler gesehen, wenn er versucht, aus dem, was er rings um sich wahrnimmt, schlau zu werden.

»Sie ziehen sich zurück«, sagt er nach einer Weile. »Blackwells Soldaten fliehen. Ich fühle es.« Glas knirscht, als er auf das offene Fenster zugeht. »Ich sollte auch gehen.«

Ich frage nicht, wohin er will. Aber als Caleb durch das Fenster steigt, halb im Licht und halb im Dunkeln steht, dreht er sich zu mir um und fragt: »Werden wir uns wiedersehen?«

Ich schaue ihn an. Ihn gehen zu lassen – ein zweites Mal – schmerzt mich nicht. Nicht mehr. Zu viel Unrecht ist zwischen uns geschehen, Unrecht, das nie wieder ungeschehen gemacht werden kann.

»Ich weiß es nicht«, sage ich. »Aber ich glaube besser nicht.«

Darauf erwidert Caleb nichts, sondern nickt bloß. Und dann gleitet er wie ein Geist durch das Fenster und ist fort. Ich bin allein.

Langsam, wie in einem Albtraum, aus dem es kein Erwachen gibt, gehe ich zu John, der bleich und reglos am Boden liegt. Nicholas liegt neben ihm. Im Tod sieht er jünger aus. Sein Gesicht ist wie aus Marmor gemeißelt, aber friedlich, sodass es beinahe scheint, als würde er lächeln. Seine Hände sind über der Brust gefaltet. Still liegt er da.

Ich knie mich neben John und nehme seine kalte Hand in meine fieberheißen Finger. Die Augen, die vorhin noch offen standen, sind geschlossen. Nicholas muss dafür gesorgt haben. Seine Körperhaltung hat sich leicht verändert, der Kopf liegt näher am Fenster. Auch das muss Nicholas getan haben. Anders als Nicholas sieht John im Tod nicht jünger aus. Und auch nicht friedlich. Er hat leicht die Stirn gerunzelt und wirkt, als würde er schlafen, als würde er von einem unangenehmen Traum heimgesucht, als würde er jeden Moment die Augen aufschlagen und mir von seinem Traum erzählen. Aber das kann er nicht. Das wird er nicht. Und die Endgültigkeit dieser Tatsache ist mehr, als ich ertragen kann.

»Es tut mir so leid.« Ich beuge mich über ihn, kralle meine Hände in sein Hemd, wiege mich vor und zurück und flüstere ihm schluchzend immer wieder dieselben Worte zu, bis mir die Stimme versagt und ich völlig erschöpft bin vor Trauer und Leid.

Und da spüre ich mit einem Mal eine Hand auf meinem Hinterkopf. Eine Hand, die sanft meinen Nacken streichelt und sich in meinem Haar verfängt. Ich rühre mich nicht gleich. Denn ich weiß, dass ich, wenn ich aufschaue, Peter neben mir sehe, und in seinem Gesicht werden derselbe Kummer und derselbe Gram stehen wie in meinem. Doch dann höre ich seine Stimme, die meinen Namen haucht – »...beth«, und mein Kopf ruckt hoch.

John. Es ist John. Er hat den Kopf gedreht und betrachtet mich durch ein Auge, das kaum einen Schlitz breit geöffnet ist. Seine Hand, die eben noch an meinem Kopf lag, wandert durch die Luft. Er öffnet das andere Auge und blinzelt, lässt die Hand fallen und greift nach dem Saum meines Hemdes.

Ich habe zu viel Angst, um zu sprechen. Zu viel Angst, dass ich mit irgendeiner Regung oder einem geflüsterten Wort den Zauber dieses Moments zerstöre, dass ich vielleicht die Möglichkeit dessen, was ich sehe, zunichtemache und es sich wieder in das verwandelt, was es in Wahrheit ist: unmöglich.

Aber dann sagt er wieder meinen Namen, deutlicher und lauter, und endlich gelingt es mir zu sprechen: »Aber ... wie ist ... das möglich?«

John gibt keine Antwort. Er dreht nur den Kopf zur Seite, und da sehe ich auf seinem Hals, wo Nicholas ihn berührt hat, ein Mal in Form einer Lilie, kaum größer als ein Daumenabdruck, leicht rötlich wie ein Sonnenbrand. Das ist alles, was von Nicholas übrig geblieben ist, von ihm und seiner Macht: Er hat alles John geschenkt und ihn geheilt, während sein eigener Körper starb.

»Oh.« Mehr kann ich nicht sagen. Ich lege meinen Kopf auf seine Brust, schlinge die Arme um ihn und drücke mich fest an ihn. John lehnt seinen Kopf gegen meinen und flüstert mir etwas ins Ohr, aber ich kann seine Worte nicht verstehen, weil seine Stimme so sehr zittert und mein Atem so schnell geht, aber ich fühle die Liebe und die Dankbarkeit in allem, was er sagt.

Schließlich helfe ich ihm langsam auf. Er ist noch sehr wackelig auf den Beinen und hält sich an mir fest. »Wie fühlst du dich?« Ich weiß selbst nicht genau, was ich damit meine – ohne das Stigma? Mit Nicholas' Magie? Oder wiedergeboren, nachdem er gestorben war? Vielleicht alles zusammen.

»Das ist schwer zu sagen.« Er lächelt zögernd, als wüsste er, was ich denke. »Ich bin müde. Und ein bisschen durcheinander. Aber soweit ich das beurteilen kann, fühle ich mich wieder wie ich selbst.«

»Caleb sagte, ihr hättet das alles geplant«, sage ich. »Du und Nicholas. Wann?«

»Während ich in Rochester festsaß«, antwortet John. »Nicholas hat mich mit den Büchern versorgt, die ich brauchte, um die Sache zu durchschauen. Das war einer der Gründe, warum er mich dort eingesperrt hat. Er wollte sichergehen, dass mir klar war, welche Rolle ich zu spielen hatte. Was ich tun musste. Was wir beide tun mussten.«

»Wusste sonst irgendjemand davon? Dein Vater? Fifer?«

»Fifer wusste Bescheid«, sagt John. »Sie hat es sogar schon früher gewusst als ich. Trotzdem ist sie nur schwer damit klargekommen. Besonders zum Schluss.« Ich weiß noch, dass ich mich gewundert habe, weil ich sie am Abend vor der Schlacht nirgends entdecken konnte. Weder sie noch Skyler. »Ich habe Vater erst gestern Abend eingeweiht«, fährt John fort. »Fast hätte ich es nicht getan. Aber ich wollte nicht, dass er denkt, ich hätte nicht gewusst, was ich tat.«

»Aber mir hast du es nicht gesagt.«

Er nickt. »Weil ich mir nicht sicher war, ob ich es auch wirklich getan hätte, wenn du es gewusst hättest.«

John und ich schauen uns um. Das Musikzimmer ist völlig demoliert. Die Stille und die friedliche Stimmung, die über allem liegt, macht die Zerstörung noch unwirklicher. Gemeinsam treten wir zu Nicholas, heben seinen Leichnam vorsichtig hoch und tragen ihn in die angrenzende Kapelle, wo wir ihn vor dem Altar niederlegen und mit dem schweren, reich bestickten Altartuch bedecken. Dann nimmt John meine Hand, und Seite an Seite gehen wir hinaus ins Freie.

Hier sieht alles aus wie immer, unberührt, aber das heißt nicht, dass die Gefahr vorbei ist. Und tatsächlich: Als wir durch die Allee zur Wiese kommen, hat sich die Schlacht, die auf den Feldern vor Rochester begann, bis hierher ausgebreitet, bis zu den Zelten und Plätzen, die in den letzten Wochen mein Zuhause waren. Überall rennen Männer herum, Männer in Schwarz, Männer in Blau und Rot, ein paar Männer in Weiß.

Ich reiße an Johns Arm und will ihn in Deckung ziehen.

»Warte.« Er späht um einen Baum herum. »Sie greifen nicht an. Sie ziehen sich zurück. Schau doch!«

Vorsichtig rücken wir vor. Caleb hat recht behalten: Blackwells Armee, oder was davon übrig ist, rennt in wilder Jagd davon. Der Himmel über uns ist klar, und von den dunklen Wolken oder den geflügelten Ungeheuern ist keine Spur mehr zu sehen. Das Land schimmert grün im Licht der Morgendämmerung.

»Wir müssen meinen Vater finden«, sagt John. »Er muss erfahren, dass es mir gut geht. Und ich muss helfen.«

Wir überqueren die Brücke, die aus Rochester hinausführt, immer noch wachsam und alarmbereit. Wir suchen unter den Gefallenen nach Menschen, die wir kennen, aber die meisten sind Blackwells Männer und einige Soldaten aus Francia. Wir überprüfen bei jedem Einzelnen, ob John noch etwas ausrichten kann. Aber sie sind alle tot.

Auf der anderen Seite der Brücke bietet sich uns ein ganz anderes Bild. Hier ist die Straße übersät mit Toten und Verletzten aus beiden Lagern, wobei die Leichen überwiegen. Auch zwei

Mitglieder des Ordens der Rose sind dabei: ein Junge, den ich nicht kenne, und ein Mädchen. Es ist Miri, die das Wasser beherrschen konnte. Ein schmerzhafter Stich bohrt sich mir ins Herz. Sie war erst zehn Jahre alt. John geht zu den Verwundeten und bietet ihnen seine Hilfe an, während ich weiter das Schlachtfeld nach Peter absuche.

Und dann sehe ich Malcolm. Er liegt etwas abseits – und mein Herz wird schwer. Er ist nicht tot, aber die Art, wie er sich verkrampft, wie er seine Hand in das platt getretene Gras krallt, lässt erkennen, dass er schwer verletzt ist. Das Blut, das sich unter seinem Körper zu einer Pfütze gesammelt hat, spricht eine deutliche Sprache.

»Malcolm!« Ich renne zu ihm, lasse mich neben ihm auf die Knie fallen und nehme seine Hand. Sie ist glitschig vor Blut. Ob es sein eigenes ist oder das seiner Gegner, kann ich nicht sagen. Sein Waffenrock hängt in Fetzen.

»Wie haben wir uns geschlagen?« Er blinzelt mich durch ein halb offenes Auge an, das in seinem blutigen Gesicht grau und blass wirkt. »Haben wir gesiegt?«

John taucht neben mir auf, leicht außer Atem. Er geht neben Malcolm in die Hocke und hebt die Fetzen des Waffenrockes an. Darunter kommt ein verbeultes Kettenhemd zum Vorschein, das so aussieht, als hätten es riesige Zähne zerkaut. Vorsichtig schält John die Reste des Eisens aus der Wunde.

»Wir haben gesiegt«, sage ich.

Malcolm schließt die Augen und atmet ein. Als er den Atem wieder ausstößt, schaut er mich an.

»Was ist mit meinem Onkel?« Er hält meinen Blick fest. »Wie ist es ihm ergangen?«

»Er ist tot.«

Malcolm nickt langsam. »Hat er dir wehgetan?«

»Nein«, sage ich.

In Malcolms Augen tritt ein Ausdruck von Trauer und Erleichterung, von Schmerz und Freude, alles auf einmal. Gegensätze, die zusammengehören, wie Azoth und das Stigma. Aber diese Gegensätze sind zutiefst menschlich.

»Ich kann nicht behaupten, dass es mir leidtäte«, sagt er. »Aber ich kann auch nicht sagen, dass ich mich darüber freue. Schon komisch, nicht wahr? Er war alles, was ich noch hatte, und er wollte meinen Tod.«

»Er ist nicht alles, was Ihr habt«, sage ich, obwohl ich nicht weiß, ob das stimmt. Ich weiß nicht, was ihn in Rochester erwartet oder in Upminster. Ob ihn überhaupt irgendetwas erwartet.

»Das sagst du bloß, weil ich sterben werde«, keucht er, als ob er meine Gedanken lesen könnte.

»Ihr werdet nicht sterben.«

»Nicht sprechen«, befiehlt John. Vorsichtig rollt er Malcolms Hemd hoch. Ich halte den Atem an. Quer über seinen Oberkörper verläuft eine diagonale Linie, von der Hüfte bis zur Achsel. Seine ganze Brust ist mit Blut überzogen.

John zieht ein Messer aus Malcolms Gürtel. »Ich werde jetzt Euer Hemd aufschneiden.«

Malcolm nickt, zum Zeichen, dass er verstanden hat, und John macht sich an dem Stoff zu schaffen. Dann wirft er den blutigen Fetzen beiseite. John streift seinen eigenen Waffenrock und sein Kettenhemd ab, dann sein Hemd. Mit nacktem Oberkörper kniet er neben Malcolm.

»Was machst du da?«, frage ich ihn mit großen Augen.

»Ich muss die Blutung stoppen.« John drückt sein Hemd auf Malcolms Brust. Das weiße Leinen färbt sich in Sekundenschnelle rot. »Halt das fest«, sagt er zu mir und steht auf. Er rennt über das Feld, bleibt stehen, betrachtet den Boden, läuft weiter, verschwindet zwischen den Bäumen und taucht kurz darauf mit einem Strauß glockenblütiger weißer Blumen mit spitzen, dunkelgrünen

Blättern wieder auf. Wenn ich nicht so verdattert wäre, würde ich lachen.

»Ihr wisst wahrlich, wie man einer Dame den Hof macht«, sagt Malcolm etwas ratlos, als sich John wieder neben ihm niederlässt. »Der Held des Schlachtfelds, mit bloßem Oberkörper, seiner Kleidung beraubt, der todesmutig Blumen pflücken geht …«

John wirft ihm einen genervten Blick zu, zupft die Blätter von den Stielen und schiebt sie sich in den Mund. Dann fängt er an zu kauen.

»Ich nehme alles zurück«, sagt Malcolm. »Diese Art der Brautwerbung ist mir unbekannt.«

»Schwarzwurz«, sagt John kauend. »Das hilft gegen die Blutung.« Er spuckt den grünen Brei in seine hohle Hand.

»Das ist ekelhaft.« Malcolm blickt ihn angewidert an.

»Wenn Ihr es vorzieht, kann ich Euch auch verbluten lassen«, sagt John gelassen. »Ich kann zusehen, wie Euch die Möwen die Augen auspicken, die Eber Euch die Eingeweide herausreißen und diese rotäugigen Krähen Euch den Garaus machen …«

»Schon gut, schon gut! Macht weiter!«

John verstreicht den grünen Blätterbrei auf der Wunde und drückt ihn mit der flachen Hand fest. Malcolm stößt einen Schwall Flüche aus.

»Es tut nicht lang weh«, versichert ihm John. Nach kurzer Zeit zieht er die Hand weg. Sie ist blutig und mit grünem Blättermatsch verschmiert, aber die Blutung hat sich deutlich verlangsamt. Mit dem Messer schneidet John sein Hemd in Streifen und verbindet Malcolms Brust.

»Wir müssen Euch hier wegschaffen.« John blickt sich um. Überall liegen Leichen, überall hasten Soldaten mit gezückten Waffen hin und her. »Wer weiß, was da noch alles aus dem Wald kriecht … ach, du bist's nur!«

Ich hebe den Kopf und sehe Skyler aus dem Wald treten. In einer Hand hält er ein Schwert, in der anderen ein graues Bündel. Er bleibt stehen und betrachtet uns.

»Siehst gut aus«, grinst er mit Blick auf Johns halb nackten Körper. »Ein bisschen wie ein Gladiator in der Arena. Soll ich dir einen Lendenschurz bringen? Ein Paar Sandalen? Vielleicht einen Löwen?«

John schüttelt den Kopf und lacht.

Skyler wirft ihm das graue Bündel zu, das sich als Hemd entpuppt. »Ich dachte mir, du könntest es gebrauchen.« John streift sich das Hemd über und bedankt sich mit einem Handschlag bei Skyler. »Wird er sterben?«, fragt Skyler und ruckt mit dem Kopf zu Malcolm.

Ich werfe ihm einen bitterbösen Blick zu.

»Nein, wird er nicht«, sagt John. »Er hat einen üblen Schnitt, aber keine tödliche Wunde. Allerdings werde ich ihn nähen müssen.« Ein leicht beunruhigter Ausdruck legt sich auf seine Miene und ich ahne den Grund. John ist sich nicht sicher, ob er sich noch daran erinnern kann, wie man eine Wunde näht. Er schaut zu Malcolm. »Was für eine Waffe war es? Ein gezacktes Messer?«

Malcolm schüttelt den Kopf. »Es war keine Waffe. Es waren Krallen.« Er deutet nach oben. »Eins von diesen geflügelten Biestern hat mich erwischt und gepackt. Ich war hoch in der Luft, als irgendjemand es abgeschossen hat.«

»Ihr habt Glück, dass Ihr Euch nichts gebrochen habt.« John verstummt. »Oder habt Ihr? Könnt Ihr Eure Arme und Beine bewegen?«

»Ich kann alles bewegen, außer meinem linken Bein«, sagt Malcolm. »Ich kann es nicht beugen, hab's schon versucht.«

John schaut Skyler an. »Du musst ihn tragen.«

Skyler hebt Malcolm hoch. Dann hält er inne und nickt. »Das

glaube ich«, sagt er, und ich ahne, was Malcolm gedacht hat: dass er sich nie hätte träumen lassen, in einer Schlacht gegen seine eigene Familie verwundet zu werden, von einem Reformisten gesund gepflegt und von einem Wiedergänger blutend vom Schlachtfeld getragen zu werden. »Und trotzdem gern geschehen«, setzt Skyler hinzu.

34

Fifer und Peter erwarten uns in Rochester Hall. Fifer rennt auf Skyler zu. Sie sieht aus, als würde sie am liebsten lachen und gleichzeitig weinen. Dann dreht sie sich zu John um und wirft sich in seine Arme.

»Nicholas.« Das ist alles, was sie sagt. Mehr ist auch nicht nötig. John schüttelt den Kopf, und Fifer vergräbt ihr Gesicht an seiner Schulter. Er flüstert ihr etwas zu, aber seine Stimme wird von ihrem Schluchzen erstickt.

»Setz mich ab«, sagt Malcolm zu Skyler. Er hat die Augen geöffnet, aber seine Stimme ist kaum mehr als ein Flüstern. »Ich kann laufen, na ja, eher hopsen, und du solltest zu ihr gehen …« Er windet sich in Skylers Griff und erstarrt dann mit einem schmerzhaften Aufkeuchen.

»Nicht sprechen!«, ermahnt John. »Und nicht bewegen. Er muss sofort ins Krankenzimmer«, sagt er dann zu Skyler.

Skyler geht mit Malcolm auf dem Arm über das Feld. Fifer weicht ihm nicht von der Seite. John versichert mir, dass er bald wieder bei mir sein wird, und folgt ihnen schnell.

Peter und ich bleiben allein zurück. Allein mit Tausenden von Männern, die schreiend und brüllend, fluchend und lachend hin und her rennen. Ich schaue ihnen zu, sehe in ihren Gesichtern die Verwirrung und den Schmerz, den Triumph und die Erleichterung. Vielleicht haben sie nicht erwartet zu siegen, und jetzt, da es vollbracht ist, ist die Freude darüber ein merkwürdiges, schwindelerregendes Gefühl, weil gleichzeitig so viele ihr Leben gelassen haben. Man hat gewonnen und gleichzeitig verloren.

Ehe ich etwas sagen kann, ehe ich noch begreifen kann, was das alles bedeutet, für uns, für sie, für alle, zieht mich Peter in eine feste Umarmung und tätschelt mir den Rücken, als wäre ich ein kleines Kind. Er murmelt tröstende Worte, von denen ich nicht wusste, dass ich sie brauchte. Ich lasse mich in seine Arme sinken und weine, bis ich leer geweint bin und sein Hemd nass ist von meinen Tränen.

Das Schlachtfeld leert sich zusehends. Männer stolpern zurück in das Lager. Ein steter Strom an Überlebenden ergießt sich durch das Torhaus. Nachdem er Malcolm in guten Händen und schwer bewacht – denn ein Feind ist zwar geschlagen, aber es gibt immer noch genug, die Malcolm tot sehen wollen – in einem Krankenzelt untergebracht hat, kehrt John mit Skyler und Fifer im Schlepptau zu mir zurück. Es folgen einige angstvolle Stunden, in denen wir nach George suchen und ihn nicht finden, aber schließlich stöbert Skyler ihn auf. Er hockt mit zwei Dutzend frankischen Soldaten in einem Zelt, allesamt besoffen wie die Haubitzen. Zuerst sind wir furchtbar wütend, bis einer der Soldaten John eine Flasche Wein zuwirft. John trinkt einen Schluck und reicht mir die Flasche dann mit einem Grinsen weiter. Wir setzen uns zu den Soldaten und verbringen den größten Teil der Nacht trinkend und lachend und mit einem Gefühl, das ich lange Zeit nicht mehr empfunden habe.

Frieden.

Gareth findet man erst später. Er kauert neben der Kanzel in der Kirche bei seinem Haus, genau da, wo er über mich geurteilt und mir befohlen hat, den Mann zu töten, für den er insgeheim gearbeitet hat. Er hält ein Schwert in der Hand. Er ist tot.

Peter vermutet, dass er irgendwann während der Schlacht einen Sinneswandel erfahren hat – ein doppelter Verräter. Er erlitt eine Wunde, wann und wo ist nicht gewiss. Es war keine tiefe Wunde, nichts, was ein Heiler in Rochester nicht leicht hätte kurieren können. Aber stattdessen verblutete er. Er machte nicht einmal den Versuch, die Wunde zu verbinden. Vielleicht wusste er gar nicht, wie viel Blut er verloren hatte, bis es zu spät war.

Die Tage vergehen. Wir betten Nicholas in der Nähe seines Hauses, das jetzt Fifer gehört, zur letzten Ruhe. Kurz danach verlässt sie mit Skyler das Lager, um allein und in Ruhe mit ihrem Kummer fertigzuwerden.

Blackwells Tod stürzt Anglia in eine tiefe Krise. Das Land hat seinen König verloren. Nachdem sie sich ergeben haben, treffen sich Blackwells Anhänger – einstmals die Höflinge von Malcolm – mit dem Rat von Harrow, dessen neuer Vorsitzender Fitzroy ist. Fitzroy wurde außerdem zum vorübergehenden Regenten von Anglia ernannt. Tagelang diskutieren sie die Frage, wer die Krone von Anglia tragen soll. Von Rechts wegen gehört sie Malcolm. Aber der will sie nicht.

»Ich kann nicht«, sagt Malcolm, nicht zum ersten Mal. Wir sitzen in Rochester Hall, in einem der unzähligen luxuriösen Schlafzimmer, in denen im Augenblick hauptsächlich verletzte Soldaten untergebracht sind. Ich sitze in einem Sessel neben Malcolms Bett. Auf der anderen Seite steht John und untersucht ihn. Seit der Schlacht sind sieben Tage vergangen, und seit sechs Tagen liegt Malcolm in diesem schönen Zimmer. Ein Dutzend Heiler steht ihm zur Verfügung, aber er will bloß John.

»Ich habe es schon beim ersten Mal vermasselt. Ihr habt doch gesehen, was passiert ist. All das …« Er wedelt vage mit der Hand in Richtung Fenster. Es befinden sich immer noch einige Soldaten im Lager »… all das Unglück.« Er schluckt. »Ich habe darüber nachgedacht, was geschehen soll, wenn wir siegen. Ich wollte Margaret zur Herrscherin machen, aber …« Er verstummt und blickt zu Boden. John und ich sehen uns an.

Malcolm war kein guter Ehemann, beileibe nicht. Aber die Nachricht vom Tod seiner Frau traf ihn schwer, schwerer, als ich erwartet hätte. Ihr Tod war keine Folge des Krieges, sondern der Vernachlässigung. Vor drei Tagen fand man sie vergessen, erfroren und verhungert in einer Zelle des Fleet-Gefängnisses.

»Irgendjemand muss den Thron besteigen, und zwar bald«, sage ich. »Fitzroy kann nicht regieren. Sein Anspruch auf die Krone ist nicht gefestigt genug. Urgroßneffe dritten Grades von Edward I., das reicht nicht …«

»Vierten Grades«, verbessern mich Malcolm und John wie aus einem Mund.

»Also schön, vierten Grades. Noch schlimmer. Er kann den Thron nicht halten, falls jemand auf die Idee käme, ihn ihm streitig zu machen. Und ihr wisst beide, dass das geschehen wird. Die Adeligen werden jemanden mit einer besseren Blutlinie finden. Wenn es jemand ist, der dem Rat von Harrow nicht passt und der trotzdem seinen Anspruch nicht aufgeben will, droht vielleicht ein neuer Krieg. Und das können wir nicht zulassen.«

»Würde ich den Thron beanspruchen, gäbe es ganz sicher Krieg«, sagt Malcolm. »Viele sehen in mir immer noch den Erzfeind. Zu viele. Ich muss es dir doch nicht immer wieder vorrechnen, oder?« Er zischt vor Schmerz auf, als John auf sein gebrochenes Bein drückt.

»Tut mir leid«, sagt John. »Aber das Bein macht einen guten Eindruck. Es dürfte innerhalb von sechs Monaten wieder völlig geheilt sein. Ihr solltet allerdings für ein Jahr kein Turnier reiten, nicht auf die Jagd gehen und auch die Tanzaktivitäten einschränken, aber alles in allem sollte das nicht so schlimm sein.«

»Ich habe mir überlegt, dass ich vielleicht anfange zu malen«, sagt Malcolm, das Gesicht immer noch zu einer Grimasse verzogen. »Oder vielleicht lerne ich das Lautespielen.«

Ich sage nichts. John und Malcolm, die miteinander umgehen, als würden sie sich nicht abgrundtief hassen, als wären sie keine Feinde – das macht mich sprachlos.

Es klopft an der Tür und jemand betritt das Zimmer.

John und ich erheben uns und neigen respektvoll die Köpfe vor dem Regenten von Anglia. Fitzroy nickt uns zu und schaut dann zu Malcolm.

»Vergebt mir, dass ich nicht aufstehe, Lord Regent.« Malcolm lächelt ihn an und in seiner Stimme liegen weder Hohn noch Tücke. »Im Augenblick ist mir das leider nicht möglich.«

»Ihr müsst Euch nicht entschuldigen.« Fitzroy erwidert das Lächeln. »Habt Ihr einen Moment Zeit? Wir müssen uns unterhalten.« Er macht eine Handbewegung und hinter ihm tauchen einige Diener mit Platten voller Speisen und Krügen voller Wein auf, mit Tellern und Kristallpokalen und Silberbesteck. Ein Festmahl für einen König. Fitzroy schaut John an. »Ich weiß, dass dies auf Eurem Behandlungsplan nicht vorgesehen ist, aber wenn Ihr nur für heute eine Ausnahme machen würdet …«

»Das geht schon in Ordnung«, sagt John und wirft Malcolm einen Blick zu. »Ich kann mich doch darauf verlassen, dass Ihr Euch nicht der Völlerei hingebt?«

»Ich glaube, die Tage der Völlerei sind für mich endgültig vorbei«, antwortet Malcolm.

Wir lassen Malcolm und Fitzroy allein und gehen durch den langen, lichtdurchfluteten Korridor hinaus ins Freie. Wir gelangen in einen Innenhof, in dessen Mitte ein Springbrunnen steht, der ringsum mit Bänken gesäumt ist. Das Wasser gurgelt und gluckst in der warmen Sonne. Die Büsche und Hecken zeigen die ersten

Spuren des Frühlingsgrüns. Ich setze mich auf eine Bank und John lässt sich neben mir nieder.

»Du und Malcolm«, sage ich nach einer Weile. »Ich finde es seltsam, euch so zusammen zu sehen. Warum tust du das?« Ich schaue ihn an. »Ihm helfen, meine ich. Nicht nur hier und heute, sondern auch schon auf dem Schlachtfeld. Warum?«

John lächelt. »Na ja, ich wäre wohl ein schlechter Heiler, wenn ich ihn hätte sterben lassen, oder?«

»Das meinte ich nicht«, sage ich.

»Ich weiß«, erwidert er. »Aber ich kann dir keine bessere Antwort geben. Zu den Aufgaben eines Heilers gehört es auch, hinter die Fassade zu blicken, die der Patient einem zeigt. Malcolm war in Hexham in der Zelle neben mir. Damals zeigte er mir viel von sich, und das meiste hatte mit dir zu tun.«

Ich schließe die Augen. Ich will nicht wissen, was er alles gesagt hat.

»Ich erspare dir die Einzelheiten«, sagt John verständnisvoll. »Aber wenn ich auch nur eine Sekunde lang geglaubt hätte, dass Malcolm dir jemals wehtun wollte, dass er aus Bosheit handelte statt aus Gedankenlosigkeit, dann hätte ich ihm nicht zur Seite gestanden. Ich hätte ihn geheilt, aber ich hätte ihm nicht geholfen.«

John schweigt kurz, dann spricht er weiter. »Er ist verwöhnt und leichtfertig. Aber er ist nicht dumm. Er weiß nur nichts über Menschen. Er hat so lange unter Ja-Sagern gelebt, dass er sich eine Welt, in der man auch Nein sagt, einfach nicht vorstellen kann.« Wieder schweigt er. »Du hast ihm verziehen, nicht wahr?«

Ich nicke. »Es war kurz vor der Schlacht, und ich wusste nicht, ob ich ihn jemals wiedersehen würde. Es schien mir sinnlos, ihm die Vergebung zu verwehren.«

»Und jetzt?«, fragt er. »Wie fändest du es, wenn er wieder König werden würde?«

»Ich glaube, diesmal wäre es anders«, antworte ich. »Er wäre anders. Wir alle sind heute anders.«

John umfasst mein Gesicht mit seinen Händen und fährt mir mit dem Daumen über die rechte Wange. »Nicht ganz«, sagt er. Und dann küsst er mich.

»Der König von Francia hat Malcolm die Hand seiner Tochter angeboten«, erzählt uns Peter. Er, John, Skyler, Fifer, George und ich sitzen im Innenhof vor einem der Säle, wo wieder einmal eine Versammlung des Obersten Rats stattfindet, die fünfte in fünf Tagen.

»Vor drei Wochen wollten sie ihn an die Berber verkaufen«, sage ich trocken.

»Vor drei Wochen war er ein Gefangener«, gibt George zu bedenken. »Jetzt ist er ein siegreicher Feldherr, der Erbe des Throns von Anglia. Ein König, der vor einem Mann aus dem Volk das Knie beugt.«

»Man kann Fitzroy wohl schwerlich als Mann aus dem Volk bezeichnen«, protestiere ich.

George zuckt mit den Schultern. »Francia sieht das anders. Seine Abstammung ist makellos, so viel ist sicher. Der Urgroßneffe dritten Grades von König Edward …«

»Vierten Grades«, verbessere ich. George hebt die Augenbrauen. »Entschuldige, sprich weiter.«

»Viel mehr ist da nicht«, fährt Peter fort. »Der König von Francia bietet seine Tochter an sowie eine beachtliche Mitgift und hunderttausend Livre, um Anglia wiederaufzubauen.«

John stößt einen lauten Pfiff aus.

Peter nickt. »Eine solche Heirat würde die Verbindungen zwischen unseren Königreichen stärken und uns gegen Angriffe schützen, sollte irgendjemand auf die Idee kommen, sich mit uns anzulegen, etwa Iberia oder Wallonia. Im Augenblick gelten wir beide als schwach. Anglia ein Reich ohne König, Francia ein Land ohne Thronfolger, mit nur einer Tochter, die verheiratet werden muss.«

»Er will kein König sein«, sage ich.

»Spielt keine Rolle.« George zuckt mit den Schultern. »Könige haben keine Wahl, sie werden als Könige geboren. Punkt.«

Peter wiegt den Kopf. »Tja. Es gibt heute Abend eine Abstimmung. Fitzroy wird abtreten, und wenn sich die Mehrheit für Malcolm ausspricht, muss er sich entscheiden. Aber ich glaube nicht, dass er ablehnen wird. Du etwa?«

Aller Augen liegen auf mir, als ob ich wüsste, was Malcolm tun wird. Und ich weiß es tatsächlich.

Ich schüttele den Kopf.

Ich behalte recht.

Malcolm beugt sich den Wünschen des Obersten Rats und wird zum König von Anglia gewählt. Doch seine Herrschaft wird anders aussehen als zuvor. Er wird einen Geheimrat haben wie bisher, aber darüber hinaus wird es zwei weitere Ratsversammlungen geben, den Rat des Nordens und den Rat der Marschen. Das absolute Recht des Königs, als gottgegeben gerechtfertigt, ist abgeschafft. Die Gesetze des Reiches in Form der zwölf Tafeln wurden bereits außer Kraft gesetzt, und neue Gesetze werden bald verabschiedet werden.

Es ist fast geschafft.

Ich war nicht dabei, als die Prinzessin aus Francia eintraf, zusammen mit ihren Hofdamen, ihren Botschaftern und ihren Beratern, ihren Juwelen, ihrer Garderobe und ihren hunderttausend

Livre. Ich war auch nicht dabei, als Ravenscourt wieder seine Tore öffnete, nachdem die Höfe gesäubert und alle Spuren von Tod und Verwüstung, von Hybriden und Wiedergängern entfernt worden waren.

In den Wochen, die auf Malcolms neuerliche Krönung folgten, nahm der Geheime Rat seine Arbeit in den Räumlichkeiten von Ravenscourt auf, die samt und sonders renoviert wurden, damit nichts mehr darauf hindeuten möge, dass einstmals Blackwell hier residiert hat. Wieder war ich nicht dabei.

Ich kann nicht zurück an den Hof. Ich glaube nicht, dass ich jemals wieder dorthin will.

John hilft seinem Vater, das letzte Gepäckstück auf den Wagen zu laden, der darauf wartet, Peter nach Upminster zu bringen. Als Mitglied des Rats der Marschen muss er sich zwar nur einmal im Monat bei Hofe blicken lassen, trotzdem hat er sich ein Haus in Westcheap gekauft, was nur einen kurzen Fußmarsch vom Palast entfernt liegt.

Wir sehen dem Wagen nach, der über den schmalen Weg schaukelt. Die Räder schleudern Schmutz auf. Auch ich könnte in so einem Wagen sitzen, wenn ich wollte. Die Hälfte der Mädchen hat Harrow bereits verlassen. Sie können es gar nicht erwarten, bei der zukünftigen Königin als Hofdame vorzusprechen. Das könnte ich auch, wenn ich wollte. Ich könnte ein Teil des Hofs sein, wie früher.

Aber ich weiß, wie eng Macht und Korruption beieinanderliegen, wie schnell sich gute Absichten in schlechte verkehren können. Ich weiß, dass trotz aller Versprechen und Ankündigungen, trotz aller Gesetze die Dinge sich wandeln und eine falsche Richtung einschlagen können, die in den Abgrund führt.

Ich drehe mich zu John um. Unsere Blicke treffen sich. Er wartet auf etwas: darauf, dass ich ihm sage, was er bereits weiß. Dass ich kein Teil von Malcolms Hof mehr sein kann, egal, wie viele Leute mich darum bitten, egal, wie anders heute alles ist. Denn es gibt einige Dinge, die sich nie ändern werden, genauso wie etliches, woran ich nie erinnert werden will.

»Ich kann nicht«, sage ich.

Er schließt kurz die Augen, und einen Moment lang fürchte ich, dass ich ihn enttäuscht habe, dass ich seine Blicke und Worte falsch verstanden habe – bis er die Augen mit einem breiten Grinsen wieder aufschlägt.

»Gott sei Dank.«

Überrascht blinzle ich ihn an. »Du willst auch nicht gehen?«

John schüttelt den Kopf. »Nein. Das hatte ich nie vor. Aber ich wäre mit dir gegangen, wenn du gewollt hättest. Ich will da sein, wo du bist.« Er betrachtet mich aufmerksam. »Aber ich wollte, dass du deine eigene Entscheidung triffst. Ohne dass dir irgendjemand hineinredet.«

»Bist du sicher?«, frage ich. »Macht es dir nichts aus, allein hierzubleiben?«

»Ich bin nicht allein«, sagt er. »Ich bin doch bei dir.«

Ich lächle ihn an. »Du weißt, was ich meine.«

Er grinst. »Also wirklich, keiner kann behaupten, dass wir allein wären. Skyler bleibt da, und Fifer natürlich. Und Keagan. Und wer weiß, wer noch alles kommt, wenn Fifer und Keagan hier in Harrow einen neuen Zweig des Ordens aufbauen. Und die anderen können wir jederzeit besuchen. So weit ist Upminster nicht entfernt.«

»Weit genug«, sage ich.

John lächelt. »Ja, weit genug.«

Er nimmt meine Hand und zieht mich zum Cottage. Die blau gestrichene Tür steht offen, und Licht und Luft durchfluten das Haus, das uns willkommen heißt. Es ist ein guter Ort, um neu anzufangen.

Und ein guter Ort, um zu bleiben.

Dank

Ah, das zweite Buch. Es ist ein Nervenkitzel, eine Herausforderung, der pure Stress und gleichzeitig ein Triumph. Dieses Buch ist den Menschen gewidmet, die mich auf dieser Reise unterstützt haben:

Kathleen Ortiz, meine Agentin. Danke für deine Geduld, für deine Ausdauer, für deine Rückendeckung; dafür, dass du immer für mich da warst, wenn ich dich gebraucht habe, und für deine Fürsorge. (Unsere Gespräche fingen oft so an: »Wir müssen unbedingt reden!«, »Keine Sorge, nur nicht aufregen.«) Du bist mein Fels in der Brandung und ich finde dich einfach wunderbar.

Pam Gruber, meine Lektorin. Wir haben es geschafft! Du hast an diesem Buch ebenso großen Anteil wie ich: all die Telefonate, die E-Mails, die Gespräche (»Meinst du wirklich, das würde sie tun?«, »Vielleicht, aber sie sollte es nicht tun.«) Und dann die Tabellen, mit denen wir die Zaubersprüche sortiert und geplant haben! Danke für deine Beharrlichkeit, deine Ratschläge und deine Intuition. Du hast dafür gesorgt, dass ich eine bessere Schriftstellerin wurde, und du hast aus dieser Geschichte etwas gemacht, worauf ich wirklich stolz bin.

New Leaf Literary + Media, meine Agentur. Ihr seid immer noch die coolsten Kids on the Block, und ich bin so stolz, dass ich zu euch gehören darf. Besonderer Dank geht an Joanna Volpe, Danielle Barthel, Jaida Temperly, Dave Caccavo, Jackie Lindert und Mira Roman.

Little, Brown Books for Young Readers, mein Verlag. Es vergeht kein Tag, an dem ich nicht unglaublich stolz bin, ein Teil dieses Imprints zu sein. Ein großer Dank geht an mein tolles Team: Leslie Shumate, Kristina Aven, Emilie Polster, Victoria Stapleton, Jenny Choy, Jane Lee und alle bei NOVL. Marcie Lawrence für das fantastische Cover, Virginia Lawther und Rebecca Westall, die aus dem Text ein Buch gemacht haben, Annie McDonnell, die es glänzen ließ, und Emily Sharrat für die perfekten Hintergrundinformationen zu London. Mein Dank geht ebenfalls an Megan Tingley, Alvina Ling und Andrew Smith. Der Rückhalt, der Respekt und die Begeisterung, die ihr mir und meinen Bücher entgegengebracht habt, ist unschätzbar.

Bei den ausländischen Lizenzverlagen bedanke ich mich für ihre Unterstützung, die wunderschönen Cover und dafür, dass sie Elizabeth, John und all den anderen überall auf der Welt ein Zuhause gegeben haben.

Alexis Bass. Ohne dich hätte ich diese Sache nicht durchgestanden. Danke für unsere langen, abgefahrenen Gespräche, für die Schwärmereien und für unsere Seelenverwandtschaft in so ziemlich allen Dingen. Du bist die Beste, und ich bin glücklich, deine Freundin zu sein.

Meine Secret Society. Wir haben uns gefunden. KL, JMT, LK – ich liebe unser eigenes Universum, wo es dunkel, heiter, wahrhaftig und respektvoll zugeht.

Stephanie Funk. Du warst von Anfang an da.

Melissa Grey, Freundin, Kritikerin, Ausnahmeperson. Wir sind wie zwei Elemente, die man nie mischen sollte, aber wenn es doch passiert, kann es sein, dass etwas ganz Herrliches entsteht. Ein Hoch auf Cupcakes, Freixenet, Sushi, kleine Hunde, heiße, schwule Magier und mexikanische Al Rokers. Aprile Tucholke. Danke für deine Freundschaft, dein Mentoring und dafür, dass du mich so zum Lachen gebracht hast, dass mir der Bauch wehtat.

Alle Leser, Kritiker, Blogger, Buchhändler, Lehrer und Bibliothekare: Danke, dass ihr euch die Zeit genommen habt, meine Bücher zu lesen, über sie zu schreiben, euren Freunden davon zu erzählen und zu meinen Lesungen zu kommen. Danke für eure Schützenhilfe.

Die Freunde der schreibenden Zunft: Ihr alle seid eine Inspiration für mich, und ich bin so dankbar, euch zu kennen.

Meine Freunde und Familie: Ihr seid der Beweis, dass Magie wirklich existiert. Danke für eure endlose Geduld und euer Verständnis. Besonderer Dank geht an meine einfühlsame Tochter Holland, die immer dann, wenn ich traurig aussah, fragte, ob ich wieder auf Goodreads gewesen war. Und an meinen Sohn August, der mir Ideen für Zaubersprüche gab. »Wie wär's mit einem, wo ein Zauberer den Sauerstoff aus der Luft stiehlt?« (Danke, Kumpel, den konnte ich gut gebrauchen!) Und an meinen Mann Scott, dessen kluge Worte ein ganzes Buch füllen könnten. Danke, dass du immer rückhaltlos an mich geglaubt hast. Ich bin schlichtweg das glücklichste Mädchen auf der ganzen Welt, weil es dich gibt.

Der Fantasy-Bestseller voller Action und Romantik

»Ich bin nicht mehr die, die ich noch vor drei Monaten war. Damals war ich die meistgesuchte Person in ganz Anglia. Und unbesiegbar. Wer ich jetzt bin, weiß ich nicht.«

Elizabeth Grey ist die gefährlichste Hexenjägerin des Landes ... bis sie selbst zur Gejagten wird.

ALLE LIEFERBAREN TITEL,
INFORMATIONEN UND SPECIALS
FINDEST DU ONLINE

Auch als **eBook**

www.dtv.de dtv

THRONE of GLASS